THE TRIALS OF APOLLO
阿波罗的试炼 系列

烈焰迷宫

[美] 雷克·莱尔顿 著 火皮豆 译

桂图登字：20-2017-157

Text copyright © 2018 by Rick Riordan
Simplified Chinese copyright © 2024 Jieli Publishing House Co., Ltd.
Permission for this edition was arranged through the Gallt and Zacker Literary Agency
All rights reserved.
本书简体中文版由博达版权代理公司代理

图书在版编目（CIP）数据

烈焰迷宫 /（美）雷克·莱尔顿著；火皮豆译. —南宁：接力出版社，2024.4
（阿波罗的试炼系列）
ISBN 978-7-5448-8491-4

Ⅰ.①烈… Ⅱ.①雷…②火… Ⅲ.①儿童小说-长篇小说-美国-现代 Ⅳ.①I712.84

中国国家版本馆CIP数据核字（2024）第058027号

烈焰迷宫
LIEYAN MIGONG

责任编辑：李茗抒　　美术编辑：刘　悦
责任校对：刘哲斐　李姝依　　责任监印：刘宝琪　　版权联络：金贤玲
社长：黄　俭　　总编辑：白　冰
出版发行：接力出版社　　社址：广西南宁市园湖南路9号　　邮编：530022
电话：010-65546561（发行部）　　传真：010-65545210（发行部）
网址：http://www.jielibj.com　　电子邮箱：jieli@jielibook.com
经销：新华书店　　印制：唐山嘉德印刷有限公司
开本：710毫米×1000毫米　1/16　　印张：20.25　　字数：335千字
版次：2024年4月第1版　　印次：2024年4月第1次印刷
定价：65.00元

版权所有　　侵权必究

质量服务承诺：如发现缺页、错页、倒装等印装质量问题，可直接联系本社调换。
服务电话：010-65545440

献给掌管悲剧的缪斯女神——墨尔波墨涅
我希望你对此感到满意

目 录

1　曾经的阿波罗 / 如今为迷宫之鼠 / 求救，甜甜圈　001
2　现在我是手提箱 / 用胶带绑在半羊人背后 / 这是最糟糕的早晨　009
3　斯特里克斯差劲极了 / 是的，我告诉你 / 它们非常差劲　014
4　欢迎来到我的基地 / 我们有岩石、沙子和废墟 / 我提到岩石了吗？　021
5　急救仙人掌 / 请治愈我的伤口！/（但请不要留下黏液的痕迹）　028
6　随机的火舌 / 地松鼠啃噬着我的神经 / 我喜欢沙漠　034
7　家庭娱乐礼包 / 应该装着冷冻比萨 / 而不是手榴弹　039
8　我们炸了些东西 / 你以为所有的东西都爆炸了？/ 不，我们找到了更多的东西　046
9　接听马打来的电话 / 你愿意支付费用吗？/ 不，不，不！　056
10　可爱的孩子 / 你穿着小靴子 / 带着残忍的笑容　063
11　不要触怒神明 / 除非你双眼清明 / 双手洗净　070
12　哦，平托，平托！/ 你为什么口吐黄色？/ 我躲在后面　078
13　别动煤气烤架 / 梅格还在玩 / 轰隆！　087
14　贝德罗西安 / 贝德罗西安奔跑 / 以紧身瑜伽裤允许的最快速度　094
15　格洛弗提早离开 / 格洛弗是聪明的半羊人 / 莱斯特却不是　101
16　比拼魅惑之力 / 你很丑而且很差劲 / 最后，我赢了吗？　110
17　菲尔和唐已被摧毁 / 再会，爱与幸福 / 你好，无头怪　115
18　哇，请冷静，美狄亚 / 不要用你燃烧的祖父 / 糊我一脸　121
19　穿着内衣 / 涂上凝胶 / 绝对没有听起来那么有趣　126
20　哦！缪斯，让我们 / 歌颂植物学家！/ 他们种植各种植物，真厉害！　132
21　如果生活给予你种子 / 请将它们种植在干燥的石质土壤中 / 我是个乐观主义者　139
22　为了我的学校项目 / 我建造了这座神庙 / 大富翁桌游　148
23　附近 / 美好的一天——等等 / 其实，并不美好　154

24　啊,圣巴巴拉!/以冲浪闻名!烤鱼玉米卷!/还有疯狂的罗马人!　160

25　所有人在一条船上/等等,两个人失踪了/一半的人在一条船上　167

26　哦,弗洛伦斯和格伦克/装腔作势,故弄玄虚/我会回来找你们的　175

27　我可以把你们一网打尽/或者给你们唱乔·沃尔什的歌曲/真的,这是你们的选择　184

28　阿波罗,乔装打扮/作为阿波罗,扮成……/算了,太难受了　191

29　马就是马/当然,当然没有人可以——/快跑!他不会放过你!　198

30　我永远不会离开你/爱会让我们在一起/其实胶水也可以　204

31　我会给你我的心/这只是一种比喻/把你的刀拿走　211

32　不要逼我这么做/我疯了,我真的会下手,我要——/哦,这真的很痛　217

33　没有好消息等着你/我一开始就警告过你/读者,走开吧　222

34　"冲浪事故"——/我对"史上最糟糕夜晚"的/新的委婉说法　226

35　如果你给潘岱人一把尤克里里/他就会想要你给他上课/不!　232

36　挂留四度和弦/你正在弹奏那种和弦/突然——　239

37　想玩游戏吗?/很简单,你猜一猜/然后死去　248

38　我为自己吟诵!/阿波罗更酷/酷得多　255

39　崇高的牺牲/我会保护你远离火焰/哇,我是个好人　262

40　恭喜/你完成了字谜/你赢了……敌人　268

41　梅格唱歌,结束了/大家都回家吧/我们都完蛋了　274

42　你想要预言?/我会给你一些废话/吃掉我的胡言乱语!　280

43　最喜欢的章节/一个人彻底离开/糟透了　285

44　木精灵?/这句话从马儿嘴里脱口而出/再见,马先生　292

45　沙漠之花盛开/晚霞使空气变得香甜/游戏表演时间到了!　297

46　二等奖:听着邦乔维的卡带/开始公路旅行/一等奖:请不要多问　304

47　飞行饮料/包括天神的眼泪/请准备零钱　310

阿波罗话语指南　313

1
曾经的阿波罗
如今为迷宫之鼠
求救，甜甜圈

不。

我不会给你们讲述这段故事的。那是一段屈辱而又糟糕的日子，是我四千年的人生中的低谷。故事里充斥着悲剧、灾难和心碎，我才不要告诉你们。

你们怎么还在这儿？走开！

但是，唉，我想我别无选择。作为对我的惩罚的一部分，宙斯希望我把故事告诉你们。他把曾经那么神圣的太阳神阿波罗贬入凡间，让我变成了一个长着青春痘、肌肉松垮的普通少年，化名为莱斯特·帕帕佐普洛斯。他指派我执行危险任务，从邪恶的罗马皇帝三人组的手中拯救五个伟大的古代神谕。我曾是他最钟爱的儿子啊，但如今我沦为奴仆，要为梅格——一个十二岁的固执半神小姑娘服务。然而，这些惩罚都还不够。

最悲惨的是，宙斯要我把自己的耻辱记录下来，留给子孙后代。

那好吧，我丑话说在前面，在这些故事里，等待你们的只有痛苦。

该从哪里说起呢？

当然，得从格洛弗和梅格开始。

我们已经在魔幻迷宫①里跋涉了两天，跨越了黑暗的深坑，绕过了剧毒的湖泊，穿过了残破的商场，商场里除了好莱坞折扣店和自助中餐店外什么都没有。

魔幻迷宫可真是个诡异的地方。地下室、下水管和全世界无人问津的地道串联在一起，错综复杂，就像凡人皮肤底下呈网状分布的毛细血管一样。在这里，有关空间和时间的物理常识完全不适用。你可能刚从罗马的某个人孔②来到这里，向前走十英尺③，打开一道门，就发现自己出现在水牛城的一个小丑训练营里（拜托，别问我，这对我而言可是一段充满创伤的经历）。如果可以选的话，我宁愿完全避开魔幻迷宫这个鬼地方。但是很遗憾，我们在印第安纳州收到的神谕非常明确：**穿黑暗迷宫去往灸热死地。偶蹄者引你前往不知之路**。真有趣！

只不过，我们的向导，半羊人格洛弗·安德伍德似乎不知道该往哪儿走。

"你迷路了。"我第四十次对他说。

"我没有！"他抗议道。

他穿着宽松的牛仔裤和绿色扎染T恤，他的山羊蹄子在他特别定制的运动鞋中摇摇晃晃的，一顶红色针织帽盖住了他的卷发。我不知道他为什么会觉得穿成这样就能融入人类社会。他的羊角在帽子下面清晰可见。他的鞋子每天都要从蹄子上掉下来好几次，而我已经厌倦了做他的运动鞋寻回猎犬。

他在一个T形路口停了下来。路的两边，粗糙的石墙向黑暗深处无限延伸。格洛弗捋了捋他的小山羊胡子。

"怎么了？"梅格问道。

格洛弗紧张起来。和我一样，他很怕惹梅格不高兴。

梅格·麦卡弗里看起来并不可怕。就她的年龄而言，她个头儿很小，穿着打扮活像个人形红绿灯——绿色背心裙、黄色打底裤、红色运动鞋。由于总在狭窄的隧道中爬来爬去，她的这身衣服又破又脏。蜘蛛网一条一条地挂在她向内卷着的黑色及肩短发上，猫眼眼镜的镜片也脏兮兮的，真不知道她是怎么看清路的。总的来说，她看起来就像一个刚刚从一场激烈的操场秋千争夺战中坚持到最后的

---

① 详见书末《阿波罗话语指南》的"魔幻迷宫"词条。——本书脚注者无特殊说明，均为编者注

② 人孔是一种开孔结构，主要是为了方便管线检修、疏通和维护。

③ 1英尺≈0.3米，10英尺大约为3米。

幼儿园小朋友。

格洛弗指着右边的隧道:"我……我很确定棕榈泉在那边。"

"很确定?"梅格问道,"上次你这么说的时候,我们走进了一间盥洗室,结果把一个正在上厕所的独眼巨人①吓了一跳。"

"那不是我的错!"格洛弗抗议道,"再说,闻起来就是这个方向,就像是……仙人掌。"

梅格嗅了嗅空气中的味道:"我没闻到什么仙人掌的味道。"

"梅格,"我说,"半羊人才是我们的向导。我们别无选择,只能信任他。"

格洛弗发火了:"谢谢你的信任票。每日提醒:我可没有请求被魔法召唤,穿越大半个国家,最后在印第安纳波利斯的屋顶番茄地里醒来!"

勇敢的发言。他一直盯着梅格中指上的对戒,好像是担心她会召唤她的黄金弯刀,对他发起攻击。

自从得知梅格是农业女神得墨忒耳的女儿后,格洛弗·安德伍德就开始怕她,但他却不是那么怕我,我怎么说也曾经是奥林匹斯山②的天神啊!生活总是不公平的。

梅格擦了擦鼻子:"好吧,我只是不想又毫无目的地晃荡两天。新月日就在——"

"三天以后,"我打断了她的话,"我们知道。"

也许我太唐突了,但我实在不想听到更多关于神谕的事情了。当我们南下寻找下一个神谕时,我们的朋友雷奥·瓦尔迪兹正疯狂地驾驶他的青铜龙向朱庇特营飞去,那是位于加利福尼亚州北部的罗马半神训练场。雷奥希望能及时警告半神们,让他们知道,在新月日可能会面对磨难、离别和灾祸。

我尽量让语气软下来:"我们必须相信雷奥和罗马人能够处理北方的所有事情,我们有自己的任务。"

"我们自己的火焰已经够多了。"格洛弗叹了口气。

"什么意思?"梅格问道。

---

① 详见书末《阿波罗话语指南》的"独眼巨人"词条。
② 详见书末《阿波罗话语指南》的"奥林匹斯山"词条。

和过去两天一样,格洛弗仍然保持着一贯的逃避态度。"最好不要……在这里谈论它。"

他紧张地环顾四周,好像害怕隔墙有耳。魔幻迷宫是一座"活生生"的建筑,这一点儿都不荒唐。从这里散发出的气味可以判断它至少有盲肠什么的。

格洛弗挠了挠肋骨。"伙计们,我会尽快把我们带到该去的地方。"他保证道,"但是迷宫有它自己的意志,上次我和波西在这里……"

他的表情变得伤感起来,只要提起他和他最好的朋友波西·杰克逊曾经的冒险,他就会这样。人之常情。波西这个半神用处可大了。可惜的是,他不像我们的半羊人向导那样,从番茄地里就能轻易地被召唤过来。

我把手放在格洛弗的肩膀上。"我们知道你尽力了,继续走吧。如果你闻仙人掌的同时还能张开鼻孔闻闻早餐在哪里,比如咖啡、柠檬枫糖甜甜圈之类的,那就太好了。"

我们跟着向导走向右边的隧道。

很快,通道变得又窄又细。我们不得不蹲下,排成一列蹒跚而行。我待在中间,这是最安全的位置。你可能觉得这不够勇敢,但是格洛弗是一位旷野之神,是半羊人的偶蹄长老理事会的重要成员。据说,他有很强大的力量,尽管我还没有见识过。至于梅格,她不仅能手持一对黄金弯刀战斗,还能用她在印第安纳波利斯储备的一包包园艺种子做各种神奇的事。

然而,我却手无寸铁,日渐虚弱。自从我们与康茂德战斗时我用神圣的光芒让他失明以后,我再也没能召唤出任何过去的神力,一点儿都使不出来。我的手指再也不能熟练拨动战斗用的尤克里里的指板,我的射箭技术也已经退化了。就连我在盥洗室里拉弓瞄准独眼巨人时,都失手没能射中(我不知道我俩到底谁更尴尬)。与此同时,我的幻觉出现得更加频繁、强烈。有时,陷入幻觉中,我根本无法动弹。

我没有告诉朋友们我的烦心事,暂时还没有。

我想要相信我的能量只是在休整、恢复,毕竟,印第安纳波利斯的任务差点毁了我。

但是,还有另一种可能。我是在一月份从奥林匹斯山坠落,掉在曼哈顿的一个垃圾桶里的。现在是三月,我已经被贬入凡间两个月了,也许我当凡人的时间

越久，就会变得越虚弱，重回神坛就会变得越艰难。

宙斯前两次把我流放到人间的时候也是这样吗？我不记得了。有时候，我甚至记不起神食的味道，记不起拉太阳战车的马的名字，也记不起我的双胞胎妹妹阿耳忒弥斯的脸（通常我会觉得想不起她的脸是好事，但现在我非常想念她，你最好别告诉她这是我说的）。

我们沿着走廊爬行，多多那圣箭随着我的身体起伏在背后嗡嗡作响，像一部振动的电话。它想要我把它拿出来，向它请教。

我试图无视这个请求。

前几次我向圣箭征求意见时，它给出的意见毫无用处。更糟糕的是，它还用莎士比亚式的英语讲话，满口让人听不懂的话，简直让人无法忍受。我一直都不喜欢九十年代（当然，我指的是十六世纪九十年代）。如果我们真能找到棕榈泉……那么在到达那里的时候，我没准儿会和圣箭聊上一会儿。

格洛弗在另一个 T 形路口停了下来。

他向右嗅了嗅，又向左闻了闻。他的鼻子翕动着，像一只刚闻到狗的味道的兔子。

突然，他大喊："回来！"同时猛地往相反的方向扑倒。走廊太窄了，他倒在了我的腿上，而我又倒在了梅格的腿上，梅格惊呼一声，跌坐在地上。我还没来得及抱怨说我不想做集体按摩，便传来了巨响。空气中的水分骤然消失，一股刺鼻的气味席卷了我——那气味就像亚利桑那州高速公路上的新鲜柏油——一片咆哮着的黄色火焰出现在我们面前的走廊上，紧接着，那一股滚烫的热流又突然消失，就像它出现时那样迅速。

我的耳朵嗡嗡作响……可能是我脑子里的血液沸腾的声音。我的嘴发干，连吞咽口水都无法做到。我不知道是我一个人在不受控制地发抖，还是我们三个都在抖。

"那是谁……什么？"我不知道为什么我本能地觉得那是个人，但是这次爆炸总让我觉得十分熟悉。在浓重的烟雾中，我想，我察觉到了仇恨、沮丧和饥饿的恶臭。

格洛弗的红色针织帽被烧得连毛都不剩了，他现在闻起来就像烧焦的山羊毛。"这……"他虚弱地说，"这意味着我们越来越近了。我们需要快点。"

"这话我说了一路了，"梅格抱怨道，"现在赶紧走。"她用膝盖顶了一下我的屁股。

我挣扎着起身，尽量在狭窄的隧道里直起身子。

火灭了，我浑身湿冷。我们面前的隧道变得黑暗且寂静，仿佛冥界之火从不曾在此燃烧过，但我在太阳战车上待过相当长的时间，我知道刚才的火焰温度意味着什么。如果我们刚刚在爆炸中心的话，绝对会直接升华成气体。

"我们必须往左走。"格洛弗决定。

"呃，"我说，"左边是起火的方向。"

"也是最快的路。"

"往回走怎么样？"梅格建议。

"伙计们，我们很近了，"格洛弗坚持道，"我能感觉得到。我们已经在他的地盘上了，如果我们不快点——"

嘎吱！

我们身后的走廊里荡起阵阵回音。我多希望这只是迷宫里经常出现的普通机械的声响：可能是一扇金属门在生锈的铰链上来回摆动的声音，抑或是万圣节清仓店里的电池驱动玩具掉进洞里的声音。但是格洛弗脸上的表情证实了我的猜测：这声音来自一个活物。

嘎吱！这声音变得更愤怒，也更近了。我不喜欢格洛弗说的那句话：**我们已经在他的地盘上了**。"他"指的是谁？我当然不想跑进一条已经烧焦的走廊，但是我们身后的尖叫声更让人恐惧。

"快跑。"梅格说。

"快跑。"格洛弗附和道。

我们沿着左边的隧道逃走了。唯一的好消息是：这边的走廊稍微宽一点儿，如此一来，我们便有更多的活动空间，能甩开膀子逃命了。

在下一个十字路口，我们再次左转，然后又立即右转。我们跳过一个坑，爬上楼梯，跑进另一条走廊，但是我们身后的东西嗅着空气中的味道追踪着我们，似乎毫不费力。

嘎吱！它在黑暗中尖叫。

我对那个声音有印象，可惜，我现在只有人类的记忆力，根本想不起来那是

什么。应该是某种鸟类,但绝不是鹦鹉或布谷这种可爱的鸟,而是某种来自冥界的东西——危险,嗜血,非常暴躁。

随后,我们进入了一个圆柱形的房间,这里看起来像一口巨井的底部。一条狭窄的坡道沿着粗糙的砖墙盘旋而上。我不知道坡道的顶部有什么,但四周没有其他出口。

嘎吱!

刺耳的哭声直直地刺向我的耳膜,拍打翅膀的声音在我们身后的走廊里回响——或许不止一只?这些鸟还是成群结队的吗?我以前遇到过它们,该死,我早就应该想到!

"现在怎么办?"梅格问道,"往上走吗?"

格洛弗张着嘴,凝视着上方的黑暗。"没有道理啊,这东西怎么在这儿?"

"格洛弗!"梅格说,"到底往不往上走?"

"走,上去!"他大叫,"往上走准没错!"

"不,"我说,我害怕得连脖子后的汗毛都竖了起来,"我们不会成功的,我们需要封锁这条通道。"

梅格皱起眉头:"但是——"

"用你的魔法种子!"我喊道,"快点!"

我要夸一夸梅格:当你需要魔法植物来帮忙的时候,她绝对能帮到你。她翻了翻腰带上的袋子,撕开一包种子,扔进隧道。

格洛弗拿出他的牧笛,吹奏了一首欢快的曲子,这能帮助植物生长。梅格板着脸,全神贯注地跪在种子前。

旷野之神和得墨忒耳之女组成了一个超级园艺双人组,种子发芽变成番茄苗,番茄苗逐渐茂盛,在隧道口交织起来。番茄叶子疯狂生长,番茄果实很快膨胀成拳头大小的红色水果。隧道马上就要被封死了,突然,一个羽毛形状的黑影从植物的缝隙中一闪而过。

这鸟从我眼前飞过,爪子划过我的左脸颊,差点抓到我的眼睛。它在房间里盘旋了一圈,得意地尖叫着,然后停在我们上方三米左右的螺旋坡道上,探照灯一样的圆形金色眼睛向下凝视着。

是猫头鹰?不,它的个头儿比雅典娜最大的雕塑还要大一倍,它的羽毛闪着

黑曜石般的光泽，它举起一只坚韧的红色爪子，张开金色的喙，用它厚实的黑色舌头舔着爪子上的血——我的血。

我的视线开始模糊，双腿变得酸软。我隐约感觉到隧道里还有其他的声音——焦躁的叫声，翅膀的拍打声，还有更多的恶魔鸟正扑向番茄株，试图通过隧道。

梅格出现在我身边，亮出她的弯刀。她盯着我们头顶上那只巨大的黑鸟。"阿波罗，你没事吧？"

"斯特里克斯[①]，"我说道，这个名字就这样从我的凡人脑海中浮现出来，"那东西是斯特里克斯。"

"怎么除掉它？"梅格问道。她一直是我们之中最务实的那个。

我摸了摸脸上的伤口，我既感觉不到我的脸颊，也感觉不到我的手指了。"嗯，除掉它可能会带来麻烦。"

外面的斯特里克斯尖叫着扑向魔法植物。格洛弗大叫起来："伙计们，外边还有六七只鸟要进来，这些番茄可挡不住它们。"

"阿波罗，马上回答我，"梅格命令道，"我需要怎么做？"

我也想马上回答她，真的，但是我说不出话。我感觉好像赫菲斯托斯[②]刚刚为我做了一次拔牙手术，他的傻笑神酒的药效还没过，我的嘴根本不受控制。

"除掉这只鸟的话，你会被诅咒的。"我终于说了出来。

"如果我不除掉它呢？"梅格问道。

"哦，那它就会反过来除掉你。"我咧嘴一笑，尽管我好像没说什么有趣的话，"还有，不要让斯特里克斯抓伤你，那会让你身体麻痹的！"

话音刚落，我便亲身验证了斯特里克斯爪子的威力，直直地倒了下去。

这时，盘旋在我们上方的斯特里克斯展开了翅膀，俯冲下来。

---

① 详见书末《阿波罗话语指南》的"斯特里克斯"词条。
② 详见书末《阿波罗话语指南》的"赫菲斯托斯"词条。

2 现在我是手提箱 用胶带绑在半羊人背后 这是最糟糕的早晨

"停下!"格洛弗喊道,"我们没有恶意!"

巨鸟没有反应,而是展开了攻击。斯特里克斯的爪子从旷野之神的脸旁划过,梅格使用双刀予以回应,它转过身去,躲过刀刃,落在螺旋坡道上稍高的地方,竟毫发无伤。

"呦!"斯特里克斯翻动着羽毛尖叫着。

"你说'必须除掉我们'是什么意思?"格洛弗问道。

梅格皱起眉头:"你能听懂它说话?"

"是啊,"格洛弗说,"它毕竟是动物嘛。"

"你为什么不告诉我们之前它在说什么?"梅格问。

"因为之前的尖叫只是在瞎叫!"格洛弗说,"现在的尖叫是要除掉我们的意思。"

我试着挪动我的腿,但它似乎变成了一袋水泥。我觉得有点好笑。我还可以移动手臂,胸口也有一些感觉,但我不确定这能持续多久。

"你可不可以问问斯特里克斯,为什么要这样对我们?"我提议道。

"呦!"格洛弗喊道。

斯特里克斯语可真单调。这只鸟叽叽喳喳地回答着。

与此同时,走廊外,其余的斯特里克斯尖叫着,攻击着植物网。红色的爪子和金色的喙戳了进来,转眼间便把番茄绞碎,将它们变成了番茄酱。我想最多还有几分钟的时间,外边的鸟儿就会闯进来,我们一个也活不了,但是它们锋利的喙着实有点可爱!

格洛弗紧握双手:"斯特里克斯说它们是被派来残忍地惩罚我们的。它们说很抱歉,这是皇帝的直接命令。"

"该死的皇帝,"梅格抱怨道,"哪一个?"

"我不知道,"格洛弗说,"斯特里克斯只是说他叫'呦'。"

"你可以翻译出'残忍地惩罚',"她说,"却翻译不出皇帝的名字?"

就我个人而言,我觉得这很正常。自从离开印第安纳波利斯后,我花了很长时间仔细思考我们在特罗弗尼乌斯岩洞里得到的黑暗预言。我们跟尼禄①和康茂德已经交过手了,而我对第三位皇帝的身份也有几分猜测。我们从未见过的那个皇帝,是个恐怖的人物。目前,我还不想证实我的猜测。斯特里克斯毒液的效果开始渐渐消失,而我马上就要成为一只吸血的"巨型猫头鹰"的食物了。形势令人绝望。这只斯特里克斯扑向梅格。她闪身一躲,用弯刀划向斯特里克斯的尾部,这只倒霉的鸟一头撞到了对面的一面砖墙上,只听轰的一声巨响,刹那间,巨鸟化作了漫天的灰烬和纷飞的羽毛。

"梅格!"我说,"我告诉过你不要除掉它!你会被诅咒的!"

"我没有除掉它。它撞墙自杀了。"

"我觉得命运女神们不会这样想。"

"那我们就不要告诉她们就行了。"

"伙计们!"格洛弗指着番茄,在爪子和喙的攻击下,植物网变得摇摇欲坠,"如果我们不能除掉斯特里克斯,那我们是不是要把这道屏障加固一下?"

他举起牧笛,开始吹奏。梅格把双刀变回指环的样子,把手伸向番茄。植物的茎变得更加粗壮,根部也奋力攀在石板地面上,但这是一场注定失败的战斗。

---

① 详见书末《阿波罗话语指南》的"尼禄"词条。

外面的斯特里克斯太多了，它们破坏植物的速度比我们修补植物的速度更快。

"情况不妙。"梅格跌跌撞撞地回来了，脸上沁出汗水，"没有土壤和阳光，我们能做的只有这些。"

"你说得对。"格洛弗顺着螺旋形坡道向黑暗中望去。

"我们快到家了。如果我们能在斯特里克斯进来之前爬到上面——"

"我们爬上去吧。"梅格宣布。

"喂！"我痛苦地说，"还有我这个动弹不得的前太阳神呢。"

格洛弗对梅格做了个鬼脸："用胶带？"

"就用胶带。"她表示同意。

愿老天保护我，不要让英雄用胶带伤害我，但是英雄们似乎总是带着胶带。梅格从她园艺腰带上的袋子里拿出了一卷。她支撑着我坐了起来，与格洛弗背靠背。她在我的腋下缠了一圈又一圈的胶带，把我绑在了旷野之神的背后，我好像变成了一个手提箱。

梅格帮格洛弗摇摇晃晃地站了起来，随着我的位置的调整，我依次看到了墙壁、地板、梅格的脸和我自己无法动弹的双腿。

"呃，格洛弗？"我问，"你能把我一路背上去吗？"

"半羊人可是攀爬好手。"他喘息着说。

他开始爬那个狭窄的斜坡，我的双脚拖在他的身后。梅格跟在后面，时不时地回头观察番茄。

"阿波罗，"她说，"给我讲讲斯特里克斯的事。"

我左思右想，从混乱的思绪中搜索有用的信息。

"它们……它们是不祥之鸟，"我说，"只要它们出现，就会有坏事发生。"

"这还用你说？"梅格不屑地说道，"还有什么？"

"呃，它们很残忍。它们的繁殖地在塔塔勒斯[①]的上游。我想，它们不适合被当成宠物。"

"我们怎么才能赶走它们？"她说，"如果我们不能除掉它们，怎么阻止它们？"

[①] 塔塔勒斯是冥界最黑暗的地方。

"我……我不知道。"

梅格沮丧地叹了口气："和多多那圣箭谈谈吧。看看它知道些什么。我会争取些时间。"

说罢，她转头跑下坡道。

和圣箭交谈一定会让我的一天变得更加难熬，但我必须奉命行事。只要梅格发出命令，我便不能违抗。我伸出手，摸索着我的箭袋，拿出了这个有魔力的投射武器。

"您好，智慧而强大的箭。"我说（从奉承开始绝不会出错）。

"汝耗时已久，"圣箭沉吟，"吾试图与汝交谈，已有十四日之久。"

"只过了四十八小时。"我说。

"的确，若囚于箭袋，时间流逝会趋于缓慢。汝可以一试，看看汝是否中意。"

"您说得对。"我抑制住了折断箭杆的冲动，"关于斯特里克斯……您都知道些什么？"

"吾须与汝一谈——慢着，斯特里克斯？为何向吾询问斯特里克斯之事？"

"因为它们想除掉……除掉我们。"

"啊！"箭呻吟着，"汝当规避此种危险！"

"我还真没想过这一点呢，"我说，"智慧的圣箭啊，您到底知不知道斯特里克斯的信息？"

箭头嗡嗡作响，肯定是在搜索维基百科呢。虽然它不会承认，可是，在有免费无线网络的地方，它总是显得更有用一些。

格洛弗勇猛地拖着我的凡人肉身爬上了斜坡。他气喘吁吁，几次险些掉下去。坡道的底部现在距我们将近五十英尺——掉下去的话绝对会死得干净利落。我可以看到梅格在下面踱来踱去，一边喃喃自语，一边撒下更多的种子。

我抬头看去，坡道一直向上盘旋，看不见终点。在道路尽头等待着我们的，仍然是黑暗中的一个谜。魔幻迷宫没有安装电梯，就连合适的扶手也没有，这设计可真是不太友好。需要残疾人便利设施的英雄们要如何享受这个陷阱呢？

最后，多多那圣箭做出了决断：斯特里克斯很危险。

"您的智慧，"我说，"再一次为处于黑暗中的我们带来光明。"

"汝休要说话,"圣箭继续说道,"汝等可以将之杀死,但这将诅咒杀戮者,并引起更多的争斗。"

"知道了,知道了。还有什么?"

"它说什么了?"格洛弗在喘息间询问道。

这支圣箭有许多恼人的行为,其中之一就是:它只在我的脑海中说话。所以当我和它交谈时,我不仅看起来像个疯子,而且我还必须不断地向我的朋友复述它都说了些什么。

"它还在网上搜索呢。"我告诉格洛弗,"圣箭啊,或许你可以试试同时搜两个关键词,'斯特里克斯',空格,'打败'。"

"休要开玩笑!"箭轰鸣着说。

它又沉默了一段时间,很有可能是在搜索框里打字呢。

"这些鸟或可被猪的内脏击退。"它说,"汝可有此物?"

"格洛弗,"我喊道,"你有猪内脏吗?"

"什么?"他转过身来,但并没看见我,要知道我是被用胶带绑在他背上的。这一转,险些让我的鼻子蹭上砖墙。"我带着猪内脏干吗?我是素食主义者!"

梅格重新爬上坡道,与我们会合。

"那些鸟就快闯进来了,"她说,"我什么种类的植物都试过了。我本想召唤桃子。"

她绝望地失声了。

自从进入迷宫后,她一直无法召唤她的仆从桃子,他是战斗的好手,但对于现身的时间和地点却相当挑剔。我想,就像番茄一样,桃子在地下表现一般。

"多多那圣箭,还有什么?"我大声问道,"除了猪内脏之外,一定还有什么东西可以阻止它们!"

"等等,"圣箭说,"且听!看来爱彼特①应该有用。"

"爱什么?"我问道,但已经太迟了。

随着一阵尖叫声传来,斯特里克斯冲破了番茄屏障,拥了进来。

---

① 详见书末《阿波罗话语指南》的"爱彼特"词条。

3
斯特里克斯差劲极了
是的，我告诉你
它们非常差劲

"它们来了！"梅格喊道。

老实说，每当我想让她谈论一些重要的事情时，她就缄口不言，但是当我们面临明显的危险时，她却浪费口舌地大喊"**它们来了**"。

格洛弗加快了脚步，展现出英雄般的力量。

他背着我这个用胶带绑住的肌肉松垮的凡人，蹦蹦跳跳地爬上坡道。

我面向后方，有绝佳的视野。巨鸟从阴影中盘旋而入，它们黄色的眼睛像出现在黑暗里的喷泉中的硬币一样闪烁着。有十几只鸟？还是更多？我们与一只斯特里克斯交手时就遇到了很大的困难，战胜一整群斯特里克斯的希望更加渺茫，更不用说我们正在狭窄湿滑的岩石步道上排成一列，很像美味多汁的猎物。我想，梅格应该没办法让这一整群巨鸟都撞墙自杀吧。

"爱彼特！"我大叫，"圣箭说，爱彼特可以击退斯特里克斯。"

"那是一种植物。"格洛弗喘着气说道，"我应该见过一次爱彼特。"

"圣箭，"我说，"什么是爱彼特？"

"吾不知！吾生于林中，却并非园丁。"

我厌恶地把圣箭插回我的箭袋中。

"阿波罗，掩护我。"梅格把她的一把弯刀塞进我的手中，然后一边在她的园艺腰带的袋子中翻找，一边紧张地看着正盘旋而上的斯特里克斯。

我不知道梅格想让我如何掩护她。我使用弯刀的技术糟糕极了，即使我没有被绑在旷野之神的背上，面对这些"除掉它们就会被诅咒"的敌人，也没什么战斗力。

"格洛弗！"梅格喊道，"我们能弄清楚爱彼特是什么类型的植物吗？"

她随便打开一个包，向空中撒了一把种子。它们像加热的玉米一样爆裂开来，形成手榴弹大小的山药，绿色的茎上长着许多叶子。它们散落在鸟群中，打到了几只鸟，使它们发出了惊恐的叫声，但巨鸟还是不断地飞进来。

"是块茎植物，"格洛弗喘息着说，"我想，爱彼特是一种能结出果实的植物。"

梅格撕开了第二个种子包，点缀着绿色果实的灌木像雨点般伸向鸟群中，但巨鸟们只是绕着它转圈。

"那是葡萄吗？"格洛弗问道。

"那是醋栗。"梅格说。

"你确定吗？"格洛弗问道，"树叶的形状——"

"格洛弗！"我厉声说道，"我们必须集中精力研究军事植物学。什么是——鸭子！"

现在，温柔的读者，您来评评理。难道我是在问鸭子是什么吗？当然不是。尽管梅格后来嘟嘟囔囔地抱怨，但是我当时明明在试图警告她，离她最近的斯特里克斯正直冲她的脸而去。①

她没能明白我的警告，这不是我的错。

我挥动着手中的弯刀，试图保护我年轻的朋友，但我的准头很差，如果不是梅格反应快，她现在恐怕已面目全非了。

"住手！"她大叫，用另一把刀把斯特里克斯打到了一边。

"你说让我掩护你！"我抗议道。

"我不是说——"她痛苦地大叫，跌倒在地，只见她右侧大腿皮开肉绽，血流

---

① "鸭子"的英文是"duck"，也有"躲开"的意思。

不止。

随后，愤怒的爪子、喙和黑色翅膀像风暴一般吞没了我们。梅格疯狂地挥动弯刀。一只斯特里克斯向我扑来，它的爪子眼看就要抓到我的眼睛了。这时，格洛弗做出了让人意想不到的事情：他尖叫起来。

你可能会问："这为什么是意想不到的事？"

当你面对蜂拥而至的食人鸟时，放声尖叫不是很正常吗？

没错，但是旷野之神嘴里发出的声音不是普通的尖叫声。

它像炸弹的冲击波一样在房间里回响，驱散了鸟儿，震撼着岩石，让我浑身上下莫名充满了冰冷的恐惧。

如果我没有被绑在半羊人的背上，我可能会拔腿就跑。我会跳下坡道，只求能够远离那种声音。那一刻，我扔下梅格的弯刀，用双手捂紧耳朵。梅格趴在坡道上，流着血，显然已经中了斯特里克斯的剧毒，身体的一部分已不能动弹。她蜷缩成一团，把头埋在双臂中间。

斯特里克斯逃回到黑暗之中。

我的心怦怦直跳，肾上腺素在我体内激增，我需要深呼吸几次才能说话。

"格洛弗，"我说，"你刚才是不是召唤出了惊惧之嚎？"

我看不见他的脸，但我能感觉到他在发抖。他躺在斜坡上，滚向一边，于是我面向墙壁。"我不是有意的，"格洛弗的声音嘶哑，"我已经有几年都没召唤过它了。"

"惊惧之嚎？"梅格问道。

"那是失踪的荒野之神潘①的叫声。"我说。

说起他的名字便让我充满悲伤。啊，我和荒野之神在过去曾拥有多么美好的时光！在原野中跳舞，嬉戏！潘是一流的骑士，但是人类摧毁了大部分原野，从此潘便不见了踪影。你们人类，你们就是我们天神不能拥有美好事物的原因。

"除了潘，我从来没有见任何人使用过这种力量，"我说，"你怎么做到的？"

格洛弗发出一种半抽泣半叹息的声音："说来话长。"

梅格咕哝道："不管怎样，鸟被赶走了。"我听到了她撕扯布料的声音，可能

---

① 详见书末《阿波罗话语指南》的"潘神"词条。

是在为她的腿打绷带。

"你不能动了吗？"我问。

"是的，"她喃喃地说，"腰部以下。"

格洛弗调整了一下我们的胶带装置。"我没受伤，但是已经筋疲力尽了。那些鸟会回来的，但是我现在不可能有力气带着你上坡道了。"

我对他的话毫不怀疑。"潘神的叫声"几乎可以吓跑所有东西，但这是一种很费力的魔法。潘每次使用这种魔法之后，都会小睡三天。下方，刺耳的叫声在迷宫中回荡。

它们的尖叫已经变了，从恐惧的"快飞走吧"，变成了困惑的"我们为什么要飞走"。

我试图扭动我的脚。令我惊讶的是，我现在可以感觉到包在袜子里的脚趾了。

"能把我放开吗？"我问，"我想毒液的作用在消退。"

梅格用弯刀从侧面割断了胶带，把我放了出来。我们三个人背对着墙排成一排，汗流浃背，悲伤而又可怜，就像是等待死亡的斯特里克斯的诱饵。在我们下面，鸟叫的声音变得更大了。它们很快就会回来，而且会比刚才更加愤怒。通过梅格的刀发出的微弱闪光，我们可以看到，在上方大约五十英尺的地方，是坡道的尽头，那是死路一条，只有一个圆顶的砖砌天花板。

"这算什么出口？"格洛弗说，"我肯定……这竖井看起来很像……"他摇摇头，像是不忍把内心的话告诉我们。

"我不会死在这里的。"梅格咕哝道。

她现在看起来情况不妙。她的膝盖破皮了，关节也受伤了。她身上的绿色背心裙是波西·杰克逊的母亲送给她的珍贵礼物，现在却看起来像是剑齿虎用过的磨爪玩具。她扯掉了左裤腿，给她大腿上的伤口止血，布料已经被鲜血浸透了。

尽管如此，她的眼睛仍然闪烁着挑衅的光芒，猫眼眼镜顶端的莱茵石闪闪发光。我早就知道，只要梅格·麦卡弗里的莱茵石还在闪闪发光，就一定不能小瞧她。

她翻遍了种子包，眯眼看着上面的标签。"玫瑰、水仙花、南瓜、胡萝卜。"

"没有……"格洛弗用拳头捶了捶额头，"爱彼特就像是……一种开花的树。

唉,我本应该知道才对。"

记不起东西的困扰,我感同身受。我也本应该知道很多事情:斯特里克斯的弱点,迷宫中最近的秘密出口,宙斯的私人电话号码——这样我就可以打电话给他,请求他拯救我,但是我的脑子一片空白。我的腿开始颤抖——也许这是我很快就能走路的迹象——但这并没有让我振作起来。我无处可去,只能选择死在这个房间的顶部(也可能是底部)。

梅格不停地摆弄着她的种子包。"芜菁甘蓝、紫藤、火棘、草莓……"

"草莓!"格洛弗大声尖叫,我还以为他是想尝试再次召唤惊惧之嚎,"就是这个!爱彼特是草莓树!"

梅格皱起眉头:"草莓不会长在树上。它们是草莓属,蔷薇科的一支。"

"是的,是的,我知道!"格洛弗的手不断变换着动作,恨不得把话说得更快,"爱彼特是杜鹃花科的,但是——"

"你们两个在说什么?"我问道。我怀疑他们能与多多那圣箭共享无线网络,现在正在植物学网站上查找信息。

"我们就要死了,而你们却还在争论植物科、属的问题?"

"草莓属可能差不多!"格洛弗说,"爱彼特果实看起来很像草莓,这就是它被称作草莓树的原因。我见过一次爱彼特木精灵。我们还为此争论了一番。我很擅长种植草莓。混血营的所有半羊人都很擅长!"

梅格疑惑地盯着她那包草莓种子:"我不是很确定。"

在我们下面,十几只巨鸟的刺耳叫声从隧道口传出。它们怒吼着,随时准备对我们发起攻击。

"试试炒莓猪的植物!"我大叫。

"是草莓属。"梅格纠正道。

"随便什么!"

梅格没有把她的草莓种子扔到空中,而是撕开包装,沿着坡道边缘慢慢地把种子撒了出来。

"快点。"我试着找我的弓,"我们大概有三十秒的时间。"

"等一下。"梅格挑出最后一颗种子。

"十五秒!"

"等等。"

梅格把包扔在一边。她把手放在种子上,就像是要演奏电子琴一样。(顺便说一句,弹琴这事,尽管我很努力地教她,但她还是弹不好。)

"好了,"她说,"来吧。"

格洛弗举起牧笛,开始以三倍速疯狂地演奏《永远的草莓园》这首歌。我没有拿出弓箭,而是抓起我的尤克里里,和他一起演奏。我不知道这是否有帮助,但如果我终有一死,我宁愿自己是演奏着甲壳虫乐队的音乐死去的。

就在鸟群即将到来的时候,种子像一堆烟花一样爆炸开来。绿色的彩带在空中画出一段弧形,固定在远处的墙壁上,形成一排藤蔓。这让我想起了巨大的鲁特琴的一根根琴弦。斯特里克斯本可以轻易地飞过缝隙,但它们却变得疯狂起来,纷纷转过头去,避开植物,在半空中撞成一团。

与此同时,草莓藤变得更加粗壮,叶子舒展开来,白色的花朵绽放着,草莓逐渐成熟,空气中弥漫着甜蜜的香味。

整个迷宫隆隆作响。在草莓植株与石砖的连接处,砖块土崩瓦解,这让草莓更加容易扎根。

梅格从假想中的电子琴上举起双手:"是迷宫……在帮忙吗?"

"我不知道!"我说着,疯狂地拨弄着F小调第七和弦。

"但是不要停下来!"

草莓以不可置信的速度蔓延到整个墙面,像是一阵绿色风暴。

我不禁想:哇,想象一下,如果有阳光的话,这些植物该长得多块!圆顶天花板像蛋壳一样裂开。明亮的光线穿透黑暗。大块大块的岩石雨点般落下,砸向了巨鸟,砸中了草莓藤(草莓藤和斯特里克斯不同,被砸中后几乎立刻就长回来了)。

阳光一照射到鸟儿身上,它们就尖叫起来,化作了尘土。

格洛弗放下了牧笛。我也放下了尤克里里。我们惊讶地看着植物继续生长、交错,直到草莓植株蔓延到我们脚下的整个房间,就像一张大蹦床。

天花板裂开了,露出了灿烂的蓝天。热度很高的空气涌入,就像打开烤箱门时涌出的热气一样干燥炙热。

格洛弗迎着光抬起了脸。他抽噎着,泪水顺着脸颊淌下来。

"你受伤了吗？"我问。

他盯着我。他脸上的心碎表情比阳光更刺眼。

"空气中有草莓的味道，很温暖，"他说，"就像混血营一样。时间已经过去很久了啊。"

我的胸口袭来一阵不熟悉的刺痛感。我拍了拍格洛弗的膝盖。混血营是位于纽约长岛的希腊半神训练基地。我不曾长时间待在那里，但我理解他的感受。我也想知道我的孩子们在那里过得怎么样：凯拉，威尔，奥斯汀。我还记得和他们坐在篝火旁的场景。我们一边吃着棍子上的烤棉花糖，一边唱着歌。即便你能永生，也很少能体味到这么罕见的美好友谊。

梅格靠在墙上。她脸色苍白，呼吸急促。

我翻了翻口袋，在餐巾里翻出了一些零碎的神食。这些东西不是我为自己留的。我现在还是凡人，吃天神的食物很可能会让我受不了。我发现梅格有时并不喜欢吃神食。

"吃吧，"我把餐巾塞到她手里，"这能帮你从麻痹状态中恢复过来。"她咬紧牙关，好像马上就要喊出："我才不要！"随后她下定决心，觉得重新拥有正常的双腿这个主意不错，这才开始小口吃了起来。

"上面是什么？"她皱着眉头看着蓝天问道。格洛弗拂去脸上的泪水："我们到了。迷宫指引我们来到了基地。"

"我们的基地？"得知我们还有一个基地，我十分开心。我想这意味着我们会有安全保障，有柔软的床铺，或许还有一台浓缩咖啡机。

"是的，"格洛弗紧张地咽了口唾沫，"如果还有东西剩下的话。我们去瞧瞧吧。"

欢迎来到我的基地
我们有岩石、沙子和废墟
我提到岩石了吗？

他们说我是自己走到地面上的。

但我不记得了。

梅格下半身麻痹，格洛弗已经背着我走了一半的坡道，但最后昏倒的人居然是我，这不太合乎常理，但我能说什么呢？弹奏《永远的草莓园》中的F小调第七和弦一定比我想象的更耗费精力。

我的确记得一些疯狂的梦。

我面前站着一位橄榄色皮肤的优雅女子，她的赤褐色长发被扎成辫子盘在脑后，她的灰色无袖连衣裙十分轻盈，薄如蝉翼。她看起来大约二十岁，却拥有一双黑珍珠似的眼睛——它那历经了几个世纪的磨砺才形成的光泽，似一层保护壳，隐匿着无法诉说的悲伤和无奈，是见证了伟大文明覆灭的不朽之眼。

我俩一起站在一个石砖平台上，石砖平台位于室内水池的边缘，水池内满是岩浆。高温让周围的空气泛起微光，灰烬刺痛了我的眼睛。

那个女人举起双臂，做出恳求的手势。红得发亮的铁手铐禁锢着她的双手。灼热的链条把她拴在平台上，但是金属的高温似乎没有灼伤她。

"我很抱歉。"她说。

不知为什么,我知道她不是在和我说话。我只是通过别人的眼睛观察到了这一幕。她刚刚给另一个人带来了坏消息,一个彻彻底底的噩耗,而我也不知道那个消息是什么。

"如果可以的话,我会宽恕你,"她继续说道,"我会宽恕她,但我不能这样做。告诉阿波罗他必须来。只有他能解救我,尽管这是一个……"她呛了一下,好像有一片玻璃卡在喉咙里。"四个字母,"她声音嘶哑,"开头是T。"

我猜答案是陷阱①。答案就是陷阱!

我有点激动,就像你看猜谜节目时,发现自己知道答案的那种感觉。你会想:如果参赛的人是我就好了,我会赢得所有的奖项!

我发觉我不喜欢这个节目,如果最终的答案是陷阱,等待着我的大奖是天罗地网的话,我就更不喜欢了。

我又发现自己身处另一个地方——一个有顶棚的阳台,在这里可以俯瞰月光下的海湾。远处,笼罩在薄雾中的维苏威火山②浮现出熟悉的黑暗轮廓,但那是维苏威火山之前的样子。那时候还没有发生公元七十九年的火山大爆发,当时顶峰炸成了碎片,摧毁了庞贝古城③,夺走了数以千计的罗马人的生命。(这是伏尔甘④的错,他那周过得很糟糕。)

傍晚的天空一片青紫色,海岸线被火光、月亮和星星照亮了。我站在阳台上,脚下的马赛克地板嵌着闪闪发光的金色和银色瓷砖。很少有罗马人能负担得起这样的工艺品。墙上,用丝绸窗帘框起来的彩色壁画毫无疑问价值成千上万第纳尔币。我很清楚自己在什么地方:一座皇家别墅,帝国早期,那不勒斯海滨众多的游乐宫殿之一。通常这样一个地方会彻夜灯火通明,以显示权力和财富,但在这个阳台上,火把的光线却很弱,周围用黑布包裹着。

一个身材纤弱的年轻人站在一根柱子的阴影下,面朝大海。他的表情模糊不清,但他的动作传递出不安和焦虑的情绪。他拽着身上的白色长袍,双臂交叉在

---

① 此处原文为"trap"。
② 详见书末《阿波罗话语指南》的"维苏威火山"词条。
③ 详见书末《阿波罗话语指南》的"庞贝古城"词条。
④ 详见书末《阿波罗话语指南》的"伏尔甘"词条。

胸前,他穿着凉鞋的脚轻敲着地面。

第二个男人出现了,他像魁梧的战士一般喘着粗气走向阳台。他身上的盔甲叮当作响,头上的禁卫军头盔遮住了他的脸。

他跪在年轻人面前:"任务完成,第一公民①。"

第一公民,在拉丁语中是"排在第一"或"第一人"的意思——这是称呼罗马皇帝的委婉语,看似轻描淡写,其实彰显着他们所拥有的绝对权力。

"这次你确定吗?"一个年轻、尖细的声音问道,"我不想再有任何意外发生。"

禁卫军低声说道:"非常确定,第一公民。"

禁卫军伸出他粗壮且汗毛浓密的前臂。前臂上的抓痕在月光下发着光,仿佛被勇猛而且不顾一切的利爪划过了血肉。

"你用什么下的手?"这个年轻人听起来很感兴趣。

"他自己的枕头,"大个子说,"貌似这是最简单的死法。"

年轻人笑了:"他活该。我等这一刻已经等了好多年了。我们终于可以宣布他的死讯了。他还敢再活过来吗?我想不会的。对罗马来说,明天将是崭新的、更美好的一天。"

他走进月光下,他的脸露了出来——一张我曾希望再也不要见到的脸。

他长相英俊,身材瘦削,棱角分明,但耳朵有点突出。他的笑容扭曲,眼神像梭鱼一样冰冷。

亲爱的读者,即使你不认得他,我相信你也一定见过他这种人。这种人是学校里的恶霸,却因为太有魅力,从来不会被抓到。他是残忍恶作剧的幕后主谋,却让别人为他执行那些肮脏的计划,还能因此在老师当中保持着完美的声誉。他这种男孩,会折磨流浪动物,并以此为乐,开怀大笑,看起来无比"真诚",几乎可以让你相信这是无害的乐趣。他这种男孩会背着老奶奶们从寺庙的募捐盘里偷钱,老奶奶们却称赞他是个非常优秀的年轻人。

他就是那种人,那种邪恶的人。

今晚,他有了一个新名字,这对罗马来说,并不意味着明天会更美好。

---

① 详见书末《阿波罗话语指南》的"第一公民"词条。

禁卫军低下了头:"万岁,恺撒!"

我从梦中醒来,浑身发抖。"醒得真是时候。"格洛弗说。

我坐了起来,感到一阵头痛,嘴里还有一股斯特里克斯的味道。

我躺在一个用蓝色塑料布临时搭建的雨棚下,雨棚就搭在山坡上,往下俯瞰就是那片沙漠。太阳正在往下落。

梅格在我旁边蜷缩着睡着了,她的手放在我的手腕上,这一幕看似很温暖,但我知道她的手都摸过哪里。(提示:她的鼻孔。)

格洛弗坐在附近的一块石板上,小口喝着水壶里的水。他神情疲惫,我猜他在我们睡觉的时候一直在照看我们。

"我晕过去了?"我这样猜测。

他把水壶扔给我:"我以为我算睡得很沉的了,没想到,你昏睡了几个小时。"我喝了点水,抹掉了眼睛上的黏稠物。我真希望我能像擦眼屎一样把刚刚的梦境从脑海中轻易地抹去:一个被锁在着火的房间里的女人,一个给阿波罗的陷阱,一个新的恺撒,一个优秀的年轻人——脸上挂着反社会的愉快微笑。

别想了,我告诉自己,梦不一定是真的。

不,我又回答了自己:只有噩梦是真的,就像刚才那个。

我又将注意力转向梅格,她还在防水布的阴影下打着呼噜。她的腿刚刚包扎好。她那破烂的裙子外套了一件干净的T恤。我试图把我的手腕从她手中挣脱出来,但她却抓得更紧了。

"她没事,"格洛弗向我保证,"至少身体上没有大碍。我们安顿好你之后她就睡着了。"他又皱起眉头,"不过,她似乎不太高兴,她说她应付不了这个地方,想离开。我担心她会跳回迷宫,但我已经说服她需要先休息,还演奏了些音乐让她放松。"

我扫视了一下我们周围的环境,想知道是什么让梅格如此心烦意乱。

我们下方的环境,看起来只比火星宜居一点点。(我指的是星球,不是那个战神①,不过二者的待客之道都不够友好。)

---

① 此处原文为"Mars",有两个含义,一为火星,一为罗马神话中的国土、战争、农业和春天之神玛尔斯。

在阳光的照射下，可以看到赭石山脉围绕着山谷，山谷中一块块绿得不太自然的高尔夫球场不规则地拼凑在一起。尘土飞扬的荒芜平地、白灰色的泥墙、红色瓷砖屋顶和蓝色的游泳池组成了杂乱的人类街区。街道两旁，一排排无精打采的棕榈树像是参差不齐的针脚。停车场的沥青路面在高温下闪闪发光。空气中弥漫着棕色的薄雾，像是山谷中充满了水汪汪的肉汁。

"棕榈泉。"我说。

我很熟悉这个城市二十世纪五十年代的样子。我很确定，我和弗兰克·辛纳特拉[①]在那条路边的高尔夫球场旁举办过一个派对——我觉得那好像已经是另一段人生的事了，可能那真的是另一段人生吧。

现在这个地区似乎不那么受欢迎了——现在正值初春的夜晚，这里气温太高，空气太沉闷、刺鼻。情况有些不对劲，但我不大确定具体是怎么回事。

我环顾四周。我们在山顶扎营，西边是圣哈辛托荒野，一直往东延伸的是棕榈泉。一条砾石路蜿蜒向下，环绕着山脚，下方大约八百米处是距我们最近的街区，但我可以看出在我们所处的山顶曾经有一个巨大的建筑。

六个空心砖圆柱体深埋在岩石斜坡上，每个直径大约九米，很像糖厂废墟的残骸。每个圆柱体的高度各不相同，损毁程度也不同，但是它们的顶部都是水平的，所以我猜它们一定是高架房屋的巨大支柱。

山坡上散落着玻璃碎片、烧焦的木板、变黑的砖块——这座房子一定是多年前被焚毁的。

然后我意识到：我们一定是从其中一个圆柱体中爬出来逃出迷宫的。

我转向格洛弗："斯特里克斯呢？"

他摇摇头。"就算有活下来的穿过了草莓地，它们也不会冒险暴露在阳光下。何况那些植物已经填满了整个竖井。"他指着最远的环形砖墙，"我们一定是从那里出来的。再也没人能从那里进出了。"

"但是……"我指着废墟，"你确定这里是你说的基地？"

我希望他否定我的猜想：哦，不，我们的基地是下面那栋漂亮的房子，有奥林匹克规格的游泳池，就在高尔夫球场第十五洞旁边！

[①] 弗兰克·辛纳特拉（1915—1998），美国男歌手、演员、主持人。

他竟然看起来还挺高兴，回答道："是啊。这个地方有强大的自然能量。这是个绝佳的避难所。你感觉不到生命力吗？"

我捡起一块烧焦的砖块："生命力？"

"等着瞧吧。"格洛弗脱下帽子，抓挠着犄角，"从古至今，所有的木精灵都必须休眠到日落。他们只有这样才能生存，但他们很快就会醒来。"

一直如此。

我向西瞥了一眼。太阳刚刚落山。厚厚的红色和黑色云层像大理石花纹一样点缀着天空，这景色更适合魔多①，而不是南加州。

"这是怎么回事？"我问道，却不知道自己究竟想不想知道答案。

格洛弗悲伤地凝视着远方。"你没看到新闻吗？加州历史上最大的森林火灾。还有干旱、热浪和地震。"他颤抖了一下，"成千上万的木精灵已经死亡，还有数千名进入休眠状态。如果只是普通的自然灾害也就算了，虽然这已经够糟糕的了，但是——"

梅格在睡梦中尖叫起来。她突然坐起来，困惑地眨着眼睛。从她惊恐的眼神中，我看出她的梦境一定比我的更可怕。

"我们真的在这里？"她问道，"我没做梦？"

"没事了，"我说，"你很安全。"

她摇摇头，嘴唇颤抖着："不，不，我不安全。"

她笨手笨脚地摘下眼镜，好像如果视线模糊的话，可以帮助她更好地适应周围的环境。"我不能待在这里。不能再来了。"

"再来？"我问。

印第安纳预言中的一句话触动了我的记忆：**农神之女找到她古时根底**。"你是说你在这里生活过？"

梅格扫视了一下废墟。她耸耸肩，看起来很痛苦，但我不确定她是不知道还是不想回答。

沙漠似乎不太像梅格的家——梅格是曼哈顿的一个街头儿童，在尼禄的王室

---

① 魔多在英国作家托尔金的魔幻小说《魔戒》中是黑暗魔君索伦的领地，位于中土世界的东南部、安都因河以东。

家庭中长大。

格洛弗若有所思地捋着他的山羊胡子。"得墨忒耳的孩子……这说得通。"

我盯着他:"这个地方?伏尔甘的孩子还有可能,或者费罗尼娅[①]——荒野女神的孩子,甚至梅费提斯[②]——毒气女神的孩子都有可能,但是得墨忒耳?得墨忒耳的孩子在这里能种出什么呢?石头吗?"

格洛弗看起来很受伤:"你不明白。只要你看到大家——"

梅格从防水布下面爬了出来。她摇摇晃晃地站起来:"我必须离开。"

"等一下!"格洛弗恳求道,"我们需要你的帮助。至少和大家谈谈!"

梅格犹豫了:"大家?"

格洛弗指着北方。我站起身来,这才明白他指的是什么。我注意到了一排方形的白色建筑,总共六栋,半掩在废墟后面,看起来就像是……储藏室?不对,是温室。离废墟最近的那个很久以前就熔化倒塌了,毫无疑问是火灾的受害者。第二间小屋的波纹状的聚碳酸酯墙和屋顶像纸牌搭的房子一样坍塌了,但是另外四个看起来完好无损,外面堆着些陶土花盆。门敞开着。里面,绿色植物状物体紧贴在半透明的墙壁上——棕榈叶像巨大的手,互相推搡着,想挤到外面去。

我实在不懂,怎么会有生物活在这种炎热而又贫瘠的荒地中,更不用说生活在更加炎热的温室里了。我一点儿都不想再靠近那些会引发幽闭恐惧症的温室。

格洛弗露出了鼓励的笑容:"我很确定现在大家都已经苏醒了。来吧,我会把你们介绍给他们的!"

---

① 详见书末《阿波罗话语指南》的"费罗尼娅"词条。
② 详见书末《阿波罗话语指南》的"梅费提斯"词条。

5
急救仙人掌
请治愈我的伤口！
（但请不要留下黏液的痕迹）

格洛弗带我们来到了第一个完整的温室，这里散发出一股奇怪的味道，闻起来就像珀耳塞福涅的口气。

这可不是赞美之词。以前家庭聚餐时，这位春日小姐常坐在我旁边，她完全不羞于分享自己口臭的症状。想象一下装满湿肥和蚯蚓粪的垃圾箱的气味。是啊，春天太可爱了。

温室里完全是植物的领地。我觉得这很可怕，毕竟大部分植物都是仙人掌。门口摆着一棵菠萝一样的仙人掌，跟饼干桶大小差不多，它黄色的尖刺就像用来穿烤肉的扦子。在温室的角落里矗立着一棵雄伟的约书亚树[①]，粗糙的树枝支撑着屋顶。对面的墙上，一株巨大的仙人掌开出了花朵，几十根船桨形状的枝叶上布满尖刺，顶端长着紫色的果实，看起来很美味，只不过每一颗果实上面都布满尖刺，比阿瑞斯[②]最爱的钉锤上的刺还多。还有其他的多肉植物：盐角草，松笠

[①] 约书亚树，学名为短叶丝兰，是百合科丝兰属的单子叶植物。

[②] 详见书末《阿波罗话语指南》的"阿瑞斯"词条。

团扇,梨果仙人掌和一些其他我说不上名字的植物,它们把下面的金属桌子压得吱呀作响。在如此压抑的高温下置身于大量的荆棘和鲜花中,我的脑中突然闪过伊基·波普①在二〇〇三年的科切拉音乐节上的表演。

"我回来了!"格洛弗说,"我还带了朋友来!"

室内一片寂静。

即使是在日落时分,室内的温度仍然居高不下,空气浑浊不堪。我估计自己会在大约四分钟内中暑而死。要知道,我可是曾经的太阳神呀。

终于,第一个木精灵出现了。一个叶绿素气泡从仙人掌的侧面升起,逐渐膨胀直至破碎,变成绿色的薄雾。水滴凝聚成一个小女孩,她有翡翠般的皮肤、尖刺般的黄色头发,身着由仙人掌刺制成的流苏连衣裙。她的目光几乎和她的裙子一样锐利。庆幸的是,她的目光转向了格洛弗,而不是我。

"你去哪儿了?"她问道。

"啊,"格洛弗清了清嗓子,"我被召唤走了,是魔法召唤的。稍后我会告诉你详细经过。你看,我把阿波罗带来了!还有梅格,她是得墨忒耳的女儿!"

他炫耀梅格的样子,就好像她是《购物街》这种电视节目中颁发的超级大奖。

"嗯,"木精灵说,"我想得墨忒耳的女儿应该没问题。我是梨果仙人掌,叫我小梨就可以。"

"嘿。"梅格虚弱地说。

木精灵眯起眼睛看着我。她的裙子满是尖刺,我希望她不要用拥抱我的方式来打招呼。"你就是阿波罗,那个太阳神?"她问道,"我不相信。"

"有时候,我也不信。"我坦白道。

格洛弗扫视了一下房间:"其他人在哪里?"

恰在此时,另一个叶绿素气泡突然出现在一株多肉植物上。第二个木精灵出现了——那是一个大块头女人,穿着一身洋蓟外壳一般的长袍。她的头发由很多深绿色的三角形组成,她的脸和手臂闪闪发光,就像身上刚刚涂了油一样(我希望那是油脂而不是汗水)。

---

① 伊基·波普(1947—),美国男歌手,被誉为"朋克音乐的教父"。

"哦！"看到我们伤痕累累的样子，她大叫一声，"你们受伤了吗？"

小梨翻了个白眼："芦荟，别闹了。"

"但是他们看起来受伤了！"芦荟往前凑了凑。她拉着我的手，触感冰冷又滑腻。"至少让我来治疗这些伤口吧。格洛弗，你为什么不治好这些可怜的人？"

"我试过了！"半羊人抗议道，"但是他们伤得太重了！"

我心想，这句话可以当作我的人生格言：他伤得很重。

芦荟用指尖抚过我的伤口，留下黏黏的痕迹，像鼻涕虫爬过后留下的轨迹。这种感觉并不愉快，但确实减轻了疼痛。

"你是芦荟，"我反应过来，"我以前用你做过疗愈药膏。"

她微笑着说："他记得我！阿波罗记得我！"

在房间的后面，第三个木精灵从约书亚树的树干中冒了出来——一个雄性木精灵，这种精灵非常罕见。他的皮肤呈现树皮一样的棕色，橄榄色的长发乱蓬蓬的，穿着饱受风雨摧残的卡其布衣服，很像一个刚从旷野中归来的探险家。

"我是约书亚树，"他说，"欢迎来到厄萨勒斯。"

就在这时，梅格·麦卡弗里决定晕倒。

我早该告诉她，在一个迷人的男孩面前晕倒一点儿都不酷。几千年来，我对这一招完全免疫。尽管如此，作为一个好朋友，我还是在她摔倒之前扶住了她。

"啊，可怜的姑娘！"芦荟向格洛弗投去批评的眼神，"她已经筋疲力尽，而且热坏了。你没让她休息吗？"

"她整个下午都在睡觉！"

"嗯，她脱水了。"芦荟把手放在梅格的额头上，"她需要水分。"

小梨嗅了嗅："我们都需要水分。"

"带她去水池，"芦荟说，"美丽现在应该醒了。我随后就来。"

格洛弗激动起来："美丽在这里？他们成功了？"

"他们今天早上到的。"约书亚树说。

"搜索队怎么样？"格洛弗进一步询问道，"有什么消息吗？"

木精灵互相使了个眼色，显得焦躁不安。

"得到的消息不太好，"约书亚树说，"到目前为止，只有一队回来了，而且——"

"不好意思，"我恳求道，"我不知道你们在说什么。梅格挺沉的，我应该把她放在哪里？"

格洛弗动了动。"对了，抱歉，我带你去。"他把梅格的左臂搭在肩膀上，担起了她一半的重量，然后他看向木精灵，"伙计们，我们一起去水池边吃饭怎么样？我们有很多事情需要谈一谈。"

约书亚树点点头："我会通知其他温室。格洛弗，你答应过要请我们吃墨西哥卷饼的，三天前。"

"我知道。"格洛弗叹了口气，"我会多弄一些。"

我们俩一起把梅格拖出温室。

当我们拖着她走上山坡时，我问了格洛弗我最想知道的问题："木精灵还吃墨西哥卷饼？"

他看起来有点生气："当然！你以为他们只吃肥料吗？"

"嗯……是啊。"

"刻板印象。"他喃喃自语。

我觉得是时候换个话题了。

"是我的错觉，"我问，"还是梅格真的因为听到这个地方的名字而晕倒了？厄萨勒斯。如果我没记错的话，这在古希腊语中是'常青'的意思。"

给沙漠中的某个地方取这个名字是很奇怪的。话说回来，没有什么比吃墨西哥卷饼的木精灵更奇怪的了。

"我们发现这个名字刻在旧门槛上，"格洛弗说，"关于这片废墟，我们有很多地方并不了解，但就像我说的，这个地方有强大的自然能量。不管是谁曾住在这里，并建造了这些温室……他都很清楚自己在做什么。"

我希望我也能这么说。

"木精灵不是在那些温室里诞生的吗？他们不知道自己是被谁种下的吗？"

格洛弗说："温室烧毁时，大多数木精灵都太小了。一些年长的木精灵可能知道更多信息，但他们已经休眠了，或者……"他朝被毁的温室点点头，"他们已经离开我们了。"

我们对着死去的多肉植物沉默了一会儿。

格洛弗带我们来到最大的圆柱体那里。从它的大小和位于正中央的位置来看，我想它一定曾经是这个结构的中心支柱。长方形开口像中世纪城堡的窗户一样环绕着四周。我们拖着梅格进入其中一个开口，发现这里与之前跟斯特里克斯战斗时所处的竖井十分相似。

顶部向天空敞开。一个螺旋斜坡向下延伸，幸好，距离底部只有二十英尺。在泥土地板的中央，有一个闪闪发光的深蓝色水池，就像巨大的甜甜圈中间的洞。水池让周围的空气变得凉爽且舒适，十分宜人。水池周围放着一圈睡袋。仙人掌从壁龛中开出花朵。

水池的结构并不复杂，一点儿也不像混血营的餐厅或者印第安纳州的中继站，但一进入里面，我立刻感觉更好、更安全了。我明白了格洛弗的意思。这个地方回荡着舒缓的能量。

我们把梅格带到斜坡底部，没有被绊倒、摔倒，我认为这是一项重大成就。我们把她放在一个睡袋上，格洛弗扫视了一下整个房间。

"美丽？"他叫道，"喜洋洋？你们在吗？"

喜洋洋这个名字听起来有点耳熟，但和往常一样，我记不起来了。

植物中没有叶绿素气泡冒出。梅格转过身，在睡梦中喃喃自语，听起来像是在说"桃子"的事。随后，在池塘边，一缕缕白雾开始聚集在一起。它们融合成一个穿着银色连衣裙的娇小女子的形状。她就像处于水下一般，黑发漂浮在周围，微尖的耳朵露了出来。她的一边肩膀上挂着一条背带，背带里有一个正在酣睡的七八个月大的婴儿，婴儿长着蹄子，头上长着山羊角，胖嘟嘟的脸颊紧贴着母亲的锁骨。他的嘴称得上装着口水的聚宝盆。

云精灵（那一定是她的真实身份）对格洛弗露出微笑。由于睡眠不足，她棕色的眼睛布满血丝。她举起一根手指放在唇边，表示她不想吵醒婴儿。我不怪她。这个年龄的半羊人宝宝声音大，爱吵闹，一天能消耗几个金属罐用来磨牙。

格洛弗低声说："美丽，你做到了！"

"格洛弗，亲爱的。"她低头看着梅格熟睡的样子，然后歪着头看向我，"你是，你就是他吗？"

"如果你指的是阿波罗，"我说，"恐怕是的。"

美丽噘起嘴："我听到了谣言，但我不相信。你这个可怜的家伙，过得怎么样？"

要是放在过去，如果有云精灵胆敢叫我"可怜的家伙"，我一定会狠狠嘲弄她一番。当然，很少有云精灵会这样关心我。通常他们都忙着逃离我身边。现在，美丽的关心让我的喉咙不禁哽住了。我很想把头靠在她的另一个肩膀上，向她哭诉我的烦恼。

"我……我很好，"我勉强说道，"谢谢你。"

"你睡在这里的朋友呢？"她问道。

"我想，她只是太累了。"尽管我不确定梅格的情况究竟是不是疲惫造成的，"芦荟说她几分钟后会过来照顾她。"

美丽看起来很担心："好吧，我会看着芦荟，不让她做得太过头。"

"太过头？"

格洛弗咳嗽了一声："喜洋洋在哪里？"

美丽扫视了一下房间，好像刚刚意识到喜洋洋不在。"我不知道。我们一到这里，我就休眠了一天。他说他要进城去拿一些扎营的装备。现在几点了？"

"日落之后。"格洛弗说。

"他早该回来了。"美丽的身影因心情激动而闪烁着，变得如此朦胧，我真担心婴儿会穿过她的身体掉下来。

"你丈夫喜洋洋，"我猜道，"是一个半羊人？"

"是的，喜洋洋·海治。"美丽说。

我依稀记得他——那个曾与"阿尔戈二号"的半神英雄出航探险的半羊人。"你知道他去了哪里吗？"

"我们开车下山时，路过了一家军备用品商店。他很爱逛军备用品商店。"美丽转向格洛弗，"他可能只是有事耽搁了，但是……你能不能去找找他？"

那一刻，我才意识到格洛弗·安德伍德究竟累成什么样子了。他的眼睛比美丽的还要红，肩膀垮了下来。他的牧笛无精打采地挂在脖子上。不像我和梅格，他昨晚在迷宫里就没有睡过觉，还使用了"潘神的叫声"，保护我们来到安全的地方，然后又花了一整天守着我们，直到木精灵醒来。现在又有人向他请求，让他再次踏上旅途去找喜洋洋先生。

尽管如此，他还是挤出了一丝微笑："没问题，美丽。"

她在他的脸颊上轻啄了一下："你是有史以来最棒的旷野之神！"

格洛弗脸红了："照顾好梅格·麦卡弗里，等我们回来，好吗？走吧，阿波罗。我们去购物吧。"

6
随机的火舌
地松鼠啃噬着我的神经
我喜欢沙漠

虽然已经活了四千年,但我还是可以学到重要的人生经验,比如:永远不要和半羊人去购物。

我们花了很长的时间才找到商店,因为格洛弗一直没法集中注意力。他停下来和一株丝兰聊家常,还帮地松鼠一家指引方向。他闻到了一丝烟味,于是带着我们穿越沙漠,最后发现是有人在路上扔了一截没有掐灭的烟。

"这会引起火灾。"他说,然后把它丢进嘴里,用吃掉它的方式负责地处理了垃圾。

我在方圆一英里①内没有看到任何可能着火的东西,也十分肯定石头和泥土不是可燃物,但我从不与吃烟头的人争论,于是我们继续寻找军备用品商店。

夜幕降临了。西边的地平线方向闪闪发光,不是那种平常会见到的橙红色的光污染,而是遥远的冥界之火一般的血红色。烟雾遮住了星星,天气依然炎热,空气中仍然充满苦涩的味道。闻起来不太对劲。

---

① 1英里≈1609米。

我想起了迷宫中那片差点把我们烧成灰烬的火焰。这股热量似乎有自己的个性，夹带着怨恨的恶意。我可以想象这种火焰正在沙漠表面下流动，涌过迷宫，把迷宫上面的凡人世界变成一片无法居住的荒地。

我想起了我的梦境，那个戴着铁链的女人站在熔岩池中的平台上。尽管我的记忆模糊，但我确信那个女人就是厄立特利亚女先知①，是我们必须从皇帝手中解救出来的下一位神谕祭司。直觉告诉我她被囚禁在地下火源的中心地带，但我真是一丁点儿想去找她的欲望都没有。

"格洛弗，"我说，"在温室时，你提到了搜索队的事？"

他瞥了一眼，艰难地吞了一下口水，仿佛刚刚那根烟头还卡在他的喉咙里。

"热心肠的半羊人和木精灵——他们已经在这个地区分散搜索了好几个月了。"他的眼睛始终盯着马路，"我们没有多少人手。由于火焰和高温，仙人掌精灵是唯一还能现身的大自然精灵。到目前为止，只有少数人活着回来了。其他人……下落不明。"

"他们在找什么？"我问，"火焰的来源？皇帝？还是神谕？"

格洛弗穿着鞋的蹄子在砾石路上打滑了："所有事情都是有关联的。事实必定如此。在你跟我说神谕的事情之前，我不知道这回事，但如果皇帝把她抓了起来，他一定会把她藏在迷宫里，而迷宫又是这场大火的源头。"

"你说的迷宫，"我说，"是指魔幻迷宫吗？"

"算是吧。"格洛弗的下唇颤抖着，"南加州下面的隧道网络，我们猜它是整个迷宫的一部分，但它现在不太对劲。这部分的迷宫就像受到了……感染。就像是在发烧，火焰在聚集，逐渐变强。有时，它们会累积并喷涌而出——看那里！"

他指向南方。在最近的山上，距山脚四百米左右的地方，一缕黄色火焰像焊枪一样向天空喷射，然后消失不见，留下一片已熔化的岩石。我不禁想着，火焰喷发时，如果我站在火焰喷射口，后果会如何。

"这不正常。"我说。

我感觉我的脚踝摇晃起来，好像装了假脚。

格洛弗点点头。"加州已经有足够多的问题了：干旱、气候变化、污染，常见

---

① 详见书末《阿波罗话语指南》的"厄立特利亚女先知"词条。

问题应有尽有。但是那些大火，"他的表情变得冷酷，"那是某种我们不理解的魔法。我在这里待了将近一整年，试图找到火焰的来源，并把它熄灭。我已经因此失去了太多朋友。"

他有些哽咽。我理解失去朋友的滋味。几个世纪以来，我失去了许多我珍爱的凡人，但在那一刻，我尤其想念狮鹫爱洛伊丝，为了保卫她的家园，保护我们免受康茂德的攻击，她死在了中继站。我记得在埃米的屋顶花园里，她虚弱的身体上的羽毛化成花圃中的一片片猫薄荷。

格洛弗跪下，用手捧着一丛杂草。草叶已经变成了碎屑。

"太迟了，"他喃喃自语，"我曾经是搜索者，曾外出寻找潘神。至少我怀抱希望，我以为我能找到潘神，他会拯救我们所有人。现在……荒野之神已经死了。"

我扫视着棕榈泉闪烁的光线，试图想象潘神待在这样一个地方的场景。人类已经做出了许多伤害自然的事，难怪潘神会频繁消失，直至死去。他将意志留给追随者们——半羊人和木精灵，委托他们执行保护野生动物的使命。

我本可以告诉潘神这是个糟糕的主意。有一次我去度假，把音乐领域托付给我的追随者纳尔逊·里德尔①掌管。几十年后，等我回来时，却发现流行音乐竟然遭到了小提琴跟和声歌手的污染，劳伦斯·韦尔克②竟可以在黄金时段的电视节目中演奏手风琴。绝对不会有下一次了。

"潘神会为你的努力感到骄傲。"我告诉格洛弗。

我自己都觉得这听起来言不由衷。

格洛弗起身："我父亲和叔叔为了寻找潘神牺牲了自己的生命。我只是希望能得到更多的帮助来完成他们的使命。人类似乎不在乎，半神也是这样，就连……"

他没有继续说下去，但我想，他未说出口的话是，就连天神也不在乎。

我不得不承认他说得有道理。

失去一只狮鹫，几个木精灵，抑或是整个生态圈，对于一名天神来说，通常都不是那么值得惋惜的事情。我们会想，这与我们无关！

---

① 纳尔逊·里德尔（1921—1985），美国著名音乐人，曾获奥斯卡最佳原创配乐或改编配乐奖。

② 劳伦斯·韦尔克（1903—1992），美国手风琴演奏家、乐队指挥。

我变成凡人的时间越久,便越对小事患得患失。

我讨厌成为凡人。

我们沿着道路绕过一个有大门的社区,向远处商场的霓虹灯招牌走去。我看着脚下,每走一步都在想会不会有火焰从脚下蹿出来。

"你说过,一切都是相互关联的,"我回忆道,"那你觉得是第三位皇帝创造了这个烈焰迷宫吗?"

格洛弗左右扫视了一下,仿佛是害怕第三位皇帝会手拿斧头,头戴面具,从棕榈树后面跳出来一样。以我对第三位皇帝身份的猜测,有这种顾虑不算过分。

"是的,"他说,"但我们不知道他是怎么做到的,也不知道他为什么要这样做。我们甚至不知道他的总部在哪里。据我们所知,他总是到处游荡。"

"还有……"我咽了口唾沫,害怕地问,"皇帝的身份?"

"我们只知道他名字的缩写是NH,"格洛弗说,"那是尼奥斯·赫利俄斯①的缩写。"

我感觉仿佛有一只地松鼠正沿着我的脊柱向上爬。"在希腊语里,那是新太阳神的意思。"

"没错,"格洛弗说,"但这不是罗马皇帝的名字。"

确实不是,但这是他最喜欢的名号之一,我这样想。

身处黑暗之中,身边只有一个神经兮兮的半羊人做伴,但我还是决定不要分享这个情报。如果我坦白说出已知的真相,格洛弗和我可能会崩溃,在对方的怀里哭泣。这情景太尴尬,而且对我们没有任何帮助。

我们穿过了社区大门,上面写着"沙漠棕榈"几个字。(居然有人花钱请人起这种名字?)

我们继续走向最近的商业街,那里有快餐店,我们还看到了加油站的灯光。

"我希望美丽和喜洋洋会有新的情报,"格洛弗说,"他们一直和几个半神待在洛杉矶。我想他们也许运气好一点儿,能追踪到皇帝的下落或者找到迷宫的中心。"

---

① 此处英文原文为"Neos Helios"。详见书末《阿波罗话语指南》的"尼奥斯·赫利俄斯"词条。

"海治一家就是因为这件事来到棕榈泉的吗？"我问，"为了分享情报？"

"这是部分原因。"格洛弗的语气暗示了美丽和喜洋洋此行背后肯定有更黑暗、更悲伤的理由，但我没有追问。

我们在一个大型十字路口停了下来。林荫大道对面有一家仓库商店，商店上面挂着一个发光的红色招牌：疯狂马克军备用品店。停车场是空的，只有一辆旧旧的黄色福特平托车①停在入口处。

我又看了一遍商店招牌。第二次看时，我意识到上面写的不是马克，而是马克洛。可能我跟半神们相处的时间太久了，染上了一点儿他们的阅读障碍症。

"疯狂"加上"军备用品"，这听起来就不是一个我想去的地方。马克洛②是宏观的意思，或者指软件编程中的功能，又或许是别的东西，但是，为什么这个名字让我的神经系统再次有了被一群地松鼠攻击的感觉？

"好像没开门，"我闷闷地说，"肯定不是这家军备用品店。"

"不。"格洛弗指着黄色福特平托车，"那是喜洋洋的车。"

当然是了。凭我的运气，怎么可能不是呢？

我想逃跑。巨大的红色招牌上血红色的灯光"冲刷"着沥青马路。我不喜欢这种感觉，但是格洛弗·安德伍德曾带我们穿过迷宫，我知道他已经失去了太多朋友，所以我不能让他再失去喜洋洋。

"好吧，我们去找喜洋洋·海治吧！"

---

① 福特平托车价格低廉，但其设计有缺陷，油箱容易泄露并引发火灾。
② 此处英文原文为"Macro"，有"宏观的，宏指令"等意思。

7
家庭娱乐礼包
应该装着冷冻比萨
而不是手榴弹

在军备用品商店里找到一个半羊人能有多难？

事实证明，相当困难。

疯狂马克洛军备用品店大得看不见尽头，货架一排接着一排，摆放着的全是正规部队淘汰的装备。商场入口旁摆着一个巨大的铁桶，上面的紫色霓虹灯标志写着：探险遮阳帽，买三送一！过道尽头的货架上堆着很多装丙烷的桶，它们被摆成了圣诞树的样子。我们还能看到用焊枪的软管围成的花圈，上边摆着的牌子写着：永远适合这个季节！还有两排货架，每排肯定都有四百米，用于摆放各种迷彩服装——沙漠棕、森林绿、北极灰，还有亮粉色，以防你的特种部队小组需要潜入一个公主主题的儿童生日派对。

每条过道上都挂了标识，上面写着：冰球天堂、手雷拉环、睡袋、煤油灯、野营帐篷、大尖棍。在商店的远端，离门口大概有半天路程的地方，挂着一面巨大的黄色横幅，上面的大字好像是在大声喊叫：枪支弹药！！！

我瞥了一眼格洛弗，在刺眼的日光灯下，他的脸看起来更苍白了。

"我们要从露营用品开始找起吗？"我问。

他的视线扫过一排五颜六色的尖枪，嘴角渐渐垂了下来。"我了解海治教练，他会往有枪支的方向移动的。"

于是，我们便开始向遥远的应许之地——枪支弹药区跋涉！

我不喜欢商店里过于明亮的灯光，不喜欢过于欢快的罐头音乐[①]，更不喜欢这个地方调得太冷的空调，感觉就像是在太平间里。

这里员工不多，没人理会我们。一个年轻人在用标签枪给一排便携式厕所打上降价 50% 的促销标签。另一名员工一动不动地站在快递服务登记处，面无表情，看起来十分无聊。每个员工都穿着一件黄色背心，背上印着马克洛的标志：一个微笑的罗马百夫长，比着 OK 的手势。

我不喜欢这个标志。

商店前面有一个比较高的岗亭，岗亭的有机玻璃隔板后面放了一张商店主管的桌子，就像监狱中典狱长的岗哨一样。一个壮得像公牛的男人坐在那里，他的光头闪闪发光，脖子上的青筋都鼓了出来，正装衬衫和黄色背心几乎装不下他粗大的手臂肌肉。他的白色眉毛非常浓密，这让他的表情看起来像是吃了一惊。当他看着我们走过时，他露出的笑容让我毛骨悚然。

"我们好像不应该在这里。"我对格洛弗嘟囔着。

他看着主管："我很确定这里没有怪物，否则我会闻到它们的味道。那家伙是个人。"

这并没有让我放心，毕竟有好多人我都不喜欢，尽管如此，我还是跟着格洛弗往商店深处走。

他的推测没有错，喜洋洋·海治就在枪械区。他一边吹着口哨，一边往购物车里塞步枪瞄准镜和枪管刷。

我明白格洛弗为什么管他叫教练了。海治穿着亮蓝色的双层聚酯纤维运动短裤，露出毛茸茸的山羊腿，戴着红色棒球帽，穿着白色马球衫，脖子上挂着哨

[①] 罐头音乐多指电视广告中的插曲、企业的宣传片音乐、好莱坞电影宣传片的配乐等，就像罐头一样，打开就可以直接食用，各个段落间没有内在联系，没有贯穿始终的音乐主题。

子,就好像随时准备去做一场足球比赛的裁判一样。

从他饱经风霜的相貌来看,他比格洛弗年纪要长些,但是半羊人的年纪向来很难判断。他们成熟的速度大约是人类的一半。比如,格洛弗按人类年龄算有三十多岁,但用半羊人的岁数算的话,他只有十六岁,而教练——如果按人类年龄算的话——大概是四十到一百岁之间。

"喜洋洋!"格洛弗叫道。

教练转过身,咧嘴一笑。他的购物车里装满了饼干、弹药箱和塑封的手榴弹。

"嘿,安德伍德!"他说,"来得真是时候!帮我挑选一些地雷。"

格洛弗缩了回来:"地雷?"

"嗯,只是空弹壳,"喜洋洋指着一排看起来像水壶的金属罐,"但我想我们可以往里面放炸药,这样就可以再次被当作地雷使用啦!你喜欢'二战'时的模型吗?"

"呃……"格洛弗抓住我,把我往前推了一把,"喜洋洋,这是阿波罗。"

喜洋洋皱起眉头。"阿波罗……太阳神阿波罗?"他从头到脚打量着我,"比我们想象的还要糟啊。孩子,你得多做些核心训练呀。"

"谢谢,"我叹了口气,"这话我还是第一次听呢。"

"我可以督促你健身,"海治若有所思地说道,"但首先,帮我个忙。木制地雷还是阔刀地雷?选哪种?"

"我以为你是在买野营用品。"

喜洋洋挑了挑眉。"这些就是野营用品。现在我和我的妻儿要在户外的水池边扎营,我最好全副武装,在四周全部布置上压力引爆的炸药,这样我会安心许多!我得保护我的家人啊!"

"但是……"我看了一眼格洛弗。格洛弗摇了摇头,仿佛在说,不要尝试说服他。

亲爱的读者,现在,你可能想提这样的问题:阿波罗,你为什么会持反对意见?喜洋洋·海治说得对!如果可以用地雷和机枪来对付怪物,为什么还要摆弄剑和弓呢?

唉,在与古老的力量作战时,先进的现代武器都是不可靠的。在超自然战斗中，人类制造的标准枪炮装置很容易卡壳，炸药也可能不会正常工作，常规弹药只会惹恼大多数的怪物。有些英雄确实使用枪械，但是他们的弹药必须由魔法金属制成——仙铜、帝国黄金①、冥铁②等。

不幸的是，这些材料十分少见。用魔法打造的子弹十分讲究，但它们只能使用一次，而由魔法金属制成的刀剑则可以持续使用数千年之久。当与蛇发女妖戈耳工或者九头蛇战斗时，"射击并祈祷"的战略是不切实际的。

"我想你已经配齐了各种各样的补给品，"我说，"美丽很担心你。你已经离开一整天了。"

"不，我没有！"海治说，"等等，现在几点了？"

"天已经黑了。"格洛弗说。

海治教练眨了眨眼："真的吗？啊，糟糕。我想我花了太多的时间挑选手榴弹了。好吧。我想——"

"打扰一下。"一个声音从我背后传来。

格洛弗好像被吓得尖叫了一声，也可能是我叫的，谁知道呢？我转过身来，发现坐在岗亭里的大个子秃头男已经偷偷溜到了我们身后。这偷溜的功夫真厉害，因为他将近两米一，体重一定有两百七十多斤。两名员工一左一右地跟着他，两人都面无表情地盯着空中，手里拿着标签枪。

主管咧嘴一笑，浓密的白色眉毛向上竖起，牙齿的颜色就像大理石墓碑一样。

"很抱歉打扰你们，"他说，"平时没有什么名人光顾这里，我只是……必须要确认一下，你是阿波罗吗？我是指……太阳神？"

他听起来对自己的猜测很是沾沾自喜。我看着我的半羊人伙伴们。喜洋洋点点头，格洛弗则用力摇头。

"如果我是阿波罗呢？"我问主管。

"啊，那么你们买的东西全部免费！"主管喊道，"我们会铺上红地毯迎接你的到来！"

---

① 详见书末《阿波罗话语指南》的"帝国黄金"词条。
② 详见书末《阿波罗话语指南》的"冥铁"词条。

真是个卑鄙的伎俩。我一直很吃红地毯这套。

"既然这样,是的,"我说,"我就是阿波罗。"

主管惊呼了一声——我以前射中厄律曼托斯大野猪①的屁股时,它发出的就是这样的声音。

"我就知道!我是你的粉丝。我的名字是马克洛。欢迎来到我的商店!"

他瞥了一眼他的两名雇员,说道:"把红地毯拿出来,这样我们就可以把阿波罗卷进去,好吗?但首先,我们来把这两个半羊人干净利落地解决掉。这真是太荣幸了!"

员工们举起他们的标签枪,准备把我们标记成清仓大甩卖的商品。

"等等!"我大喊。

店员们犹豫了一下。从近处看着他们,我才意识到他们有多像:同样油腻的黑发,同样呆滞的眼神,同样僵硬的姿势。他们可能是双胞胎,或者——一个可怕的想法渗入了我的大脑——是同一生产线上的产品。

"我,嗯,呃……"我决定将诗意进行到底,"如果我不是真正的阿波罗呢?"

马克洛的笑容渐渐凝固:"那么,我会除掉你,因为你让我很失望。"

"好吧,我是阿波罗,"我说,"但是你不能这样对待你的顾客。这可不是军备用品店的经营之道!"

在我身后,格洛弗和海治教练扭打在一起。海治教练一边拼命想要打开一包家庭装的手雷,一边抱怨着加固的外包装。

马克洛紧握着他肥硕的双手。

"我知道这非常没礼貌。我很抱歉,阿波罗大人。"

"那么……你不会除掉我们吗?"

"嗯,就像我说的,我不会除掉你。皇帝有另外的计划。他需要你活着!"

"计划。"我说。

我讨厌计划。计划总让我想起一些恼人的事情,比如宙斯百年一次的目标设定会议,危险而复杂的攻击行动,还有雅典娜。

"但是你不能除掉……"我结结巴巴地说,"我的朋友们。像我这种地位的天

---

① 详见书末《阿波罗话语指南》的"厄律曼托斯大野猪"词条。

神，在没有随从的情况下，是不能被卷进红地毯的！"

马克洛打量了一眼半羊人们，他们仍在争夺塑料包装的手雷。

"嗯，"主管说，"对不起，阿波罗大人，但是你看，这可能是我重新获得皇帝信任的唯一机会。我非常肯定，他不会想要半羊人的。"

"你是说……你不受皇帝的信任？"

马克洛叹了口气。他卷起袖子，好像已经预料到了即将会有一场艰难而沉闷的殊死之战。"恐怕是这样。我显然没有主动要求被流放到棕榈泉！唉，第一公民对他的安全部队非常挑剔。我的手下出过太多次问题，他就把我们送到了这里。他用可怕的斯特里克斯、雇佣兵和大耳朵代替了我们。你能相信吗？"

我既不能相信也不能理解，大耳朵是什么？

我端详着那两名员工，他们仍然待在原地，随时准备使用标签枪，但他们的眼睛没有聚焦，脸上毫无表情。

"你的员工是机器人，"我意识到，"他们是皇帝以前的军队里的人吗？"

"唉，是的，"马克洛说，"不过，他们本事很大。只要我把你献给皇帝，他肯定会认同我们的实力并且原谅我的。"

他的袖子现在已经被挽到肘部以上，露出旧的白色伤疤，仿佛多年前，他的前臂被一个歇斯底里的受害者抓伤过……

我突然想起了我梦见的皇宫，在那个场景中，禁卫军跪在了他的新君面前。

太迟了，我想起了那位禁卫军的名字——内韦厄斯·苏特力俄斯·马克洛[①]。

马克洛向他的机器人员工微笑："真不敢相信，阿波罗还记得我。这真是太荣幸了！"

他的机器人员工仍然不为所动。

"你害死了提比略皇帝。"我说。

马克洛看起来很羞愧："嗯，他当时已经死了百分之九十。我只是帮了点忙。"

"你这么做是为了……"恐惧像一个冰冷的玉米卷一般沉入我的胃里，"下一个皇帝——尼奥斯·赫利俄斯。是他。"

马克洛急切地点点头："没错！唯一的盖乌斯·朱利乌斯·恺撒·奥古斯都·日

[①] 详见书末《阿波罗话语指南》的"内韦厄斯·苏特力俄斯·马克洛"词条。

耳曼尼库斯!"

他张开双臂,好像在等待掌声。

半羊人们停止了打斗。海治继续咀嚼着手雷的外包装,不过塑料包装层很厚,即使他是半羊人,也很难用牙齿咬烂。

格洛弗往后退了几步,把手推车放在自己和商店员工之间。"盖什么斯?"他瞥了我一眼,"阿波罗,这是什么意思?"

我咽了口唾沫:"意思就是赶紧跑。马上!!"

8
我们炸了些东西
你以为所有的东西都爆炸了？
不，我们找到了更多的东西

大多数半羊人都很擅长逃跑。

然而，喜洋洋·海治并不是大多数中的一个。他从手推车里抓起一把枪管刷，大喊道："去死吧！"然后直接向那个体重两百七十斤的商店主管冲了过去。

就连机器人都惊讶得没有反应过来，这大概救了海治的命。紧接着，两名店员开始疯狂射击，这时，我抓住了半羊人的衣领，把他拖了回去。一大堆亮橙色的折扣贴纸在我们头上飞过。

我拉着海治穿过过道，他猛踢一脚，把购物车踢翻在敌人脚下。一张折扣贴纸擦伤了我的手臂，那贴纸划过的力道很大，感觉就像被愤怒的泰坦女神打了一巴掌。

"小心点！"马克洛对他的人喊道，"我要的是完整的阿波罗！"

喜洋洋抓着货架，抓起一个马克洛自动燃烧瓶的样品（买一个，送两个！），向敌人丢过去，同时大喊道："看招！"

马克洛惊呼一声，眼看着燃烧瓶掉落在海治踢翻的弹药箱中间，紧接着，正如广告中宣传的一样，弹药箱中猛地出现了一团烈火。

"从上面翻过去！"海治一把抱住我的腰，把我像一袋足球一样甩在肩上。他爬上货架，展现了山羊史诗级别的攀岩功力，然后，他纵身一跃，跳进了相邻的一排过道。这时，我们的身后传来了弹药的爆炸声。

我们落在了一堆卷起的睡袋里。

"继续跑！"海治大叫，好像我不知道现在要逃跑一样。

我跌跌撞撞地跟在他后面，耳朵嗡嗡作响。从我们刚离开的过道那里传来了撞击声和尖叫声，马克洛听起来就像是在热锅上跑来跑去，锅里还蹦着爆米花。

我没有看到格洛弗的踪迹。

当我们到达过道尽头时，一名店员在拐角处包抄过来，手里举着他的标签枪。

"嘿，你好！"海治给了他一记回旋踢。

这一招的难度系数可是出了名地高。就连战神阿瑞斯在练习时，偶尔也会摔倒，而且还摔断了自己的尾椎骨。（详情请参见去年在奥林匹斯山上疯传的视频，视频标题是"阿瑞斯太弱了"，但是把视频传到网上的那个人可不是我。）

令我惊讶的是，海治教练完美地完成了这个动作。他一蹄子踢到了店员的脸上，机器人马上就不再动了。

"哇，"喜洋洋看了看他的蹄子，"山羊铁蹄护理蜡真的很管用！"

倒在地上的店员让我回想起印第安纳波利斯山脉的无头族。

我没有时间细想可怕的过去，眼前的情况已经让我应付不来了。

在我们身后，马克洛喊道："好吧，你们做了些什么好事？"

主管站在过道的尽头。他的衣服沾满了煤烟，黄色背心被烧出了许多窟窿，看起来像一块冒着烟的瑞士奶酪，然而不知何故——可能是我的运气太好了吧——他竟然毫发无伤。第二个店员站在他身后，他的机器大脑着火了，但显然这对他并没有造成任何困扰。

"阿波罗，"马克洛斥责道，"和我的机器人战斗是没有意义的。这是一家军备用品店，我还有五十个这样的机器人存在仓库里。"

我瞥了一眼海治："我们赶紧逃出去。"

"走，"海治从附近的架子上抓起一根槌球杆，"即使对我来说，五十个机器人也不好应付。"

我们绕过野营帐篷区,蜿蜒穿过曲棍球天堂,试图回到商店入口。几个通道之外,马克洛命令道:"抓住他们!我可不想再次被迫自杀!"

"再次?"海治喃喃地说,同时把身体缩进了曲棍球模特的胳膊下面。

"他为皇帝效忠。"我喘着粗气,努力跟上,"老朋友,但是……呼……皇帝不信任他,下令逮捕他……呼……处决他。"我们在货架尽头的展示牌处停了下来。喜洋洋在拐角处偷偷观察敌人的踪迹。

"所以马克洛自杀过?"海治问道,"真是个笨蛋。皇帝想杀了他,他为什么还要为皇帝做事?"

我擦去眼角的汗水。说真的,为什么凡人的身体会出这么多汗?"我猜,是皇帝把他复活了,给了他第二次机会。罗马人对忠诚的态度有些奇怪。"

海治嘟囔着:"说到这里,格洛弗在哪里?"

"可能在回水池的路上,如果他聪明的话。"

海治皱起眉头:"不,我不相信他会这么做。嗯。"他指着前方,那里的滑动玻璃门外就是停车场。海治教练的黄色福特平托车停得很近,显得非常诱人——我敢打赌,这是"黄色""福特平托"和"诱人"这三个词第一次在一个句子中同时出现。

"你准备好了吗?"

我们向门口冲过去。

但是门并不配合。我撞上了玻璃门,然后被直接弹了回来。喜洋洋用槌球杆敲打玻璃,然后学着查克·诺里斯①的招式,对着门飞踢了几下,然而,即使是他涂了护理蜡的山羊铁蹄也没能给这几扇门留下丝毫伤痕。

马克洛在我们身后说:"哦,亲爱的。"

我转过身,试图控制自己,让自己不要哭出声。主管站在六米外的一个白色木筏下面,木筏悬挂在天花板上,船头有一个标志,上面写着:省下一船钱!我开始明白为什么皇帝要下令逮捕并处决马克洛。虽然他是个大块头,但他太擅长偷偷摸摸地接近别人了。

"这些玻璃门是防弹的,"马克洛说,"这种门这周有促销,就在辐射防护改

---

① 查克·诺里斯(1940—),美国电影演员,空手道世界冠军。

进区，但我想这对你们没有任何用处。"

更多穿着黄色背心的店员聚集在一起，从各个通道拥过来——十几个一模一样的机器人，有一些还裹着塑料泡泡纸，好像刚刚从仓库里挣脱出来似的。他们站在马克洛后面，围成了一个半圆形。

我拉弓向马克洛射了一箭，但我的手抖得太厉害，箭没射中他，却射中了一个机器人的额头。弓箭穿过包裹着机器人额头的泡泡纸，发出清脆的噗的一声，而机器人似乎完全没反应。

"嗯。"马克洛扮了个鬼脸，"你是个彻底的凡人了，是吧？我想大家说的没错：永远不要见你信仰的天神，他们只会让你失望。我只希望你还能活着，让皇帝的那位可以施展魔法的朋友拿去使用。"

"我……活着？"我结结巴巴地说，"会施展魔法的朋友？"

我在等待喜洋洋·海治做出什么智慧而英勇的举动。他的运动短裤口袋里肯定有一个便携式火箭筒，又或者他的教练口哨是有魔力的，但是海治看起来跟我一样走投无路、伤心绝望。这不公平，走投无路、伤心绝望向来是我的专长。

马克洛扳着他的指关节："真可惜。我比她忠诚得多，但我不应该抱怨。只要我带你去见皇帝，我一定会得到奖赏的！我的机器人将再一次有机会成为皇帝的私人侍卫！到那时，我还需要在乎什么呢？女巫可以带你进入迷宫，施展她的魔法……"

"呃——她的魔法？"

海治举起了他的槌球杆。"我尽量多撂倒几个机器人，"他低声向我说道，"你去找别的出口。"

我很感激他的高风亮节。不幸的是，我不认为半羊人能帮我多少，而且，我不想回到睡眠不足的云精灵美丽身边后，却只能告诉她，她的丈夫被一队裹着泡泡纸的机器人除掉了。啊，凡人的同情心占据了我的思想！

"这个女巫是谁？"我问道，"她……她打算对我做什么？"

马克洛的微笑既冷漠又虚假。过去，只要有希腊城邦向我祈祷，希望我能把他们从瘟疫中拯救出来，我就会露出这样的微笑，并告知他们："天哪，嗯……抱歉，瘟疫是我引起的，因为我不喜欢你们。祝你们度过愉快的一天！"我自己就曾多次使用这种微笑。

"你很快就会明白的,"马克洛承诺道,"她说过你会自己送上门来。我本来不相信,但你现在就在这里。她预言过,你无法抗拒烈焰迷宫的召唤。啊,好吧。疯狂军事小组成员,除掉半羊人,逮捕前任天神!"

机器人大军向前移动。

与此同时,天花板附近一片绿色、红色和棕色的影子吸引了我的目光——从离我们最近的过道的顶端跳出来一个半羊人,他从日光灯上荡了下来,然后落在了马克洛头顶的木筏上。

我还没来得及喊出格洛弗·安德伍德的名字,木筏就落在了马克洛和他的机器人大军的头顶上,把他们压在了促销标语下面。格洛弗手里拿着桨,纵身一跃,喊道:"走吧!"

这阵混乱给我们争取了一点儿逃跑的时间,但是出口的门还锁着,我们只能跑到商店的更深处。

"这招真棒!"我们穿过伪装用品区,海治拍了拍格洛弗的背,"我就知道你不会丢下我们!"

"是的,但是这里完全没有大自然的痕迹,"格洛弗抱怨道,"没有植物,没有土壤,没有自然光。在这种情况下我们怎么战斗?"

"枪!"海治提出建议。

"整个枪支区都着火了,"格洛弗说,"多亏了燃烧弹和弹药箱。"

"该死!"教练说。

我们看到了一片武术兵器的展示柜,海治的眼睛为之一亮。他很快把槌球杆换成了一副双节棍。"这才像话嘛!你们想要手里剑①还是锁镰②?"

"我想要逃跑,"格洛弗摇着船桨说,"教练,你不要再想正面攻击了!你是有家庭的人!"

"你以为我不知道吗?"教练咆哮道,"我们本想在洛杉矶和麦克林一家一起安定下来。但是,你看看结果如何。"

我想这背后一定有故事——为什么他们从洛杉矶跑来这里,为什么海治的话

---

① 详见书末《阿波罗话语指南》的"手里剑"词条。
② 详见书末《阿波罗话语指南》的"锁镰"词条。

听起来如此痛苦——但是,我们正在军备用品店的深处,正在躲避敌人,此时此刻或许不是谈论这件事情的最好时机。

"我建议另找一个出口,"我说,"我们可以一边逃跑,一边讨论忍者武器的问题。"

这个方案似乎让他们双方都很满意。

我们加速经过一个充气游泳池展示区(这些东西跟军备用品有什么关系?),转过一个拐角,然后看见在我们前方,在商店最后面的拐角处,有一组双扇门,上面只贴着"员工专用"的标志。

格洛弗和海治冲在前面,我在他们身后喘着粗气。马克洛的声音从附近的某个地方传来:"阿波罗,你逃不掉的!我已经召唤那匹马了。他随时都可能到达这里!"

那匹马?为什么这句话会让我的身体战栗,奏出恐怖的 B 大调和弦?我试图在混乱的记忆中寻找清晰的答案,却一无所获。

我的第一个想法是:也许"马"是个假名。也许皇帝雇用了一个邪恶的摔跤手,披着黑色缎子斗篷,穿着闪亮的氨纶短裤,戴着马头形状的头盔。

我的第二个想法是:为什么马克洛可以找增援而我却不行?几个月前,半神的通信系统被魔法摧毁了。电话短路了,电脑被熔毁了,彩虹信息和魔法卷轴也都失灵了。然而,我们的敌人似乎可以毫不费力地互发短信,比如:阿波罗在我这儿。你在哪里?帮我消灭他!

这不公平。

如果公平的话,我应该夺回我的神力,狠狠打击我们的敌人。

我们冲破了员工专用的大门。里面是一个储藏室,放着更多的裹着泡泡纸的机器人,他们都静静地站着,毫无生气,就像赫斯提亚①乔迁派对上的人群一样。(没错,她是炉灶与家庭女神,但这位女士不会为派对暖场。)

喜洋洋和格洛弗穿过机器人群,开始用力拉货物装卸台的金属卷帘门。

"门是锁着的。"海治用双节棍打着卷帘门。

我盯着入口门上的塑料小窗户。马克洛和他的手下正朝着我们飞奔而来。"跑

---

① 详见书末《阿波罗话语指南》的"赫斯提亚"词条。

还是留?"我问,"我们又要被逼入绝境了。"

"阿波罗,你有什么办法吗?"海治问道。

"你什么意思?"

"你暗藏了什么王牌?我用燃烧弹烧伤了他们。格洛弗把船砸在了他们头上。现在轮到你了,也许来点神圣之火?我们能用得上神圣之火哟。"

"我没有什么出奇制胜的招数!"

"我们留下。"格洛弗决定了,他把他的船桨扔给我,"阿波罗,堵住那扇门。"

"但是——"

"把马克洛挡在外面就是了!"格洛弗一定是从梅格那里学到了魄力的重要性。我欣然接受了他的指挥。

"教练,"格洛弗继续说,"你能为货物装卸台上的卷帘门弹奏一曲,让它打开吗?"

海治咕哝着:"我已经好几年没演奏过了,但我可以试试看。你要做什么?"

格洛弗研究着处于休眠状态的机器人。"这一招是我的朋友安娜贝丝教我的。快点!"

我把桨插进门把手,然后拖过来一根绳球杆子,用它顶住门。海治开始用教练哨子吹奏音乐——斯科特·乔普林[1]的《艺人》。我从未想过哨子也可以用来演奏音乐,海治教练的表演也并没有让我改变看法。

与此同时,格洛弗把身边机器人身上的塑料包装撕了下来。他用指关节敲打机器人的前额,发出了空洞的叮当声。

"仙铜,好吧,"格洛弗做出了决定,"这可能行得通!"

"你打算怎么办?"我问道,"让他们熔化掉,再制成武器?"

"不,我要激活他们,为我们所用。"

"他们不会帮助我们的!他们听命于马克洛!"

说到禁卫军,马克洛正在推门,船桨和杆子剧烈晃动着。"哦,来吧,阿波罗!别为难我了。"

格洛弗撕下另一台机器人的泡泡纸。"在曼哈顿战役期间,"他说,"我们和

---

[1] 斯科特·乔普林(1868—1917),美国作曲家、钢琴家。

克洛诺斯作战时,安娜贝丝告诉我们,有一个植入机器人硬件的优先指令。"

"那只适用于曼哈顿的公共雕塑吧!"我说,"所有天神都知道这件事!你不能指望这些东西响应代达洛斯①二十三号指令。"

刹那间,就像《神秘博士》中的可怕情节一般,裹着塑料包装的机器人突然立正站好,转过身来面对着我。

"果然!"格洛弗高兴地喊道。

我却不觉得高兴。我刚刚激活了一整间屋子的机器人临时工,他们更有可能对付我而不是服从我。我不知道安娜贝丝是如何发现代达洛斯指令可以适用于所有机器人的。话说回来,她在重新设计我位于奥林匹斯山的宫殿时,在我的盥洗室里加装了音质完美的环绕立体声音响。她很聪明,我本不该这么惊讶的。

海治教练不停演奏斯科特·乔普林的音乐。装卸区的大门一动不动。马克洛和他的手下冲撞着我的临时路障,我就快抓不住绳球杆了。

"阿波罗,给机器人下命令!"格洛弗说,"他们正在等你的命令,跟他们说,开始执行塞莫皮莱②计划。"

我不喜欢人们提起塞莫皮莱。那么多勇敢又美丽的斯巴达人③在保卫希腊免受波斯人攻击的战斗中牺牲了,但是我照吩咐做了:"执行塞莫皮莱计划。"

就在这时,马克洛和他的十二名手下破门而入——船桨啪的一声断开,绳球杆被推到一边,而我被挤到了刚刚被我激活的机器人中间。

马克洛步履蹒跚,然后停了下来,他左右两侧的六名手下依次排开。"这是什么?阿波罗,你不能激活我的机器人!你还没付钱呢!疯狂军事小组成员,逮捕阿波罗!除掉半羊人!别再吹那该死的哨子了!"

多亏了以下这两个原因,我们才能幸免于难,没有立刻被杀死。首先,马克洛不该一次性下达太多指令。所有的指挥家都知道,身为指挥,你永远不能同时让小提琴加快节奏、定音鼓软化音色、铜管乐器加强音量。否则,你的交响乐演出将会变成一场灾难。马克洛可怜的手下们只能自己决定是先逮捕我,还是先除

---

① 详见书末《阿波罗话语指南》的"代达洛斯"词条。
② 详见书末《阿波罗话语指南》的"塞莫皮莱"词条。
③ 详见书末《阿波罗话语指南》的"斯巴达人"词条。

掉半羊人，还是先制止海治吹哨。（就我个人而言，我会先扑向吹哨的人，因为我对这件事偏见很深。）

救了我们一命的还有这些新的临时工朋友，他们并没有听命于马克洛，而是开始执行塞莫皮莱计划。他们手挽手，迈步向前，把马克洛和他的手下们围了起来，而马克洛和他的手下们笨拙地试图绕过他们的机器人同伴，却在混乱中撞到了一起。（这一幕让我又一次想起了赫斯提亚的乔迁派对。）

"住手！"马克洛尖叫道，"我命令你们停下来！"

这只让场面更加混乱了。马克洛忠诚的手下立马停止了行动，任凭被代达洛斯指令操控的兄弟们把马克洛一行人包围了起来。

"不，我不是说你们。"马克洛对他的手下喊道，"你们都不要停！你们继续战斗！"但这句话并没有对当前的情况产生任何帮助。

被指令操控的机器人包围了他们的战友，把所有人紧紧地挤成一团。尽管马克洛个子大、力气足，但他还是被困在了中间。他扭动着身体，推搡着，但是毫无用处。

"不！我不能——！"他的嘴里吐出泡泡纸，"救命！那匹马不能看到我这个样子！"

被代达洛斯指令操控的机器人兄弟们的胸腔深处开始发出嗡嗡声，就像发动机卡在了错误的挡位上。他们脖子的缝隙处冒出了浓烟。

我往后退了退，每个正常人在面对一帮冒烟的机器人时都会这样做。"格洛弗，什么是塞莫皮莱计划？"

半羊人咽了口唾沫："呃，他们本应该坚守阵地，保护我们撤退。"

"那他们为什么在冒烟？"我问，"还有，为什么他们开始发红光？"

"哦，天哪。"格洛弗咬着下唇，"他们可能把塞莫皮莱计划和彼得堡计划[①]弄混了。"

"这意味着——"

"他们可能会自爆，牺牲自己。"

"教练！"我大叫，"赶紧吹！"

我扑到装卸台的门边，把手指塞到门缝下面，用尽我可怜的力气试图把门抬

[①] 详见书末《阿波罗话语指南》的"彼得堡计划"词条。

起来。我随着海治疯狂的曲调吹着口哨。我甚至跳了一点儿踢踏舞，毕竟踢踏舞可以加快音乐咒语的效果，这是常识。

马克洛在我们身后尖叫道："烫！好烫！"

我的衣服突然变热，这让我很不舒服，就像坐在了篝火边。在我们经历了迷宫中的火焰墙之后，我不想冒险在这个小房间里和这群人抱在一起，然后被炸飞。

"起来！"我大叫，"快吹口哨！"

格洛弗加入了我们殊死一搏的音乐演出。终于，装卸台的门开始移动，我们把它抬起来，离地板几英寸①，铁门开始嘎吱作响，提出抗议。

马克洛的尖叫声变得含混不清。嗡嗡声和热浪让我想起了太阳战车起飞前用极大的太阳能动力直冲天空的那个瞬间。

"走！"我对半羊人们大叫道，"你们两个，从下面滚出去！"

我认为我的表现很英勇，但说实话，我有点期望他们推托着说：不，求你了！天神优先！

但我并没有看到这样的礼数。半羊人们从门底下挤了过去，然后从另一边扶住了门，我也试图从缝隙中扭出去，然而，我发现自己被肚子上的赘肉难住了。简而言之，我被卡住了。

"阿波罗，快点！"格洛弗喊道。

"我在努力！"

"吸气啊，小子！"教练尖叫道。

我以前从来没有请过私人教练。天神根本不需要别人对他们大喊大叫，羞辱他们，让他们更加努力地运动。老实说，如果明知责备客户，让客户多做五个俯卧撑就会被五雷轰顶，谁还会想要这份工作呢？

然而，这一次，我很高兴有人呵斥我。教练的敦促给了我额外的动力，支撑着我把松垮的身体从缝隙中挤出去。

我刚一站起来，格洛弗就大喊："快趴下！"

我们从装卸台的旁边跳了下来，铁门在我们身后轰然爆炸——这门看来并不防爆。

---

① 1英寸≈2.5厘米。

9
接听马打来的电话
你愿意支付费用吗？
不，不，不！

哦，可恶！

谁能向我解释一下，为什么我最后总会掉进垃圾桶里？

然而，我必须承认，这个垃圾桶救了我的命。疯狂马克洛军备用品店发生了一连串剧烈的爆炸，爆炸声响彻整片沙漠，我们藏身的垃圾桶那臭烘烘的金属盖子也嘎吱作响。我和两个半羊人汗流浃背，浑身发抖，几乎无法呼吸。我们就这样挤在垃圾袋中间，聆听着天上落下的碎片发出的噼啪声——出人意料地，木头、石膏、玻璃和运动器材像雨点一样落下。

我感觉已经等待了几年的时间，所以我决定冒险开口，说些快放我出去，或者我要吐了之类的话，没想到格洛弗却用手一把捂住我的嘴巴。我在黑暗中几乎看不见他，但感觉到他急切地摇了摇头。海治教练看起来很紧张。他的鼻子抖动着，好像闻到了比垃圾更糟糕的东西。

我随即听到了马蹄踏在柏油马路上发出的嗒嗒声，脚步声正一点儿一点儿地向我们的藏身之处靠近。

一个低沉的声音传来："好吧，这太完美了。"

垃圾桶的边缘传来了动物用鼻子嗅闻的声音，也许是在寻找幸存者的味道，寻找我们的味道。

我努力忍住不哭出声或不尿裤子，我成功忍住了其中一项，至于是哪项，请你们自行猜测吧。

垃圾桶盖仍然关闭着。也许是垃圾的臭味和仓库燃烧散发出的烟味掩盖了我们的气味。

"嘿，大卡？"那个低沉的声音说道。"是的，是我。"回应之人的声音同样低沉。

由于听不到更多回应，我猜想这个刚来的人应该在打电话。

"唉，这个地方完蛋了。我不确定，马克洛肯定——"他停顿了一下，好像电话那头的人已经开始长篇大论了。

"我知道，"刚来的人说，"可能是虚惊一场，但是……啊，该死，人类警察过来了。"

过了一会儿，我听到了远处传来的微弱的警笛声。

"我可以搜索这个地区，"这个人建议道，"也可以去山上那些废墟里找找看。"

海治和格洛弗用担忧的眼神看着对方。他们说的废墟显然是指我们的避难所，现在美丽、海治的宝宝和梅格正待在那里。

"我知道你以为你已经处理好了，"这个人说，"但是，听着，那个地方仍然很危险，我告诉你——"这一次我能听到电话那头传来微弱的声音，听起来很生气。

"好的，大卡，"这个人说，"是的。'朱庇特①的针织套衫'，冷静点！我只是——好吧，好吧。我这就回去。"

他恼怒地叹息了一声，我知道电话一定已经挂断了。

"这孩子气得我肚子疼。"他喃喃自语。

有什么东西猛地撞了一下我们所在的垃圾桶的侧面，就在我的脸旁边的位置，然后传来了疾驰而去的马蹄声。

几分钟之后，我才觉得已经安全了。我看了看两位半羊人。我们默默地达成了一致，在窒息而死、中暑而死或因为继续闻我的裤子的味道而死之前，我们必

---

① 详见书末《阿波罗话语指南》的"朱庇特"词条。

须离开垃圾桶。

外面的小巷里散落着冒着烟的金属块和塑料块。仓库变成了黑漆漆的空壳子，火焰仍在里面盘旋。夜空中浓烟滚滚，很是呛人。

"那……那是谁？"格洛弗问，"那个家伙闻起来像是骑马的人，但是……"

海治教练手里的双节棍发出咔嗒咔嗒的声音。"也许是人马？"

"不。"我把手放在垃圾桶侧面的凹痕上。很明显，这个凹痕像是戴着蹄铁的蹄印。

"那家伙是匹马，一匹会说话的马。"

半羊人们盯着我。

"所有的马都会说话，"格洛弗说，"只是用的是马语。"

"等等，"海治对我皱起眉头，"你是说你能听懂那匹马说的话？"

"是啊，"我说，"那匹马说的是英语。"

他们在等着我解释清楚，但我已经没办法再说明什么了。现在我们已经脱离了眼下的危险。我的肾上腺素水平在下降，感到自己被一种冰冷而沉重的绝望所笼罩。我过去还心存希望，盼望着我对敌人身份的猜测是错误的，但是现在这些希望彻底破灭了。

盖乌斯·朱利乌斯·恺撒·奥古斯都·日耳曼尼库斯。真够奇怪的，有好几个著名的古罗马人都用这个名字，但是内韦厄斯·苏特力俄斯·马克洛的主人究竟是谁？

大卡？新太阳神？唯一拥有会说话的战马的罗马皇帝？这可能意味着只有一个人满足这些条件。一个可怕的人。

救护车的灯光在近处的棕榈叶后闪烁着。

"我们必须离开这里。"我说。

喜洋洋盯着商店的残骸："是啊。我们绕到前面去，看看我的车是否还在。我只希望能搞来一些露营用品。"

"我们得到了更糟糕的东西。"我深吸了一口气，"我们得知了第三位皇帝的身份。"

爆炸并没有波及教练的一九七九年款的黄色福特平托车。这没什么奇怪的。这么丑的汽车，只有世界末日那样的大灾难才能把它摧毁。我坐在后面，穿着一条从军备商店的残骸中抢救出来的新的粉色迷彩裤。我当时十分恍惚，几乎不记得开车经过了墨西哥卷饼店的免下车购买通道，买了足够填饱几十个自然精灵的肚子的墨西哥卷饼。

回到山顶废墟，我们召集了仙人掌理事会成员。

水池边挤满了沙漠植物木精灵：约书亚树、梨果仙人掌、芦荟等。他们都穿着长满刺的衣服，正在很努力地避免戳到对方。

美丽对喜洋洋非常关心，前一分钟还在疯狂地献吻，告诉他，他有多勇敢，下一分钟就开始对他拳打脚踢，指责他想让她变成寡妇，独自抚养小海治。据我所知，那个婴儿的名字叫查克·海治。他醒了过来，但不太高兴。当喜洋洋想抱小海治的时候，他用小蹄子踢他父亲的肚子，用他胖乎乎的小手拽着海治的山羊胡子。

"好消息是，"海治对美丽说，"我们买了墨西哥卷饼，我还拿到了一些很棒的双节棍！"

美丽凝视着天空，可能是想要回到结婚前当简单的云精灵的日子。

至于梅格·麦卡弗里，她已经恢复了知觉。多亏了芦荟的急救护理，她看起来和以前一样健康——只是油腻了一点儿。梅格坐在池边，正在光着脚玩水。她偷偷地看着站在附近的约书亚树，他穿着卡其裤子，沉思的样子十分帅气。

我问梅格她感觉如何——体贴是我最重要的特质——但她挥手让我走开，坚持说她很好。我想她只是对我的出现感到尴尬，因为她想偷看约书亚树。我不禁翻了个白眼。

女孩，我看见你了，我想这样说，你的动作一点儿都不含蓄，而且关于喜欢木精灵这件事，我们得好好谈谈。

但是，我可不想她命令我打自己一巴掌，所以我还是闭上了嘴巴。

格洛弗给每个人分了一盘墨西哥卷饼，他自己却什么也没吃。显然，那是他情绪焦虑的表现。他在水池周围踱来踱去，用手指敲打着牧笛。

"伙计们，"他宣布，"我们有麻烦了。"

我没想象过格洛弗·安德伍德成为领袖的样子。然而，当他说话的时候，所有的自然精灵都给予了他充分的关注。就连小查克也平静了下来，把头歪向格洛弗的方向，仿佛这是件有趣的事情，可能值得他为此蹬上一脚。

格洛弗把我们从印第安纳波利斯山脉相遇以来发生的一切串联了起来。他讲述了我们在迷宫中的遭遇——深不见底的坑洞和有毒的湖泊，突然席卷而来的烈火，成群的斯特里克斯，以及把我们引向这片废墟的螺旋坡道。

木精灵们紧张地环顾四周，仿佛在想象水池周围挤满了邪恶猫头鹰的场面。

"你确定我们是安全的吗？"一个身材矮胖、语调轻快、头上戴着红花（或许是头上长着红花）的女孩问道。

"我不知道，宝山。"格洛弗瞥了我和梅格一眼，"伙计们，这是宝山仙人球。宝山是她的昵称。她是从阿根廷移植过来的。"

我礼貌地向她挥挥手。我以前从未见过阿根廷的仙人球，但我对布宜诺斯艾利斯情有独钟。从未和希腊天神在本塔纳①餐厅跳过探戈舞的人，根本不算跳过探戈舞。

格洛弗继续说道："我猜测，以前迷宫的出口不在那里。现在出口已经被封死了。我想是迷宫在帮助我们，指引我们回家。"

"帮助我们？"梨果仙人掌一直在狂吃奶酪卷饼，此刻抬起头来，"这个迷宫催生了正在毁灭整个加州的大火。我们找寻了几个月，试图找到大火的来源，却一无所获。这个迷宫吞噬了我们十几个搜索队。你说的是同一个迷宫吗？迷宫不帮助我们的时候又会是什么样子？"

其他木精灵发出同意的抱怨声。有的人气得火冒三丈，只不过冒出来的是尖刺。

格洛弗举起双手，让大家安静。"我知道所有人都很担心，很沮丧，但是烈焰迷宫并不能和整个迷宫画等号。至少现在我们知道了为什么皇帝会把它变成这样，是因为阿波罗。"

几十个仙人掌精灵转过身来盯着我。

"澄清一下，"我小声说，"这不是我的错。告诉他们，格洛弗。告诉这些非常友好……还长着很多刺的朋友们，这不是我的错。"

海冶教练咕哝着："嗯，你确实有一点儿错。马克洛说过迷宫是给你设置的陷阱，很可能是因为你要寻找神谕之类的东西。"

---

① 详见书末《阿波罗话语指南》的"本塔纳"词条。

美丽的目光在她丈夫和我之间扫来扫去。"马克洛？神谕？"

我解释了宙斯如何让我周游全国，救出古代神谕，以此作为对我的惩罚的一部分。他就是那种可怕的父亲。

接着海治再一次讲述了我们在疯狂马克洛军备用品店的有趣的冒险故事。当他开始偏移话题，谈论他发现的各种地雷时，格洛弗打断了他。

格洛弗总结道："简单来说，我们炸飞了马克洛。他是这位皇帝的罗马追随者。他还提到了一个女巫，我想……我不知道，这个女巫可能想对阿波罗施展些邪恶的魔法吧。她在帮助皇帝。我们认为他们会把下一位神谕祭司藏在……"

"这位神谕祭司是厄立特利亚女先知。"我说。

"没错，"格洛弗说，"我们认为他们把她囚禁在了迷宫的中心，当作引诱阿波罗的诱饵。还有一匹会说话的马。"

美丽的脸色阴沉下来，这并不奇怪，因为她是一朵云。"所有的马都会说话。"

格洛弗解释了我们在垃圾桶里听到的情况。然后，他又从头讲起，解释了为什么我们会在垃圾桶里躲着。最后，他解释了我是如何弄湿了裤子，换了一条现在穿着的粉色迷彩裤的。

"噢。"所有的木精灵都点点头，好像这才是真正困扰着他们的问题。

"我们能回到手头的问题上来吗？"我恳求道，"我们有共同的目标！你们希望阻止大火蔓延。我的任务是去解救厄立特利亚的女先知。为了完成这两个目标，我们必须找到迷宫的中心，只有在那里我们才能找到火焰的源头和女先知。我知道一定是这样。"

梅格专注地看着我，仿佛在思考应该给我下达怎样尴尬的命令：跳进水池？拥抱梨果仙人掌？找到一件和你的裤子相配的衬衫？

"给我讲讲那匹马。"她说。

命令已收到，我别无选择。"他的名字叫英西塔土斯①。"

"他会说话，"梅格说，"而且他说的话人类能听懂。"

"是的，虽然通常他只和皇帝说话。别问我他是怎么说话的或者他来自哪里，我不知道。他是一匹神奇的马。皇帝对他的信任比其他任何人都多。当皇帝统治

---

① 详见书末《阿波罗话语指南》的"英西塔土斯"词条。

古罗马的时候,他赐予了英西塔土斯紫袍,甚至试图让他成为执政官。人们都以为皇帝疯了,但他从来没有疯过。"

梅格斜靠在池边,耸着肩膀,好像又缩回了自己的保护壳里。对梅格来说,"皇帝"一直是一个敏感的话题。在混血营的时候,在尼禄家里长大(比起"长大",用"被虐待"和"受蒙骗"来形容更准确些)的她曾经为了尼禄背叛过我,后来她回到了印第安纳波利斯山,回到了我身边——这个话题我们已经有一段时间没有真正讨论过了。我没有责怪这个可怜的女孩,真的,但是,在她逃离她的继父后,想让她信任我们之间的友谊或者信任任何人,都像训练一只野生松鼠在人类的掌心中进食一样困难。(我知道,这比喻并不恰当。梅格下口的力道可比野生松鼠更厉害。)任何风吹草动都可能导致她逃跑,或者咬人,或两者皆做。

终于,她开口说道:"我想起了预言中的那句话:**要把迅捷白马的主人寻找**。"

我点点头:"英西塔土斯归属于皇帝。可能说归属并不恰当。盖乌斯·朱利乌斯·恺撒·奥古斯都·日耳曼尼库斯控制着整个美国西部,而英西塔土斯正是他的左膀右臂。"

说到这里,木精灵们本该惊骇万分,倒吸一口凉气,最好再配上一点儿烘托恐怖气氛的背景音乐。然而,他们看起来一片茫然,只有一个声音听起来很恐怖,婴儿查克正嘎嘣嘎嘣地嚼着他父亲的三号套餐的塑料盖包装。

"这个叫盖乌斯的人,"梅格说,"他很有名吗?"

我凝视着黑暗的水池。我甚至希望梅格命令我跳进水里淹死,或者强迫我穿一件和我的粉色裤子相配的衬衫。这两种惩罚都比回答她的问题来得容易。

"人们通常更熟悉这位皇帝儿时的绰号。"我说,"对了,他不喜欢那个名字——卡利古拉。"

10
可爱的孩子
你穿着小靴子
带着残忍的笑容

亲爱的读者,你知道卡利古拉这个名字吗?

如果没听过,那么你很走运。

水池四周,仙人掌木精灵身上的尖刺全都竖了起来。美丽的下半身幻化成一团迷雾,就连小查克也咳出一块塑料泡沫纸。

"卡利古拉?"海治教练的眼角抽搐了一下,这表情跟美丽威胁要拿走他的忍者武器时一模一样,"你确定吗?"

我多希望我不确定啊。我希望第三位皇帝是仁慈的老马可·奥勒留[1],或者高贵的哈德良[2],或者笨手笨脚的克劳狄乌斯[3]。

说到卡利古拉,即使是那些对他知之甚少的人,也会想起最黑暗、最邪恶的形象。他的统治比尼禄的更加血腥,更加臭名昭著。尼禄从小就对他的这位舅姥

---

[1] 详见书末《阿波罗话语指南》的"马可·奥勒留"词条。
[2] 详见书末《阿波罗话语指南》的"哈德良"词条。
[3] 详见书末《阿波罗话语指南》的"克劳狄乌斯"词条。

爷——盖乌斯·朱利乌斯·恺撒·奥古斯都·日耳曼尼库斯——非常敬畏。

卡利古拉——谋杀、酷刑、疯狂、毫无节制的代名词。卡利古拉——用来衡量邪恶暴君的标杆。卡利古拉——他的品牌形象管理问题比埃德塞尔[①]、兴登堡号飞艇[②]和芝加哥黑袜队[③]加在一起还要严重。

格洛弗颤抖着说:"我一直讨厌这个名字,它到底是什么意思?"

"靴子。"我说。

约书亚树蓬乱的橄榄色头发直立着,而梅格似乎觉得这很迷人。

"靴子?"约书亚树扫视了一下蓄水池,也许是想知道自己是不是没听懂这个笑话,但其他人也都没有笑。

"是的。"我还记得小卡利古拉陪他父亲日耳曼尼库斯[④]参加军事行动时穿着迷你军团服的样子,那时他真的很可爱。

"他父亲的手下给他起了个绰号,"我说,"因为他穿着极小的军靴——卡利古,罗马行军靴,他们认为那样子非常搞笑,所以他们就开始叫他卡利古拉——小靴子、婴儿鞋、短靴,大概就是这个意思。"

梨果仙人掌把叉子戳进了玉米卷饼。"我不在乎那家伙的名字是什么意思。我只关心我们怎样才能打败他,让我们的生活恢复正常。"

其余的仙人掌咕哝着点头。我开始怀疑梨果仙人掌是仙人掌世界天生的煽动者。把他们聚在一起,会引发一场革命,推翻自然王国。

"我们必须小心,"我提出警告,"卡利古拉是诱捕敌人的高手。俗话说,给他们足够长的绳子,他们就会自行了断。这句话形容的就是卡利古拉的行事风格。他以自己疯狂的形象为乐,但这只是个幌子。他本人相当理智,而且完全没有道德感,甚至比……"

我没有继续说下去。我本来想说"甚至比尼禄更糟糕",但是我怎么能在梅格面前说这样的话呢?梅格的整个童年都被尼禄和他的另一个人格——野兽——毒害了。

---

① 详见书末《阿波罗话语指南》的"埃德塞尔"词条。
② 兴登堡号飞艇于1937年5月6日在尝试降落时烧毁。
③ 详见书末《阿波罗话语指南》的"芝加哥黑袜队"词条。
④ 详见书末《阿波罗话语指南》的"日耳曼尼库斯"词条。

"小心点,梅格,"尼禄总是这样说,"不要行为不端,否则你会吵醒野兽的。我非常爱你,但是野兽……唔,我不想看到你因为做错什么而受伤。"

这种恶行怎么能拿来进行量化比较呢?

"不管怎样,"我说,"卡利古拉聪明、有耐心、偏执。如果这烈焰迷宫是一个精心设计的陷阱,是他更大计划的一部分,那么想要关闭它绝非易事。别提打败他了,就连找到他,都是一个挑战。"我忍不住想补充一句,也许我们不应该找到他。也许我们应该逃之夭夭。

但是这个主意并不适用于木精灵们。他们已经在他们生长的土地上扎了根。像宝山仙人球这样外来移植的很少见。如果被移植到花盆里变成盆栽,或者被转移到新的环境中,都很少有大自然精灵可以存活下来。就算这里的每一个木精灵都设法逃离南加州的大火,仍会有数以千计的木精灵留下来,被大火消灭干净。

格洛弗颤抖着说:"如果我听到的关于卡利古拉的传言有一半是真的……"

格洛弗停顿了一下。他发觉每个人都在看着他,准备根据他的反应去判断眼下的事态,以及自己该有多恐慌。"就我个人而言,我可不想跟一群奔跑着、尖叫着的仙人掌共处一室。"

幸运的是,格洛弗保持着冷静。

"没有人是不可战胜的。"他宣称,"泰坦不是,巨人或天神不是,某个名叫'靴子'的罗马皇帝也绝对不是。这家伙让南加州逐渐枯萎、死亡。他是干旱、高温和火灾的幕后黑手。我们必须想办法阻止他。阿波罗,卡利古拉第一次是怎么死的?"

我试图回想。像往常一样,在我凡人的大脑硬盘中,记忆千疮百孔,但我似乎想起了一条黑暗的隧道,里面挤满了禁卫军,他们围着皇帝,手中举着刀。

"他被自己的禁卫军刺杀了。"我说,"我确信这件事让他更加偏执了。马克洛提到过,皇帝不断更换他的私人警卫。一开始他用自动机器人取代了禁卫军。然后,他又把警卫换成了雇佣兵和斯特里克斯,还有……大耳朵?我不知道那是什么意思。"

有一个木精灵很生气。我猜她是小圆,因为她看起来很像乔拉仙人掌——纤细的白发、毛茸茸的白胡子和长满刚毛的船桨状的大耳朵。"耳朵大的正派人士是不会为这样一个恶棍出力的!其他弱点呢?皇帝一定有什么弱点!"

"是啊！"海治教练插嘴道，"他害怕山羊吗？"

"他对仙人掌汁过敏吗？"木精灵芦荟满怀希望地问道。

"据我所知，并不。"我说。

所有的木精灵都十分失望。

"你说你在印第安纳得到了一个预言？"约书亚树问道，"预言里有什么线索吗？"

他的语气充满了怀疑，这一点我能理解。首先，印第安纳的预言听起来确实没有德尔斐预言那么厉害。

"我必须找到西方的宫殿，"我说，"那里一定是卡利古拉的基地。"

"没人知道那是哪里。"小梨抱怨道。

我好像看见美丽和喜洋洋互换了一个饱含焦虑的眼神，这也许是我的想象吧。我等着他们说些别的事情，但他们没有开口。

"预言还有这句话……"我接着说，"**夺下他的字谜言者的呼吸**。我想，这句话的意思是，我必须从他的魔掌中，把厄立特利亚女先知解救出来。"

"这个女先知喜欢填字游戏吗？"宝山仙人球问道，"我喜欢填字游戏。"

"神谕通常以字谜的形式给出预言，"我解释道，"就像填字游戏那样，也有点像离合诗。预言还提到格洛弗会将我们带到这里，以及未来几天朱庇特营将发生许多可怕的事情。"

"新月夜，"梅格喃喃地说着，"很快就要到了。"

"是啊。"我尽量控制着自己，让自己别那么不耐烦。梅格似乎想让我同时出现在两个地方，这对天神阿波罗来说不成问题。然而，对莱斯特这样一个普通人来说，能好好待在一个地方都很勉强。

"还有一句话，"格洛弗回忆道，"**穿你敌人的靴子走上小径**？这和卡利古拉的小靴子有关系吗？"

我想象着自己把十六岁的巨大双脚塞进一个蹒跚学步的罗马小孩的军用皮靴里。我的脚趾开始颤抖了。

"希望与他的靴子无关吧，"我说，"但是如果我们能把先知从迷宫中解救出来，我很确定她会帮助我们的。在我亲自面对卡利古拉之前，我希望能得到更多的指引。"

我还想得到别的东西：我想要回我的神力，我想用疯狂马克洛军备用品店的器械来武装整个半神军团，我想让父亲宙斯给我写一封道歉信，承诺再也不把我变成人类，我还想洗个澡，但是，正如他们所说的，莱斯特不能挑三拣四。

"如果是这种情况，那么我们又回到了原点，"约书亚树说，"你需要解救神谕，我们需要扑灭大火。要做到这些，我们需要穿过迷宫，但没人知道怎么走。"

喜洋洋·海治清了清嗓子："也许有人知道。"

以前从未有这么多仙人掌盯着一个半羊人看。

乔拉仙人掌抚摸着她毛茸茸的白胡子。"这个人是谁？"

海治转向他的妻子，好像在说：看你了，亲爱的。

美丽又花了几微秒的时间望了望夜空，也可能是在想她之前作为单身云精灵的生活吧。

"你们大多数人都知道我们一直和麦克林一家住在一起。"她说。

"小笛，"我说道，"阿芙洛狄忒的女儿。"

我记得她，她是曾在"阿尔戈号"上航行的七个半神之一。事实上，我在南加州时，一直想拜访她和她的男朋友伊阿宋，想知道他们是否能打败皇帝，为我解救神谕。

等等，删掉刚刚那句。我的意思是，我希望他们能帮我解救神谕。

美丽点点头："我是麦克林先生的私人助理。喜洋洋是一个全职父亲，他做得很好。"

"可不是吗？"喜洋洋附和道，然后把他的双节棍塞给小查克磨牙。

"直到有一天，一切都出了差错。"美丽叹了一口气。

梅格·麦卡弗里歪着头："你指的是什么事？"

"说来话长。"云精灵说，她的言外之意好像是：我可以告诉你，但是讲完之后我会恨不得变成暴风云，大哭一场，再噼里啪啦乱放一通闪电。"关键就是，几周前，小笛做了一个关于烈焰迷宫的梦。她以为她找到了可以到达迷宫中心的方法。她和……那个男孩——伊阿宋一起去探索迷宫。"

那个男孩。我敏锐地感觉到，美丽对朱庇特的儿子伊阿宋并不满意。

"当他们回来的时候，"美丽停顿了一下，她下半身的云雾旋转起来，"他们说他们失败了，但我觉得他们有所隐瞒。小笛暗示他们在迷宫下面遇到了一些事情。这让他们觉得毛骨悚然。"

夜晚的空气渐渐转凉,水池边的石墙似乎开始嘎吱嘎吱地移动起来,仿佛对"毛骨悚然"这个词产生了共鸣和同情。我想起了我的梦境,女先知受困于滚烫的锁链,向人们传递了可怕的消息,并且道歉说:"对不起。如果可以的话,我会宽恕你。我会宽恕她。"

这句话是说给伊阿宋的,还是说给小笛的?又或者是说给他们两个听的?如果这是真的,如果他们真的找到了神谕……

"我们必须和那两位半神谈谈。"我下定了决心。

美丽低下了头:"我不能带你去。我不能回去……我会心碎的。"

海治换了只手抱小查克。"也许我可以——"

美丽向他投去警告的目光。

"不行,我也不能去。"海治嘀咕道。

"我带你去,"格洛弗自告奋勇,虽然他看起来比以往任何时候都更加疲惫,"我知道麦克林家在哪里。只是,呃,我们能等到早上再出发吗?"

一种如释重负的感觉席卷了在场所有的木精灵,他们的尖刺都放松了,叶绿素又回到了他们的身体里。格洛弗也许没有解决他们的问题,但他给了他们希望——至少,我们现在有一点儿头绪了。

我凝视着水池的上方,圆形的天空泛起橙色的迷雾。我想到了西边正在燃烧的熊熊烈火,又想到了北边的朱庇特营里可能正在发生的事情。我身在棕榈泉,坐在一个竖井底部,为罗马半神们提供不了半点帮助,甚至无法确定那里发生了什么。因此,我很理解木精灵们的感受——只能扎根在原地,绝望地看着野火越烧越近。

我不想粉碎木精灵们的新希望,但我觉得有必要说出实情:"还有,你们的避难所可能撑不了多久了。"

我把英西塔士斯在电话里跟卡利古拉说的话告诉了他们,而且,不,我从没想过自己会窃听并且复述一匹会说话的马与一个已经死掉的罗马皇帝之间的对话。

芦荟颤抖起来,她把头发上几根药效很强的三角形尖刺都抖了下来:"他们怎么会知道厄萨勒斯的事?他们从没在这里找过我们的麻烦!"

格洛弗皱起眉头说道:"我不知道,朋友,但是听这匹马的意思,卡利古拉好像就是几年前毁掉它的人。他说了一句话:'我知道你认为你已经处理好了,但是那个地方仍然很危险。'"

约书亚树棕色的脸变得更黑了:"这不合理。就连我们都不知道这个地方是什么。"

"一栋房子,"梅格说,"有一栋很大的高脚楼,水池是支撑柱,是地热冷却系统,也是水源。"

木精灵们的尖刺又竖起来了。他们什么也没说,都在等待梅格继续说话。

梅格缩起湿漉漉的双脚,看起来活像紧张的松鼠,随时准备逃跑。我还记得,我们刚到这里的时候,她就想离开这里。她警告过我,说这里不安全。我想起了我们一直未曾讨论过的一行预言:**农神之女找到她古时根底**。

"梅格,"我尽可能温柔地说,"你是怎么知道这个地方的?"

她的表情变得紧张且有敌意,好像她不确定是要流泪还是打我一顿。

"因为这里曾经是我的家,"她说,"是我父亲一手建造了厄萨勒斯。"

11
不要触怒神明
除非你双眼清明
双手洗净

一般人不会这样做。

一般人不会突然宣布她的爸爸在木精灵的圣地上建造了一座神秘的房子,然后起身离开,不做任何解释。

但是,很明显,梅格就是这么做的。

"明天早上见。"她朗声说。

她拖着沉重的脚步走上坡道,尽管要从二十几种不同的仙人掌旁走过,她还是光着脚,然后溜进了黑暗中。

格洛弗环顾了一下聚集在一起的小伙伴们。"嗯,好吧,会议很成功。"然后他便轰然倒地,而且还没落地,就已经开始打鼾了。

芦荟向我投来关切的目光:"我要去追梅格吗?她可能需要更多的芦荟凝胶。"

"我会去看看她的。"我说。

当我去寻找梅格·麦卡弗里时,大自然的精灵们开始清理他们的晚餐垃圾(木精灵们对此类事情非常认真)。

我发现她蜷缩在最远处的红砖圆柱的边缘处,离地面大约一点五米高。她面朝内侧，凝视着下面的竖井。石头裂缝中飘出温热的草莓香味，我猜这就是我们离开迷宫时的那口竖井。

"你害得我好紧张。"我说，"下来好吗？"

"我不要。"她说。

"当然。"我喃喃说着。

尽管我不擅长爬墙，但我还是爬了上去。（哦，我在和谁开玩笑？以我目前的状态，我什么都不擅长。）

我和梅格一起坐在立柱的边缘，把脚悬在我们逃出的深坑上方……我们真的是今天早上才逃出来的吗？我看不到深坑下面的阴影中的草莓植物，但是却能闻到它们的香气。这种气味在沙漠环境中显得强烈而奇特。奇怪的是，在一个新的环境中，一个平常的事物也可以变得不同寻常。与此相对的是，我这样一个非凡的天神却变得如此普通。

黑夜侵蚀了梅格衣服的颜色，使她看起来像一个灰色调的红绿灯。她的鼻涕发着亮光。在脏兮兮的镜片后面，可以看到她噙满泪水的眼睛。她转着手上的一枚金戒指，然后又开始转起了另一枚，好像在调整老式收音机的旋钮。

这一天如此漫长。我们之间的沉默让我感觉很舒服。我不确定自己还能不能忍受更多印第安纳预言，但另一方面，我也需要答案。如果我想在这个地方再次安然入睡的话，我想知道这里是否安全，以及我醒来时是否要面对一匹会说话的马。

我的神经紧张极了。我考虑过对我年轻的主人大喊"现在就告诉我"，但最终我还是觉得这样做太不顾及她的感受了。

"你想谈谈吗？"我温和地问道。

"不想。"

她这样回答我并不惊讶。即使在最好的情况下，梅格也不是一个喜欢谈话的人。

"如果厄萨勒斯是预言中指示的地方，"我说，"那么了解你的古老根源可能很重要。只有这样，我们才能活下去。"

梅格打量着我，她没有命令我跳进草莓坑，甚至没有命令我闭嘴。相反，她说了声："来。"然后，她抓住了我的手腕。

我已经习惯了在清醒的时候看见幻影——每当我的天神记忆让我的神经系统不堪重负的时候,我都会看见幻影,那种感觉就像被人向后拉扯,坠入了记忆的跑道。然而,这次不同。我发现自己并没有回到过去,而是来到了梅格·麦卡弗里的回忆里。

我站在一个植物并不那么茂盛的温室里。一排排仙人掌幼苗整齐地排列在金属架子上,每个陶罐都装有数字温度计和湿度测量仪。温室上方悬挂着洒水器和生长灯。这里的空气十分温暖,而且非常舒适,能闻到一股翻新泥土的清香味道。

当我跟着父亲巡视时——我是说梅格的父亲——潮湿的砾石在我脚下嘎吱作响。

我从梅格这个小女孩的视角望去,看到他在朝我微笑。当我还是阿波罗的时候,我在其他的幻境中见过他——一个留着黑色卷发、鼻子宽大、长着雀斑的中年男人。我曾在纽约见过他,当时他给了梅格一朵红玫瑰,那是她母亲的花。我也见过他的遗体,四肢张开,躺在中央车站的台阶上,胸部布满了刀痕或爪痕。也正是那天,尼禄成了梅格的养父。

在这段有关温室的记忆中,麦卡弗里先生看起来并不比其他幻境中的他更年轻。从梅格的情绪中,我能感知到这时她大约五岁。后来她和她父亲在纽约安顿下来时她也是这个年纪,但是麦卡弗里先生在这个场景中要开心和轻松得多。梅格凝视着她父亲的脸。我被她纯粹的喜悦和满足所淹没。她正和爸爸在一起,生活是美好的。

麦卡弗里先生绿色的瞳孔闪闪发光。他捡起一盆仙人掌幼苗,然后跪下来让梅格看。"我把这株植物叫作赫拉克勒斯①,"他说,"因为他力大无比。"

他屈起手臂,大喊:"呀呀呀!"小梅格咯咯笑了起来。

"赫拉——里嘶。"她说,"我要看更多的植物!"

麦卡弗里先生把赫拉克勒斯放回架子上,然后像魔术师一样举起一根手指。

"看这个!"他把手伸进牛仔衬衫的口袋,然后向梅格伸出他攥起的拳头。

"试着打开它。"他说。

梅格拉着他的手指:"我拉不动!"

---

① 详见书末《阿波罗话语指南》的"赫拉克勒斯"词条。

"你可以。你很强大。再用点力!"

"呀呀呀!"小梅格喊出了声。这一次,她成功地打开了麦卡弗里先生的拳头,里面是七颗六角形的种子,每颗都有一枚镍币大小。在厚厚的绿色外壳里,种子发着微光,看起来像一支小型太空舰队。

"哦,"梅格说,"它们能吃吗?"

她父亲笑了。"不,亲爱的,这些是非常特别的种子。我们家族一直在尝试培育这样的种子,"他轻轻地吹了口气,"已经很久了。等到我们种下它们时……"

"会怎样?"梅格急切地问道。

"它们会很特别的,"梅格的爸爸保证道,"甚至比赫拉克勒斯还要强大!"

"现在就种下去!"

她的父亲揉乱了她的头发:"还不行,梅格。它们还没准备好。不过,等到时机成熟,我会需要你的帮助。我们一起种下这些种子。到那时,你可以帮助我吗?"

"可以。"她以五岁的真心保证。

场景发生了变化。梅格赤脚走进美丽的厄萨勒斯的客厅。她的父亲站在那里,面对着一面弯曲的玻璃墙。这里可以俯瞰棕榈泉的夜景。他在打电话,背对着梅格。她本应在睡觉,但是有什么东西吵醒了她——也许是个噩梦,也许是感知到了父亲的心烦意乱。

"不,我不明白,"他在电话里说,"你没有权利这样做。这处产业不是……是的,但是我的研究不能……那不可能!"

梅格蹑手蹑脚地向前走。她喜欢待在客厅里,不仅因为窗外有美丽的风景,还因为赤裸着双脚踩在光滑的硬木地板上的感觉很好——光滑、凉爽、细腻,就像滑过一片有生命力的冰面。她也喜欢客厅里的各种植物。爸爸把它们有的放在架子上,有的放在房间各处的巨大罐子里——仙人掌开出几十种颜色的花朵,约书亚树就像房间里有生命的立柱,支撑着屋顶,一直生长到天花板上。绵密的枝叶和碧绿的尖刺形成了一张巨网,蔓延到整个房间。梅格还年幼,她不知道约书亚树不应该长成这副模样。对她来说,植物交织在一起,支撑着整栋房屋似乎是完全合理的事情。

梅格还喜欢房间中央的大圆井,爸爸称之为水池,水池的周围围着安全围栏,但它是如此美妙，能让整栋房子变得凉爽，能让人感到安全、稳定。梅格喜欢跑下坡道，把双脚浸入池中，但是爸爸总是说："不要泡太久！你可能会变成植物！"

最重要的是，她喜欢爸爸工作的那张大桌子——那是一棵豆科植物的树干，直直地从地板上长了出来，然后又一头扎了下去，就像一条海蛇破浪而出，留下一段弧线，刚好可以当作家具。树干的顶部光滑平整，有着完美的平面，正好可以在上面工作。树干上有三个树洞，提供了储物空间。桌面上长出的枝杈形成一个框架，支撑着爸爸的电脑显示器。梅格曾问过，把树木雕刻成桌子的时候，大树受伤了吗？爸爸笑了。

"不，亲爱的，我永远不会伤害那棵树。牧豆树是主动请缨，把自己塑造成桌子形状供我使用的。"

这对于五岁的梅格来说并不稀奇——她用"她"来称呼一棵树，和树说话就像和一个人说话一样。

尽管如此，那天晚上，梅格在客厅里却并不觉得安心。她不喜欢爸爸声音颤抖的样子。通常，爸爸的桌子上放着的是种子、画和鲜花，而那天，她走到他的办公桌前，发现了一堆信件——打印的信件、厚厚的装订文件、信封——都是蒲公英花朵的颜色。

梅格不识字，但她不喜欢那些信。它们看起来严肃、专横而又愤怒。梅格觉得这些信件很刺眼，不如真正的蒲公英看起来舒服。

"你不懂。"爸爸对着电话说，"这不仅仅是我毕生的工作。这是累积了几个世纪，乃至几千年的工作……我不在乎这听起来是不是很疯狂。你不能就这样——"

他转过身，僵住了，看见梅格站在他的办公桌旁。他的脸抽搐了一下——他的表情从愤怒转为恐惧，再转为担忧，然后凝固在了勉强挤出的笑容上。

他把手机塞进口袋。

"嘿，亲爱的，"他的声音变细了，"睡不着，嗯？是啊，我也睡不着。"

他走到书桌前，把蒲公英色的信纸扫进树洞，向梅格伸出手。"想去温室看看吗？"

幻境中的场景又变了，变成了一些混乱、零碎的记忆：梅格穿着她最喜欢的外套、一件绿色背心裙和黄色打底裤。她喜欢这身衣服，因为爸爸说她看起来像温室里的一种植物——一种美丽的、正在生长的东西。她在黑暗中跌跌撞撞地走在车道上，跟着爸爸，背包里塞着她最喜欢的毯子，因为爸爸说他们必须动作快一点儿，只有搬得动的东西才能带。

他们还没进到车里，梅格就停了下来，注意到温室里的灯亮着。

"梅格，"她父亲说，声音像脚下的砾石一样，是破碎的，"来吧，宝贝。"

"但是赫拉克勒斯，"她说，"还有其他人。"

"我们不能带他们走。"爸爸哽咽着说。

梅格以前从未听父亲哭过。这让她觉得土地正从她脚下坍塌。

"神奇的种子呢？"她问道，"我们可以种下它们——我们要去哪里？"

对于梅格来讲，去别的地方几乎是不可能的，也是可怕的，因为厄萨勒斯是她知道的唯一的家园。

"不行，梅格。"爸爸已经快说不出话了，"它们必须在这里才能生长。但是现在……"

他回头看了看房子，房子飘浮在巨大的石头支架上，窗户闪着金光，但是有些不对劲。几个黑影越过山坡——是人，或者类似人的东西，穿着黑色衣服，包围了房子。更多的黑影在头顶盘旋，黑暗的翅膀遮蔽了星光。

爸爸抓住她的手："没时间了，甜心，我们得走了。现在就得出发。"

梅格对厄萨勒斯最后的记忆，就是她坐在父亲的旅行车的后座上，脸和手压在后窗上，盯着房子中明亮的灯火，努力想要看得久一点儿，再久一点儿。他们开车行驶到半山腰的时候，他们的家轰然爆炸，燃起了熊熊大火。

我喘息着，感官突然猛地回到了现实。梅格把手从我的手腕上拿开。

我惊讶地看着她，只觉得现实世界摇晃得厉害，很害怕自己会掉进草莓坑。"梅格，你怎么……"

她抓着手掌上的一个骨痂："不知道，只是想这样做。"

典型的梅格风格的回答，然而，她的记忆是如此痛苦、真实。我的胸口隐隐作痛，就好像刚刚被除颤器击中了一样。

但是，梅格是怎样和我分享她的过去的？我知道半羊人可以和他们最亲密的朋友建立心灵感应。格洛弗·安德伍德和波西·杰克逊就曾建立过这种关系。他说，这也解释了为什么他有时会莫名其妙地想吃蓝莓煎饼。梅格有类似的天赋吗？或许是因为我们是主人和仆人的关系？

我不知道。

我只知道梅格受到了很大的伤害，这伤害比她能表达出来的还要大得多。她小小的人生的悲剧始于她父亲去世之前，始于这里。曾经的生活，如今只剩下此处的断壁残垣。

我想拥抱她，而且，请相信我，这不是我经常会有的感觉，但是，不用想也知道，如果我真的拥抱了她，她肯定会一手肘击中我的肋骨，要不就是用弯刀敲我的鼻梁。

"是吗？"我支吾着说道，"你一直都有这些记忆吗？你知道你父亲想在这里做什么吗？"

她无精打采地耸了耸肩，抓了一把尘土，让它慢慢落入深坑，就像是在播撒种子一样。

"菲利普，"梅格说，好像她刚刚想起这个名字，"我爸爸的名字叫菲利普·麦卡弗里。"

这个名字让我想起了马其顿国王腓力二世①，亚历山大的父亲。他是一名优秀的战士，但并不是个有趣的人。他对音乐、诗歌甚至射箭都不感兴趣，只对方阵战术②感兴趣，真是无聊透顶。

"菲利普·麦卡弗里是一位非常好的父亲。"我努力地隐藏着语气中苦涩的味道。我本人对好父亲的角色没有多少切身感受。

"他闻起来像覆盖物③的味道，"梅格回忆道，"好闻的那种。"

我不知道覆盖物的气味还有好坏之分，但我还是恭敬地点了点头。

我凝视着那排温室——在红黑色的夜空下，只能隐约看见它的轮廓。菲利普·麦卡弗里显然是个天才（也可能是个植物学家？），而且绝对是受女神得墨忒耳青睐的那种凡人。要不然，他怎么能在一个有着如此强大的自然力量的地方建造出这样的房子呢？他一直在做什么？他说他的家人几千年来一直在做同样的研究，这话是什么意思？人类很少以千年为单位来进行思考。他们能知道自己曾

---

① 详见书末《阿波罗话语指南》的"腓力二世"词条。
② 详见书末《阿波罗话语指南》的"方阵战术"词条。
③ 此处指保护植物根基、改善土质或防止杂草生长的物质。

祖父母的名字，就已经很幸运了。

更重要的是，这里究竟发生了什么事？又为什么会出事？是谁把麦卡弗里一家从这里赶走，让他们不得不一路向东去纽约的？不幸的是，我想，最后一个问题是唯一一个有确定答案的问题。

"这是卡利古拉做的好事，"我指着山坡上被毁的圆柱说，"英西塔土斯说皇帝把这里处理好了，我想他说的就是发生在这里的事。"

梅格转向我，表情冷硬得像石头一样："我们要找出答案。明天，你，我，格洛弗，我们会找到这些人，找到小笛和伊阿宋。"

弓箭在我的箭袋里嘎吱作响，但我不能确定是多多那圣箭想要引起注意，还是我自己的身体在不停颤抖。"如果小笛和伊阿宋不知道任何有用的情报呢？"

梅格拂去手上的灰尘："他们是那七个人里的，对吧？波西·杰克逊的朋友。"

"嗯……是的。"

"那他们会知道的，而且他们会帮忙。我们去找卡利古拉。我们去迷宫里探险，解救女先知，消灭大火什么的。"

我很钦佩她用几句话就有力地总结了我们的全部任务。

另一方面，即使我们可以得到两个更强大的半神的帮助，我对探索这个迷宫也并不期待。古罗马也有强大的半神，其中许多人试图推翻卡利古拉的统治，但反叛他的人都已经死了。

我不断回想起我看到女先知的那段幻境，回想起她为带来可怕消息而道歉的画面。神谕祭司什么时候开始道歉了？

如果可以的话，我会宽恕你。我会宽恕她。

女先知坚持让我去救她。尽管这是一个陷阱，但确实只有我能解救她。

我从来都不喜欢陷阱，这让我想起了我以前迷恋的布里托玛耳提斯[①]。啊，为了那个女神，我不知掉进了多少缅甸老虎坑。

梅格摆动着双腿："我要睡觉了。你也该休息了。"她跳下墙，穿过山坡，朝水池走去。她并没有命令我去休息，所以我在墙头坐了很久很久，凝视着填满草莓的深坑，聆听着不祥之翼的振动。

---

① 详见书末《阿波罗话语指南》的"布里托玛耳提斯"词条。

12
哦，平托，平托！
你为什么口吐黄色？
我躲在后面

奥林匹斯山的众神啊，我受的苦还不够多吗？

我必须和梅格、格洛弗一起从棕榈泉开车去马里布，这已经够糟糕的了，更糟的是，我们还要绕过野火疏散区，经历洛杉矶的早高峰。我们一定要开着喜洋洋·海治一九七九年款的芥末黄福特平托旅行车上路吗？

我的朋友们和喜洋洋正在车旁等着。"你在开玩笑吧？"我问道，"别的仙人掌精灵难道没有更好的，哦，不，我是说别的车吗？"

海治教练瞪着我："嘿，伙计，你应该心存感激。这是经典款式！这是我的山羊爷爷传给我的。我把它保养得很好，所以你们几个最好不要弄坏它。"

我回忆了下最近的几段有关汽车的经历：太阳神战车直直地冲进混血营的湖里，被撞毁了；波西·杰克逊的普锐斯卡在了长岛果园的两棵树之间；三个恶魔水果精灵驾驶着一辆偷来的奔驰车在印第安纳波利斯的街道上扭来扭去。

"我们会好好对它的。"我保证道。

海治教练跟格洛弗叮嘱了几句，确保他知道怎样在马里布找到麦克林的家。

"麦克林一家应该还在那里，"海治说，"至少，我希望如此。"

"什么意思?"格洛弗问道,"他们不在家又会在哪里?"

海治干咳了一声:"无论如何,祝你们好运!如果你们见到小笛,请代我向她问好。可怜的孩子……"

他转过身,小跑着回到山坡上。

福特平托车里有一股热塑胶和广藿香的味道,这让我想起了和特拉沃尔塔①一起跳迪斯科的糟糕经历。(有趣的知识点:在意大利语中,特拉沃尔塔的意思是"难以忍受",这完美地描述了他的古龙水的味道。)

格洛弗坐进了驾驶位,因为喜洋洋只信任他(真是没礼貌)。

梅格坐在了副驾驶位上。她穿着红色的运动鞋,把脚搭在仪表板上。她变出了几条叶子花藤蔓,并将其缠在脚腕上,以此取乐。虽然昨晚她刚刚跟我分享了她的童年阴影,但这似乎并没有影响她今天的心情,我就惨了,只要想到她经历过的痛苦,我就几乎忍不住流泪。

幸运的是,我可以在很大的空间里独自哭泣,因为我被困在后座。

我们从十号州际公路向西出发。当我们驶入莫雷诺谷一段时间后,我才意识到哪里怪怪的:窗外的景观依旧是棕色的,没有慢慢变成绿色。温度令人压抑,空气干燥,弥漫着酸酸的味道,仿佛莫哈维沙漠已经忘记了它的边界,一直延伸到河边。北边的天空一片模糊,像是整个圣贝纳迪诺山脉都着火了一样。

我们到达波莫纳时,路上的车辆因为拥堵排成了一整列。我们的福特平托车走走停停,马达嗡嗡直响,像是一头犯了心脏病的疣猪。

格洛弗从后视镜里瞥了一眼跟在我们车后面的宝马。

"如果我们被追尾了,这辆车不会爆炸吧?"他问道。

"有可能。"我说。

从前我驾驶太阳战车的时候,就是坐在一辆着火的车里,那完全不会困扰我,但是格洛弗提出这个隐患之后,我一直盯着身后,祈祷着宝马车能离得远一些。

我非常需要早餐,而不是昨晚的残羹冷炙。我想直冲到希腊的一个城市,又

---

① 约翰·特拉沃尔塔(1954—),美国演员、制片人,代表作有《低俗小说》《变脸》等。

或者冲到对面车道上逆行一段路，远离我们现在正在驶向的地方，只为喝上一杯美味的咖啡。

我的思绪开始飘忽不定。我不知道我是真的在做白日梦，还是被昨天的幻境搞得精神恍惚，也可能是我的意识正在试图逃离这辆福特平托车的后座。我再度陷入了厄立特利亚女先知的记忆中。

现在，我想起了她的名字：赫罗菲勒①，有"英雄的朋友"的意思。

我看到了她的家乡——厄立特利亚湾。微风拂过新月形的金色山丘，山丘上点缀着成片的针叶林。山势起起伏伏，一直延伸到蔚蓝、冰冷的爱琴海。在一个小峡谷里，靠近山洞洞口的地方，一个穿着家纺毛衣的牧羊人跪在他妻子身边。她是附近山泉的水精灵，在那里生下了他们的孩子。

我就不给你们赘述其他细节了，只提这一点：当母亲最后用力尖叫时，孩子从子宫里被推出来，但她没有哭，反而唱起了歌——她歌唱着预言，声音优美，响彻山谷。

你可以想象，这引起了我的注意。从那时起，这个女孩对我来说就是神圣的。我赐予她祝福，让她成了我的神谕祭司。

我记得赫罗菲勒年轻的时候会在地中海地区四处游历，分享她的智慧。只要有人愿意聆听，无论是国王、英雄还是太阳神庙的牧师，她都愿意为其用心吟唱。所有人都尽力解读她的预言歌词。想象一下，你想把音乐剧《汉密尔顿》的全部歌曲都记下来，但这个音乐剧只能播放一次，而且没有办法回放，这样你就能理解他们的难处了。

赫罗菲勒有太多的好建议要分享。她的声音如此迷人，听众不可能捕捉到每一个细节。她无法控制自己唱什么，也无法控制自己何时开始歌唱。她从不重复演唱歌曲，你必须在现场才能听到。

她预言了特洛伊的陷落。她预言了亚历山大大帝②的崛起。她为埃涅阿斯③提供了在哪里重新崛起的建议，那里就是后来的罗马城，但是罗马人是否听从了

---

① 详见书末《阿波罗话语指南》的"赫罗菲勒"词条。
② 详见书末《阿波罗话语指南》的"亚历山大大帝"词条。
③ 详见书末《阿波罗话语指南》的"埃涅阿斯"词条。

她所有的建言呢？比如"当心皇帝的恶行"，"不要对角斗士的那点事过分狂热"，或者"麻袋裤不是一个好的时尚宣言"。不，不，他们没有。

九百年来，赫罗菲勒环游整个地球。她尽了最大努力帮助大家，然而，尽管她有我的祝福，尽管我偶尔还会送给她鲜花，她还是慢慢地变得气馁。她年轻时认识的每个人都已经离开了人世。她目睹了文明的兴衰。她听到太多牧师和英雄说："等等，什么？你能重复一遍吗？让我拿支笔记一下。"

她回到了她母亲的家乡——厄立特利亚的山坡上。山泉几个世纪前就已经干涸了，她母亲的灵魂也随之干涸，但是赫罗菲勒还是在附近的山洞里定居下来。每当有人前来恳求她，请她分享智慧，她都会提供帮助，但她的声音却不一样了。

她优美的歌喉已不复存在。她是失去了信心，还是她作为神谕祭司拥有的天赋变成了一个诅咒，我不能确定。赫罗菲勒说起话来吞吞吐吐，语句中的留白只能让人们自己去猜测。有的时候，她会完全失去声音。沮丧之余，她在枯叶上潦草地写了几行字，让前来寻求帮助的人按照适当的顺序排列，以寻找意义。

我最后一次见到赫罗菲勒是在公元一五〇九年。我哄她离开洞穴，最后一次去罗马城看看，在那里，米开朗琪罗正在西斯廷教堂的天花板上画她的肖像。显然，她因为很久以前的一个模糊的预言而被人民所拥戴。

"我不知道，迈克尔，"赫罗菲勒说，她坐在米开朗琪罗旁边的脚手架上，看着他画画，"你的画很美，但我的胳膊没有那么……"她的声音突然停止了，"我记不清那个词了，八个字母，第一个字母是 M。"

米开朗琪罗用画笔轻点嘴唇："肌肉发达[①]？"

赫罗菲勒用力地点了点头。

"我会改好它。"米开朗琪罗承诺道。

后来，赫罗菲勒就回到了她的山洞，再也没有出来过。我承认，我跟她失去了联系。我以为她已经消失了，就像其他许多远古的神谕祭司一样。然而现在她在南加州，在卡利古拉的控制之下。

我真的应该一直给她送花的。

---

① 此处原文为"muscular"，一共有8个字母。

现在，我所能做的就是努力弥补我对她的忽视。赫罗菲勒仍然是我的神谕祭司，和混血营的芮秋·戴尔、印第安纳波利斯的可怜幽魂一样。不管这是不是陷阱，我都不能任由她手戴枷锁，被困在布满岩浆的房间里。我开始怀疑，也许，只是也许，宙斯把我送到地球上让我挽回自己犯下的错误是个正确的决定。

但我很快就把这个想法抛到脑后了。不，这种惩罚完全不公平。还有什么比意识到你可能和你父亲观点相同更糟糕的呢？格洛弗驾车在洛杉矶北部的城郊行驶，然而车流就像雅典娜的头脑风暴一样，进程缓慢。

我不想对南加州做出不公正的评价。如果这个地方没有山火的肆虐，没有被棕色的雾霾笼罩，没有地震，没有向海里陷落，没有交通堵塞的话，它还是有些讨人喜欢的特质的：音乐演出，棕榈树，海滩，美好的日子，漂亮的人。然而，我也明白为什么哈迪斯①会把这里当作冥界的主要入口。

洛杉矶像磁铁一样吸引着人们的欲望，是人类聚集的完美场所。人们梦想着成名，然后失败、死亡，最后化为灰烬。

看到了吧？我可以当一名平和的旁观者！

我时常仰望天空，希望看到雷奥·瓦尔迪兹骑着他的青铜龙范斯塔从天空中飞过。我希望看到他举着一张大横幅，上面写着：一切都解决了！没错，离新月夜还有不到两天时间，但是也许雷奥已经提前完成了营救任务！他可能会降落在高速公路上，告诉我们虽然朱庇特营遇到了一些困难，但现在已经解决了。

唉，事实上并没有青铜龙在天空中盘旋，现在整个天空都是青铜色的，就算有也让人难以辨认。

我们仿佛在加州一号公路上等待了几十年。"你见过小笛或伊阿宋吗？"我问。

格洛弗摇摇头："我知道这很奇怪。我们都在南加州生活了这么久，但是我一直忙着解决山火的问题，伊阿宋和小笛一直在外执行任务，有时候还会去上学什么的，我从来没有机会认识他们。教练说他们……人不错。"

我觉得他想说的不仅仅是"人不错"。

"有什么问题是我们应该知道的吗？"我问。

---

① 详见书末《阿波罗话语指南》的"哈迪斯"词条。

格洛弗用手指敲击着方向盘："嗯……他们压力很大。首先，他们找了雷奥·瓦尔迪兹很久。其次，他们又做了一些其他的任务。然后，麦克林先生的境况开始变得糟糕起来。"

梅格抬起头来，不再摆弄她脚踝上的藤蔓。"麦克林先生是小笛的爸爸？"

格洛弗点点头："你知道，他是个很有名的演员，名叫特里斯坦·麦克林。"

我的心头涌上一丝兴奋。我喜欢《斯巴达王》中特里斯坦·麦克林的表演，《杰克·斯迪尔2：钢铁回归》中的表演也不错，作为一个凡人，他的腹肌简直无懈可击。

"他的境况怎么变差了？"我问。

"你不看名人新闻吧。"格洛弗猜测道。

很遗憾，这是事实。作为一个凡人，我四处奔波，解救古老的神谕，跟来自罗马的自大狂战斗，自然没有时间关注好莱坞有趣的八卦。

"感情结束得不愉快？"我推测，"还是亲子诉讼？还是他在网络上说了什么惹人厌的话？"

"不完全是。"格洛弗说，"等我们到了再看吧……也许事情没那么糟。"

他说话的口吻就像已经预料到了情况一定很糟糕。

当我们到达马里布时，已经快到午饭时间了。由于饥饿和晕车，我的胃里翻江倒海。我曾经在阳光下整天开我的玛莎拉蒂都没问题，现在竟然晕车了。这绝对是格洛弗的错。他的蹄子太迟钝，不适合开车。

好消息是，我们的福特平托车没有爆炸。我们顺利找到了麦克林的房子，没有发生意外。

蜿蜒的道路深处，位于黄金海十二号的豪宅紧贴着岩石峭壁，俯瞰着太平洋。从街道上看去，唯一可见的部分是灰白泥安全墙、大铁门和一大片红陶瓦。

如果无视停在外面的搬家卡车，你会发现这个地方散发着一种隐秘而有禅意的宁静感。大门敞开着，一群壮汉正在搬运沙发、桌子和大型艺术品。特里斯坦·麦克林在车道的尽头来回踱步，看上去又紧张又惊慌，好像刚从车祸现场走出来。

他的头发比我在电影里看到的更长，柔滑的黑色长发披在肩上。他变胖了些，已经不再是《斯巴达王》里那种模样了。他的白色牛仔裤被煤烟弄脏了，黑色T恤的领口也被扯破了，脚上的休闲鞋看起来像一对烤过头的土豆。

这似乎不太对劲，一个像他这样有才华的名人就站在他位于马里布的豪宅前，没有任何警卫、私人助理和仰慕他的粉丝——甚至没有一群狗仔去抓拍令人尴尬的照片。

"他怎么了？"我好奇地问。

梅格眯着眼睛，透过挡风玻璃看着他。"他看起来不错啊。"梅格说。

"不，"我说，"他看起来……很普通。"

格洛弗关掉了发动机："我们去打个招呼吧。"

麦克林先生看到我们时停止了踱步。他深棕色的眼睛似乎没有焦点。"你们是小笛的朋友吗？"

我不知该说什么，只发出了一阵咯咯声。我第一次见格蕾丝·凯莉①的时候就因为惊艳而发出了这种声音，在那之后就再没出现过这样的情况了。

"是的，先生，"格洛弗说，"她在家吗？"

"家……"特里斯坦·麦克林琢磨着这个词。他似乎觉得这个词给他带来了痛苦，而且毫无意义。"进去吧。"他朝着车道犹豫地挥手，"我想她在吧……"他看着两个搬运工搬运一尊巨大的大理石鲶鱼雕像，声音渐渐变小。

"去吧。都无所谓了。"

我不确定他是在和我们说话还是和搬运工说话，不过他的语气中充满挫败感，甚至比他的外表更让人担心。

我们走过由雕塑和喷泉组成的花园庭院，穿过抛光的橡木双扇大门，进入了屋内。

铺着红色萨尔蒂约瓷砖的地面闪闪发光。乳白色的墙壁上有淡淡的痕迹，应该是悬挂过油画。在我们的右手边有一个豪华的厨房，即使是罗马宴会女神埃德西亚②也会对这个厨房欣赏有加。我们面前是一个巨大的房间，房间上方的雪松天花板足足有三十英尺高。房间里有一个巨大的壁炉和一道滑动玻璃门，玻璃门外是一个海景大露台。

① 格蕾丝·凯莉（1929—1982），美国女演员，代表作有《后窗》《乡下姑娘》等。
② 详见书末《阿波罗话语指南》的"埃德西亚"词条。

遗憾的是，这个房间就像一个空壳子：没有家具，没有地毯，没有艺术品，只有几根卷曲的电缆从墙上垂下来。扫帚和簸箕斜靠在房间的一个角落里。

一个令人印象如此深刻的房间不应该是空的。它就像一座没有雕像、音乐和黄金祭品的寺庙。（哦，为什么我用这样的类比折磨自己？）

一个年轻女子坐在壁炉旁，翻阅着一沓文件。她有着古铜色的皮肤和参差不齐的黑发。她穿着一件橙色混血营文化衫。我猜测，眼前的女子便是阿芙洛狄忒和特里斯坦·麦克林的女儿——小笛。

我们的脚步声在广阔的空间里回响，但当我们走近时，小笛没有抬头。也许她太专注于她手里的文件了，但也有可能，她只是以为我们是搬家工人。

"你想让我再起来吗？"她喃喃自语，"我非常确定壁炉要留在这里。"

我咳了几声以示回应。

小笛抬起头来。她那五彩缤纷的虹膜，就像烟雾中的棱镜一样璀璨。她打量着我，好像不确定自己在看什么（哦，天哪，我知道这种感觉）。她又向梅格投去了同样困惑的眼神。

最后，她的视线停在了格洛弗身上，下巴因吃惊而耷拉下来。"我……我认识你，"她说，"我在安娜贝丝的照片里见过你。你是格洛弗！"

她猛地站了起来，手里的文件散落在萨尔蒂约瓷砖上。"发生了什么事？安娜贝丝和波西没事吧？"

格洛弗稍稍后退了一下。鉴于小笛紧张的表情，这是可以理解的。

"他们很好！"他说，"至少，据我推测，他们没事。我有一段时间没见过他们了，但是我和波西有心灵感应。如果他出了什么事，我想我会知道的——"

"阿波罗。"梅格跪了下来。她捡起地上的一张纸，眉头皱得比小笛还深。

我的胃开始翻江倒海。为什么我没有早点注意到文件的颜色？所有的东西——信封、核对报告、商业信函——都是类似蒲公英花的黄色。

"N.H.金融。"梅格念出信纸上最上面的文字，"三巨头部门——"

"嘿！"小笛从她手中抢过信件，"这是个人隐私！"她面对着我，好像刚想起来，"等等，她刚才叫你阿波罗？"

"恐怕是的。"我尴尬地鞠了一躬，"阿波罗——掌管着诗歌、音乐、射箭等重要事务的天神——为您效劳，不过我的驾驶证上的名字是莱斯特·帕帕佐普洛斯。"

她眨了眨眼："什么？"

"还有，这是梅格·麦卡弗里，"我说，"得墨忒耳之女。她并不是有意多管闲事。只是，我们以前见过这样的信纸。"

小笛又把目光移回到梅格和格洛弗身上。半羊人耸耸肩，好像在说"欢迎来到我的噩梦中"。

"你必须从头说起。"小笛仿佛下定了什么决心似的说道。

我尽最大努力给了她一个振奋人心的总结：我如何坠入凡间，开始为梅格服务；我之前如何解放多多那圣林和特罗弗尼乌斯①神谕；我与卡里普索和雷奥·瓦尔迪兹的旅行……

"雷奥？"小笛紧紧地抓着我的胳膊，我都觉得她会弄伤我，"他还活着？"

"疼。"我呜咽着说。

"对不起。"她放开了我，"我必须知道与雷奥有关的所有事，现在就要知道。"

我决定尽最大努力满足她的要求，因为我害怕她会直接把我的脑袋撬开，获取这些信息。

"那个玩火的臭小子，"她抱怨道，"我们找了他几个月，他却像没事人一样出现在营区？"

"是啊，"我表示同意，"想打他的人都排到明年秋天了，但是，现在我们需要你的帮助。我们必须从卡利古拉皇帝那里解救出一位女先知。"

小笛的表情让我想起了一个杂技演员，当时他试图同时抛接十五个不同的物体。

"我就知道，"她喃喃自语，"我知道伊阿宋没有告诉我……"

突然，六个搬运工一边用俄语交谈一边从前面的门走进来。

小笛皱起眉头。"我们去露台上谈吧。"她说，"大家可以分享一下坏消息。"

---

① 详见书末《阿波罗话语指南》的"特罗弗尼乌斯"词条。

13
别动煤气烤架
梅格还在玩
轰隆！

啊，海景是多么美丽啊！啊，海浪冲击着下面的悬崖，海鸥在头顶盘旋！啊，那个汗流浃背的大块头搬运工坐在躺椅上，正在看手机短信！

当我们来到露台上时，那个人抬起了头。他皱着眉头，不情愿地站了起来，笨拙地走进屋里。椅子的布料上留下了一块搬运工形状的汗渍。

"如果我还有丰饶之角，"小笛说，"我一定要用蜜汁火腿射击这些家伙。"

我的腹部肌肉抽搐了一下。我曾经被一头从丰饶之角里射出的烤野猪击中过腹部，当时得墨忒耳特别生我的气，但那是另一个故事了。

小笛爬上露台围栏，坐在上面，用脚钩住栏杆，面对着我们。我想她肯定已经在那里坐过几百次了，根本不会在意可能会从高处坠落这回事。在豪宅下面很远的地方，有一排曲折的木制楼梯，楼梯的底部，紧贴着悬崖下方，是一片狭窄的海滩。海浪撞击着嶙峋的岩石。我决定不跟小笛一起坐在栏杆上。我不怕高，但我害怕自己糟糕的平衡感。

格洛弗凝视着全是汗的躺椅——那是露台上仅存的一件家具。他也选择继续站着。梅格走到一个不锈钢煤气烤架前，开始摆弄烤架上的旋钮。在她把我们都炸飞之前，我们大约还有五分钟的时间。

"所以，"我靠在小笛旁边的栏杆上，"你知道卡利古拉。"

她的眼睛从绿色变成棕色，就像逐渐变老的树的树皮一样。"我知道一定有一个幕后黑手——迷宫，大火，这一切。"

她指着玻璃门那头空荡荡的房子。"我们关上死亡之门①时和许多恶棍战斗过，他们从冥界回到了凡间。如果是邪恶的罗马皇帝躲在三巨头控股公司背后操纵，那么这一切都能说得通。"

我猜小笛大约十六岁，和我……不，我不能说和我同龄。如果我这样想，无异于是把她细腻的皮肤和我长满青春痘印的脸做比较，是把她轮廓分明的鼻子和我圆圆的蒜头鼻做比较，是把她凹凸有致的身材和我的身材做比较，虽然我也是又凹又凸的，但是都弯向了错误的方向。我忍不住想大叫一声："我恨你！"

她如此年轻，却经历了如此多的战斗。她说"我们关上死亡之门"时，语气就像普通高中生说起去凯尔家游泳时那么稀松平常。

"我们知道有一座烈焰迷宫，"她继续说道，"喜洋洋和美丽跟我说过。他们说半羊人和木精灵……"她指着格洛弗，"好吧，这不是秘密了，你们一直深受干旱和火灾的困扰，然后我做了一些梦，你知道的。"

格洛弗和我点点头。就连梅格也从户外烧烤危险实验中抬起头来，同情地"嗯"了一声。我们都知道半神们总会收到预言和凶兆，一刻也闲不下来。

"不管怎样，"小笛继续说，"我本以为我们能找到这个迷宫的中心。我想着，无论破坏我们生活的人是谁，我们都可以把他或她送回冥界。"

"你说我们，"格洛弗问，"你是指你和？"

"伊阿宋。是的。"

当她说出他的名字时，声音变小了，就像我被迫说出达佛涅②的名字时一样。

"你们之间发生了一些事情。"我推断道。

"他这一年很难熬。"

---

① 详见书末《阿波罗话语指南》的"死亡之门"词条。
② 详见书末《阿波罗话语指南》的"达佛涅"词条。

还能比我更难熬吗？我心想。

梅格启动了其中一个烤炉，烤炉像推进器一样燃起了蓝色的火焰。"你们分手了还是怎么了？"

就让麦卡弗里一边玩火，一边对别人的感情进行不礼貌的猜测吧。

"请不要玩炉子了，"小笛温和地请求道，"还有，是的，我们分手了。"

格洛弗用他的羊嗓说道："真的吗？但是我听说……我以为……"

"你以为什么？"小笛的声音依然平静又温柔，"我们会像波西和安娜贝丝一样永远在一起吗？"

她凝视着空荡荡的房子，看起来并不像是在想念旧家具，更像是在想象着房间焕然一新的样子。

"事情会改变。人也会改变。伊阿宋和我——我们的感情开始得很奇怪。赫拉①把我们的记忆搞得乱七八糟，她让我们觉得我们共享了一段经历，但实际上并没有。"

"啊，"我说，"这是赫拉的作风。"

"我们一起对抗盖娅，然后又花了几个月时间寻找雷奥。我们尝试着适应学校生活，那段时间，我真的很放松……"她犹豫着，打量着我们每个人的脸，仿佛意识到她马上就要和她几乎不认识的人分享那个导致他们感情结束的真正的、更深层的原因。我回想起云精灵美丽曾说过小笛是可怜的女孩。她说到伊阿宋的名字时，语气中满是厌恶。

小笛说："总而言之，事情就这样发生了变化，但是我们很好。他很好。我也很好。至少……这一切开始之前，我很好。"她指着那个大房间，搬家工人现在正拖着床垫朝前门走去。

是时候面对房间里的大象②了，或者说，阳台上的大象，或者更确切地说，是本来在阳台上的那头大象（如果搬运工没有把大象拖走的话）。

"到底发生了什么？"我问，"那些蒲公英花颜色的信件里都写了什么？"

---

① 详见书末《阿波罗话语指南》的"赫拉"词条。

② "房间里的大象"（elephant in the room）是一句英文谚语，原意为房间里出现了一头大象，大家却对如此显而易见的事物避而不谈，后来引申为在公共空间中，大众对某类触目惊心的事实心照不宣地保持集体沉默。

"比如这封。"梅格边说边从她的园艺腰带里抽出一封折起来的信,这一定是她从大房间里拿来的。作为得墨忒耳的孩子,她有手脚不干净的坏习惯。

"梅格!"我说,"那不是你的东西。"

我可能对偷别人的信件这件事有点敏感。有一次,阿耳忒弥斯翻遍了我的邮箱,发现了一些来自卢克雷齐亚·波吉亚①的有趣信件,为此她取笑了我几十年。

梅格继续说道:"N.H. 金融公司,尼奥斯·赫利俄斯。是卡利古拉,对吧?"

小笛用指甲抠着木栏杆:"把它扔了吧,求你了。"

梅格把信扔进了火里。

格洛弗叹了口气:"我本来可以吃掉的。吃掉比较环保,而且文具的味道很好。"

小笛微微一笑。

"剩下的信都是你的了。"她许诺道,"至于信上写了什么,都是些陈词滥调,不过是法律和财务上的问题。总而言之,我爸爸完蛋了。"她对我扬了扬眉,"你真的没看过八卦专栏吗?杂志封面呢?"

"我就是这么问他的。"格洛弗说。

我在心里暗自记下,一定要去最近的超市结账通道,储备些阅读材料。"我确实没有紧跟潮流。"我承认,"这一切是什么时候开始的?"

"我也不知道,"小笛说,"简,我爸爸以前的私人助理——她也有份儿。他的财务经理,他的会计师和他的电影经纪人,三巨头控股公司……"小笛张开双手,好像在描述一场无法预见的自然灾害,"他们不遗余力,花了数年和数千万美元摧毁了我父亲建造的一切——他的信用、资产、他在制片厂的声誉,都没了。当我们雇用美丽的时候……嗯,她很棒,她是第一个发现问题的人。她曾试图帮忙,但为时已晚。现在我爸爸的情况比破产还糟糕。他负债累累,拖欠了数百万连他自己都不知道的税款。我们只希望他能免受牢狱之苦。"

"太可怕了。"我说。

我是认真的。一想到可能再也看不到特里斯坦·麦克林的腹肌出现在大屏幕上,我便又难过又失望,但是我是个体贴的人,自然不会在他的女儿面前说起这些。

"我并不指望得到多少同情。"小笛说,"你应该看看,我学校的同学是怎样

---

① 详见书末《阿波罗话语指南》的"卢克雷齐亚·波吉亚"词条。

在我背后幸灾乐祸、窃窃私语的。我是说，比平时还要多。'哦，太糟了。你们家三栋房子全没了。'"

"三栋房子？"梅格问道。

我不明白这有什么奇怪的。我认识的大多数小神和名人都至少有十几套房子，但是小笛的表情变得很羞怯。

"我知道这很荒谬。"她说，"他们收走了十辆汽车，还有直升机。他们会在周末取消这个地方的抵押赎回权，然后再收走飞机。"

"你有一架飞机。"梅格点点头，似乎拥有飞机这件事是完全合理的，"酷。"

小笛叹了口气："我不在乎那些东西，但是我们的飞行员兼花园管理员就要失业了。美丽和喜洋洋也必须离开。房子里的工作人员也是。最重要的是……我很担心我爸爸。"

我随着她的目光看去。特里斯坦·麦克林正在大房间里走来走去，眼睛盯着空白的墙壁。他还是当动作明星的时候更招人喜爱。受到打击的男人，这个角色不适合他。

"他本来已经在慢慢康复了，"小笛说，"去年，一个巨人绑架了他。"

我打了个寒战。被巨人绑架确实会给人留下心理阴影。几千年前，阿瑞斯被两个巨人绑架了，他从那时起就像变了个人似的。以前，他傲慢且惹人厌，但经历过那件事之后，他虽然依然傲慢，惹人厌，但变得很脆弱。

我说："你的父亲居然还没有精神失常，这真令人惊讶。"

小笛的眼角似乎向内收紧了："我们把他从巨人手里救出来时，用药水抹去了他的记忆。阿芙洛狄忒说这是我们唯一能为他做的事，但是现在……我是说，一个人能承受多大的创伤？"

格洛弗摘下帽子，眼神中满是悲伤。他可能是在悲天悯人，但也有可能只是饿了。"你现在打算怎么做？"

"我们家还有一点儿财产，"小笛说，"就在俄克拉何马州塔勒阔外，那里原来是切罗基人①的保留地。周末，我们会最后一次搭乘自己的飞机，飞回家。我想这场战斗是你们的邪恶皇帝胜利了。"

---

① 美洲原住民，其中很多现居于美国俄克拉何马州和北卡罗来纳州。

我不喜欢她把皇帝称为"我们的",我也不喜欢小笛说起"回家"时的语气,好像她已经接受了她的后半生将在俄克拉何马州度过。请注意,我对俄克拉何马州没有任何意见。我的朋友伍迪·格思里①就来自那里,但是,在马里布生活的人通常不会认为搬到俄克拉何马州是一种提升。

此外,特里斯坦和小笛被迫向东迁移这件事让我想起梅格昨晚向我展示的幻象:她和她的父亲之所以要离开家园,也是受到了这样的蒲公英花颜色的法律信函的逼迫。之后他们几经辗转,来到纽约,刚从卡利古拉的魔爪里逃出来,又落进了尼禄的手里。

"我们不能让卡利古拉赢,"我告诉小笛,"他不是只针对你一个半神。"

她似乎听进去了这些话。她看向梅格,仿佛第一次真正见到她。"你也是?"

梅格关掉了煤气灶:"是啊。我爸爸。"

"发生了什么事?"

梅格耸耸肩:"那是很久以前的事了。"

我们等着她继续说下去,但梅格已经决定,要维持梅格的行事风格。

"我的朋友不太爱说话,"我说,"如果她允许的话……"

梅格没有命令我闭嘴或跳下露台,所以我向小笛讲述了我在麦卡弗里的记忆中看到的故事。

我说完后,小笛从栏杆上跳了下来。她走近梅格。我还没来得及说"**小心,她会咬人,嘴比野松鼠还厉害**",小笛便搂住了这个年轻的女孩。

"我很抱歉。"小笛亲吻了她的头顶。

我紧张地等待着梅格掏出她的黄金弯刀。然而,梅格虽然显得很惊讶,但还是接受了小笛的拥抱。她们就这样抱了很长时间。

梅格颤抖着,小笛抱着她,仿佛是半神慰问协会主任,仿佛只要在梅格的旁边,自己的烦恼就都变得不重要了。

最后,梅格吸了吸鼻子,抽身离开了。她擦着鼻子,说了声:"谢谢。"

小笛看着我:"卡利古拉找半神们的麻烦有多长时间了?"

---

① 伍迪·格思里(1912—1967),美国歌手、作曲家,代表作有《这是你的国土》《很高兴认识你,再见》等。

"有几千年了吧,"我说,"他和其他两个皇帝没有通过死亡之门。他们从未真正离开过人间,基本上算是小神。他们有几千年的时间来建立他们的秘密帝国——三巨头控股公司。"

"为什么是我们?"小笛说,"为什么是现在?"

"从你的情况分析,"我说,"我只能猜测是卡利古拉不想让你插手他的事。如果你因为你父亲的问题而分心,甚至搬到俄克拉何马州,远离他的地盘,你就威胁不到他。至于梅格和她爸爸……我不确定。卡利古拉可能认为她爸爸参与了具有威胁性的工作。"

格洛弗补充道:"是对木精灵有帮助的工作。一定是这样。根据他工作的地点就可以判断出来。那些温室……卡利古拉毁了一个热爱大自然的男人。"

我从来没见过格洛弗如此生气。作为一个半羊人,我想他能给予人类最高的评价便是"热爱大自然的男人"了吧。

小笛盯着海上的波浪。"你认为这一切都是有联系的。卡利古拉正在想办法赶走所有对他有威胁的人,启动烈焰迷宫,摧毁自然精灵们。"

"还监禁了厄立特利亚的女先知,"我补充道,"作为引诱我的陷阱。"

"他到底想做什么?"格洛弗问道,"他的最终目的是什么?"

这些都是很好的问题,然而,对于卡利古拉,你可能并不想知道答案,因为答案会让你哭出声来。

"关于这些问题,我想问问女先知,"我说,"如果有人知道怎样找到她的话。"

小笛撇了撇嘴:"啊,这就是你来找我的原因。"

她看了看梅格,又看了看烤架,也许是在思考什么更危险——和我们一起去探险,还是跟百无聊赖的得墨忒耳之女留在这里。

"等我拿下武器,"小笛说,"我们出去兜兜风。"

14
贝德罗西安
贝德罗西安奔跑
以紧身瑜伽裤允许的最快速度

"不许评价。"小笛从房间里走出来之后警告道。

我做梦也没想到。

小笛穿得很时尚,看起来已经准备好战斗了。闪亮的白色帆布鞋,破旧的紧身牛仔裤,腰上系着皮带,身上穿着橙色的混血营文化衫。她把头发编成辫子垂在一边,辫子里缠着一根宝蓝色的羽毛。如果没认错的话,那是鹰身女妖[①]的羽毛。

绑在她腰带上的是一把三刃匕首[②],很像古希腊女子过去佩戴的那种。特洛伊女王赫卡柏[③]曾经跟我炫耀过一次。据我所知,这种匕首虽然主要起到的是装饰作用,但它其实非常尖锐。(赫卡柏脾气不太好。)

挂在小笛腰带另一边的……啊,我猜这就是她感到害羞的原因。她大腿上套着一个微型箭袋,里面装满了大概一英尺长的投射式飞箭,箭上的羽毛是用蓬松

---

① 详见书末《阿波罗话语指南》的"鹰身女妖"词条。
② 详见书末《阿波罗话语指南》的"三刃匕首"词条。
③ 详见书末《阿波罗话语指南》的"赫卡柏"词条。

的蓟草做成的。她肩上是一个背包和一根芦苇。

"吹筒箭！"我喊道，"我超爱吹筒箭！"

我并不是武器专家，但吹筒箭真的是一种很精巧的投射式武器，虽不容易操控，但非常容易藏匿。我怎么能不爱它呢？

梅格挠了挠脖子："吹筒箭是希腊的东西吗？"

小笛笑了："不，不是希腊的，是切罗基人的东西。我爷爷汤姆很久以前为我做了这个。他一直想让我练习吹筒箭。"

格洛弗的山羊胡抖动着，好像是想从下巴上挣脱下来，就像魔术师胡迪尼那样。"吹筒箭真的很难操纵。我叔叔费迪南有一个。你技术怎么样？"

"说不上特别好，"小笛承认，"远不如我在塔勒阔的表姐，她是部落冠军，但是我一直在练习。上次伊阿宋和我在迷宫里的时候，"她拍了拍她的箭袋，"这些箭就派上了用场。你们等着瞧吧。"

格洛弗设法抑制住了自己的激动。我理解他的担心。当一个初学者拿着吹筒箭时，相比对敌人的威慑，对盟友的威慑要大得多。

"那匕首呢？"格洛弗问道，"那真的——？"

"克陶普垂斯①，"小笛自豪地说，"这匕首原本属于特洛伊的海伦②。"

我大叫一声："她的匕首怎么会在你这里？你是在哪里找到它的？"

小笛耸耸肩："在混血营的小棚子里。"

我只想拔光自己的头发。我记起了海伦收到这把匕首的那一天，那是她的结婚礼物。世界上最美丽的女人，手握如此华丽的利刃（无意冒犯数十亿同样迷人的女性，我爱你们）。小笛在小棚子里发现了这件做工精良、具有强大威力且具有历史意义的武器？

唉，时间让一切事物变得无关紧要，不管它曾经多么重要。我不知道这样的命运是否也在等待着我。一千年后，也可能会有人在工具房里找到我，然后说："哦，看，这是阿波罗，掌管诗歌的天神。也许我可以把他翻新一下，重新利用起来。"

---

① 详见书末《阿波罗话语指南》的"克陶普垂斯"词条。
② 详见书末《阿波罗话语指南》的"特洛伊的海伦"词条。

"这匕首还能显示出预言幻境吗?"

"看来你知道它的用途呀!"小笛随即摇摇头,"幻境从去年夏天起就没再出现过。这和你被赶出奥林匹斯山没有任何关系,是吧,预言之神?"

梅格抽了抽鼻子,说道:"大多数事情都是他的错。"

"喂!"我说,"呃,下一个话题。小笛,你到底要带我们去哪里?如果你家所有的车都被他们收走了,恐怕我们只能继续驾驶海治教练的小平托了。"

小笛坏笑着:"我想我们有更好的选择,跟我来。"

她带我们来到车道上,只见麦克林先生在那里继续履行着他的职责——迷茫地四处游荡。他在车道上踱来踱去,低着头,好像在寻找一枚掉落的硬币。他的头发竖起来,手指抓过的地方参差不齐。

搬运工们正在附近一辆卡车的后挡板旁午休,随意地在瓷质餐盘里吃着饭。那些餐盘显然是从麦克林家的厨房里拿出来的。

麦克林先生抬头看着小笛,对于小笛正拿着匕首和吹筒箭这件事似乎并不担心。"要出去吗?"

"就一会儿。"小笛吻了她父亲的脸颊,"我今晚就会回来。别让他们拿走睡袋,好吗?我们今晚可以在露台上露营。这会很好玩的。"

"好吧……"他心不在焉地拍拍她的胳膊,"学习顺利?"

"没错,"小笛说,"我是去学习的。"

幻影迷雾魔法最棒了。你可以全副武装地走出你的房子,做伴的有一个半羊人、一个半神,以及一个肌肉松弛的前奥林匹斯天神。多亏了幻影迷雾这种感知干扰魔法,你的凡人父亲会想当然地以为你要去的是学习小组。没错,爸爸,我们需要复习一些数学问题,研究的方向是吹筒箭打击移动目标的飞行轨迹。

小笛把我们带到街对面的邻居家,那栋房子看起来就像科学怪人住的地方——托斯卡纳瓷砖、现代式窗户、维多利亚式的尖屋顶,整座建筑仿佛在尖叫着:"我很富有,但品位不够,救救我吧!"

在环形车道上,一个穿着休闲服的壮汉从他的白色凯迪拉克凯雷德里走了出来。

"贝德罗西安先生!"小笛打了声招呼。

那人跳了起来,带着恐惧的表情看向小笛。尽管他穿着运动衬衫和并不适合他的瑜伽裤,脚上踩着颜色浮夸的跑鞋,但他看起来比真正运动的人闲适得多。他既没有出汗,也没有喘不过气来。他稀疏的头发上打着黑色的发胶,梳出了一道完美的弧线。当他皱起眉头时,他的五官全被挤在脸的中央,就好像在绕着鼻孔的两个黑洞公转。

"小……小笛,"他结结巴巴地说,"你——"

"我很想借您的凯雷德一用,谢谢!"小笛微笑着。

"呃,实际上,这不是——"

"这不是问题,对吗?"小笛接着说,"您很愿意把车借给我开一天,对不对?太棒了!"

贝德罗西安的脸抽搐了一下。他挤出了几个字:"是的。当然。"

"请给我钥匙。"

贝德罗西安先生把钥匙扔给小笛之后撒腿就跑,以他的紧身瑜伽裤允许的最快速度冲进了屋里。

梅格低声吹了声口哨:"很酷。"

"她是怎么做到的?"格洛弗问道。

"那个啊,"我说,"是魅惑语。"我不禁要重新评估下小笛了。我不确定我是应该赞叹她的实力,还是应该惊慌失措地跟着贝德罗西安先生逃跑。使用"魅惑语"是阿芙洛狄忒的后代很少能拥有的天赋。"你经常借贝德罗西安先生的车吗?"

小笛耸耸肩:"他不是个好邻居,而且他还有十几辆车。相信我,我们没有给他带来任何实质性的麻烦。再说,我大多数情况下是个有借有还的人。大多数情况下哟。我们可以走了吗?阿波罗,你来开车。"

"但是——"

她的笑容甜美但吓人,好像在说:我可以强制你这么做。

"我来开车。"我说。

我们乘坐着贝德罗西安先生的车,沿着海岸边的观景公路一路南下。由于凯雷德的个头儿跟赫菲斯托斯的喷火九头蛇坦克差不多大,我不得不小心地避让,避免剐蹭到摩托车、邮箱、三轮车上的小孩和一些别的讨人厌的障碍物。

"我们要去接伊阿宋吗?"我问道。

小笛坐在我旁边的乘客座位上,将一支飞箭装入她的吹筒中。"没必要,他在上学呢。"

"你不用上学?"

"我要搬家,记得吗?而且从下周一开始,我就要转去塔勒阔高中了。"她像大人们举起香槟酒杯一样举起了她的吹筒箭,"加油,猛虎队。"

奇怪的是,她的话听起来毫无讽刺意味。我又一次想知道她为何会如此顺从地接受自己的命运,任凭卡利古拉把她和她的父亲从他们在这里经营的人生中驱逐出去,但是,考虑到她手里拿着一件上了膛的武器,我没有质问她。

梅格的头突然出现在我们的座位之间。"我们不需要你的前男友吗?"

我被惊得猛打方向盘,差点撞倒某个人的祖母。

"梅格!"我大声责备,"请坐回去,系好安全带。"我从后视镜中瞥了一眼格洛弗,只见他正在咀嚼一块灰色的布料。"格洛弗,不要吃你的安全带。你树立了一个不好的榜样。"

他吐出安全带,说道:"抱歉。"

小笛弄乱了梅格的头发,然后开玩笑似的把她推到后座。"我可以回答你的问题。不,我们不需要伊阿宋。我可以带你们去迷宫。毕竟,这是我的梦境。这个入口是皇帝用的,所以那应该是通往迷宫中心最短的路,女先知就被藏在那里。"

"你上一次进入迷宫的时候,"我说,"发生了什么事?"

小笛耸耸肩:"迷宫里经常出现陷阱,不断变化的走廊,奇怪的生物。那里的禁卫军……很难形容。还有火,以及其他类似的东西。"

我想起了赫罗菲勒的幻境,她在岩浆房里举起被锁住的双臂,向某人道歉,而且那个人并不是我。

"你其实没有找到神谕吧?"我问道。

小笛沉默着,凝视着房子之间的海景,车子就这样驶过了半个街区。"没有。有一段时间我们分开了,伊阿宋和我。现在……我怀疑他没有把发生在他身上的一切都告诉我。我很肯定他没有。"

格洛弗重新系上了他破损的安全带。"他为什么要撒谎?"

"这……"小笛说,"是一个非常好的问题,也是我不带他回到迷宫的好理由。我要亲自去看看。"

我有一种感觉,小笛自己可能也在隐瞒一些事——她的困惑、猜疑、个人感情，也许在迷宫里时，她身上也发生了什么。

太棒了，我想。互为前任情侣的半神之间的戏剧化私人恩怨，互相隐瞒，这种桥段最能为危险任务增加趣味了。

小笛指引我驶入了洛杉矶市中心。

我认为这是一个不好的迹象。"洛杉矶市中心"在我看来是一个矛盾的短语，就像"热冰激凌"或者"军人的智慧"（没错，阿瑞斯，说的就是你）一样。

洛杉矶是座肆意扩张的城市，所有的地方都可被称为郊区，不应该有市中心，就像比萨饼不应该放枞果块一样。哦，当然，在灰暗的政府大楼和封闭的店面中，市中心的部分地区已经恢复了活力。当我们的车蜿蜒着穿过街道时，我发现了许多新公寓、潮流商店和豪华酒店，但对我来说，所有这些努力都像给罗马军团化妆一样多此一举。（相信我，我试过了。）

我们在格兰德公园附近停了下来，虽然那里既不大，也不像什么公园。街对面矗立着一座八层混凝土建筑，上面全是玻璃，像一个蜂巢。我记起几十年前可能去过那里一次，去跟葛丽泰·嘉宝办理离婚手续，还是跟伊丽莎白·泰勒来着？我记不起来了。

"这里是档案厅？"我问。

"是的，"小笛说，"但是我们不进去。停在那边，那是一个装货区，限停十五分钟。"

格洛弗前倾过来问我们："如果我们十五分钟后没回来怎么办？"

小笛笑了："如果那样的话，我敢肯定拖车公司会好好照看贝德罗西安先生的旅行车的。"

我们下车步行，跟着小笛来到政府大楼的一侧。她把手指放在嘴唇上示意我们保持安静，然后又向拐角处偷看着什么。

贯穿整个街区的是二十英尺高的混凝土墙，中间点缀着不起眼的金属门。我猜测这些是工作人员的出入口。一扇金属门旁的小巷子里，站着一个长相奇怪的警卫。

尽管天气炎热，他还是穿着黑色西装，打着领带。他矮胖敦实，双手异常宽大。他的头上缠着一些我不知道是什么的东西，就像一条白色毛巾布制成的超大型阿拉伯头巾。头巾盖住了他的肩膀，垂到他背部一半的地方。光是这样可能并不奇怪。他可能是一名为阿拉伯国家的石油大亨工作的私人保安，但是他为什么站在一个不起眼的金属门旁边的小巷里？为什么他的脸上也长着白毛，和头巾上的白毛差不多？

格洛弗在空中嗅了嗅，然后把我们拉回到拐角处。

"那家伙不是人类。"他低声说道。

"你答对了，有奖。"小笛小声回答，尽管我不知道我们为什么要小声说话。我们在半个街区外，街上噪声不断。

"他是什么物种？"梅格问道。

小笛检查了她吹筒里的飞箭："这是个好问题。他们很难对付，除非你使用什么出其不意的法子。"

"他们？"我问。

"是的。"小笛皱起眉头，"上次是两个人，长着黑色的毛。不知道这个有什么不同。那扇门是迷宫的入口，所以我们必须击败他。"

"我需要用到我的双刀吗？"梅格问道。

"如果我失手的话，就需要用到你的双刀……"小笛深吸了几口气，"准备好了吗？"我想她一定不会接受没准备好这个答案，所以我和格洛弗、梅格都点了点头。

小笛走出来，举起她的吹筒箭，吹出了一箭。

本次射击距离目标五十英尺，是吹筒箭实际射程的极限，但是小笛还是击中了她的目标。箭射中了那个人的左腿。

警卫低下头，打量着他大腿上多出来的奇怪新装备。箭尾的羽毛与他的白毛非常相配。

哦，太好了，我想。我们已经把他激怒了。

梅格召唤出了她的金色双刀。

格洛弗摸索着他的牧笛。

我准备尖叫着逃跑。

"等等。"小笛说。

警卫的身子倾斜着，好像整个城市都向右倾斜，然后，他在人行道上晕了过去。

我扬起眉毛："毒药？"

"我爷爷汤姆的独门配方。"小笛说，"现在，过来吧，我带你们瞧瞧毛毛脸真正奇怪的地方。"

15
格洛弗提早离开
格洛弗是聪明的半羊人
莱斯特却不是

"他是什么物种?"梅格问道,"他挺有趣的。"

我可不会用有趣这个词去形容他。

他仰面躺着,嘴唇起了水疱,半睁的双眼抽搐着。

他每只手都有八根手指。他的双手之所以从远处看起来非常大,也就是这个原因。从他黑色皮鞋的宽度来看,我猜他每只脚也有八根脚趾。他看起来很年轻,按人类的标准来判断,他大概是一个十几岁的孩子。除了前额和脸颊,他整张脸的其他部分都覆盖着猎犬胸毛一样的白毛。

真正引发话题的部分是他的耳朵。那块与阿拉伯头巾相似的布散开了,露出了两个柔软的椭圆形软骨,形状与人的耳朵类似,但他的耳朵有海滩浴巾那么大,于是我立刻联想到,这个可怜的男孩在中学时的绰号一定是小飞象。他的耳道很宽,几乎可以接住棒球,而且里面长满了耳毛,小笛大概可以用这些毛装饰她整个箭筒里所有飞箭的箭尾。

"大耳朵。"我说。

"还用你说?"梅格说。

"不，我是说这一定是马克洛提到的大耳朵之一。"

格洛弗后退了一步。

"这种生物就是卡利古拉的私人护卫？他们一定要长得这么吓人吗？"

我绕着这个年轻的人形生物走了一圈。"想想他的听力得有多敏锐！再想想他能用那双手弹奏多少吉他和弦！我以前怎么没见过这个物种？他们一定可以成为世界上最好的音乐家！"

"嗯，"小笛说，"我不懂音乐，但他们战斗的方式让人难以置信。他们中的两个差点要了我和伊阿宋的命，要知道，我们可是和很多不同的怪物战斗过。"

我没有看到他的武器，但我绝对相信他是一名坚强的战士。那有着八根手指的拳头，威力一定不小，但是训练这些生物来打仗似乎是一种浪费……

"难以置信，"我低声说道，"四千年了，我还是能发现新鲜事。"

"比如发现你自己有多蠢。"梅格自告奋勇地举例道。

"不是……"

"所以你已经知道你很蠢了？"

"伙计们，"格洛弗打断了我们的对话，"我们该拿大耳朵怎么办？"

"除掉他。"梅格说。

我对她皱起眉头："你刚刚还说他很有趣，所有生物都有活下去的权利呢，现在又改主意了？"

"他为皇帝做事，"她说，"还是个怪物。他死后会化成尘埃，回到冥界，对吗？"

梅格看着小笛，想要得到确认，但她正忙着观察整条街道。

"很奇怪，竟然只有一个警卫。"小笛沉思着，"而且，他为什么这么年轻？我们曾经闯入过一次，我以为他们会派更多的警卫值班。除非……"

她没说完，但我却立刻明白了：除非他们想让我们进去。

我研究着警卫的脸。在毒药的作用下，他的脸还在抽搐。我为什么要把他的脸想象成毛茸茸的狗脸？这让人很难对他动手啊。

"小笛，你的毒药到底是干什么的？"

她跪在地上，拔出飞箭。"根据这毒药对付另一个大耳朵怪的效果来看，这会让他瘫痪很长时间，但不会致命。这毒药是用一些特殊的草药成分稀释过的珊瑚毒液。"

"这提醒了我,永远不要喝你的草本茶。"格洛弗喃喃说着。

小笛坏笑着:"我们可以把他丢在这里,让他化作尘埃回到冥界似乎不太好。"

"嗯。"梅格看起来不太服气,但她还是轻轻弹了弹她的双刀,把它们收回到了金戒指里。

小笛走向金属门。她拉开门,一部生锈的货运电梯出现在眼前,那上面只有一个控制杆,没有门。

"好吧,我先说清楚,"小笛说,"我会告诉你们伊阿宋和我是怎么进入迷宫的,但我可不懂原住民的追踪技术,那是刻板印象。我不懂追踪,我也不是你们的向导。"

面对这样一位极其有主见且拥有剧毒飞箭的朋友,当她发出最后通牒时,任何人都会表示同意,我们也不例外。

"还有,"她继续说,"你们中的某个人可能会觉得在这次任务中需要精神指导,我可没法儿提供那种服务。我并不打算散播古老切罗基人的智慧。"

"没问题,"我说,"虽然,作为前任预言之神,我很欣赏精神上的智慧。"

"也许你应该问问半羊人的想法。"小笛说。

格洛弗清了清嗓子:"嗯,回收垃圾会有好报吗?"

"好极了,"小笛说,"大家都没问题了吧?都上来了吗?"

电梯里光线不好,还有股硫黄的气味。我记得哈迪斯在洛杉矶有一部通往冥界的电梯,希望小笛没有把她的任务搞混。

"你确定这东西是通往烈焰迷宫的吗?"我问,"我可没有给刻耳柏洛斯[①]带磨牙骨头。"

格洛弗呜咽着:"你一定要提起刻耳柏洛斯吗?很晦气。"

小笛扳动开关。电梯吱吱作响,开始下降,我的心也随之沉了下去。

"第一部分的使用者都是凡人。"小笛肯定地说,"洛杉矶市区布满了废弃的地铁隧道、防空洞、下水道……"

"都是我喜欢的。"格洛弗低声说道。

---

① 刻耳柏洛斯是希腊神话中的冥界看门犬。

"我不太懂历史,"小笛说,"但是伊阿宋告诉过我,在禁酒令期间,走私犯和寻欢作乐的人都会使用这些隧道。现在,这里会出现涂鸦客、逃犯、无家可归的人、怪物和公务员。"

梅格的嘴抽动了一下:"公务员?"

"是真的。"小笛说,"一些市政人员会使用这些隧道来往于不同的大楼。"

格洛弗颤抖了一下:"他们明明可以在阳光下漫步啊,真是令人厌恶。"

我们身处的这架生锈的电梯咯吱作响。不管下面有什么,那些东西都肯定已经听到了我们的声音,更别提他们或许有海滩浴巾那么大的耳朵了。

我们下降了大约五十英尺后,电梯抖动着停了下来。在我们面前延伸出一条水泥走廊,走廊方方正正的,很无聊,里面闪烁着微弱的蓝色荧光。

"看起来没那么可怕。"梅格说。

"等等,"小笛说,"有趣的事情就在前面等着呢。"格洛弗敷衍地挥舞着双手,说道:"好呀。"

方形走廊通向一个更大的圆形隧道,隧道的天花板上布满了管道。墙壁完全被涂鸦覆盖了,像是未被发现的杰克逊·波洛克①的杰作。空罐子、脏衣服和发霉的睡袋散落在地板上,空气中弥漫着流浪汉营地特有的气味:汗水、尿液和绝望的气息。

我们都没说话。我尽量减慢呼吸,直到我们来到一个更大的隧道里。这条隧道两旁是生锈的铁轨。一些坑坑洼洼的金属标牌沿着墙壁立着,上面写着:高压电,禁止进入,沿此路离开。

铁路砟石在我们脚下嘎吱作响。老鼠在铁轨上匆匆跑过,经过时对着格洛弗叽叽喳喳地乱叫。

"老鼠啊,"他低声说,"它们都很没礼貌。"

大概三百英尺后,小笛把我们带入了一条走廊。走廊的地上铺着油毛毡。头顶的灯管几乎快要坏完了,稀稀拉拉地闪烁着。远处,昏暗的灯光下,两个人影瘫倒在地板上。我以为他们是流浪汉,但是梅格僵住了。"那些是木精灵吗?"

格洛弗惊恐地大叫:"龙舌兰?摇钱树?"他冲了上去,我们几个紧随其后。

---

① 杰克逊·波洛克(1912—1956),美国抽象表现主义绘画大师。

龙舌兰是一个巨大的自然精灵，跟她对应的植株很相配。她站起来时至少有七英尺高。她有蓝灰色的皮肤，长长的四肢，锯齿状的头发十分茂盛，一看就消耗了很多洗发水。她的脖子、手腕和脚踝上都佩戴着布满尖刺的环圈，以防有人企图侵犯她的私人空间。龙舌兰跪在她的朋友旁边，看起来没有大碍，直到她转过身来，我们才看到了她受伤的地方。她左半边脸有一大片被烧伤了。她的左臂只剩下了脱水的干枝，已经卷曲。

"格洛弗！"她发出刺耳的声音，"救救摇钱树，拜托。"

他跪在受伤的木精灵——摇钱树旁边。

我以前从未听说过摇钱树这种植物，但我能看出她是如何得到这个名号的。她的头发由一簇厚厚的绿色圆盘堆叠而成，这些圆盘看起来就像是翠绿色的硬币。她的裙子也是由同样的材料组成的，所以整个人看起来像被叶绿素钱币裹起来一样。她的脸可能本来很漂亮，但现在却像放了一周的派对气球一样皱巴巴的。她膝盖以下的部分已经没了。她试图集中精力看看我们，但她的眼睛却呈现出黯淡的绿色。她一移动身子，碧绿的硬币就从她的头发和衣服上掉下来。

"格洛弗在这里吗？"她的声音听起来就像是吸入了氰化物和金属屑的混合物，"格洛弗……我们差点就……"

格洛弗下唇颤抖着，眼含热泪。"发生了什么事？你们为什么——"

"在这下面，"龙舌兰说，"火焰。她突然出现了……魔法……"她开始咳出植物汁液。

小笛小心翼翼地盯着走廊："我去前面望风，马上回来。我可不想碰到什么意外状况。"

她飞奔下去。

龙舌兰试图再次张口说话，却侧着身子摔倒了。不知怎的，梅格抓着她，支撑着她，却没有被环圈刺穿。

她摸了摸木精灵的肩膀，低声嘟囔着："生长，生长，生长。"

龙舌兰被烧的脸上的裂缝开始愈合，呼吸变得平稳。然后，梅格转向摇钱树。她把手放在摇钱树的胸前，又立即缩手，只见更多的绿叶簌簌落下。

"我帮不了她什么，"梅格说，"她们都需要水和阳光，现在就需要。"

"我会把她们送上去。"格洛弗说。

"我来帮你。"梅格说。

"不行。"

"格洛弗——"

"不行！"他的声音沙哑了，"只要我出去了，就可以像你一样把她们治好。她们是我的搜索队员，是遵从了我的命令来到这里的，帮助她们是我的责任，而且，你的任务是和阿波罗待在一起。你真的想让他在没有你的情况下继续往下走吗？"

他说得没错。我的确需要梅格的帮助。

我注意到他们两个都在盯着我看，好像在怀疑我的能力、我的勇气，也在怀疑如果没有这个十二岁的小女孩牵着我的手，我是否能完成这个任务。

当然，他们是对的。这令人很尴尬。

我清了清嗓子："当然，如果有必要的话……"

梅格和格洛弗已经对我失去了兴趣，好像我的感受不是他们最关心的事。（这真是让人难以置信。）

他们一起扶着龙舌兰站起来。

"我不要紧。"龙舌兰说道，但她的身体已摇摇欲坠，"我可以走路。去帮摇钱树吧。"

格洛弗轻轻地抱起她。

"小心点。"梅格警告道，"不要摇她，否则她会失去所有叶子的。"

"不要晃动摇钱树，"格洛弗说，"我记住了。祝你们好运！"

小笛回来时，格洛弗已带着两个木精灵匆匆消失在黑暗中。

"他们要去哪里？"她问道。

梅格把一切解释给她听。

小笛的眉头皱得更紧了。"我希望他们可以安全离开，但如果那个警卫醒来……"她决定打消这个想法，"不管怎样，我们最好继续前进。保持警惕，时刻观察四周的动静。"

除了喝黑咖啡或者给内衣通电，我不知道怎么才能使自己更加警惕。

梅格和我跟着小笛走进闪着阴森荧光的走廊。

又走过了九十英尺之后，走廊通向了一个更广阔的空间，看起来像……

"等等，"我说，"这里是一个地下停车场吗？"

看起来的确如此，只不过这里一辆车都没有。黑暗之中，打磨过的水泥地板上涂着黄色的指向箭头和一排排格子。方形的柱子支撑着二十英尺高的天花板，其中一些柱子上面贴着标志牌，上面写着：请鸣笛示意，向左行驶到达出口。

在洛杉矶这样一个酷爱汽车的城市，居然会有这样的闲置地下停车场，这感觉实在奇怪。但是，如果你的另一个选择是可怕的迷宫，在这迷宫之中经常有涂鸦艺术家、木精灵搜索队和政府官员造访，那么相比起来，这个停车场其实没那么糟。

"这就是那个地方。"小笛说，"我和伊阿宋就是在这里走散的。"

这里硫黄的味道更浓，还混合着甜甜的香味……就像丁香和蜂蜜。这让我很紧张，让我想起了一些无法形容的事情——一些危险的事情。我抑制住了逃跑的冲动。

梅格皱起鼻子："呃……"

"是的，"小笛说道，"上次在这里我们也闻到了这种气味。我以为……"她摇摇头，"反正，就在这附近，一堵火焰墙不知从什么地方咆哮而来。伊阿宋往右跑，而我跑到了左边。我告诉你——那种酷热的感觉是怀有恶意的。这是我见过的最强烈的火焰，亏我还曾经和恩克拉多斯①战斗过。"

我颤抖着，想起了那个巨人炽热的呼吸。过去，在农神节②的时候，我们总会送他几盒解酸咀嚼片，惹得他怒火冲天。

"你和伊阿宋走散之后呢？"我问。

小笛移动到最近的柱子旁边，用指尖轻抚着一个标志牌上的"让路"字样。

"我当然想找到他，但他就这样消失了。我找了很长时间。我吓坏了。我想，要是再失去一个……"

她迟疑了一下，但我明白她的感觉。她经历了失去雷奥·瓦尔迪兹的悲痛，她一直以为雷奥已经死了，刚刚才知道真相。她不想再失去另一个朋友了。

"不管怎样，"她说，"我开始闻到那股香味。好像是丁香的香味？"

---

① 详见书末《阿波罗话语指南》的"恩克拉多斯"词条。
② 详见书末《阿波罗话语指南》的"农神节"词条。

"是很独特的味道。"我表示同意。

"是恶心的味道。"梅格纠正道。

"那股气味变得越来越浓郁,"小笛说,"老实说,我当时很怕。独自在黑暗中,我惊慌失措,所以,我离开了。"她扮了个鬼脸,"我知道,很没有英雄气概。"

我并没打算批评她,毕竟现在的我正双腿打战,两个膝盖就像是在用莫尔斯电码敲击"快跑啊"的信息。

"后来,伊阿宋出现了。"小笛接着说,"他从出口走了出来,但他不愿意告诉我里面发生了什么。他只是说回到迷宫不会有任何结果,答案在别处。他说他想尝试一些别的办法,然后再跟我联系。"她耸耸肩,"那已经是两周前的事了,而我还在等他联系我。"

"我想他找到了神谕。"我猜测道。

"这正是我想知道的事。如果我们走那条路,"小笛指着右边,"我们就可以一探究竟。"

我们谁都没动。没有人高喊着"好棒",然后欢快地舞动着,进入弥漫着硫黄气味的黑暗之中。

我的大脑飞速旋转,我甚至怀疑自己的脑袋是否真的旋转了起来。

这股邪恶的热好像拥有了某种人格。卡利古拉千方百计地经营自己真天神的名号,他的昵称是尼奥斯·赫利俄斯——新太阳神。我记起了马克洛说过的一句话:"我只希望你还能活着,让皇帝的那位可以施展魔法的朋友拿去使用。"

那香味,丁香和蜂蜜……就像一种古老的香水,混合着硫黄。

"龙舌兰刚才说了句'她突然出现了'。"我回忆道。

小笛的手紧握着匕首的手柄:"我希望是我听错了,或许她指的是摇钱树。"

"嘿,"梅格说,"你们听。"

我的大脑飞速旋转,内衣里的电流噼啪作响,实在很难听清楚,但我还是听到了:木头和金属碰撞的当当声在黑暗中回响,还有大型生物快速移动的嘶鸣声和摩擦声。

"小笛,"我说,"那香水让你想起了什么?你为什么害怕这味道?"

她的眼睛呈现出与鹰身女妖的羽毛相似的蓝色。"一个……一个宿敌,我妈妈警告过我，总有一天我会再次遇见她，但是她不可能……"

"一个女巫。"我猜测道。

"伙计们……"梅格打断了我们。

"是的。"小笛的声音变得冷冷的，很严肃，好像她刚刚意识到，我们到底遇到了多大的麻烦。

"是来自科尔基斯的女巫，"我说，"赫利俄斯的孙女，驾着一辆战车。"

"由巨龙拉着的战车。"小笛说。

"伙计们，"梅格更急切地打断我们，"我们得躲起来。"

当然，已经太迟了。

战车的车轮轰隆隆地驶过，来到转角处。车身由两条金色的巨龙牵引着，它们的鼻孔喷出黄色的烟柱，很像用硫黄当作燃料的火车头。驾着这辆战车的人——我上次见她已经是几千年前了，但她的模样没有丝毫变化——一头黑发，威风凛凛，黑色的丝绸连衣裙在她的周围飘荡着。

小笛拔出了匕首，向前走去。梅格紧随其后，召唤出双刀，与阿芙洛狄忒之女并肩而立，而我，迟钝地站在她们身旁。

"美狄亚[①]。"小笛恶狠狠地吐出这个名字，仿佛是在吹飞箭一般。

女巫拉着缰绳，停下战车。如果不是今天这种情况，我可能会喜欢她脸上惊讶的表情，但这种表情并没有持续很久。

美狄亚开心地笑了起来。"小笛，我亲爱的女孩。"她又将黑暗而贪婪的目光移向我，"我想，这位就是阿波罗吧。哦，你们真是帮我省去了很多时间和麻烦。小笛，等一切结束之后，我会把你当作点心，送给我的巨龙坐骑。"

---

① 详见书末《阿波罗话语指南》的"美狄亚"词条。

16
比拼魅惑之力
你很丑而且很差劲
最后，我赢了吗？

太阳龙，我讨厌这种生物，虽然我曾是太阳神。作为龙这个物种，它们的体形并不算庞大，只需要一点儿润滑油，再出点力气，你就可以把它们塞进一辆普通的休闲车里。（我曾经这样做过，有一次，我让赫菲斯托斯到露营车里检查刹车踏板。你真应该看看他脸上的表情。）

太阳龙虽然个头儿不大，但生性十分凶狠。

美狄亚的双胞胎宠物咆哮着，想要挣脱缰绳。它们的尖牙很像炽热窑炉里的瓷器。灼热的温度使它们的鳞片看起来像波浪一样起起伏伏。它们折叠在背上的翅膀像太阳能电池板一样闪闪发光。最可怕的是他们发光的橙色眼睛……

小笛推开我，阻隔了我的视线。"不要盯着看，"她警告道，"那会让你短时间瘫痪，动弹不得。"

"我知道。"我喃喃地说道。我感觉我的腿已经开始麻痹了。我忘记了我已不再是天神，即便是太阳龙用眼睛使出的雕虫小技，如今的我也无法对其免疫了。我随时会失去生命。

小笛用手肘推了推梅格："嘿，你也是。"

梅格眨眨眼，从恍惚中回过神来。"什么？它们真漂亮啊。"

"谢谢你，亲爱的！"美狄亚的声音变得温柔而舒缓，"我们以前没正式见过面。我是美狄亚。你一定是梅格·麦卡弗里了，久仰大名。"她拍了拍旁边的战车栏杆，"上来，亲爱的。你不必害怕我。我是你养父的朋友，我会带你去见他。"

梅格皱起眉头，感到困惑不解。她手里的双刀垂了下去。"什么？"

"她在魅惑你。"小笛的声音像一杯冰水一样打在我脸上，"梅格，别听她说话。阿波罗，你也不要听。"

美狄亚叹了口气："真的吗，小笛？我们还要进行一场魅惑大战吗？"

"不需要，"小笛说，"我会赢你的。"

美狄亚撇着嘴，脸上的表情很像刚才太阳龙咆哮的样子。"梅格应该和她的养父在一起，"她朝我的方向一挥手，就像推开一堆垃圾一样，"而不是跟着这个倒霉蛋天神。"

"喂！"我抗议道，"如果我还有神力的话——"

"但是你没有，"美狄亚说，"看看你自己，阿波罗。看看你父亲对你做了什么！不过，不用担心，你的痛苦就快结束了。我会榨干你身体里的最后一丝神力，好好利用它！"

梅格紧紧地抓着双刀，指关节因用力而发白。"她是什么意思？"她喃喃地说，"嘿，魔女，你什么意思？"

女巫笑了。她的头上不再戴着作为科尔基斯公主生来就拥有的皇冠，但她颈上的黄金坠子——那是赫卡忒①的交叉火炬——依然闪闪发光。"我应该告诉她吗，阿波罗？还是你来跟她讲呢？你一定知道我为什么把你带到这里吧？"

她为什么带我来这里？

我从曼哈顿的垃圾桶中爬出来后所走的每一步，仿佛都是她预先安排、精心策划的。问题在于，我觉得这一切完全合理。这个女巫摧毁了好几个国家。她背叛了自己的父亲，帮助她的前夫伊阿宋偷走了金羊毛②。她毁掉了自己的亲弟弟，还毁掉了自己的孩子。她是赫卡忒的追随者中最残忍，最渴望权力，也是最

---

① 详见书末《阿波罗话语指南》的"赫卡忒"词条。
② 详见书末《阿波罗话语指南》的"金羊毛"词条。

难对付的一个。不仅如此，她还是拥有远古血统的半神，是赫利俄斯的亲孙女。赫利俄斯可是原本掌管太阳的泰坦神啊。

这意味着……

此刻，真相刹那间在我的脑海里涌现出来，但它却如此可怕，令我不禁膝盖发软。

"阿波罗！"小笛咆哮道，"起来！"

我试过了，真的，但我的四肢并不配合。我四肢着地，弓着身子，很不体面地发出一声夹杂着痛苦和恐惧的呻吟。我听到啪啦啪啦的响声，心想，这是否就是我的理智在我凡人的头颅里崩塌的声音？

然后我意识到，那是美狄亚礼貌的掌声。

"你终于想明白了。"她咯咯地笑了，"虽然你的大脑很迟钝，花了一段时间厘清思绪，但你最终还是想到了。"

梅格抓住我的胳膊。"阿波罗，你不能放弃。"梅格命令道，"告诉我发生了什么事。"

她把我拖了起来。

我尝试着组织语言，服从她的命令，解释给她听，但我却看向了美狄亚的眼睛。这是个错误的选择，她的眼睛像她的龙一样，摄人心魄。在她的脸上，我看到了她的祖父赫利俄斯的那种阴险狠毒的欢乐和明目张胆的暴戾，就像他鼎盛时期的样子——在他被渐渐遗忘之前，在我取代他成为太阳战车的主人之前。

我回忆起卡利古拉皇帝是如何死去的。那时他即将离开罗马古城，计划航行到埃及，在那里建立一个新的首都，让那里的人们理解现实生活中的天神。他本打算将自己打造成一个现实生活中的天神——新赫利俄斯，新太阳神，不是名义上的，而是货真价实的太阳神。正因如此，他的执政官才会在他离开这座城市的前一天晚上急着除掉他。

"他的最终目的是什么？"格洛弗曾问。

我的半羊人心理顾问的思路一直是正确的。

"卡利古拉的目的始终没有变过，"我声音嘶哑地说，"他想成为天地万物的中心，想成为新的太阳神。他想取代我，就像我取代赫利俄斯那样。"

美狄亚笑了："你是不二人选。"

小笛移动了一下："你说取代……是什么意思？"

"将他淘汰！"美狄亚说，然后，她开始像在晨间电视节目上总结烹饪技巧那样数手指头。

"首先，我会一滴不剩地提炼出阿波罗永生不死的神力——现在他的神力所剩不多，所以这不会花太长时间。然后，我会把他的神力注入我已经创造出的能量之中，那是我已故的祖父留下的力量。"

"赫利俄斯，"我说，"迷宫里的火焰。我……我认出来了，那是他的愤怒之焰。"

"嗯，爷爷是有点暴躁。"美狄亚耸耸肩，"当生命力量消失殆尽时，就会发生这样的事。然后，他的孙女会一点点地召唤他的力量，直到这力量聚集成一片烈焰风暴。我希望你经历赫利俄斯的痛苦——在意识混沌的状态下哀号千年，仅存的意识只知道自己已经失败，只剩下痛苦和怨恨。但是，唉，我们没有那么多时间。卡利古拉很着急。我会把你和赫利俄斯剩下的一切能量都留给我的皇帝朋友，然后，新的太阳神就会诞生了！"

梅格咕哝着。"那太蠢了。"她说，好像美狄亚刚刚为捉迷藏游戏提出了一条新规则，"你不能这么做。你不能简单地摧毁一个天神之后再创造另外一个！"

美狄亚懒得回答。

我知道她所描述的过程是完全可能的。罗马皇帝仅仅通过在民众中建立崇拜就使自己得到了半神的能量。几个世纪以来，好几个凡人都把自己奉为神，也有人受到了奥林匹斯天神的提拔得到了神格。我的父亲宙斯，只因为该尼墨得斯①长得可爱又懂得侍酒，就赐予了他长生不老的能力。

至于摧毁天神……大多数的泰坦神在几千年前就被毁灭或被放逐了。我现在站在这里，只是一个凡人，第三次被剥夺了所有的神力，仅仅因为父亲想给我一个教训。

对于美狄亚这种等级的女巫来说，这种魔法是轻而易举的，只要她能找到一个不中用的、能被轻易击垮的受害者就可以，比如一个早已消失的泰坦神，或者一个已然走进她的陷阱的十六岁的名叫莱斯特的傻瓜。

---

① 希腊神话中特洛伊的一位王子，以美貌著称。

"你要毁了你自己的祖父吗?"我问道。

美狄亚耸耸肩:"为什么不呢?你们一众天神都是一家人,但你们一直在自相残杀。"

这个邪恶的女巫说得不错,这真讨厌。

美狄亚向梅格伸出手:"现在,亲爱的,跳上来跟我坐在一起。你应该和尼禄在一起。我保证,你做的一切都会得到宽恕。"

魅惑的力量像芦荟凝胶一样流淌在她的话语中——黏糊糊的,冷冷的,但多少有些安慰的作用。我认为这对梅格来说是无法拒绝的。她的过去,她的养父,尤其是野兽——在她的心中,他们从未离开过。

"梅格,"小笛说道,"不要让我们中的任何一个人告诉你应该怎么做,做出你自己的决定。"

众神保佑小笛的直觉有用吧,她在试图唤起梅格倔强的那一面。也请保佑梅格任性的、杂草丛生的小心脏。她打断了我和美狄亚的谈话:"阿波罗是我的傻仆人。我不能把他交给你。"

女巫叹了口气。

"我欣赏你的勇气,亲爱的。尼禄告诉过我你很特别,但是,我的耐心是有限的。要不要让你们看看,你们挑战的是怎样可怕的力量?"

美狄亚甩动缰绳,巨龙向我们冲了过来。

17
菲尔和唐已被摧毁
再会，爱与幸福
你好，无头怪

我和美狄亚一样，喜欢驾着战车碾过敌人，但我不想成为那个被战车碾过的人。

巨龙向我们飞驰而来。梅格没有后退，这是令人钦佩的行为。我试图做出决定，是躲在她身后还是跳到一旁，这两种选择都不那么令人钦佩——其实，无论怎样选择，在当下的情况下，都无济于事。小笛扔出匕首，刺向了左边那条龙的眼睛。

那条龙痛苦地尖叫着，挤到了右边的那条龙，让战车偏离了方向。美狄亚从我们身边擦身而过，刚好避开了梅格的利刃，消失在黑暗中。只听她用古老的科尔基斯语尖叫着辱骂她的宠物——那是一种已不再被人们使用的语言。这种语言有二十七种不同的方式描述战斗，却没有一种方式可以描述阿波罗很酷。我讨厌科尔基斯人。

"你们没事吧？"小笛问道。她的鼻尖被烤得红红的，头发里的羽毛也被烧得焦黑，看起来就像刚刚和浑身滚烫的大蜥蜴起了冲突。

"好吧，"梅格抱怨道，"我什么都没有刺到。"

我指着小笛的空刀鞘："好刀法。"

"是啊，要是我有更多匕首就好了。我想我又要用回吹筒箭了。"

梅格摇摇头："对付那些龙？你没有看到它们的装甲兽皮吗？我会用我的刀击败它们的。"

在远处，美狄亚继续大喊大叫，试图控制住她的野兽。她的战车的车轮发出刺耳的咯吱声，听起来像是正转向另一条路。

"梅格，"我说，"只要美狄亚说一句魅惑语，她就能打败你。如果她适时地说一句'绊倒'……"

梅格怒视着我，好像女巫会魅惑魔法是我的错似的。"我们能不能让女巫小姐闭上嘴？"

"捂住耳朵会更容易些。"我建议道。

梅格收回了她的双刀。战车轮子的隆隆声越来越近，梅格翻遍了她的备用物品。

"快点。"我说。

梅格撕开了一包种子。她在自己的耳道里撒了一些种子，然后捏起鼻子，呼出一口气。一簇簇矢车菊从她的耳朵里冒了出来。

"真有趣。"小笛说。

"什么？"梅格喊道。

小笛摇摇头："没什么。"

梅格本想给我们提供一些矢车菊的种子，但被我们婉拒了。我猜，小笛天生对其他魅惑魔法有抵抗力，而我，并不打算靠近美狄亚，成为她的主要攻击目标。我没有梅格的弱点——一种矛盾的欲望，这种欲望因被误导而产生，却十分强大。她想要取悦她的养父，挽回家庭和一些家人，但那是假象——美狄亚一定会利用这一点。更何况，一想到要在耳朵里插着矢车菊走来走去，我就想吐。

"准备好。"我警告道。

"什么？"梅格问道。

我指着美狄亚的战车，她正从黑暗中向我们冲来。我用手指横向划过喉咙，这是全宇宙通用的手语，意思是解决掉女巫和她的龙。

梅格召唤出双刀。

她向太阳龙冲过去，完全不惧怕它们庞大的体形。

美狄亚喊道："走开，梅格！"好像她是真的关心梅格一样。

梅格继续往前冲，她用来保护耳朵的矢车菊像是巨大蜻蜓的翅膀一样上下摆动。就在正面碰撞之前，小笛喊道："龙，站住！"

美狄亚回应道："龙，前进！"

结果可想而知：自塞莫皮莱计划以来，从没有出现过这样的混乱场面。

两头野兽跌跌撞撞，右边的龙继续向前冲，左边的龙完全停了下来。右边的龙一个跟跄，把左边的龙拉了过来，两条龙就这样撞在了一起。套在双龙上的车轭扭曲了，战车向一侧倾倒，把美狄亚像投石车里的母牛一样甩到了道路中间。

龙还没缓过神来，梅格就手持双刀刺了过去。龙的身体释放出一股非常强烈的热量，害得我的鼻腔也跟着咝咝作响。

小笛跑上前，从死去的龙身上拔出了她的匕首。

"干得好！"她对梅格说。

"什么？"梅格问道。

我从水泥柱后面走了出来。我"勇敢"地躲在那里，等待向需要支援的战友伸出援手。

龙血在梅格脚边冒着热气。她的矢车菊耳饰冒着烟，脸颊也被烧伤了，但除此之外，她看起来状态不错。太阳龙的尸体散发的热量已经开始冷却。

三十英尺外，一个小型汽车的车位上，美狄亚挣扎着站了起来。她编起的黑色长发松开了，散落的头发垂在脸颊旁边，就像黑色的原油从刺破的油箱中流了出来。她咬牙切齿，摇摇晃晃地向前走。

我把弓从肩膀上甩下来，射了她一箭。我射得还挺准的，但即使用一个凡人的标准来衡量，我的力量也很小。美狄亚轻弹手指，让我的箭落进了黑暗中。

"你杀了菲尔和唐！"女巫咆哮道，"它们和我在一起已经有几千年了。"

"什么？"梅格问道。

美狄亚一挥手，召唤出一股更强的气流。只见梅格飞过整个停车场，撞在柱子上，随后瘫倒在地。她的双刀掉落在沥青路面上，当当作响。

"梅格！"我试图跑向她，但更大的风在我周围盘旋，把我困在旋涡里。

美狄亚大笑道："就待在那里，阿波罗。我一会儿就来收拾你。别担心梅格。

普莱姆纳乌斯①的后代个个都是硬骨头。除非迫不得已，否则我不会杀她。尼禄想要她活着。"

普莱姆纳乌斯的后代？我不知道这意味着什么，也不知道这跟梅格有什么关系，但一想到她要被送回尼禄身边，我就更拼命地挣扎。

我奋力扑到了迷你龙卷风之中，风势把我往后推。如果你曾经乘坐过太阳玛莎拉蒂，在它划过天空时把手伸出窗外，感受过时速一千英里的风——几乎可以把你的手指弄断——那你一定可以理解我眼下面临的困境。

"至于你，小笛……"美狄亚的眼睛像黑冰一样闪闪发光，"你还记得我在空中的仆人文蒂吗？我可以简单粗暴地让他把你扔到墙上，让你永远无法再站起来，但那又有什么乐趣呢？"她停顿了一下，似乎在考虑自己的话，"说真的，那会很有趣！"

"你害怕了吗？"小笛说，"害怕亲自对付我，一对一单挑？"

美狄亚冷笑道："为什么英雄总是这样做？为什么要哄我做这样的傻事？"

"因为这通常很有效。"小笛甜甜地说。她蜷缩着，一手拿着吹筒箭，另一手拿着匕首，准备根据需要猛冲或者躲避。"你一直说你要杀了我。你一直告诉我你有多强大，但是我一定可以打败你。我没看到什么强大的女巫。我只看到一位女士，带着两条死龙，梳着糟糕的发型。"

我当然明白小笛在做什么。她在为我们争取时间——让梅格恢复意识，让我找到办法摆脱这个龙卷风牢笼。

这两者似乎都不太可能。梅格一动不动地躺在她摔倒的地方，而我，尽管尽了最大努力，还是挣不脱这不断旋转的风。

美狄亚摸了摸她凌乱不堪的发型，然后把手拿开。

"你从来没有打败过我，小笛。"美狄亚咆哮道，"事实上，你去年摧毁了我在芝加哥的家，那算是帮了我一个忙。如果不是那样，我就不会在洛杉矶找到我的新朋友。我们的目标非常一致。"

"哦，我完全相信。"小笛说，"你和卡利古拉——那个历史上最扭曲的罗马皇帝——在塔塔勒斯那个冥界里简直是天作之合。正好，我本就打算送你到那里。"

---

① 详见书末《阿波罗话语指南》的"普莱姆纳乌斯"词条。

在战车残骸的另一边,梅格·麦卡弗里的手指抽动了一下。她深深吸了一口气,耳朵里的矢车菊颤抖着。我从未如此高兴地看到野花在一个人的耳朵里颤抖!

我用肩膀抵着风墙,虽然我仍然无法突破它,但它似乎正在变弱,可能美狄亚正在失去对她的仆从的关注。文蒂是变化无常的精灵。如果美狄亚没有一直盯着他干活儿,他很可能会失去兴趣,飞去骚扰一些可爱的鸽子或飞机驾驶员。

"说这些话算你胆子大,小笛。"女巫说,"你知道的,卡利古拉想除掉你和伊阿宋。这样本来会让情况更简单。是我告诉他,让你承受被放逐的痛苦才是更好的选择。我很想看看你和你的名人父亲被困在俄克拉何马州的一个肮脏的农场里的样子。你们两个都会因为厌倦和绝望而慢慢发疯吧?我真喜欢这个主意。"

小笛绷紧了下巴。她突然让我想起了她的母亲阿芙洛狄忒在凡人拿自己的美貌与她相比时的样子。"你会为你的决定后悔的。"

"可能吧。"美狄亚耸耸肩,"但是看着你的世界分崩离析是很有趣的。至于伊阿宋,那个与我前夫同名的可爱男孩——"

"他怎么了?"小笛问道,"如果你伤害了他——"

"伤害他?完全没有!我想他现在一定在学校,或是听着无聊的讲座,或是在写作文,或是在做凡人青少年会做的随便什么无聊的事。上次你们俩在迷宫里……"她微微一笑,"是的,我当然知道,是我们让他找到女先知的。这是找到她的唯一方法,你知道的:必须有我的允许,你才能到达迷宫的中心——当然啦,除非你穿上皇帝的鞋子。"美狄亚大笑起来,仿佛这件事逗得她十分开心,"说真的,那双鞋和你的打扮实在不太搭。"

梅格试图坐起来。她的眼镜滑落到一边,挂在鼻尖。

我用手肘推了推旋转的飓风牢笼。我确信,气流现在旋转得更慢了。

小笛紧握着她的刀:"你对伊阿宋做了什么?女先知又说了什么话?"

"她只对他说了事实啊。"美狄亚心满意足地说,"他想知道如何找到皇帝,女先知就告诉了他方法,但她还对伊阿宋多透露了一些信息,神谕祭司们经常这样做。那个事实足以让伊阿宋崩溃。他现在对任何人都无法构成威胁,即使是对你。"

"你会付出代价的。"小笛说。

"很好！"美狄亚搓着双手，"我现在想慷慨一点儿，所以我会答应你的请求——我们决斗，女人对女人。选择你的武器吧。我也会选择我自己的。"

小笛犹豫了一下，想起了美狄亚刚刚用风把我的弓箭吹到一边的事，于是，她把吹筒箭背到肩上，手中只拿着匕首。

"武器很漂亮，"美狄亚说，"像特洛伊的海伦一样美，像你一样美，但是，关于女人与女人的对决，我给你一些忠告。'漂亮'是很好的，但是不及'强大'。我选择泰坦太阳神赫利俄斯作为我的武器！"

她举起双臂，全身上下喷发出熊熊烈火。

18
哇，请冷静，美狄亚
不要用你燃烧的祖父
糊我一脸

决斗的礼仪：当你为一场战斗挑选武器时，绝对不应该选择你自己的祖父。

我对火并不陌生。我曾经可以赤手空拳地把熔化的金块喂给太阳马。我曾经去活火山的火山口游过泳（赫菲斯托斯确实举办了一个很棒的泳池派对）。

我可以抵御来自巨人、巨龙的火热鼻息，以及我妹妹早上刷牙之前的口气，但是这些的恐怖程度都无法与泰坦太阳神赫利俄斯的精魂相提并论。

赫利俄斯并不总是充满敌意。哦，他在巅峰时期真的很好！我记得他没有胡子的脸，永远年轻英俊，卷曲的黑发上是金色的火焰冠，闪耀得让人无法直视。他穿着飘逸的金色长袍，手里拿着燃烧的权杖，漫步在奥林匹斯山的大厅里，一边聊天，一边开玩笑。

是的，他是泰坦太阳神，但是在众神与克洛诺斯爆发第一次战争时，赫利俄斯支持过我们。他曾与我们并肩对抗巨人一族。他有和善慷慨的一面，而这也正是人们对太阳神的期望。

渐渐地，随着奥林匹斯神从人类的崇拜中获得权力和名声，属于泰坦神的记忆逐渐消逝了。赫利俄斯越来越少出现在奥林匹斯山大厅里。他变得冷漠、易怒、凶悍、脆弱——这些都不是人们所期待的太阳神的特质。

人类开始仰望我——出众的、金色的、闪亮的，并把我和太阳联系在一起。你能责怪他们吗？

我从未主动争取过这份荣誉，只是有一天早上，我醒来就发现自己成了太阳战车的主人，当然随之而来的还有其他责任。赫利俄斯逐渐消失成模糊的残影，成为塔塔勒斯深处的几声低语。

现在，多亏了他邪恶的女巫孙女，他回来了。算是吧。

一股白色的热气旋涡在美狄亚周围怒吼着。我感觉到了，那是赫利俄斯的愤怒，他那灼热的脾气曾经吓得我魂飞魄散。

赫利俄斯从来都不是个掌管万事的天神。他不像我，有很多才能和兴趣。他只专心致志地做一件事：驾驶太阳战车。现在，我能感受到被人取代的他有多痛苦，而取代他的人，只是一个太阳事务的外行，是一个只在周末才驾驶太阳战车的毛头小子。对美狄亚来说，从塔塔勒斯收集他的力量并不是什么难事。她只是唤起了他的怨恨和对复仇的欲望。赫利俄斯疯狂地想要毁灭我，因为我，他才像日食般黯然失色。

小笛跑了起来。这不是勇敢或者懦弱的问题，半神的肉体是无法抵御如此高的温度的。如果她待在美狄亚附近，恐怕早就化作一团火焰了。

唯一对我们有利的事情是：困住我的风暴牢笼消失了，很可能是因为美狄亚不能对文蒂和赫利俄斯同时保持关注。我跟跟跄跄地走向梅格，把她拉了起来，然后把她从愈演愈烈的大火中拖了出来。

"哦，不，阿波罗。"美狄亚大叫道，"不准逃跑！"

我把梅格拉到最近的水泥柱后面，用身体护住她。这时一道火焰巨幕划过整个车库——火势猛烈，有致命的危险。那大火把我肺里的空气全部吸了出去，身上的衣服也着起火来。我本能地、绝望地翻滚着，艰难地爬到下根柱子后面，全身都冒着烟。我感到头晕目眩。

我保护了梅格，没让她受到最严重的热浪的侵害。她整个人冒着热气，浑身通红，但她仍然活着，被烧焦的矢车菊还倔强地插在她的耳朵里。

小笛的声音从停车场另一边传来："嘿，美狄亚！你完全没瞄准！"

美狄亚转过头去，寻找声音的来源。我趁机环顾柱子周围。女巫站在原地，被火包围着。她向四周释放出了白色的烈焰，就像从轮子的中心向四周发散的辐条一样。其中一波烈焰向小笛的声音传来的地方猛地冲了过去。

过了一会儿，小笛喊道："不要啊！怎么变冷了！"

梅格摇了摇我的胳膊："我们要怎么办？"

我的皮肤像煮熟的肠衣。血液在我的血管中歌唱，歌词只有一个字：热，热，热！

我清楚地知道，我的身体已经承受不了那团火焰带来的热浪了，但是梅格说得对，我们必须做点什么。我们不能让小笛承受所有压力。

"出来，阿波罗！"美狄亚嘲弄道，"向你的老朋友问个好！你们将一起成为新太阳神！"

几个柱子之外，又一层热浪席卷而过。赫利俄斯的灵魂没有大声喧嚷，也没有炫目的色彩。它是幽灵般的白色，几乎是透明的，却可以在瞬息之间要了我们的命。

我没有可以打败美狄亚的妙计。我没有神圣的力量，没有神圣的智慧，只有满心的恐惧。如果我真的能活下来，我想我会需要另一条粉色迷彩裤。

梅格一定看到了我脸上的绝望。

"问问圣箭啊！"她喊道，"我负责帮你引开女巫！"

我讨厌这个主意。

我很想大喊："什么？"但还没来得及这样做，梅格就飞奔出去。

我摸索着我的箭袋，拔出了多多那圣箭。"啊，智慧的投射武器，我们需要帮助！"

"你们不热吗？"圣箭张口问道，"还是只有我觉得热？"

"我们遇见了一个女巫，她在用泰坦神的力量四处散发火焰！"我大叫道，"看！"

我不确定这支箭是否有魔法之眼、雷达或其他方式来感知它周围的环境，但我还是把它的箭尖伸了出去，放在柱子的拐角处。小笛、梅格正在那里和美狄亚用美狄亚祖父的烈焰玩一场游戏——"炸鸡"游戏——不是你变成"炸鸡"，就是我变成"炸鸡"。"此女可用吹筒箭否？"圣箭问道。

"是的。"

"唉！弓箭实属远胜一筹！"

"她有一半切罗基人的血统，"我解释道，"那是他们的传统武器。现在你能告诉我如何才能打败美狄亚吗？"

"嗯……"圣箭沉吟道，"汝必用吹筒箭。"

"但是你刚才说——"

"无须提醒我！说起来何其痛苦！汝自有答案！"

圣箭再无声息。只有这一次，我想听圣箭详细说明一下，它却缄口不言。

我把它塞回箭袋里。我跑到下一个柱子后，躲在"鸣笛"标志的下方。

"小笛！"我大叫道。

她在五根柱子之外瞟了我一眼。她神情紧绷，手臂看起来像煮熟的龙虾壳。我的医学常识告诉我，她最多只能再坚持几个小时就会开始中暑——恶心，头晕，意识不清，甚至可能死亡，但是我专注于还有"几个小时"这件事。我必须相信我们能活得足够长，而不是直接被美狄亚杀死。

我演示了一下发射吹筒箭的动作，然后指向美狄亚的方向。

小笛盯着我，好像我疯了一样。我又怎能责怪她呢？即使美狄亚不能用旋风击退飞箭，飞箭也永远无法穿过她四周的热气旋涡。我只能耸耸肩，默默地说："相信我。我问过圣箭了。"

小笛取下了她的吹筒箭。她或许是想到了什么，我不知道。

与此同时，在停车场对面，梅格以典型的梅格风格嘲笑着美狄亚。

"大傻瓜！"她喊道。

美狄亚释放出一片垂直的热浪，但从她发射的方向来看，她只是想吓唬梅格，并不是要置她于死地。

"出来，别犯傻了，亲爱的！"她喊道，语气中充满了关切，"我不想伤害你，但是泰坦巨神是很难控制的！"

我咬牙切齿。她的话过于接近尼禄的心理战术。尼禄用他的第二人格"野兽"威胁梅格，逼迫她顺从。我只希望梅格没有透过她被烧焦的矢车菊耳塞听见什么。

当美狄亚转过身去寻找梅格时，小笛走了出来。

她出手了。

飞箭直接穿过热气旋涡，刺穿了美狄亚的肩胛骨。她是怎么做到的？我只能推测，也许，吹筒箭是切罗基人的武器，并不受希腊魔法的影响，又或者，就像仙铜会直接穿过凡人的身体，不会把他们当作目标，赫利俄斯之火也觉得吹筒箭过于微不足道，并不想耗费心神去对付它。

无论原因如何，女巫弓起背，尖叫起来。她转过身，怒视着把手伸到身后，拔出了箭。她怀疑地盯着它："吹筒箭？你在开玩笑吗？"

火焰继续在她周围盘旋，但不再射向小笛。美狄亚已经有点步履蹒跚了。她的眼睛变成了斗鸡眼。

"箭上还有毒？"女巫歇斯底里地尖声大笑，"你居然妄想对我下毒？我可是世界一流的毒药专家。没有我医不好的毒！你不能——"

她跪了下来，绿色的唾沫从她嘴里飞出。"这是什么混合物？"

"这就是我爷爷汤姆的功劳了，"小笛说，"祖传家庭配方。"

美狄亚的脸色变得像赫利俄斯火焰一样苍白。她艰难地挤出几个字，中间穿插着窒息的声音。"你以为……这会改变什么吗？我的力量……无法召唤赫利俄斯……我只是在抑制他的力量！"

她说着侧身倒了下去。火焰不仅没有消散，反而更加猛烈地围着她旋转。

"快跑，"我的声音很嘶哑，但还是用全身力气大声喊着，"快跑，就现在！"

我们连忙跑回走廊，才跑到半路，我们身后的停车场就像超新星那样发生了剧烈的爆炸。

19
穿着内衣
涂上凝胶
绝对没有听起来那么有趣

我不确定我们是如何走出迷宫的。

我会把一切归功于自己的勇气和毅力。反正也没有什么反驳的证据。是的,一定是这样。逃脱了可怕的泰坦太阳神的高温攻击后,我开始勇敢地帮助小笛和梅格,鼓励她们继续前进。我们浑身冒着烟,意识模糊,但至少我们还活着。我们跌跌撞撞地穿过走廊,沿着之前的路线,终于来到了货运电梯的位置。我像个英雄一样,使出最后一丝力气,扳动控制杆,电梯升了上去。

我们沐浴在了阳光里,是普通的阳光,而不是死去的泰坦太阳神发出的邪恶之光。我们瘫倒在人行道上。格洛弗用震惊的表情低头看着我。

"热。"我呜咽着说。

格洛弗掏出了他的牧笛,开始演奏起来,而我逐渐失去了知觉。

我做了一个梦,在梦里,我出现在古罗马的一个聚会上。卡利古拉刚启用了他位于帕拉蒂尼山①脚下的最新的宫殿。他的宫殿运用了非常大胆的建筑风

---

① 详见书末《阿波罗话语指南》的"帕拉蒂尼山"词条。

格，把卡斯托与保禄赛神庙①的后墙拆掉作为宫殿的正门。卡利古拉认为自己是神明，所以他自认为这么做没有问题，但罗马精英阶层却吓坏了。这简直是亵渎神明。

然而，这并没有阻止人们参加庆典，甚至有一些天神出现了（乔装打扮）。虽然这聚会看似胆大包天，有亵渎神灵之嫌，但我们怎会拒绝免费的餐前小吃呢？

在摆满火炬的大厅里，盛装出席的狂欢者们成群地移动着。一个个角落里，音乐家们演奏着来自帝国各地——高卢、希斯帕尼亚②、希腊、埃及——的歌曲。

我打扮成了一个角斗士（以我天神的身材，完全可以驾驭角斗士的服装）。我和几个装扮成女奴的参议员、装扮成参议员的女奴、几个缺乏想象力的扮成幽灵的人，以及两名十分有创新精神的贵族待在一起，他们制作了世界上第一套双人毛驴服装。

就我个人而言，我并不介意这座宫殿亵渎神灵。毕竟这不是供奉我的神庙。在罗马帝国早期，我只觉得罗马皇帝恺撒的粗俗令人耳目一新。再说，我们为什么要惩罚我们最大的恩人呢？

当罗马皇帝扩张他们的权力时，也扩大了我们的权力。罗马帝国已经把我们的影响力拓展到了全世界的大片区域。现在我们奥林匹斯神就是帝国的神！荷鲁斯③？让开吧。马杜克④？忘记他。奥林匹斯神至高无上！

我们不会只因为君王自大就去破坏他的成功，他们之所以如此傲慢不正是以我们为榜样的结果吗？

我在派对上闲逛，享受着身处这些令人赏心悦目的人之中的快乐。他终于现身了：年轻的皇帝，驾着黄金战车，拉车的马儿是他最心爱的坐骑——英西塔土斯。

在禁卫军的护卫下，唯一没有穿戏服的人——盖乌斯·朱利乌斯·恺撒·日耳曼尼库斯出现了，他从头到脚都涂着金色涂料，象征着阳光的金色尖刺状皇冠在他的额头上闪闪发光。很明显，他装扮成了我的模样，但是当我看到他时，第一感觉不是愤怒，而是钦佩。这个美丽、无耻的凡人完美地驾驭了这个角色。

---

① 详见书末《阿波罗话语指南》的"卡斯托与保禄赛神庙"词条。
② 此处原文为"Hispania"，是古罗马时期西班牙和葡萄牙地区的拉丁名。
③ 荷鲁斯是古埃及神话中法老的守护神。
④ 马杜克是巴比伦的守护神。

"我就是新太阳神！"他这样宣布。他对着人群微笑，好像他的微笑是世界上所有温暖的源泉，"我是赫利俄斯。我是阿波罗。我是恺撒。沐浴在我的光辉之下吧！"

人群中响起了紧张的掌声。他们应该俯首跪拜还是应该捧腹大笑？卡利古拉这个人总是很难揣摩，如果你弄错了他的心思，那么你性命堪忧。

皇帝从战车上爬了下来。卡利古拉和他的禁卫军在人群中穿行，而他的马被人牵到了餐前小吃桌前。

卡利古拉停下来，和一位装扮成奴隶的参议员握手。"你看起来很可爱，卡修斯·阿格里帕！你愿意做我的奴隶吗？"

参议员鞠了一躬："我是您忠诚的仆人，恺撒。"

"太好了！"卡利古拉转向他的禁卫军，"你们听到他的话了。他现在是我的奴隶，把他交给我的奴隶主管。没收他所有的资产，不过，还是放他的家人自由吧。我想慷慨一些。"

参议员语无伦次，但他却无法说出一句反抗的话。两名禁卫军把他拖了下去，而卡利古拉在他身后喊道："感谢你的忠诚！"

人群像暴风雨中的牛群一样移动起来。有些人本想向前冲，吸引皇帝的注意力，赢得他的青睐，但现在，他们却竭尽全力想融入群体之中。

"这会是一个糟糕的夜晚，"一些人小声警告他们的同事，"他今晚心情不好。"

"马库斯·菲洛！"皇帝喊道，那个可怜的年轻人正试图躲在扮成驴的那两个男人身后，"出来，你这个无赖！"

"第……第一公民。"男人吞吞吐吐地说。

"你写的那篇讽刺我的文章，我很喜欢。"卡利古拉说，"我的禁卫军在广场上找到了一本，然后把它交给了我。"

"陛……陛下，"菲洛说，"那只是一个小玩笑。我并不是想……"

"一派胡言！"卡利古拉对着人群微笑起来，"大家说，菲洛是不是很棒？你们不喜欢他的作品吗？不喜欢他把我比作得了狂犬病的狗吗？"

人群处于极度恐慌的边缘。空气中充满着火花。我很好奇，我的父亲是否也乔装混在人群中。

"我曾承诺过，给予诗人自由创作的权利！"卡利古拉说道，"提比略统治时期的偏执将不复存在。我欣赏你的舌灿莲花,菲洛。我觉得每个人都应该有机会欣赏一下。我会奖赏你的!"

菲洛吞了一下口水,说:"谢谢您,陛下。"

"禁卫军,"卡利古拉喊道,"把他拉下去。让他再也不能乱说话,在广场上展示,让每个人都可以好好欣赏一番。说真的,菲洛,你的作品很棒!"

两名禁卫军拖走了尖叫着的诗人。

"还有你!"卡利古拉喊道。

我才意识到我周围的人群已经散去,我完全暴露在外面。突然,卡利古拉出现在我面前。他眯起一双美丽的眼睛,端详着我的装扮和我天神的身体。

"我不认识你。"他说。

我想说话,我知道我对恺撒没什么可害怕的。即使最糟糕的情况发生,我也只需要简单地说句"再见"就可以消失在一团光亮之中,但是,我不得不承认,在卡利古拉面前,我感到畏惧。这个年轻人狂野、强大、不可预测。他的胆识让我大吃一惊。

我勉强鞠了一躬:"我只是个演员,恺撒。"

"哦,确实!"卡利古拉眼睛一亮,"你扮演的是角斗士。你会为了我的荣誉战斗到死吗?"

我默默地提醒自己,我是不朽的真神,但说服自己却花了点功夫。我拔出了我的角斗士宝剑,那只不过是一把锡制成的道具。"请把我的对手指给我,恺撒!"我扫视着观众,咆哮道,"任何人胆敢威胁陛下,我必将其毁灭!"

为了展示我的忠诚,我扑上去戳了戳最近的禁卫军的胸口。我的剑抵住他的胸甲,弯了下去。我举起了我那可笑的武器,它现在看起来像英文字母"Z"。

接着是一段危险的沉默。所有的目光都集中在恺撒身上。

最后,卡利古拉笑了。"干得好!"他拍了拍我的肩膀,然后打了个响指。他的一个仆人慢吞吞地走上前,递给我一大袋金币。

卡利古拉在我耳边低语:"我觉得自己安全多了。"

皇帝继续前行,旁观者如释重负地笑着,有些人带着羡慕的眼神看着我,好像在问:你的秘诀是什么?

从那以后,我没再踏足罗马一步。说起来,已经几十年了。很少有凡人能让天神感到紧张，但卡利古拉确实让我不安。他几乎已经成了一个比我更成功的太阳神。

这时，我的梦境变了。我又一次见到了赫罗菲勒——厄立特利亚的女先知。她伸出了戴着镣铐的手，她的脸被下面翻滚的岩浆照得通红。

"阿波罗，"她对我说，"对你来说，这似乎并不值得，连我都不确定这一切是否值得，但是你必须来。在他们沉浸在悲伤中的时候，你必须把他们团结在一起。"

我沉入了岩浆。当我的身体化成灰烬，赫罗菲勒仍在呼唤我的名字。

我尖叫着醒来。我发现自己正躺在水池边的睡袋上。

芦荟正俯身看着我。她多刺的三角形盘发大部分都断了，现在变成了头顶发亮的平头造型。

"你没事，"她安抚着我，用她冰凉的手贴着我滚烫的额头，"不过，你经历了很多。"

我意识到我只穿了内衣。我的整个身体都是甜菜根般的紫红色，涂抹着大量的芦荟。我无法通过鼻子呼吸。我摸了摸我的鼻孔，发现鼻孔里被塞上了绿色的小芦荟鼻塞。

我打了个喷嚏，把它们喷了出去。

"我的朋友们呢？"我问道。

芦荟移到一边。在她身后，格洛弗·安德伍德盘腿坐在小笛和梅格的睡袋之间，两个女孩都睡得很熟。像我一样，她们的身上也涂着厚厚的胶状物。这是给梅格拍丑照的千载难逢的时机。她鼻孔里的两个绿色鼻塞露在外面，拍下来可以用来敲诈她。看到她还活着，我真是松了一大口气。再说，我身上也没有手机。

"她们会没事吗？"我问。

"她们的情况比你严重，"格洛弗说，"一度十分危急，但她们会渡过难关的。我一直给她们喂神食和神饮。"

芦荟笑了："还有，我的疗愈功效可是很优秀的。你只需要等待一会儿，晚饭之前，她们就可以起来四处走动啦。"

晚饭……我看着头顶上暗橙色的天空，心想现在应该快到傍晚了，也有可能是野火越来越近，抑或二者皆是。

"美狄亚呢？"我问。

格洛弗皱起眉头："梅格在她昏倒前跟我描述了那场战斗，但我不知道女巫后来怎样了，我一直没看到她。"

我在芦荟凝胶里打了个寒战。我想相信美狄亚已经死于爆炸，但我不禁怀疑，我们是否会如此幸运。赫利俄斯的火似乎对梅格没有威胁。也许她天生对赫利俄斯的火免疫，又或者她对自己施了一些保护魔法。

"你的木精灵朋友们呢？"我问，"龙舌兰和摇钱树呢？"

芦荟和格洛弗交换了一个悲伤的眼神。

格洛弗说："龙舌兰可能可以挺过来。我们一把她变回植物状态，她就陷入了休眠，但是摇钱树……"他摇摇头。

我几乎不认识这位木精灵。尽管如此，她去世的消息还是对我打击不小。我觉得自己的身体仿佛掉下了绿色钱币状的叶子，失去了身体重要的部分。

我想起了梦里女先知的话："对你来说，这似乎并不值得，连我都不确定这一切是否值得，但是你必须来。在他们沉浸在悲伤中的时候，你必须把他们团结在一起。"

我害怕等待着我们的悲痛还有很多，摇钱树的死仅仅是一小部分。

"我很抱歉。"我说。

芦荟拍了拍我黏腻的肩膀："这不是你的错，阿波罗。你们找到她的时候，已经无力回天了。除非你有……"

她没有继续说下去，但我知道她想说什么：除非你有天神的治愈能力。如果我现在还是天神，而不是这个可怜的莱斯特·帕帕佐普洛斯，一切都会不同。

格洛弗摸了摸小笛身边的吹筒箭。箭管已经严重烧焦，表面坑坑洼洼，可能已经无法使用了。

"还有些事你应该知道，"他说，"当龙舌兰和我带着摇钱树走出迷宫的时候，那个大耳朵禁卫军，那个长着白毛的家伙，不见了。"

我考虑过这种情况："你是说他死了，然后自己解体了？还是他站起来，自己走开了？"

"我不知道，"格洛弗说，"哪种情况更有可能？"

都不现实，但是我觉得我们有更重要的问题要考虑。

"今天晚上，"我说，"等小笛和梅格醒来之后，我们需要和你的木精灵朋友们再开一次会。我们一定要把这个烈焰迷宫彻底关掉，永远。"

20
哦！缪斯，让我们
歌颂植物学家！
他们种植各种植物，真厉害！

我们的战争委员会更像是避战委员会。

多亏了格洛弗的魔法，以及芦荟不停地给她们涂抹凝胶（我是说照顾她们），小笛和梅格终于恢复了意识。到了晚饭时间，我们三个人已经可以洗漱、穿好衣服，甚至可以四处走动，不会由于身体的剧痛而叫得太大声了。尽管如此，我们的伤势还是不轻，每次我起身太快，就会头晕目眩，仿佛眼前有一群金色的卡利古拉在跳舞。

小笛的吹筒箭和箭袋都是她祖父留下的传家宝，但是现在已经全部被毁。她的头发被烧焦了，烧伤的手臂上涂着闪闪发光的芦荟胶，像是刚刚裹上新釉的砖块。她给她父亲打了电话，说她和她的学习小组一起过了夜。她和美丽、海治一起窝在了一个砖制小水池里。他们一直劝她多喝水。小查克坐在她的腿上，好奇地盯着她的脸，仿佛那是世界上最神奇的东西。

至于梅格，她闷闷不乐地坐在池边，双脚浸在水里，腿上放着一盘奶酪玉米饼。她穿了一件疯狂马克洛军备用品店里的浅蓝色T恤，胸前印有一个微笑的卡通版AK-47步枪，上面写着：少年神枪手俱乐部！龙舌兰坐在她旁边，看上去很沮丧，在她的手臂枯萎掉落的地方，新的嫩绿色枝叶开始生长。她的木精灵朋友们不断地走过来，给她捎来肥料、水和玉米饼，但龙舌兰依旧闷闷不乐地摇头，凝视着她手里掉落的摇钱树的叶子。

我听说，摇钱树已经被移植到山坡上了，所有的木精灵都去和她告别致意，希望她将来能成为一株美丽的多肉植物，或者一只白尾羚羊松鼠。摇钱树一直都很喜欢它们。

格洛弗看上去筋疲力尽。他弹奏了大量的疗愈音乐，耗费了大量的精力，更不用说他还要驾驶着半借半抢得来的贝德罗西安的汽车，以不安全的速度载着五个严重烧伤患者回到棕榈泉。

当人们聚在一起——互致哀悼、吃玉米饼、切芦荟的时候，我宣布会议正式开始。

"这一切，"我说道，"都是我的错。"

你可以想象说出这样的话对我来说有多难。这些词语根本不在太阳神阿波罗的字典里。我有点希望所有在场的木精灵、半羊人和半神都急切地安抚我说不是这样的，但他们没有这样做。

我硬着头皮继续讲道："卡利古拉的目标从未变过——他想成为神。他看到他的祖先朱利乌斯、奥古斯都，甚至恶心的老提比略都在死后声名不朽，但是卡利古拉不想等待死亡。他是第一个想成为在世神的罗马皇帝。"

小笛抬起头来，不再跟怀里的小查克玩耍。"卡利古拉现在算是一个小神了，对吧？你说过，他和另外两个皇帝已经在世几千年了。所以，他的目标达成了吗？"

"部分达成了，"我说，"但对卡利古拉来说，只做一个小神是远远不够的。他一直梦想着取代一名奥林匹斯的真神。他曾考虑过成为新的朱庇特或者玛尔斯①，但最后，他把目光锁定在了我身上……"我咽下嘴里的酸味，"他想成为新的我。"

海治教练捋了捋他的山羊胡子。（嗯，如果一只山羊留着山羊胡子，对他来说，山羊胡子就是普通胡子吧？）

"所以，怎样？卡利古拉让你消失，戴上一个写着'嘿，我是阿波罗'的名

---

① 详见书末《阿波罗话语指南》的"玛尔斯"词条。

牌，然后大摇大摆地走进奥林匹斯山，祈祷着自己能蒙混过关吗？"

"比让我消失还糟糕，"我说，"他会吸收我和赫利俄斯的神力，让自己成为新的太阳神。"

梨果仙人掌竖起了浑身的尖刺："其他奥林匹斯天神会允许他这么做吗？"

"奥林匹斯天神，"我痛苦地说，"他们允许宙斯剥夺我的力量，把我扔到地球上。他们已经帮助卡利古拉完成了他一半的工作。他们不会干涉的。像往常一样，他们会指望半神们把事情处理好。如果卡利古拉真的成为新的太阳神，我就会消失，不复存在。这就是美狄亚准备用烈焰迷宫达到的目的，煮一锅太阳神汤。"

梅格皱起了鼻子："好恶心。"

这一次，我完全同意她的观点。

约书亚树站在阴影中，双臂交叉在胸前。"那么赫利俄斯之火……就是侵蚀我们土地的元凶？"

我张开双手："嗯，人类也帮了倒忙，但是除了寻常的污染和气候变化的影响，是的，烈焰迷宫就是导火索。赫利俄斯残存的所有能量，现在都在南加州地下的迷宫中流窜，慢慢地，它将把整个西方世界变为一片焦土。"

龙舌兰摸了摸她伤痕累累的脸。当她抬头看着我时，她的目光像她尖刺状的颈圈一样锐利。"如果美狄亚成功了，那所有的力量就会灌注到卡利古拉身体里吗？那时迷宫会不会停止燃烧，不再伤害我们？"

我从不认为仙人掌是一种特别邪恶的生物，但当所有的木精灵都开始打量我时，我不禁想象起他们用丝带把我绑起来，把我和一张写着"赠予卡利古拉，来自大自然的礼物"的卡片一起扔到皇帝家门前的台阶上的场景。

"伙计们，那没用。"格洛弗说，"我们所有的遭遇都是拜卡利古拉所赐。他根本不在乎大自然精灵的死活。你们真的想给他太阳神的全部力量吗？"

木精灵们咕哝着，勉强同意了格洛弗的意见。我在心里暗自记下，一定要在山羊感恩日给格洛弗寄一张精美的卡片。

"那我们该怎么办？"美丽问道，"我不希望我的儿子在燃烧的荒地上长大。"

梅格摘下眼镜说："我们去除掉卡利古拉。"

一个十二岁的女孩一本正经地谈论暗杀，这令人很不愉快，但更令人不快的是，我很想表示赞同。

"梅格，"我说，"这可能办不到。你记得我们对付康茂德有多艰难，他是三个皇帝中最弱的一个，然而我们也只能迫使他离开印第安纳波利斯。卡利古拉更加强大，更加难以撼动。"

"我不在乎。"她嘀咕道，"他伤害了我爸爸。他造成了这一切。"她指了指水池。

"造成了这一切是什么意思？"约书亚树问道。

梅格瞥了我一眼，好像在说：该你了。

我又一次解释了我在梅格的记忆中看到的一切——厄萨勒斯以前的模样，卡利古拉如何利用法律和经济的压力迫使菲利普·麦卡弗里停止他的研究工作，梅格和她的父亲在房子被燃烧弹击中前被迫逃离的情形。

约书亚树皱起眉头："我记得第一个温室里有一个名叫赫拉克勒斯的仙人掌。他是火灾中为数不多的幸存者之一，一个又老又顽固的木精灵。他被当年的烧伤折磨得痛苦不堪，但他还是坚持着生活。他过去常常说起住在房子里的一个小女孩。他说他在等她回来……"约书亚树惊讶地转向梅格，"那个小女孩就是你？"

梅格拂去脸颊上的一滴泪水："他还活着吗？"

约书亚树摇摇头："他几年前去世了。我很抱歉。"

龙舌兰拉起梅格的手。"你父亲是个伟大的英雄，"她说，"为了帮助植物，他拼尽了全力。"

"他是个……植物学家。"梅格说，仿佛她刚刚想起这个词。

木精灵们低下了头。海治和格洛弗摘下了帽子。

"我想知道你父亲的研究计划究竟是什么，"小笛说，"还有那些发光的种子，美狄亚叫你……普莱姆纳乌斯的后代？"

木精灵们集体倒吸了一口气。

"普莱姆纳乌斯？" 宝山问，"就是那个普莱姆纳乌斯吗？我们全阿根廷都知道他！"

我盯着她："是吗？"

梨果仙人掌哼了一声："哦，拜托，阿波罗！你可是天神，你一定知道伟大的英雄普莱姆纳乌斯吧？"

"呃……"我很想怪罪于这凡人身体的记忆能力，但我很确定自己从未听过这个名字，即使在我还是天神的时候，"他杀了什么怪物吗？"

芦荟从我身边悄悄溜走，好像要赶在其他木精灵把身上的尖刺向我射来之前逃离攻击范围。

"阿波罗，"宝山仙人球质问道，"掌管疗愈的天神或许更清楚这类事情？"

"呃，当然。"我赞同道，"但是，嗯，到底谁是——"

"总是这样，"小梨嘀咕道，"被人们铭记的大英雄都是屠夫，种植高手却没人记得。只有我们大自然的精灵不会这样。"

"普莱姆纳乌斯是一位希腊国王，"龙舌兰解释道，"他是一个高尚的人，但是他的孩子们一出生就遭到了诅咒，只要他们在婴儿时期哭出声来，就会立刻死去。"

我不明白这与普莱姆纳乌斯高尚有什么关系，但我礼貌地点了点头。"发生了什么事？"

约书亚树说："他向得墨忒耳求助，女神就亲自抚养了他接下来生的那个儿子——俄耳托波利斯①，他就这样活了下来。出于感激，普莱姆纳乌斯为得墨忒耳建造了一座神庙。从那以后，他的后代都穷尽一生为得墨忒耳的志愿奋斗。他们都是伟大的农学家和植物学家。"

龙舌兰紧紧握住梅格的手："我现在明白为什么你父亲能够建造出厄萨勒斯了。他的工作一定很特别。不仅是因为他出身得墨忒耳麾下英雄的古老家族，他本人还受到了女神，也就是你的母亲的青睐。你回家了，这让我们感到很荣幸。"

"回家。"梨果仙人掌赞同道。

"回家。"约书亚树附和着。

梅格眨着眼睛，忍住眼泪。

现在这气氛很适合围成一圈，开始唱歌。我想象着木精灵们伸出尖尖的手臂环抱在一起，一边摇摆，一边唱着《在花园里》。我甚至愿意用尤克里里为大家伴奏。

但海治教练把我们拉回了残酷的现实。

---

① 详见书末《阿波罗话语指南》的"俄耳托波利斯"词条。

"那太棒了。"他向梅格恭敬地点了点头,"孩子,你爸爸一定很有本事,但是除非他种植的是某种秘密武器,否则我不知道他对我们能有什么帮助。我们还要解决皇帝,摧毁迷宫呢。"

"喜洋洋……"美丽斥责道。

"嘿,我说错了吗?"

没有人反驳他。

格洛弗沮丧地盯着他的蹄子:"那我们怎么办?"

"我们坚持原计划。"我说。我声音中的笃定似乎让所有人都感到惊讶。反正我自己是吃了一惊。"我们必须找到厄立特利亚的女先知。她不仅是个诱饵,还是一切的关键。我确定。"

小笛抱着小查克,而查克抓着她的鹰身女妖羽毛。"阿波罗,我们尝试过穿越迷宫,结果怎样你也看到了。"

"但伊阿宋成功了,"我说,"他找到了神谕。"

小笛的表情变得阴郁:"也许吧,但即使你相信美狄亚的说法,伊阿宋之所以能找到神谕,也只是因为美狄亚想让他找到。"

"她提到还有另一种方式可以穿越迷宫。"我说,"皇帝的鞋。显然,卡利古拉能够安全通过就是因为那双鞋。我们需要那双鞋。这就是预言的含义:**穿你敌人的靴子走上小径。**"

梅格擦了擦鼻子,说:"你是说我们需要找到卡利古拉的住处,然后偷走他的鞋?如果我们能找到他家,我们就不能直接除掉他吗?"

她很轻松地问出了这个问题,就像在问我们是否能在回家路上去超市逛一圈一样。

海治向麦卡弗里摇了摇手指:"看看,这才是真正的计划。我喜欢这姑娘。"

"朋友们,"此刻我真希望自己可以拥有小笛那样迷惑人心的说话技巧,"卡利古拉已经活了几千年。他已经算是个小神了。我们不知道如何才能让他真正死亡。我们不知道如何摧毁迷宫。我们也绝对不能把天神的能量释放到地表,把事情弄得更糟糕。我们的首要任务是找到女先知。"

"那是你的首要任务。"小梨抱怨道。

我抑制住了大喊一句"可不是嘛"的冲动。

"不管怎样,"我说,"想要知道皇帝的位置,我们就必须去找伊阿宋问清楚。美狄亚告诉我们,神谕告诉了伊阿宋如何找到卡利古拉。小笛,你能带我们去见伊阿宋吗?"

小笛皱起眉头。小婴儿查克用小拳头攥着她的手指,然后慢慢地凑到嘴边,这看起来有点危险。

"伊阿宋现在在帕萨迪纳的一所寄宿学校里,"她终于开了口,"我不知道他会不会听我说话,我也不知道他是否会帮忙,但是我们可以试试。我的朋友安娜贝丝总是说,情报是最强大的武器。"

格洛弗点了点头:"我从不和安娜贝丝争论。"

"那就这么定了,"我说,"明天开始,继续我们的冒险,把伊阿宋从学校里抢出来。"

21
如果生活给予你种子
请将它们种植在干燥的石质土壤中
我是个乐观主义者

我睡得不太好。

你很震惊吗？反正我很震惊。

我梦见了我最著名的神谕——德尔斐。唉，我梦到的并不是过去的那些美好时光，那时的我拥有神谕之家的贵宾席位，还时常收到鲜花、亲吻和糖果。

我梦到的是现代的德尔斐，没有牧师，也没有参拜者，取而代之的是我的宿敌——皮同[①]，他散发出可怕的恶臭。他重新夺回了他古老的巢穴。他散发出的臭鸡蛋和腐肉的味道让人不可能忘记。

我站在洞穴深处，那是凡人从未涉足之地。远处，两个声音在交谈，他们的身体隐匿在不断旋转的火山蒸汽之中。

"一切都在掌握之中。"第一个人说，那高亢的鼻音听起来像是尼禄皇帝。

第二个人咆哮着，声音就像用链条拖着老旧的过山车上山。

"自从阿波罗坠入凡间之后，没有什么是在掌握之中的。"皮同说。他冰冷的

[①] 详见书末《阿波罗话语指南》的"皮同"词条。

声音让我一阵厌恶。

我看不见他，但我能想象他那双闪着金色斑点的邪恶的琥珀色眼睛，他巨大的龙形身躯，他可怕的爪子。

"你有一个很好的机会，"皮同继续说道，"阿波罗只是个凡人，他很脆弱。他的身边有你的养女陪同。他怎么能还活在世上？"

尼禄的声音变得紧绷："我和我的同僚意见不一，康茂德……"

"他是个傻瓜，"蟒蛇发出咝咝的声音，"他只在乎场面是否盛大，这点我们都清楚。您的舅姥爷卡利古拉呢？"

尼禄犹豫了："他坚持说……他需要阿波罗的力量。他希望前太阳神以一种非常——啊，特别的方式来迎接其最终消亡的命运。"

皮同庞大的身躯在黑暗中移动着，我能听到他的鳞片摩擦石头的声音。"我知道卡利古拉的计划。我想知道是谁在控制谁。你已经向我保证过……"

"没错，"尼禄厉声说道，"梅格·麦卡弗里会回到我身边的，她终究会效忠于我。阿波罗会死去，就像我承诺过的那样。"

"如果卡利古拉成功了，"巨蟒沉思了一会儿，"那么权力的平衡就会被打破。当然，我更愿意支持你，但是如果一个新的太阳神在西方升起……"

"你我早有约定，"尼禄咆哮道，"你会支持我，只要三巨头控制了……"

"一切预言的手段，"巨蟒接着说道，"但目前还没有达成。你把多多那圣箭拱手让给了希腊半神。特罗弗尼乌斯岩洞也被摧毁了。我知道罗马人已经注意到了卡利古拉在朱庇特营的计划。我不想独自统治世界，但是如果你失败了，如果我不得不亲手毁掉阿波罗……"

"我会遵守我们的约定，"尼禄说，"希望你也一样。"

巨蟒发出邪恶的笑声："我们走着瞧吧。接下来的几天应该很有指导意义。"

我喘着粗气惊醒，发现自己独自一人在水池里瑟瑟发抖。小笛和梅格的睡袋是空的。头顶上，天空闪耀着灿烂的蓝色。我好希望这是野火已经被控制住了的迹象，但更合理的解释是，风向发生了变化。

我的皮肤一夜之间痊愈了，但我仍然觉得自己好像被浸在液态铝里。我尽量不挤眉弄眼，不叫出声。我设法穿好衣服，拿起弓、箭筒和尤克里里，爬上斜坡，来到山坡上。

我在山脚下发现了小笛，她正在贝德罗西安的车子旁和格洛弗聊天。我扫视了一圈废墟，看到梅格蜷缩在第一个倒塌的温室旁。

想起我的梦境，我怒火中烧。如果我还是一个天神，我会咆哮着宣泄我的不满，然后在沙漠中开辟一个新的大峡谷，但如今，我只能握紧拳头，直到指甲划破手掌。

那三个邪恶的皇帝想要我的神谕、我的生命、我的神力，这够糟糕的了。我的宿敌皮同已经夺回了德尔斐，正在等待着我的死亡，这也够糟的了，但是一想到尼禄要在这场游戏中利用梅格……不，我告诉自己，我再也不会让梅格落入尼禄的魔爪了。我年轻的朋友很坚强，她正努力摆脱她养父留下的阴影。她和我一起经历了太多，她不能回去。

然而，尼禄的话让我不安："梅格·麦卡弗里会回到我身边的，她终究会效忠于我。"

我在想，如果我的父亲宙斯出现在我面前，给我一条回到奥林匹斯的路，我愿意付出什么代价？我会让梅格听天由命吗？我会抛弃已经成为我的伙伴的半神、半羊人和木精灵吗？我会不会把几个世纪以来宙斯对我做的所有可怕的事情抛到脑后，放下我的自尊，让自己在奥林匹斯山重获地位，尽管我的心里非常清楚我仍然会在宙斯的控制之下？

我不再思考那些问题，因为我不确定自己是否想要知道答案。

我朝倒塌的温室走去，找到了梅格。"早上好。"

她没有抬头。她一直在残骸中挖着什么。半熔化的聚碳酸酯墙体已经完全倾倒，被扔在一边。她的双手因挖土而变脏了。她旁边放着一个肮脏的花生酱玻璃罐，生锈的盖子被取下，放在旁边。她的手里攥着一些绿色的鹅卵石。

我深吸了口气。

不，那不是鹅卵石。梅格手里有七个硬币大小的六边形的绿色种子，她曾和我分享过关于这些种子的记忆。

"怎么找到的？"我问。

她抬起头。她今天穿着蓝绿色的迷彩服，与之前判若两人，危险又可怕。有人帮她擦拭了眼镜（梅格从来都不擦），所以我可以更清楚地看到她的眼睛。她的眼神像镜框中的莱茵石一样坚硬、清澈。

"种子被埋了,"她说,"我……梦到了。是赫拉克勒斯埋的。他在去世前把它们放在了那个罐子里。他是为了我……保存了这些种子。他一直在等待时机成熟。"

我不知道该说什么。恭喜你,多好的种子啊!老实说,我不太了解植物是如何生长的。然而,我注意到这些种子并不像在梅格的记忆中那样闪闪发光。

"你觉得它们还,嗯,还好吗?"我问。

"我正要弄清楚,"她说,"我要种下它们。"

我环顾了一下山坡上的这片沙漠:"你是说种在这里?就现在?"

"没错。时机成熟了。"

她怎么会知道时机有没有成熟呢?我不明白,卡利古拉的烈焰迷宫已经让半个加州燃起熊熊大火了,种几颗种子能有什么用?

但另一方面,我们今天就会出发,找寻卡利古拉的宫殿。我们不知道自己是否能活着回来。我想没有比现在更好的时间了。如果这能让梅格感觉好一点儿,为什么不让她种呢?

"我能帮什么忙吗?"我问。

"戳洞。"她又补充道,好像我需要额外的指导似的,"在土里。"

我用一支箭的箭头完成了这个工作,在贫瘠的石质土壤上留下了七个小印痕。我觉得这些戳出来的洞看起来不那么适合孕育生命。

梅格把六边形的绿色种子安置在了它们的新家中,之后,她又示意我从蓄水池的井里取水。

"必须从那里打水。"她警告道,"满满一大杯。"

几分钟后,我拿着一个墨西哥卷饼店的"真男人"尺寸的塑料杯回来了。梅格把水洒在她新种植的小伙伴们的身上。

我等待着出现戏剧性的变化。在梅格面前,我已经习惯看到奇亚籽大爆炸、恶魔桃子宝宝和顷刻间出现的草莓墙了。

然而,地上却没有任何动静。

"看来我们要再等等了。"梅格说。

她抱住膝盖,望向地平线。

像往常一样，朝阳在东方冉冉升起，那样闪耀，却与我没有丝毫关系。它不在乎我是否驾驶着太阳战车，它也不在乎赫利俄斯的神力是否在洛杉矶的地下隧道里肆虐。不管人类相信什么，宇宙一直在转动，太阳一直在它的轨道上。如果不是现在这种情况，我可能会觉得安心。现在我发现太阳的冷漠既残忍又让我觉得备受羞辱。再过几天，卡利古拉可能就会成为太阳神。在如此邪恶的人的领导下，你可能会认为太阳不会升起或者落下，但令人震惊而又厌恶的事实是，白天和黑夜将一如既往地重复。

"她在哪里？"梅格问道。

我眨了眨眼。"谁？"

"如果我的家庭对她来说如此重要，几千年了，为什么她从来没有赐福什么的……"

她向广阔的沙漠挥手，仿佛在说："这么多的土地，却不见得墨忒耳的身影。"

她在问她的母亲得墨忒耳为什么从来不曾出现在她面前，为什么任凭卡利古拉破坏她父亲的心血，又为什么任由尼禄在纽约邪恶的皇室家庭里抚养她长大。

我无法回答梅格的问题，或者更确切地说，作为一个前任天神，在我能想到的几个可能的答案中，没有一个能让梅格感觉更好：得墨忒耳忙于管理坦桑尼亚的农作物；得墨忒耳在发明新的早餐麦片，无暇顾及其他事；得墨忒耳忘记了你的存在。

"我不知道，梅格，"我承认道，"但是这……"我指着泥土中七个潮湿的小圈，"在近乎不可能的条件下种植出植物，这会让你的母亲感到骄傲。固执地坚持创造生命，得墨忒耳会很赞赏这种不可思议的乐观态度。"

梅格端详着我，好像在思考到底是要感谢我，还是打我。我已经习惯了这种表情。

"我们走吧，"她做出了决定，"也许等我们走了，种子就发芽了。"

梅格、小笛和我，我们三个人挤进了贝德罗西安的汽车。

格洛弗决定留下来——据说是为了鼓舞士气低落的木精灵，但依我看他只是筋疲力尽了，毕竟他跟我和梅格一起经历了一系列濒临死亡的旅程。海治教练主动提出陪伴我们，但美丽很快就打消了他的想法。至于木精灵们，在摇钱树和龙舌兰出事之后，似乎没有人急于充当我们的植物盾牌。我不能责怪他们。

至少小笛同意开车了。如果我们因为盗窃车辆被拦下来，至少她可以用魅惑魔法使我们免遭拘捕。以我的运气，我肯定要在监狱里待上一整天，而且莱斯特的脸一点儿都不适合被拍成嫌疑犯照片。

我们重走了昨天的路线——同样炎热干枯的土地，同样烟雾弥漫的天空，同样拥堵的交通。这就是加州的梦幻生活。

我们都不想说话。小笛紧盯着马路，可能在想象着与前男友的尴尬重聚（哦，天哪，我能理解这种感觉）。

梅格的手指沿着她蓝绿色裤子上的迷彩图案画着圈。我猜她在思考她父亲的最后一个植物学项目，还有卡利古拉为什么会认为这个计划可能对他造成威胁。梅格一生的轨迹都被这七颗绿色种子改变了，这似乎令人难以置信，但话说回来，她是得墨忒耳的孩子，对于掌管植物的女神来说，看起来无足轻重的东西也可能非常重要。

得墨忒耳经常告诉我，最小的幼苗也会长成百年橡树。

至于我，还有很多问题需要考虑。

皮同在伺机而动。我本能地知道总有一天我要直接面对他。如果我奇迹般地躲过了皇帝们针对我制定的种种阴谋诡计，如果我打败了三巨头，救出了其他四位神谕祭司，亲手帮助凡人世界回归正轨，我仍然需要找到一种方法，从我最古老的宿敌手中夺取德尔斐的控制权。只有这样，宙斯才会让我再次回归神位，因为宙斯就是那么可怕。真是谢谢你了，爸爸。

与此同时，我还得对付卡利古拉。我不能让他的计划得逞，让我自己变成他的太阳神高汤中的一味食材。我必须在没有神力可以支配的情况下阻止他。我的射箭技术已经退化了。我的歌声和演奏乐器的价值，连橄榄核都比不过。个人魅力？支配光的力量？支配火的力量？全都不复存在。

最让我觉得尴尬的情况是：如果美狄亚把我抓住，试图剥夺我的神力，却发现我已经没有什么神力了，该怎么办？

"这是什么情况？"她会这样尖叫道，"这里除了莱斯特什么都没有！"

然而，她依然会杀了我。

当我假想着这些令人高兴的场面时，我们正沿着蜿蜒的马路穿越帕萨迪纳山谷。

"我从来都不喜欢这个城市，"我低声说道，"它总让我想起游戏节目，俗气的游行，还有皮肤晒成古铜色的、醉醺醺的过气小演员。"

小笛咳了一声："告诉你一声，这里是伊阿宋妈妈的家乡。她就是在这里出车祸去世的。"

"我很遗憾。她是做什么的？"

"她是一个皮肤晒成古铜色的、醉醺醺的过气小演员。"

"啊。"我等待着这种尴尬的刺痛渐渐淡去。

又开过了好几英里的路程后，我问："伊阿宋为什么想在这里上学？"

小笛抓住方向盘："我们分手后，他转到了山上的一所男生寄宿学校。你马上就会看到的。我猜他想要的是不同的环境，过一种安静平和、没有戏剧化桥段的生活。"

"如果是这样，他见到我们一定很高兴。"梅格喃喃自语，凝视着窗外。

我们进入了镇上的山丘地带。随着海拔的升高，路边的房子越发引人注目。

然而，即使在豪宅区，树木也已经开始死亡。修剪整齐的草坪边缘开始呈现出棕色。当干旱和高于平均值的气温开始影响到高档社区时，说明事态已经很严重了。富人和天神总是要到最后时刻才会受苦。

伊阿宋的学校坐落在山顶上，校园的边界不规则地向外延伸，金黄色的砖造建筑之间穿插着花园中庭和小路，合欢树绿叶成荫。学校的招牌在正前方，精致的青铜字样嵌在低矮的砖墙上，上面写着：埃德加顿日间与寄宿学校。

我们把车停在了附近的住宅街道上，如果车被拖走，我们打算使用小笛的魅惑魔法，重新借一辆车。

一名保安站在学校的前门口。小笛告诉他，我们有进入学校的许可，于是，保安带着困惑的表情，让我们进入了校园。

教室全部面向中庭花园而建，学生的储物柜依次排列在走廊上。如果是在暴风雪季节的密尔沃基，这样的设计肯定是行不通的，但是在南加州，这种设计告诉人们，当地人认为四季如春是理所当然的。我怀疑这些建筑里是否装有空调。如果卡利古拉继续在他的烈焰迷宫中伤害众神，埃德加顿日间与寄宿学校的董事会可能会重新考虑这一点。

尽管小笛坚持说她已经远离了伊阿宋的生活，但她已经记住了他的时间表。她直接带我们来到伊阿宋上第四节课的教室。透过窗户，我看到了十几个学生——都是年轻人，清一色的蓝色运动夹克、礼服衬衫、红色领带、灰色休闲裤和闪亮的鞋子，就像年轻的企业高管。在教室的前面有一把导演椅。一个穿着粗花呢西装、留着胡子的老师正在阅读一本平装本的《朱利乌斯·恺撒》。

恶心。威廉·莎士比亚。他确实还不错，但即使是他本人，看到人们让无聊的青少年花费大量的时间钻研他的剧本也会大吃一惊吧，更别提那些烟斗、花呢外套、大理石雕像、以他最不喜欢的作品为主题的很烂的论文了。同在伊丽莎白时期的克里斯托弗·马洛没有得到相同的待遇。他的作品明明更华丽。

我扯远了。

小笛敲了敲门，把头探了进去。突然，这些年轻人仿佛不再觉得无聊了。小笛对老师说了些什么，老师眨了几下眼睛，向坐在中间的一个年轻人挥了挥手，示意他"去吧"。

过了一会儿，伊阿宋就在过道里与我们会合了。

我以前只见过他几次——一次是他在朱庇特营当执政官的时候，一次是他去提洛岛①时，那之后不久，我们在帕台农神庙并肩与巨人作战时还见过一次。

他作战英勇，但我对他没有什么特别的印象。那段时间，我仍然是一个天神，而伊阿宋只是阿尔戈半神小组里的一名英雄。

现在，他穿着校服，看着十分亮眼。他剪短了金色的头发。黑框眼镜后面的一双蓝眼睛闪耀着神采。伊阿宋关上了身后的教室门，把课本夹在腋下，勉强挤出一丝微笑。笑容微微拉扯着他嘴角上方的一块小小的白色疤痕。"小笛，嘿。"

我想知道小笛是怎样做到如此镇定的。我经历过许多复杂的分手状况，每一次都十分艰难，何况小笛没办法把她的前男友变成一棵树，也不能等到他短暂的凡人生命自然消亡后，再重新回到地球。

"你好，"她声音里有一丝紧张，"这是……"

"梅格·麦卡弗里，"伊阿宋说，"还有阿波罗。我一直在等你们。"

---

① 详见书末《阿波罗话语指南》的"提洛岛"词条。

他听起来并没有十分兴奋，语气就像是在说："我一直在等我的紧急脑部扫描结果。"

梅格打量着伊阿宋，好像是发现了他的眼镜远不如自己的。"是吗？"

"是的。"伊阿宋朝走廊左右两个方向看了看，"去我的宿舍吧。我们在这里不安全。"

22
为了我的学校项目
我建造了这座神庙
大富翁桌游

我们躲过了一位老师和两个"走廊监视器",多亏了小笛的魅惑魔法,他们都认定我们四个人(包括两位女性)在上课时间大摇大摆地出现在宿舍里再正常不过了。

我们一到伊阿宋的房间,小笛就在门口停了下来,对伊阿宋说道:"你说不安全,是什么意思?"

伊阿宋绕过她的肩膀瞟了一眼后方:"怪物已经渗透到教职人员的队伍里了。我一直观察着人文学科的老师,我很确定她是个恩浦萨①。我已经把教高级微积分的老师给解决了,因为他是无头族的人。"

这样的话如果出自凡人之口,可能会被贴上偏执杀人狂的标签,但如果是出自半神之口,那只不过是一周中的日常描述。

"无头族,是吗?"梅格对伊阿宋另眼相看,她现在似乎认为他的眼镜没有那么逊了,"我讨厌无头族。"

---

① 详见书末《阿波罗话语指南》的"恩浦萨"词条。

伊阿宋傻笑了一声："进来吧。"

我想说他的房间是斯巴达式的简约风格。我见过真正的斯巴达人的卧室，他们一定觉得伊阿宋的房间非常舒适。

这个五十平方英尺的空间里有一个书架、一张床、一张桌子和一个壁橱。唯一奢侈的东西是一扇窗户，透过它可以俯瞰峡谷。房间里充盈着风信子的温暖香气。（为什么是风信子？即使在几千年后，当我闻到这种香味时，还是会感到心碎。）

伊阿宋的墙上挂着一张装裱好的照片。照片上是他的姐姐塔莉亚，正对着相机微笑。她的背上挎着一把弓，微风把她的黑色短发吹到了一边。她长得一点儿也不像她的弟弟伊阿宋，除了那双有着同样光彩的蓝眼睛。

话说回来，他们俩长得都不像我。我们同为宙斯的后代，严格来说，我算是他们的兄弟。我曾经和塔莉亚有过一段浪漫往事，这可真是……哎哟。父亲啊，都怪你，生了这么多的孩子！正因如此，几千年来，谈恋爱成了我的超级雷区。

"顺便跟你说一下，你姐姐让我跟你打声招呼。"我说。

伊阿宋的眼睛亮了起来："你见过她了？"

我开始将我们之前在印第安纳波利斯度过的时光娓娓道来：中继站，康茂德皇帝，阿耳忒弥斯手下的女猎人在足球场上从天而降营救我们。接着我又补充说明了三巨头的事情，以及我从曼哈顿的垃圾桶里出来后，发生在我身上的所有倒霉事。

与此同时，小笛盘腿坐在地板上，背靠着墙，尽可能地远离"坐在床铺上"这个更加舒适的选项。梅格站在伊阿宋的办公桌前，正研究着某种学校布置的作业项目——泡沫板上有许多塑料小方块，也许是用来代表建筑物的。

我不经意地提起了雷奥的情况，说他还活得好好的，目前正前往朱庇特营执行任务。一瞬间，房间里所有的插座都冒起了火花。伊阿宋看着小笛，惊呆了。

"我知道，"她说，"我们经历了这么多事。"

"我都不能……"伊阿宋重重地坐在床上，"我都不知道是该笑还是该哭。"

"别忍着了，"小笛嘀咕道，"可以边笑边哭。"

梅格在桌子旁喊道："嘿，这是什么？"

伊阿宋满脸通红，回答道："个人项目。"

"那是神庙山，"小笛回答道，语气不带任何感情，"在朱庇特营。"

我仔细看了看。小笛说得没错。我认识这些神庙和祭坛的布局，朱庇特营的半神们就是在这些地方向远古天神致敬的。粘在泡沫板上的每一个塑料方块都代表一座建筑物，上面还贴着手写的标签，标签上写着每座建筑物的名称。伊阿宋甚至画出了等高线，标记着山体地势的高低起伏。

我找到了我的神庙：一个红色的塑料方块，象征着阿波罗神庙。它远不如真正的神庙那么漂亮，因为真正的神庙有金色的屋顶和铂金丝做装饰，但我不想过于挑剔。

"这些是大富翁桌游里的房子吗？"梅格问道。

伊阿宋耸耸肩："我基本上用上了所有能用的东西，这才建成了这些绿色的房子和红色的旅馆。"

我眯着眼睛看着泡沫板。我已经有相当长一段时间不曾莅临神庙山了，但这里的布局似乎比真正的神庙山更拥挤一些。至少有二十几个小标记是我不认得的。

我凑过去，看了看标签上的字迹。"科墨珀勒亚[①]？天哪！我已经几个世纪没想起过她了！罗马人为什么给她建祭坛？"

"他们还没有建呢，"伊阿宋说，"但是我答应过她。她……在去往雅典的旅程中帮过我们。"

从他的语气，我断定他的意思是——她同意放过我们，这更符合科墨珀勒亚的性格。

"我告诉她，我会确保所有的天神和女神都不会被人们遗忘，"伊阿宋继续说道，"无论是在朱庇特营还是在混血营，我会确保所有神灵在这两个营地都有祭坛。"

小笛瞥了我一眼："他在设计上下了很大的功夫。你应该看看他的素描本。"

伊阿宋皱起眉头，显然不确定小笛是在表扬他还是挖苦他。空气中的火药味更浓了一些。

"嗯，"他终于开口说道，"反正这些设计是不会得什么奖的。如果要画真正

---

① 详见书末《阿波罗话语指南》的"科墨珀勒亚"词条。

的蓝图的话,我还需要安娜贝丝的帮助。"

"致敬天神是一种高尚的行为,"我说,"你应该为自己感到骄傲。"

伊阿宋看起来并不骄傲,反而忧心忡忡。我记得美狄亚曾描述过神谕传达的信息:真相足以让伊阿宋崩溃。他看起来并没有崩溃,话说回来,我看起来也不像阿波罗。

梅格靠近模型端详着:"为什么波提那只有个小房子,而奎里努斯却有一整个酒店?"

"这其实没什么道理,"伊阿宋承认,"我只是用这些小方块来标记它们的位置。"

我皱起眉头。我本来非常确定自己分到酒店而阿瑞斯分到小房子的原因是我更重要一些。

梅格敲了敲代表她母亲祭坛的标记物:"得墨忒耳很酷,你应该把同样酷的天神放在她旁边。"

"梅格,"我责备她道,"我们不会以酷不酷为标准给天神排位置。这会引起很多的打架斗殴事件。"

除了这点,我想,每个人应该都想挨着我吧。然后,我又苦涩地想到,等我回到奥林匹斯山时,大家还想待在我的身边吗?我作为莱斯特的这段日子,会让我在众神心目中沦为一个永远的呆瓜吗?

"回归正题,"小笛打乱了我的思绪,"我们之所以过来是为了烈焰迷宫的事。"

她没有指责伊阿宋隐瞒信息,也没有告诉他美狄亚说了什么。她只是看着他的脸,等着看他会有什么反应。

伊阿宋十指交叉。他凝视着墙边装在鞘中的罗马短剑,短剑旁边还放着一个网球拍。(豪华的寄宿学校确实提供了全方位的课外活动。)

"我没有告诉你全部事实。"他承认道。

小笛的沉默竟比她的魅惑魔法更有力量。

"我……我找到了女先知,"伊阿宋继续说道,"我甚至无法解释我是怎么做到的。我只不过是跌跌撞撞地走进了那个大房间,房间里有一整池的火焰。女先知她……站在我对面的石台上,她的手臂被炽热的镣铐束缚着。"

"赫罗菲勒,"我说,"她的名字是赫罗菲勒。"

伊阿宋眨了眨眼，仿佛还能够感受到那房间中的温度和余烬。

"我当然想把她救出来，"他说，"但她告诉我，这不可能，必须得……"

他指了指我："她告诉我这整个迷宫都是为阿波罗建造的一个陷阱。她告诉我，你和梅格会找到我。她还说，我除了在你需要的时候给予帮助，其他什么都做不了。她让我告诉你，阿波罗，你必须去救她。"

我当然知道这一切。我已在梦中听过、看过太多次，但在现实世界中，从伊阿宋口中听到这一切，我感觉更糟糕了。

小笛把头靠在墙上，盯着天花板上的水渍。"赫罗菲勒还说了什么？"

伊阿宋绷紧了脸："小……小笛，听着，很抱歉我没有告诉你。只是……"

"她还说了什么？"小笛重复道。

伊阿宋看了看梅格，又看了看我，可能是在寻求精神上的支持。

"女先知告诉了我在哪里可以找到皇帝。"他说，"嗯，差不多吧。她说阿波罗需要这些信息。他需要……一双鞋。我知道这听起来有些荒唐。"

"这并不荒唐。"我说。

梅格的手沿着那些小小的塑料屋顶一栋一栋地摸了过去。"我们能在偷皇帝的鞋的时候除掉他吗？女先知有没有提到这一点？"

伊阿宋摇摇头："她只是说小笛和我……我们做不了更多的事情了。必须是阿波罗去做。如果我们想要尝试的话……就太危险了。"

小笛干咳了几声。她举起双手，像是在为天花板上的水渍献贡品。

"伊阿宋，我们一起经历了那么多事情。我甚至数不清我们面对过多少次危险，又有多少次与死亡擦肩而过。现在你却告诉我，你对我说谎，是为了保护我？阻止我去找卡利古拉？"

"不管女先知怎么说，"他低声说道，"我知道你都会去找他的。"

"我确实会这样选择，"小笛说，"但你不会。"

他痛苦地点点头。"我会坚持和你一起去，无论危险与否，但是我们之间已经变成了这样……"他耸耸肩，"很难进行团队合作。我想——我决定等阿波罗来找我。我搞砸了，没告诉你实话。对不起。"

他凝视着神庙山的模型，似乎想要找个地方设置祭坛，用来祭祀掌管失恋痛苦的神灵。（哦，等等。已经有一个这样的神了，那就是小笛的母亲阿芙洛狄忒。）

小笛深吸了一口气:"这不是你我之间的事,伊阿宋。半羊人和木精灵都濒临灭绝。卡利古拉计划让自己成为新的太阳神。今晚是新月夜,朱庇特营正处于危难之际。与此同时,美狄亚在那个迷宫里,挥霍着泰坦太阳神的火焰……"

"美狄亚?"伊阿宋坐直身子。他台灯里的灯泡炸裂开来,碎玻璃倾泻到了他的立体模型上。"等等,这一切和美狄亚有什么关系?你说的新月夜和朱庇特营又是什么意思?"

我本以为小笛会故意刁难他,拒绝分享情报,但她并没有这样做。她向伊阿宋透露了一切,包括印第安纳的那个预言:**直至填入台伯河**①**尸体万千**。然后,她又解释了美狄亚是怎样借用其祖父的力量准备天神料理的。

伊阿宋看起来就像被我们的父亲刚刚用闪电劈了一样。他说道:"我不知道。"

梅格交叉双臂:"那么,你打算帮助我们吗?"

伊阿宋打量着她。显然,他不知道如何看待这个穿着蓝绿色迷彩服的可怕小女孩。

"哦,当然,"他说,"我们需要一辆车。我需要一个离开学校的借口。"他满怀希望地看着小笛。

她站了起来:"好吧,我去办公室一趟。梅格,跟我来,以免撞到那个恩浦萨。我们在前门见。还有,伊阿宋……"

"什么事?"

"如果你有什么事情瞒着我们……"

"好啦。我……我知道了。"

小笛转身大步走出房间。梅格看了我一眼,好像在说:"你确定要这么安排?"

"去吧,"我对她说,"我会帮伊阿宋做好准备的。"

女孩们离开后,我转过身看着伊阿宋。这下,宙斯的两个儿子,终于见面了。

"好吧,"我说,"女先知究竟跟你说了些什么?"

---

① 详见书末《阿波罗话语指南》的"台伯河"词条。

23
附近
美好的一天——等等
其实,并不美好

过了好一会儿,伊阿宋才反应过来。

他脱下夹克,把它挂在壁橱里,又解开领带,把它叠好挂在挂钩上。我突然想起了我的老朋友弗雷德·罗杰斯,他是儿童电视节目的主持人。当他把工作服挂起来时,同样散发出这种冷静自持的气质。每当我作为诗歌之神完成了一天的辛苦工作之后,弗雷德总是让我睡在他的沙发上。他会给我一盘饼干和一杯牛奶,然后给我演唱一些他的作品,直到我心情变好。我尤其喜欢《我喜欢的是你》这首歌。哦,我真想念那个凡人!

最后,伊阿宋带上了他的古罗马短剑[①]。他戴着眼镜,身穿衬衫、休闲裤和休闲鞋,手里拿着剑,看上去不像"罗杰斯先生",更像一个全副武装的律师助理。

"你凭什么认为我没有说出全部实情?"他问道。

"拜托,"我说,"我可是掌管预言的天神。预言式的避重就轻,这种招数,别

---

① 详见书末《阿波罗话语指南》的"古罗马短剑"词条。

用在我身上。"

伊阿宋叹了口气。他卷起衬衫袖子，露出前臂内侧的属于我们父亲的闪电标志。"首先，这并不完全是一个预言，更像是问答类节目中的一系列问题。"

"是的。赫罗菲勒就是用这种方式传递信息的。"

"你知道预言是怎样的。虽然她十分友善，但她给出的预言还是很难解读。"

"伊阿宋……"

"好吧，"他的态度温和起来，"女先知告诉我，如果小笛和我去调查皇帝的下落，我们中有一个人会死。"

"死"这个词砰的一声落在我们之间，就像一条被掏空了内脏的大鱼。

我在等待解释。伊阿宋盯着他的神庙山塑料模型，似乎想通过意念的力量让它苏醒过来。

"死。"我重复道。

"是的。"

"不是'消失'，不是'不会回来'，不是'遭遇失败'。"

"不是。是'死'，或者更准确地说，是三个字母，以英文字母D开头。"

"不是'爸爸'，"我说，"也不是'狗'，对吧？"①

伊阿宋挑起眉，一条金色的细眉爬上了他的镜框上沿。"如果你们去调查皇帝的下落，你们中的一个会'狗'？不，阿波罗，这个词是'死'。"

"这个词可能有许多意思。这可能意味着去一次冥界，也可能是说像雷奥那样'死'，可以再活过来的那种，还可能……"

"现在避重就轻的人是你。"伊阿宋说，"女先知的意思就是死亡。决定性的，真实的，没有再生机会。她的语气，你得亲耳听到才会明白，除非你口袋里碰巧多了一小瓶'医师特效药'②……"

他很清楚我并没有这种东西。医师特效药，那是让雷奥·瓦尔迪兹起死回生的圣品，只能从我的儿子埃斯科拉庇俄斯③手里得到，他是掌管医药的天神。由

---

① "爸爸"的英文单词为"dad"，"狗"的英文单词为"dog"。
② 详见书末《阿波罗话语指南》的"医师特效药"词条。
③ 详见书末《阿波罗话语指南》的"埃斯科拉庇俄斯"词条。

于埃斯科拉庇俄斯不想和哈迪斯开战,所以他很少发放免费样品。我是说,从不。雷奥是四千年来第一个幸运儿,也很可能是最后一个。

"但是……"我仍旧胡思乱想,试图寻找其他的解释和漏洞。"永久的死亡"这个念头让我厌恶。作为永生的天神,我是出于本心地讨厌死亡。活着终归比死亡好得多。太阳真实的温度,人间世界的鲜艳色彩,诱人的美食……说真的,就连极乐世界①也无法与之媲美。

伊阿宋的凝视是无情的。我想在他和赫罗菲勒谈话后的几周里,他已经想象出了每一种场景。面对这个预言时,他早已经过了与命运讨价还价的阶段。他接受了死亡象征着死亡的事实,就像小笛接受了俄克拉何马就象征着俄克拉何马一样。

我不喜欢那样。伊阿宋的冷静再次让我想起了弗雷德·罗杰斯,这让我十分恼火。怎么会有人可以一直如此冷静地接受命运的安排?有时候我只是想故意气他,想看他尖叫着把他的休闲鞋扔到房间的另一边。

"假设你是正确的,"我说,"你没有告诉小笛真相是因为……"

"你知道她爸爸发生了什么事。"伊阿宋看着他手上的老茧,那是他没有荒废剑术的证据,"去年在魔鬼山,我们从火巨人手中把他救了出来。麦克林面临破产,还有其他事情给他压力,所以他的精神状态很不好。如果他连女儿也失去了,你能想象他会怎样吗?"

我回想起那个衣冠不整的电影明星在他的车道上徘徊的样子,像在寻找不存在的钱币。

"是的,但是你无法确切知道预言如何应验。"

"我不能让小笛的死亡成为现实。她和她爸爸计划在周末离开小镇。她其实……我不知道'兴奋'这个词是否合适,不过,能离开洛杉矶,她是松了一口气的。自我认识她以来,她最想做的事就是和她爸爸在一起。现在他们有机会重新开始了,她可以帮助她爸爸找到内心的安宁。或许她自己也能找到一些内心的安宁。"

他的喉咙哽住了——也许是因为内疚、后悔或恐惧。

---

① 详见书末《阿波罗话语指南》的"极乐世界"词条。

"你想让她安全地离开这里,"我推断道,"你打算自己去找皇帝。"

伊阿宋耸耸肩:"嗯,还有你和梅格。我知道你们会来找我,赫罗菲勒这样说过。如果你们再等一个星期……"

"怎样?"我问道,"你会让我们带着你,开开心心地去死?你觉得小笛发现真相后,她的内心会安宁吗?"

伊阿宋的耳朵变红了。我突然意识到他有多年轻——还不到十七岁。是的,比现在的我要年长一些,但也没大多少。这个年轻人已经失去了他的母亲。他经受住了狼神鲁帕的严酷训练。他在朱庇特营第十二军团的严格要求下长大。他曾与泰坦神和巨人战斗。他至少两次帮助他人拯救了世界。但是以凡人的标准来看,他还未成年。以他的年纪,还不能投票或喝酒。

尽管他经历了不少事情,但我还是期望他在思考自己的死亡时,能够逻辑清晰、透彻地理解每一个人的感受,这对他公平吗?

我试图让我的语气缓和一点儿:"你不想小笛死,这我明白。她也不会让你去送死,但是逃避预言永远不会奏效;而且,对朋友保守秘密,尤其是有关生死的秘密……是真的一点儿用都没有。我们的工作就是一起面对卡利古拉,把这个屠夫的鞋子偷来,然后赶紧跑,避免遇上任何'字母D开头,五个字母'的状况。"

伊阿宋嘴角的伤疤抖动了一下。"甜甜圈①?"

"你太坏了。"我说。

我肩胛骨之间的紧张感减轻了一些。"你准备好了吗?"

他看了一眼他姐姐塔莉亚的照片,然后看了看神庙山的模型。"如果我出了什么事……"

"不要说了。"

"如果真的出事了,如果我不能遵守对科墨珀勒亚的承诺,你可以把我设计的模型带到朱庇特营吗?两个营地的新神庙设计素描本就在书架上。"

"你可以自己带过去。"我说道,"你设计的新祭坛会给众神带来荣耀。这个计划价值千金,不能成功实现太可惜了。"

他从"宙斯神庙"上摘下了一块碎玻璃。"价值有时并不重要……比如,在你

---

① "甜甜圈"的英文单词为"donut"。

身上发生的事。你和父亲谈过了吗？自从……"

他很有礼貌地没有继续说下去：自从你变成了一个身材松垮、软弱无能的十六岁少年，被丢进垃圾桶之后。

我咽了一口苦水。在莱斯特这个凡人渺小的脑海深处，父亲的话语隆隆作响："都是你的错。这是对你的惩罚。"

"自从我变成凡人后，宙斯就没和我说过话。"我说，"在那之前，我的记忆是模糊的。我记得去年夏天发生在帕台农神庙的战斗。我记得宙斯用闪电劈了我。自那以后直到一月——我从天空坠落，然后清醒过来——我的记忆一片空白。"

"我知道那种感觉，人生中的六个月被夺走的感觉。"他痛苦地看了我一眼，"对不起，我没能帮更多的忙。"

"你又能做什么呢？"

"我是说在帕台农神庙，我试过和宙斯讲道理。我告诉他惩罚你是错误的决定，但他不听。"

我茫然地盯着他，不管我之前的流利口才还剩下多少，这时都全部卡在了喉咙里。伊阿宋做了什么？

宙斯有许多孩子，这意味着我有许多同父异母的兄弟姐妹。我从来没有和他们中的任何一个亲近过，除了我的双胞胎妹妹阿耳忒弥斯。从来没有一个兄弟姐妹在父亲面前为我辩护过，这是理所当然的。为了转移宙斯的怒火，我奥林匹斯山的同胞们更可能大喊："是阿波罗做的！"但是，这个年轻的半神却为我挺身而出，他没有理由这样做。他几乎不认识我。然而，他却冒着生命危险直接对宙斯发起挑战。

我的第一个反应是尖叫："你疯了吗？"

然后，我想到了更恰当的回答："谢谢你。"

伊阿宋抓住了我的肩膀——不是出于愤怒，也不是出于依赖，而是像一个兄弟那样抓住了我的肩膀。

"答应我一件事。无论发生什么，当你回到奥林匹斯山，当你再次成为天神时，一定要记得——记得做一个人，是什么样的感觉。"

几周前，我会嗤之以鼻。为什么我要记住这些？

如果我走运，能夺回我天神的宝座，我最多会像回忆起一场终于结束了的恐怖电影一样回忆起这悲惨的经历。我会走出电影院,走进阳光下,想着,呼!终于结束了,好高兴!

现在,我有点懂伊阿宋的意思了。人类的脆弱和坚强让我学到了许多。我对凡人的态度改变了,毕竟我也是他们中的一员。别的不说,这些经历至少会给我不少写新歌词的灵感。

不过,我不太愿意承诺任何事情。我已然生活在违背誓言的诅咒之下了。在混血营,我曾匆忙地对着冥河①发誓——再次成为天神之前,决不使用剑术和音乐技巧。然后,我很快就食言了。从那以后,我的能力就越来越弱。

冥河女神非常记仇。我很确定,她不会轻易放过我。我几乎能感觉到她在冥界对我怒目而视:你有什么权利向别人做出承诺,你这个打破誓言的人?

但是我怎能不试试看呢?至少,我可以对这个勇敢的凡人做出承诺,因为,在没有人为我挺身而出的时候,他曾站出来。

"我保证,"我对伊阿宋说,"我会尽最大努力铭记我作为人类的所有经历,只要你保证会告诉小笛预言的真相。"

伊阿宋拍了拍我的肩膀:"成交。说到小笛,她们应该在等我们呢。"

"还有一件事,"我脱口而出,"是关于小笛的。就是……你们看起来很般配,你真的……你和她分手是为了让她可以更轻松地离开洛杉矶吗?"

伊阿宋用那双湛蓝的眼睛盯着我。"她是这样跟你说的?"

"不,"我说,"但是美丽似乎生你的气了。"

伊阿宋思考了一下:"美丽怪我,我没意见。这样可能更好。"

"你是说真相不是这样的?"

在伊阿宋的眼里,我看到了一闪而过的凄凉,就像野火的烟雾暂时盖住了蓝天的光彩。我记起了美狄亚的话:真相足以让伊阿宋崩溃。

"是小笛提出的分手,"他平静地说,"那是几个月前的事了,早在去烈焰迷宫之前。现在走吧,咱们去找卡利古拉。"

---

① 详见书末《阿波罗话语指南》的"冥河"词条。

24
啊，圣巴巴拉！
以冲浪闻名！烤鱼玉米卷！
还有疯狂的罗马人！

悲剧啊，已经降临到贝德罗西安先生和我们身上。我们停车的街道上，那辆凯迪拉克凯雷德已不见踪影。

"我们的车被拖走了。"小笛漫不经心地宣布，好像这种事对她来说是家常便饭。

她回到了学校的管理处。几分钟后，她开着一辆绿金相间的埃德加顿日间与寄宿学校的面包车，从前门驶了出来。

她摇下窗户："嘿，孩子们，想去做野外考察吗？"

当我们离开的时候，伊阿宋紧张地看着乘客侧后视镜，也许是担心保安追过来，要求我们提供有签字证明的许可证书，然后才能允许我们去刺杀罗马皇帝，但是并没有人跟上来。

"去哪里？"我们到达高速公路时，小笛问道。

"去圣巴巴拉。"伊阿宋说。

小笛皱起了眉头，似乎这个答案比乌兹别克斯坦更令人惊讶一点儿。"好的。"她沿着101公路一路向西。

这一次，我希望遇上交通堵塞。我并不急于去见卡利古拉。然而，公路上几乎看不见一辆车。这就像是南加州的高速公路系统听到了我的抱怨，现在要开始复仇了。

101公路似乎在说：哦，阿波罗，径直往前走啊！我们预计，在您羞耻赴死的道路上，路况良好。

梅格和我一起坐在后座上。她用手指敲着膝盖，问道："还有多远？"

我对圣巴巴拉不是很熟悉。我本希望伊阿宋能对我们说，它离我们还很远……可能过了北极就到了吧。虽然我也不想和梅格在一辆面包车的后座上待很长时间，但如此一来，至少我们可以先在朱庇特营停下来，带上一队全副武装的半神战士再上路。

"大约还有两个小时车程。"伊阿宋打破了我的希望，"往西北方向，沿着海岸线走。我们要去蒸汽码头。"

小笛转过头看着他："你去过那里？"

"我……是的。就是和暴风雨一起，做一点儿侦察工作。"

"暴风雨？"我问。

"那是他的马，"小笛回答后又看着伊阿宋，"你一个人跑去那边侦察？"

"嗯，暴风雨是一个风精灵。"伊阿宋说，他没有理会小笛的问题。

梅格不再敲打膝盖："就像美狄亚控制的那种风一样？"

"是的，但暴风雨很友善，"伊阿宋说，"确切地说……我没有驯服他，但是我们成了朋友。通常，我召唤他，他就会出现，他也允许我把他当作坐骑。"

"匹风马。"梅格仔细琢磨着，肯定是在权衡那匹马的优点和缺点，将他与她自己的那只穿着纸尿裤的恶魔桃子宝宝比较一番，"还挺酷的。"

"回到刚才的问题上，"小笛说道，"你为什么决定去侦察蒸汽码头的情况？"

伊阿宋看起来很不自在，我真怕他一不小心引爆面包车上的电路系统。

"是女先知，"他说道，"她告诉我，在那里，我会找到卡利古拉。他偶尔会在那里停留。"

小笛歪着头："停留？"

"确切地说，他的宫殿并不是真的宫殿，"伊阿宋说，"我们要找的是一艘船。"

我一阵紧张，感觉胃都要从身体里掉出来，逃回棕榈泉了。"啊。"我说。

梅格问道:"啊什么?"

"啊,这样说得通。"我说,"从前,卡利古拉那用来享乐的游艇就臭名昭著。那是一座巨大的漂浮在海上的宫殿,里面有澡堂、剧院、旋转雕像、赛马场,还有成千上万的奴隶……我还记得当时波塞冬①看到卡利古拉在巴亚湾周围闲逛时有多么厌恶,不过我想波塞冬只是嫉妒,因为他的宫殿里没有旋转雕像。"

"总之,"我说,"这就是你很难找到他的原因。他可以随意在各个港口之间移动。"

"没错,"伊阿宋表示同意,"当我侦察那里时,他并不在。我想女先知的意思是,在对的时间,我就会在蒸汽码头找到他,而对的时间,我猜,就是今天。"他动了动身子,想尽量离小笛远一点儿,"说到女先知……还有一个关于预言的细节我没有告诉你。"

他对小笛说了实话,告诉了她"以 D 开头的三个字母的词"的预言,而且这个词不是"狗"。

她对这个消息的反应出人意料地平静。她没有打他,没有提高声音。她只是听着,然后在接下来的一英里,她都保持着沉默。

最后,她摇了摇头:"这可真是个重要的细节。"

"我早应该告诉你的。"伊阿宋说。

"嗯,是的。"她转方向盘的样子,活像是要拧断一只鸡的脖子,"但……说实话,如果我是你,我可能会做同样的事情。我也不想让你去死。"

伊阿宋眨了眨眼:"你是说,你没生气吗?"

"我气死了。"

"哦。"

"生气是生气,但是也能理解。"

"好吧。"

我突然发现,他们沟通得很顺畅,即使讨论的内容是很艰难的事情。他们对彼此似乎十分了解。我记得小笛说过,当她和伊阿宋在烈焰迷宫中走散时,她几乎要急疯了——她无法忍受失去另一个朋友。

---

① 详见书末《阿波罗话语指南》的"波塞冬"词条。

又一次，我开始好奇他们分手的原因。

小笛说过，人是会变的。

小姑娘打起马虎眼来倒是满分，但我想知道的是真相。

"所以，"她说，"还有其他惊喜吗？还有什么小细节你忘记说了吗？"

伊阿宋摇摇头："我想这就是全部了。"

"好吧，"小笛说，"那我们去码头吧。我们会找到那条船。我们会找到卡利古拉的魔法鞋，如果有机会的话，我们会除掉他，但我们决不会让彼此牺牲。"

"也不能让我牺牲，"梅格补充道，"还有阿波罗。"

"谢谢你，梅格。"我说，心里像解冻了一半的墨西哥卷饼一样暖洋洋的。

"别客气。"她挖了挖自己的鼻子，万一她死了，以后就没机会挖了，"我们怎么知道哪艘船是我们要找的呢？"

"我有一种感觉，我们会知道的，"我说，"卡利古拉从来就不是个含蓄的人。"

"如果他的船就在那里的话。"伊阿宋说。

"最好是这样，"小笛说，"否则，我偷这辆面包车，以及帮你逃下午的物理课，就都白忙活了。"

"真糟糕。"伊阿宋说。

他们给了对方一个谨慎的微笑，像是在说："是啊，我们之间还有些尴尬，但我不打算让你今天去送死。"

我希望我们的探险会像小笛描述的那样顺利。我怀疑我们成功的概率比赢得"奥林匹斯山超级神彩票"的概率高不了多少。（我玩刮刮乐最多只中过五德拉克马[①]。）

我们默默地沿着海滨公路向前行驶。

在我们的左边，太平洋闪闪发光。冲浪手穿梭于海浪之间。棕榈树在微风中摇曳。在我们的右边，棕色的山丘看起来水土流失严重，山丘上点缀着一些饱受酷热之苦的杜鹃花。尽管我尽了最大的努力，我还是忍不住把那深红色的一条花带想象成历经战争磨难却最终倒下的木精灵的鲜血。我想起水池边的那群仙人掌朋友，他们一直勇敢而顽强地生活着。我想起了摇钱树在洛杉矶的迷宫里被灼伤

[①] 希腊货币单位，2002年被欧元取代。

的样子。为了他们,我必须阻止卡利古拉,否则……不,不能有否则。

终于,我们到达了圣巴巴拉,我开始明白,为什么卡利古拉会喜欢这个地方了。

如果我眯起眼睛,我完全可以想象自己回到了巴亚这个古罗马的度假小镇。海岸线的弧度几乎一模一样,都有金色的海滩,山丘上点缀着灰墙红瓦的高级住宅,港口边有停泊的游艇。当地人一脸昏昏欲睡的表情,看起来是被太阳晒的。他们的时间好像都均匀分配给了上午的冲浪和下午的高尔夫球赛。

最大的区别是:这里没有维苏威火山。但是我有一种感觉,这里存在着其他威胁——如同活火山一样危险。

"他会在这里的。"我说。我们把面包车停在了卡布里洛大道上。

小笛挑起眉毛:"你感知到了原力中的不安信号吗?"

"拜托,"我喃喃地说,"我感知到的是我的倒霉属性。在这样一个看起来无害的地方,我们一定会碰上麻烦事的。"

我们花了一个下午的时间侦察圣巴巴拉的海滨,从东海滩一直到防波堤。我们在沿海沼泽地里惊扰了一群鹈鹕,在钓鱼码头吵醒了一些打盹儿的海狮,还在蒸汽码头上穿梭于成群的游客之间。在港口,我们发现了好多单桅帆船和好多豪华游艇,但对于一位罗马皇帝来说,这些船看起来都不够壮观,也不够花哨。

伊阿宋甚至飞过水面在空中探查了一番。

他回来后跟我们汇报说,在可见距离都没发现可疑的船只。

"刚才你是骑马去的吗,骑着暴风雨?"梅格问道,"我看不出来。"

伊阿宋笑了:"不是。除非有紧急情况,否则我不会召唤暴风雨。我是自己一人,御风飞行。"

梅格嘟着嘴,想着自己园艺腰带上面的口袋。"我可以召唤山药。"

最后,我们放弃了寻找,在一家海滨咖啡馆找了一个位置休息。烤鱼玉米卷的美味值得缪斯女神欧忒耳珀①亲自送上赞歌。

"如果可以好好享受晚餐,"我边说边往嘴里舀了一勺酸辣橘汁腌鱼,"我不介意放弃任务。"

---

① 详见书末《阿波罗话语指南》的"欧忒耳珀"词条。

"我们只是休息一下,"梅格警告道,"别太放松了。"

我真希望她的那句话不是一道命令,这让我接下来很难好好坐着吃饭。

我们坐在咖啡馆里,享受着微风、食物和冰茶,直到太阳落到地平线上,把天空染成了混血营的橙色。我希望自己搞错了,我希望卡利古拉不会出现在这里。我希望我们无功而返,那就太棒了!我正打算建议大家回到车里,然后去找个旅馆,这样我就不用再睡在沙漠中的竖井井底的睡袋里了,这时伊阿宋从长椅上站了起来。

"那里。"他指着大海。

那艘游艇似乎是在阳光的照耀下出现的,就像从前,我结束一天漫长的行程,把太阳战车驶进日落中的马厩时的样子。

那是一个闪闪发光的白色庞然大物,在吃水线上方有五层甲板,一扇扇黑色窗户像细长的昆虫眼睛。和所有的大船一样,我们很难从远处判断它的大小,但是,船上停着两架直升机,一架在船尾,一架在船头,还有一艘小潜艇锁在右舷,这一切都告诉我:这不是一艘普通的游艇。也许在这个世界上有更大的游艇,但也应该寥寥无几。

"那一定就是了,"小笛说,"现在怎么办?你觉得它会靠岸吗?"

"等等,"梅格说,"看。"

另一艘一模一样的游艇,在南面大约一英里处的阳光中缓缓出现。

"那一定是海市蜃楼,对吗?"伊阿宋不安地问道,"还是诱饵?"

梅格沮丧地哼了一声,然后指向大海。

第三艘游艇在第一艘和第二艘之间闪着微光出现。

"这太疯狂了,"小笛说,"每艘都要花几百万美元吧。"

"五亿美元。"我纠正了她,"或者更多。"卡利古拉对金钱从不吝啬。他是三巨头的一员。几个世纪以来,他们一直在积累财富。

又有一艘游艇突然出现在地平线上,仿佛是由扭曲的阳光幻化而成。接着,又出现了另一艘。很快,就出现了数十艘游艇——在海港外的出海口处,松散的舰队排成一列,像是长弓上的一根弓弦。

"不可能。"小笛揉了揉眼睛,"这一定是幻觉。"

"这不是幻觉。"我的心沉了下去。我以前见过这种阵仗。

在我们的注视下,这一整排超级游艇靠得更近了,它们船首接着船尾,抛下了船锚,形成了一排漂浮着的璀璨路障,从锡卡莫尔河一直到码头,至少有一英里长。

"一座由船组成的桥,"我说,"他再次做到了。"

"再次?"梅格问道。

"卡利古拉在古代时,"我试图控制自己颤抖的声音,"当他还是个孩子的时候,他收到了一个预言。一位罗马占星师告诉他,他成为皇帝的可能性和骑马穿越巴亚湾的可能性一样。换句话说,这是不可能的,但是卡利古拉确实成了皇帝。所以,他下令建造一个超级舰队。"我无力地指着我们面前的舰队,"就像那样。他把船排成一行,穿过巴亚湾,形成了一座巨大的桥梁。然后,他骑着马穿过了巴亚湾。这是有史以来最大的水上建筑项目。卡利古拉不会游泳,但这并没有困扰他。他决心要逆天改命。"

小笛用手捂住嘴:"平民们只能看着这一切发生,不是吗?他不能就这样切断港口中所有船只的进出。"

"哦,凡人当然只能看着。"我说,"你看。"

较小的船只开始聚集在游艇周围,像苍蝇被吸引到一个豪华的盛宴上。我发现了两艘海岸警卫队的船只、几艘当地的警船和几十艘带舷外发动机的充气小艇,乘坐小艇的都是一袭黑衣的持枪男子——我猜他们都是皇帝的私人保镖。

"他们都是他的帮手,"梅格低声说道,语气生硬,"就连尼禄都从来没有……他买通警察,雇了很多私人保镖,但他从来没有如此炫耀过。"

伊阿宋握紧剑柄:"我们从哪儿下手?我们如何在这一整个舰队中找到卡利古拉?"

我根本不想找到卡利古拉。我想逃跑。死亡,永久的死亡,有整整五个字母而且开头是字母 D 的那个词①,突然仿佛近在咫尺。我能感觉到我的朋友们的信心在动摇。他们需要的是一个计划,而不是一个尖叫着的、惊慌的莱斯特。

我指向舰队的中心:"我们从中间开始——那是链条中最薄弱的一环。"

---

① 此处指英文单词"death"。

25
所有人在一条船上
等等，两个人失踪了
一半的人在一条船上

伊阿宋毁了那句完美的台词。

当我们朝海浪走去的时候，他侧身靠近我，低声说道："事实不是这样的，你知道吧？假设链条受力平均，链条的中部和其他部分的抗拉强度完全相同。"

我叹了口气："你是在弥补自己逃了物理课的错误吗？你知道我的意思！"

"实际上我并不知道，"他说，"为什么要从中间开始进攻？"

"因为……我不知道！"我说，"他们不会料到我们会从中间入手吧？"

梅格停在水边："看起来他们什么都料到了。"

她说得没错。随着夕阳渐渐变成紫色，这些游艇像巨大的法贝热彩蛋①一样闪闪发光。探照灯扫过天空和海洋，仿佛在为史上最盛大的水床垫促销活动打广告。几十艘小型巡逻艇在港口纵横交错，这是为了防止圣巴巴拉当地人（圣巴巴

---

① 法贝热彩蛋指俄国著名珠宝首饰工匠彼得·卡尔·法贝热制作的类似蛋的作品，他与助手在1885年至1917年间总共为沙皇与私人收藏家制作了69枚精美的彩蛋。对俄罗斯人来说，彩蛋象征着健康、美貌、力量和富足。

拉人？）使用他们自己的海岸。

我想知道卡利古拉的安全措施是不是一直都如此完备，还是说，他是在等我们。现在，他肯定已经知道我们炸毁了疯狂马克洛军备用品店。他也很可能已经听说了我们和美狄亚在迷宫里的战斗，如果那女巫幸存下来的话。

卡利古拉还控制着厄立特利亚的女先知，这意味着他还可以获得赫罗菲勒给伊阿宋的情报。女先知可能并不想帮助那个把她困在熔融的镣铐里的邪恶皇帝，但如果有人真诚地提出直接的问题，她是无法拒绝的。这就是神谕魔法的本质。我想她唯一能做的，就是把答案拆解在难以理解的晦涩字谜之中。

伊阿宋仔细研究着探照灯的扫射轨迹。"我可以带你们飞过去，一次带一个人。也许他们不会看到我们。"

"如果可能的话，我想我们不应该飞行，"我说，"而且我们应该赶在天色更暗之前，找到通向那边的路。"

小笛把她被风吹乱的头发从脸上拨开。"为什么？天黑一点儿不是刚好给我们打掩护吗？"

"斯特里克斯，"我说，"大约日落一小时后是它们的活动期。"

"斯特里克斯？"小笛问道。

我重新讲述了我们在迷宫中碰到厄运之鸟的遭遇。梅格也帮忙提供了有用的信息，比如恶心——啊哈——和阿波罗的错。

小笛颤抖着说："在切罗基族的故事里，猫头鹰是不祥的象征。它们往往代表着邪恶。听起来，这些斯特里克斯很像巨大的吸血猫头鹰……是啊，我们还是躲着点为好。"

"我同意。"伊阿宋说，"但是我们要怎样接近这些船呢？"

小笛走进了海水中："或许我们可以让别人载我们过去。"她举起双臂，向离我们最近的小船——大约五十米外——挥手，小船的灯光扫过海滩。

"小笛？"伊阿宋问。

梅格召唤出她的双刀，说道："没事。他们靠近的时侯，我会把他们处理掉。"

我盯着我的小主人："梅格，那是普通人。首先，你的剑对他们不起作用，其次，他们不知道自己在为谁工作。我们不能……"

"他们是在为野……野蛮人卡利古拉做事。"她说。

我注意到了她的口误。我想她本想脱口而出的话是：为野兽做事。

她收起了双刀，但声音依然冰冷而坚定。我脑海中突然出现了一个可怕的画面——复仇者麦卡弗里用一包包园艺种子袭击游艇。

伊阿宋看着我，好像在问："你要把她绑起来吗，还是我来？"

小船转向我们。船上坐着三个穿着深色迷彩服与防弹背心，戴着防暴头盔的男人。一个人在后面操作舷外发动机，一个人在前面操纵探照灯，中间的那个——无疑是最友好的一个——膝盖上放着一支突击步枪。

小笛一边向他们挥手一边微笑："梅格，不要攻击他们，我来处理。你们几个，请给我一些施展魔法的空间。如果你们不在我身后盯着我的话，我可以更好地用魅惑魔法唬住这几个家伙。"

这个要求并不难。我们后退了三步，当然，梅格是伊阿宋和我拖走的。

"你好！"小笛喊了一声，船靠得越来越近，"别开枪！我们没有恶意！"

小艇冲上了岸边，速度之快，让我以为它会径直冲上卡布里洛大道。"探照灯先生"第一个跳了出来。他虽然穿着防弹衣，但动作出奇地敏捷。"突击步枪先生"紧随其后，为正在关闭舷外发动机的"发动机先生"提供掩护。

"探照灯先生"打量着我们，他的手放在他随身佩带的武器上。"你是谁？"

"我叫小笛！"小笛说，"你们不需要向上级汇报，也绝对不需要拿步枪对着我们！"

"探照灯先生"的脸扭曲了。他开始配合小笛的微笑，却又似乎想起了他的工作需要他对别人凶神恶煞一些。"突击步枪先生"没有放下枪，"发动机先生"开始伸手去拿他的对讲机。

"你们所有人，""探照灯先生"咆哮道，"证件拿出来。"

我旁边的梅格紧张起来，准备化身为复仇者麦卡弗里。伊阿宋试图让自己的存在感降低一些，但他的衬衫却被静电弄得噼啪作响。

"当然可以！"小笛表示同意，"但是我有一个更好的主意。我要把手伸进口袋，好吗？别激动。"

她取出一沓现金——大概有一百美元。据我所知，这是麦克林家最后的财富。

"我和我的朋友们刚刚在说，"小笛继续说道，"你们的工作好辛苦啊！巡逻整个港口一定很难！我们就坐在那家咖啡馆里，吃着美味的烤鱼玉米卷，心想：嘿，这些家伙应该休息一下。我们应该请他们吃顿晚餐！"

"探照灯先生"的眼睛似乎变得不受大脑控制了。"晚餐时间……"

"一定得吃晚餐。"小笛说，"你可以放下那把重重的枪，扔掉对讲机。嘿，你可以把一切都托付给我们。你吃饭的时候我们会帮忙看着的。烤鲷鱼、自制玉米饼、西班牙辣酱。"她回头看了我们一眼，"多美味的食物啊！对吧，伙计们？"

我们咕哝着表示同意。

"好吃。"梅格说。她很擅长用单音节单词回答问题。①

"突击步枪先生"放下了枪，说道："我倒是想吃几个烤鱼玉米卷。"

"我们一直在努力工作，""发动机先生"表示同意，"我们应该休息一下。"

"没错！"小笛把钱塞到"探照灯先生"手里，"我们请客。感谢你们的服务！"

"探照灯先生"盯着那沓钞票："但我们真的不应该……"

"带着这一身装备去吃饭？"小笛提出建议，"你说得太对了。把装备都扔到船里吧——防弹衣、枪、你们的手机。没错。这样自在一点儿！"

小笛又花了几分钟的时间用花言巧语哄骗他们。这三个雇佣兵兄弟终于卸下了一身的装备和服装，只穿着内衣裤。他们感谢了小笛，给了她一个大大的拥抱，然后小跑着离开，走向那家海滨咖啡馆。

他们一走，小笛就倒在了伊阿宋的怀里。

"啊！你没事吧？"他问道。

"没……没事。"她尴尬地推开了他，"对着一群人施展魅惑魔法要辛苦一些，我会没事的。"

"真是厉害。"我说，"阿芙洛狄忒本人也无法做得更出色了。"

听到我的比较，小笛看起来并不高兴。"我们得快点了，魅惑魔法不会持续太长时间。"

梅格咕哝道："还是除掉他们更容易。"

"梅格！"我责备道。

"我是说把他们打晕。"她纠正道。

---

① "好吃"的英文为"Yum"，是单音节单词。

"好吧。"伊阿宋清了清嗓子,"所有人都上船!"

在离岸边大概三十米远之后,我们听到身后的雇佣兵大喊:"嘿!停下。"他们跑进了海水中,手里拿着吃了一半的玉米卷,看起来很困惑。

幸运的是,小笛带走了他们所有的武器和通信设备。

她友好地向他们挥手。伊阿宋发动了马达。

伊阿宋、梅格和我赶紧穿上防弹衣,戴上头盔。只有小笛一人还穿着便服,但她是唯一一个能够凭借三寸不烂之舌逃过冲突的人,于是她把乔装打扮的乐趣让给了我们。

伊阿宋装扮的雇佣兵堪称完美。梅格看起来很可笑——像是一个小女孩穿着她父亲的防弹衣,准备去游泳。我看上去也好不到哪里去,背心摩擦着我的腰部(可恶,肚子上的肥肉对战斗毫无帮助),防暴头盔戴起来像玩具烤箱一样热,帽舌还不停地掉下来,也许是急于遮住我脸上满满的青春痘吧。

我们把枪扔到了海里。这听起来可能很愚蠢,但正如我说过的那样,对半神来说,火器是很不可靠的武器。火器对凡人来说很有用,但是无论梅格说什么,我都不想伤到普通人。

我不得不相信,如果这些雇佣兵真的明白他们在为谁服务的话,他们会选择放下武器。如果人类追随个人的自由意志,当然不会盲目地追随这样一个邪恶的人——我的意思是,除了人类历史上我能想到的少数几百个例子……至少他们绝对不会听命于卡利古拉!

当我们接近游艇时,伊阿宋放慢了速度,使我们的行进速度与其他巡逻船的行进速度相当。

他调整角度,驶向离我们最近的游艇。近距离看,游艇像一座白色的钢铁堡垒一样耸立在我们上方。紫色和金色的指示灯在吃水线下闪闪发光,整艘船看起来像是漂浮在罗马帝国力量的空灵之云上。船首的黑色字母比我还要高,这艘船的名字是"朱莉娅·德鲁茜拉二十六"。

"朱莉娅·德鲁茜拉二十六,"小笛问,"她是个女皇吗?"

"不,"我说,"是皇帝最喜欢的妹妹。"

我想起了那个可怜的女孩,不禁胸口一紧——她如此美丽,如此亲切,又如此愚钝。她的哥哥卡利古拉疼爱她,宠溺她。当他成为皇帝时,他坚持与她共进每一餐。她也见证了他的每一次堕落，参与了他所有的暴力狂欢。她二十二岁就去世了——被一个反社会者令人窒息的爱压垮了。

"她可能是卡利古拉唯一在乎的人。"我说，"但我不知道为什么这艘船的编号是二十六。"

"因为那一艘是二十五号。"梅格指着舰队中的另一艘船，它的船头离我们只有几英尺远。果然，背面的文字是"朱莉娅·德鲁茜拉二十五"。

"我敢打赌我们后面的那艘是二十七号。"

"五十艘超级游艇，"我沉思了一会儿后说道，"都是以朱莉娅·德鲁茜拉命名的。没错，听起来像是卡利古拉的作风。"

伊阿宋扫视了一下游艇的侧面，没有梯子，没有舱口，也没有标记清楚的红色按钮：获得卡利古拉的靴子请按此处！

我们时间不多了。我们已经越过了巡逻船和探照灯的搜索线，但是每艘游艇都有安全摄像头。用不了多久，就会有人想调查清楚，为什么我们的小船会漂浮在二十六号游艇的旁边。此外，被我们扔在海滩上的雇佣兵会尽最大努力吸引战友们的注意。还有随时会醒来的那群斯特里克斯，它们饥肠辘辘，对一切风吹草动保持警惕，等待着入侵者的到来。

"我来带你们飞到高处，"伊阿宋下了决定，"一次带一个人。"

"我先。"小笛说，"万一碰到敌人，我就可以施展魅惑魔法。"伊阿宋转过身，让小笛用胳膊搂住他的脖子，看起来，他们以前曾无数次做这个动作。小船周围刮起了风，弄乱了我的头发，伊阿宋和小笛沿着游艇的侧面向上飞去。

哦，我多么羡慕伊阿宋！乘风而行曾是多么简单的事啊！作为一个天神，做到这件事轻而易举，而现在，我被困在弱小的身体里，只能想象着这种自由的感觉。

"嘿。"梅格轻轻碰了我一下，"专心点。"

我愤怒地斥责她："我专心得很，我倒是想问问，你在想什么？"

她皱起眉头："什么意思？"

"你的愤怒，"我说，"你已经说过很多次，要除掉卡利古拉。你还有把那些雇佣兵……打到不省人事的欲望。"

"他们是敌人。"

她的语气像弯刀一样尖锐，清楚地警告我，如果我继续这个话题，她可能会把我的名字加到"打到不省人事"的名单里。

我决定向伊阿宋学习——以更慢、更委婉的方式向我的目标前进。

"梅格，我有没有告诉过你我第一次变成凡人的事？"

她从她那无比巨大的头盔里瞥了我一眼。"你是搞砸了还是怎么的？"

"我……是的。我搞砸了。我的父亲宙斯杀死了我最喜欢的一个儿子——埃斯科拉庇俄斯，因为他未经允许就把人们从死亡中解救了出来。说来话长。关键是……我对宙斯非常愤怒，但是他太强大、太可怕了，我无法反抗他。他有实力让我整个人蒸发，所以我用另一种方式复了仇。"

我凝视着船体的顶部，却没有看到伊阿宋和小笛，希望这意味着他们已经找到了卡利古拉的鞋子，正等着店员们给他们找来一双尺寸合适的。

"不管怎样，"我继续说道，"我不能杀死宙斯，所以我找到了为他制造闪电权杖的人——独眼巨人。为了给埃斯科拉庇俄斯报仇，我杀了他们。为了惩罚我，宙斯把我变成了凡人。"

梅格一脚踢在我的小腿上。

"嗷！"我尖叫着，"踢我干吗？"

"因为你傻，"她说，"杀死独眼巨人很傻。"

我想反驳说这发生在几千年前，但我怕这可能会让我再次受到惩罚。

"没错，"我表示同意，"是很傻。但问题的关键是……我把我的愤怒发泄到了别人身上，发泄到了一个对我来说更安全的人身上。我想你现在可能也在做同样的事情，梅格。你对卡利古拉感到愤怒，是因为比起你的养父，他对你来说是更安全的发泄目标。"

我支撑着小腿，准备承受更多的疼痛。

梅格低头盯着她胸前的防弹衣。"我没有。"

"我不怪你，"我急忙补充道，"感到愤怒是好事，这意味着你正在进步，但是请小心点，你现在生气的对象可能是错的。我不希望你盲目地投入到对抗这个皇帝的战斗中。虽然这很难让人相信，但他甚至比尼……比野兽更狡猾，更危险。"

她握紧拳头："我告诉过你，我没有。你不知道。你不明白。"

"你说得对，"我说，"你在尼禄家里忍受过的事……我无法想象。任何人都不应该遭受这样的痛苦,但是——"

"闭嘴!"她厉声说道。

自然,我没有继续说下去。我原本打算说出口的话又回到了我的喉咙里。

"你不懂,"她又说了一遍,"这个叫卡利古拉的家伙对我和我爸爸做了太多坏事。如果我想,我当然可以生他的气。如果可以,我会除掉他。我会……"她犹豫了一下,好像想到了什么,"伊阿宋在哪里?他现在该回来了。"

我抬头看了看。如果我还能出声的话,我会尖叫的。两个巨大的黑影朝我们落下。黑影无声地匀速下降,就像是挂在降落伞上。然后,我意识到那不是降落伞——是巨大的耳朵。只一瞬的工夫,这些生物就来到我们面前。他们优雅地降落在小艇的两端,耳朵在身体周围收起,手中的利剑直指我们的喉咙。

这些生物看起来很像大耳朵守卫,就是小笛在烈焰迷宫的入口处击中的那个保安,但是眼前的这两位年龄更大,毛是黑色的。他们的剑有着锯齿状的双刃,剑尖是钝的,适合猛击和劈砍。猛地,我认出这些武器来自印度的坎达斯。此刻,若非一把坎达剑正架在我脖子的静脉上,我会为自己高兴,因为我想起了一个冷僻的知识点。

我的脑海中又猛然浮现出另一段回忆。我想起狄奥尼索斯[①]众多醉酒故事中的一个,那时,他远征印度,遇到了一个邪恶的半人族部落,他们有八根手指,还有巨大的耳朵和毛茸茸的脸。为什么我没有早点想到呢?关于他们,狄奥尼索斯告诉了我一点儿信息……啊,是的。他的原话是:"永远不要,永远不要试图和他们战斗。"

"你们是潘岱族[②]。"我的嗓音沙哑,勉强说道,"这就是你们族群的名字。"

我旁边的那位露出了他美丽的白牙:"的确如此!现在,乖乖束手就擒,跟我来,否则你的朋友们就死定了。"

---

① 详见书末《阿波罗话语指南》的"狄奥尼索斯"词条。
② 详见书末《阿波罗话语指南》的"潘岱族"词条。

26
哦，弗洛伦斯和格伦克
装腔作势，故弄玄虚
我会回来找你们的

也许伊阿宋这位物理学专家可以给我解释一下潘岱族是如何飞行的，我实在搞不懂。捕获我们的潘岱族战士带着我们，不知用的什么方法，仅仅凭借巨大的耳垂上下拍打，就成功地飞到了天上。我希望赫尔墨斯①能看到他们，这样他就再也不会向我吹嘘自己能摆动耳朵了。

潘岱人毫不客气地把我们丢到右舷甲板上，那里还有他们的另外两个同伙。他们把剑抵在伊阿宋和小笛的喉咙上。其中一名护卫看起来比其他人小一点儿，有着白色皮毛而不是黑色的。从他脸上挑衅的表情来看，我猜想他就是在洛杉矶市中心被小笛用汤姆爷爷祖传的毒药秘方迷晕的那位。

小笛和伊阿宋跪在地上，双手被绑在背后，武器也被没收了。伊阿宋的一只眼睛乌青，小笛脑袋一侧沾满了鲜血。

我冲过去想帮助她（因为我是个好人）。我戳了戳她的头盖骨，想要知道她伤得严不严重。

---

① 详见书末《阿波罗话语指南》的"赫尔墨斯"词条。

"啊,"她叫了一声,然后躲开了,"我没事。"

"你可能有脑震荡。"我说。

伊阿宋痛苦地叹了口气:"那本应该是我来承受的。我总是被打到头的那个。抱歉,伙计们,事情没有按我们的计划进行。"

带我上船的那个块头最大的护卫高兴地咯咯笑着。"那个女孩还想用魅惑魔法对付我们!潘岱族能听出人的话语中所有的细微差别!那个男孩竟想和我们战斗!潘岱族从出生起就开始训练,熟练掌握每一种武器!现在,你们所有人都去死吧!"

"死吧!去死吧!"另一个潘岱人咆哮道,但是,我注意到那个白毛的年轻潘岱人没有加入他的同伴。他僵硬地移动着,好像他被毒箭射伤的腿还没有复原。

梅格一个个审视着敌人,可能在估算她能以多快的速度把他们全部打倒。敌人的剑就抵在伊阿宋和小笛的胸前,这让她的计算变得十分困难。

"梅格,不要,"伊阿宋警告她,"这些家伙——他们厉害得不得了,而且十分迅猛。"

"迅猛!迅猛!"其中一个潘岱人咆哮着表示同意。

我扫视了一下甲板,没有其他的护卫向我们跑来,探照灯没有对准我们的位置,警笛也安安静静的。在船内的某个地方,播放着轻柔的音乐——那绝不是被人入侵时会播放的背景音乐。

潘岱守卫没有拉响警报。尽管他们出言威胁,却还没有置我们于死地。他们甚至还不嫌麻烦地用捆扎带把小笛和伊阿宋的双手绑了起来。这是为什么?

我转向块头最大的潘岱守卫:"先生您好,请问您是管事的熊猫①吗?"

他发出嘘声:"我是一个潘岱人,我讨厌被人叫作熊猫。我看起来像熊猫吗?"

我决定不回答这个问题:"嗯,潘岱先生——"

"我叫阿马克斯。"他厉声说道。

"好的,好的。阿马克斯。"我看了看他那对巨大的耳朵,大胆猜测道,"我

---

① 在英文中,"潘岱"(pandai)与"熊猫"(panda)发音相似。

想您一定不喜欢别人偷听您的谈话。"

阿马克斯毛茸茸的黑鼻子抽动了一下:"你为什么这样说?你是碰巧听到什么了吗?"

"没什么!"我向他保证,"但我敢打赌,您要加倍小心——别人,其他的潘岱人总会窥探您的事。这就是……这就是为什么您还没有向别人发出警报。您知道我们是重要的囚犯。您想控制住局面,不让任何人抢到您的功劳。"

另一个潘岱人发着牢骚。

"维克多,二十五号船上的那个,总是在探查我们的情况。"黑毛弓箭手嘀咕着。

"明明是我们的点子,却被他抢了功劳。"另一个弓箭手说,"比如防弹耳罩?"

"对呀!"我说道,尽量无视小笛一脸不可思议的表情。她用唇语说道:"防弹耳罩?"

"正因如此,呃,在您草率行事之前,您应该听一听我要说的话,就我们二人。"

阿马克斯哼了一声。

他的伙伴们也附和着:"哼,哼!"

"你刚才说谎了,"阿马克斯说,"我能从你的声音中听出来。你害怕了,你在吹牛。你并没有什么可说的。"

"我有,"梅格反驳道,"我是尼禄的养女。"

血液迅速地涌入阿马克斯的耳朵。我很惊讶,他居然没有晕倒。

几名弓箭手也十分震惊地放低了手中的武器。

"提姆布雷!克莱斯特!"阿马克斯厉声说道,"把你们的剑拿稳了!"他怒视着梅格,"你似乎说的是实话。尼禄的养女在这里做什么?"

"来找卡利古拉,"梅格说,"我要杀了他。"

潘岱人的耳朵惊慌地摇摆着。伊阿宋和小笛面面相觑,好像在想:好吧,现在我们死定了。

阿马克斯眯起眼睛:"你说你是尼禄的人,但你却想杀了我们的主人。这说不通吧。"

"这是一个有趣的故事,"我说,"这个故事里有许多秘密、反转,但是如果您杀了我们,您永远不会知道故事的真相。如果您带我们去见皇帝,别人会对我们严刑拷打,逼我们招供。我们很乐意告诉您一切,毕竟是您抓住了我们。难道没有一个私密点的地方能让我们好好谈谈吗?这样就不会有人偷听了。"

阿马克斯朝船头瞥了一眼,就像维克多已经在偷听了一样。他说道:"你说的似乎也是实话,但你的声音中包含太多软弱和恐惧,我很难确定。"

"阿马克斯叔叔,"白毛潘岱人第一次开口说话,"也许这个男孩说得有道理。如果这情报有价值的话——"

"闭嘴,克莱斯特!"阿马克斯厉声说道,"这个星期,你已经出过一次丑了。"

领头的潘岱人从他的腰带里掏出了更多的捆扎带。"提姆布雷,匹克,把男孩和尼禄的养女绑起来。把他们都带到下面去,亲自审问他们,然后再把他们交给皇帝。"

"是!"

"是!"提姆布雷和匹克喊道。

就这样,三个强大的半神和一个前奥林匹斯天神成了囚犯,被四个有着碟形天线般巨大耳朵的毛茸茸的生物带到了豪华游艇的内部。这不是我最美好的时光。

我已经到达了屈辱的顶峰,我猜想宙斯会选择在这个时刻把我召回神界,而其他天神会在接下来的一百年里为此嘲笑我。

这并没有发生,我仍然只是可怜的莱斯特。

警卫把我们赶到船尾甲板,那里有六个热水浴缸、一个彩色喷泉和一个闪着金色和紫色灯光的舞池,正等着参加派对的人到来。

从船尾延伸出去,有一条铺着红地毯的斜坡横跨水面,连接着我们的船尾和下一艘游艇的船头。我猜想所有的船都是这样连接的,就这样在圣巴巴拉港构建出了一整条道路。万一卡利古拉突然决定要开高尔夫球车穿过这里,这条路就可以派上用场。

船中间的上方是上层甲板,深色的窗户和白色的墙壁微微发亮。甲板上方是指挥塔,顶端有雷达天线、卫星天线和两面飘扬的三角形旗帜:其中一面的图案是罗马帝国之鹰，另一面则以紫色为底，上面画着金色的三角形，我猜这是三巨头的标志。

另外两个守卫站在通往游艇内部的橡木门的两侧。左边的家伙看起来像一个凡人雇佣兵，他穿着黑色的睡衣和防弹衣，就像被我们送去找玉米饼的那几位绅士一样。右边的那个家伙，是个独眼巨人（巨大的单眼让他暴露了身份）。他闻起来像个独眼巨人（湿羊毛袜的味道），打扮得也像个独眼巨人（牛仔短裤，黑色T恤，手拿一根大木棒）。

凡人雇佣兵对我们这群兴高采烈的抓捕者和囚犯皱起了眉头。

"这是什么情况？"他问道。

"不关你的事，弗洛伦斯，"阿马克斯咆哮道，"让我们过去！"

弗洛伦斯？我偷笑了一下。弗洛伦斯可能有三百磅，脸上有刀疤，还有一个比莱斯特·帕帕佐普洛斯更酷的名字。

"按规矩，"弗洛伦斯说，"你抓到犯人，我必须上报。"

"不，你还不能上报。"阿马克斯像眼镜蛇一样张开耳朵，"这是我负责的船。该上报的时候，我会告诉你——但要等到我们审问过这些入侵者之后。"

弗洛伦斯对他的独眼巨人伙伴皱起眉头。"格伦克，你怎么看？"

格伦克——对于一个独眼巨人来说，这是一个好名字。我不知道弗洛伦斯是否意识到，他的工作伙伴是一个独眼巨人。未来的事不可预知，但是我立刻在脑海中构思了一个冒险伙伴类型的动作系列喜剧——《弗洛伦斯和格伦克》。如果我能在囚禁中侥幸逃脱，我得跟小笛的父亲提一下这个想法。也许他可以帮我计划几次午餐邀约，以宣传这个点子。哦，神啊……我在南加州待的时间太长了。

格伦克耸耸肩："如果老板生气了，遭殃的是阿马克斯。"

"好吧。"弗洛伦斯挥手让我们通过，"祝你们玩得开心。"我几乎没有时间去赞叹游艇中华丽的装潢——纯金打造的设施、奢华的波斯地毯、价值百万美元的艺术品、紫色的毛绒家具（我非常肯定，那一定是在流行歌手普林斯[①]的私产拍

[①] 普林斯·罗杰斯·内尔森（1958—2016），美国流行歌手、词曲作家、音乐家、演员，以全面的音乐才能、华丽的服装及舞台表演著称。2004年入选美国摇滚名人堂。

卖会上买下的)。

我们仍旧没有看到其他警卫或船员,这很奇怪,但是我猜,即使拥有了卡利古拉那样多的资源,要在五十艘超级游艇上同时配置足够的人员,可能也是困难的事情。

我们走过胡桃木镶板的图书馆,墙上挂满了名画。小笛倒吸了一口气。她用下巴指了指一幅胡安·米罗①的抽象画。

"那幅画本来挂在我爸爸的房子里。"她说。

"等我们脱身之后,"伊阿宋低声说,"带着它一起走。"

"我听到了。"匹克用他的剑柄戳了戳伊阿宋的胸口。

伊阿宋跟跟跄跄地撞到了小笛,小笛又撞上了一幅毕加索的画。看到有机可乘,梅格向前冲去,显然是想用她整整一百磅的体重把阿马克斯撞倒在地。她还没跑两步,一支箭就出现在了她脚前的地毯上。

"不要这样。"提姆布雷说。他振动的弓弦是他刚刚出击的唯一证据。他拉弓和射箭的速度如此之快,连我都不敢相信。

梅格向后退了几步:"好吧,老天。"

潘岱人带我们来到船头的一个休息室。休息室前方是一面一百八十度的玻璃墙,可以俯瞰船头。从右舷向外看去,圣巴巴拉的灯光闪烁。在我们的正前方,二十五号游艇在漆黑的水面上方宛如一条由紫水晶、黄金和白金组成的闪闪发光的项链。

这种程度的奢靡让我头痛万分。通常我才是奢靡的那个。

潘岱人拿来了四把毛绒座椅,并把它们排成一排,然后又把我们推过去坐下。这个审讯室条件还不错。匹克在我们身后踱步,随时准备拔剑。提姆布雷和克莱斯特隐藏在两侧。他们没有举起弓,但箭却搭在弦上。阿马克斯拉了一把椅子,面对着我们坐下,把他的耳朵平铺在旁边——活像国王的长袍。

"这个地方很私密。"他说道,"你可以说了。"

"首先,"我说,"我必须知道,为什么你们不是阿波罗的追随者,却是如此

---

① 胡安·米罗(1893—1983),西班牙画家、雕塑家、陶艺家、版画家,超现实主义的代表人物。

伟大的弓箭手？有世界上最好的听觉？每只手八根手指？你们是天生的音乐家！我们之间简直太合拍了！"

阿马克斯看了看我："你就是前任天神？他们告诉过我们关于你的故事。"

"我是阿波罗，"我诚实地说，"现在向我投诚还不算太晚。"

阿马克斯的嘴颤抖着。我希望他是快要哭了。也许他会拜倒在我的脚下，乞求我的原谅。

他放声大笑："我们要奥林匹斯天神做什么？尤其是那些没有丝毫力量的小男孩天神。"

"但我能教你的东西太多了！"我说道，"音乐！诗歌！我可以教你怎样写俳句！"

伊阿宋看着我，使劲摇了摇头，尽管我不知道为什么。

"我一听到音乐和诗歌就耳朵疼，"阿马克斯抱怨道，"我们不需要这些！"

"我挺喜欢音乐的。"克莱斯特一边嘟囔，一边弯曲着手指，"我会弹一点儿——"

"安静！"阿马克斯喊道，"你弹奏一曲《沉默进行曲》吧，没用的侄儿！"

啊哈，我心想。即使在潘岱人中也有不得志的音乐家。阿马克斯突然让我想起了我的父亲宙斯，他会在奥林匹斯山的走廊上咆哮（说是咆哮，其实他的咆哮伴随着雷声、闪电和暴雨），命令我停止演奏齐特琴。这是完全不合理的要求。每个人都知道凌晨两点是练习齐特琴的最佳时间。

我也许能拉拢克莱斯特，让他站到我们这边……要是我的时间更充裕就好了，要是他没有和三个年长的潘岱人在一起就更好了。如果我们最初见到他的时候，小笛没有用带毒的飞箭射中他的腿就再好不过了。

阿马克斯斜靠在他舒适的紫色宝座上。"我们潘岱一族是雇佣兵。我们自己选择自己的主人。为什么我们要选一个像你这样已经过了气的天神？曾经，我们为印度国王效力！现在，我们听命于卡利古拉！"

"卡利古拉！卡利古拉！"提姆布雷和匹克喊道。克莱斯特依然非常安静，对着他的弓皱着眉头。

"皇帝只信任我们！"提姆布雷吹牛说。

"没错，"匹克附和道，"与那些日耳曼人不同，我们从未刺杀过他！"

我想指出这个标准实在是太低了，但是梅格打断了我。

"才刚刚入夜，"梅格说，"我们可以一起刺杀他。"

阿马克斯冷笑道："尼禄的女儿，我还在等你讲一个有趣的故事，等你解释为什么那么恨我们的主人。你最好讲得精彩点。故事中一定要有很多不可思议的反转。你要说服我，好让我留你一条命去见恺撒，而不是带着你的尸体去。也许今晚我就会升职加薪！我再也不会让某些白痴比我先升官了，比如三号船的超速，还有四十三号船的蛙蛙。"

"蛙蛙？"小笛发出一种介于打嗝和傻笑之间的声音，可能是因为她刚刚撞到头了吧。"你们都是用吉他效果器来取名的吗？我爸爸收藏过很多这类东西。嗯……我是说以前收藏过。"

阿马克斯皱起眉头："吉他效果器？我不知道那是什么意思！但如果你在取笑我们的文化——"

"嘿，"梅格说，"你到底想不想听我的故事？"我们都转向了她。

"嗯，梅格……"我问，"你确定吗？"

潘岱人无疑听到了我语气中的紧张，但我很难控制。首先，我不知道梅格会说什么来增加我们的生存机会。其次，以我对梅格的了解，她说出来的话可能只有十个字，或许更少。那样的话，我们就都死定了。

"我的故事有反转哟。"她眯起眼睛，"但是你确定这里只有我们吗，阿马克斯先生？没有其他人偷听吗？"

"当然没有！"阿马克斯说，"这艘船是我的基地。那面玻璃是完全隔音的。"他轻蔑地指着我们前面的船，"维克多一个字都听不到！"

"那蛙蛙呢？"梅格问道，"我知道他和皇帝都在四十三号船上，但是如果他在附近派了间谍——"

"荒谬！"阿马克斯说，"皇帝才不在四十三号船！"

提姆布雷和匹克窃笑着。

"四十三号船是皇帝用来放鞋的，傻姑娘。"匹克说，"没错，这是很重要的差事，但可不是用来放王座的船啊。"

"没错，"提姆布雷说，"放王座的是里维尔布的船，十二号——"

"安静！"阿马克斯喊道，"耽搁得够久了，小姑娘。告诉我你知道什么，否则就去死吧。"

"好吧。"梅格倾身向前,好像要传递一个秘密,"反转来了。"

她的手向前一伸,不知怎的,突然挣开了捆扎带。她趁势扔出戒指。戒指在空中一闪,变成了两把弯刀,朝阿马克斯和匹克飞去。

27
我可以把你们一网打尽
或者给你们唱乔·沃尔什的歌曲
真的，这是你们的选择

得墨忒耳的孩子们对花朵和琥珀色的麦浪都了如指掌。他们养育着全世界的生灵。

他们还十分擅长使用弯刀。

梅格的帝国黄金刀刃找到了它们的目标。其中一把刀击中了阿马克斯，力道之大让他直接化作一团黄色尘埃爆炸开来。另一把刀穿透了匹克的弓，直直地刺向他。他像沙漏里的沙子一样向内瓦解，直至完全消失。

克莱斯特朝我射了一箭。很幸运，他射偏了。箭从我的脸旁飞过，箭尾的羽毛掠过我的下巴，刺穿了我的椅子。

小笛把她的椅子往后一踢，撞上了提姆布雷，于是他疯狂地挥舞着手中的剑。眼看他就要回过神来，把剑刺向小笛了，这时，伊阿宋变得非常激动。

我之所以这么说，是因为天空中开始出现闪电。只见外面的天空一闪，玻璃墙支离破碎，卷须般的电流缠绕着提姆布雷，把他炸成了一堆灰烬。

没错，很有效，但和我们隐秘潜入的计划相距甚远。

"哎呀。"伊阿宋说。

随着一声惊恐的呜咽,克莱斯特放下了弓。他摇摇晃晃地向后倒下,努力想要拔出剑。梅格把她的第一把弯刀从阿马克斯布满灰尘的椅子上拔了出来,然后向他走去。

"梅格,等等!"我说。

她怒视着我:"什么事?"

我试图举起双手以示安抚,随后又意识到双手被绑在背后。

"克莱斯特,"我说,"投降并不可耻。你不是一名战士。"

他咽了一口唾沫,说:"你……你又不认识我。"

"你的剑拿反了,"我说,"除非你是打算刺伤你自己。"

他笨手笨脚地试图纠正他的错误。

"飞走吧!"我恳求道,"你不必参加这场战斗。离开这里吧。去成为音乐家!成为那些你想在这世界上看到的音乐家中的一员!"

他一定听到了我声音中的真诚。他丢下剑,穿过玻璃上的破洞跳了出去,一路用耳朵飞向黑暗的远方。

"你为什么让他走?"梅格问道,"他会提醒所有人的……"

"我想他不会,"我说,"而且,这并不重要。我们刚刚用货真价实的一道闪电宣告了自己的存在。"

"是啊,对不起。"伊阿宋说,"有时候就是会这样。"看起来,他需要学会控制雷击这种力量,但我们没有时间讨论这些。梅格剪断了绑着我们的捆扎带,这时,弗洛伦斯和格伦克冲进了房间。

小笛喊道:"停下!"

弗洛伦斯绊了一跤,脸朝下栽在地毯上。他的步枪斜着扫射出一枚子弹,击中了附近一张沙发的沙发腿。

格伦克举起球杆冲了过来。我本能地拉开弓,把箭搭在弦上,射了出去。

我惊呆了,我竟真的射中了我的目标!

格伦克跪倒在地,侧着身子,身体开始瓦解。我的跨物种伙伴风格的喜剧创意也随之画上句点。

小笛走到弗洛伦斯面前,他正因鼻子摔断了而哀号着。

"谢谢你停了下来。"说着,她堵住了他的嘴,然后用他的捆扎带绑住了他的手腕和脚踝。

"嗯，还挺有趣的。"伊阿宋转向梅格，"还有你的身手，简直难以置信。那些潘岱族人——当我和他们战斗时，他们像逗小孩子一样解除了我的武装，但是你，用那弯刀……"

梅格的脸颊变红了："这没什么了不起的。"

"这非常了不起。"伊阿宋转向我，"所以现在怎么办？"

一个微弱的声音在我脑海中嗡嗡作响："现在，卑鄙狡猾的阿波罗须尽快将吾从此怪物之眼中移出。"

"哦，天哪！"我搞错了一件我一直担心搞错，有时却想要搞错的事情。我用错了箭，在战斗时把多多那圣箭射了出去。

"非常抱歉。"说着，我把箭拔了出来。

梅格哼了一声："那是——"

"多多那圣箭。"我说。

"我的愤怒是无限的！"箭吟诵着，"汝使用吾射杀汝敌，仿佛吾仅为普通之箭！"

"是的，是的，"我说，"现在请安静。"我转向我的伙伴们，"我们需要赶紧行动。安全部队很快就会过来。"

"愚蠢的皇帝在十二号船上。"梅格说，"那就是我们要去的地方。"

"但是放鞋的船，"我说，"是四十三号，在相反的方向。"

"如果那愚蠢的皇帝正穿着他的鞋子呢？"她问道。

"嘿，"伊阿宋指着多多那圣箭，"它就是你跟我们说的移动的预言来源，对吗？也许你应该问问它。"

我觉得这个建议很合理，但十分令人恼火。我举起了箭："你听到了吧，智慧之箭？我们该走哪条路？"

"汝令吾安静，却又寻求吾之智慧？哦，呸！哦，邪恶！若汝等欲成事，必向两个方向追寻，但切记小心。吾看到巨大的痛苦，巨大的苦难。鲜血的代价！"

"它说了什么？"小笛问道。

哦，我的读者们，我真想撒谎！我想告诉我的朋友们，圣箭赞成我们回到洛杉矶，然后入住一家五星级酒店。

我迎上了伊阿宋的目光，瞬间想起了我是如何规劝他，让他告诉小笛关于女先知预言的真相的。我想我也只能如此。

我复述了一遍圣箭所说的话。

"所以我们要分头行动？"小笛摇摇头，"我讨厌这个计划。"

"我也是，"伊阿宋说，"但这可能才是正确的选择。"

他单膝跪地，从提姆布雷化作的那堆灰尘中取出他的古罗马短剑。接着，他把克陶普垂斯丢给了小笛。

"我要去找卡利古拉。"他说，"即使鞋子不在那里，我也可以给你们争取些时间，分散安全部队的注意力。"

梅格捡起另一把弯刀："我和你一起去。"我还没来得及说话，她就越过破碎的窗户跳了出去——这正是她平时生活方式的一个很好的隐喻。

伊阿宋担心地看了一眼小笛和我。"你们两个小心点。"

他追着梅格跳了出去。他们前脚刚走，下面的前甲板上便爆发出枪声。

我对小笛做了个鬼脸："那两个人是我们之中最会打架的。我们不应该让他们一起去的。"

"你可不要低估我的战斗力，"小笛说，"现在，我们去找鞋吧！"

我在附近的洗手间里给小笛清理了一下头上的伤口，进行了简单的包扎。然后，她戴上了弗洛伦斯的战斗头盔。我们出发了。

我很快发现，小笛完全不需要依靠魅惑魔法去说服别人。她自信满满地走着，从一艘船到另一艘船，好像她本就属于这里。游艇上的人不多，也许是因为大部分的潘岱人和斯特里克斯都已经飞到了二十六号船，去探查刚刚发生的雷击。我们遇到了几个凡人雇佣兵，他们只是稍稍打量了小笛一眼。因为我跟在她后面，他们也没注意到我。我想，他们可能是习惯了跟独眼巨人和大耳朵并肩工作，所以忽略了两个穿着防弹服的少年。

二十八号船是一个水上公园，配有多层游泳池。泳池之间由瀑布、滑梯和透明的管子相连。当我们走过时，一个孤独的救生员给我们提供了一条毛巾。我们没有拿走毛巾，他看起来很失落。

二十九号船提供全方位的水疗服务。每个打开的舷窗中都有蒸汽涌出。在后甲板上，一大群看起来无聊的按摩师和美容师一副时刻准备着的样子。如果卡利古拉突然决定要带五十个朋友来参加指压按摩和美甲派对，她们得随时应对才行。我很想停下来快速地做一次简单的肩膀按摩，但是阿芙洛狄忒的女儿小笛对那些服务设施连看都没看一眼就大步流星地走了过去，所以我决定不要为难自己。

　　三十号船提供的是实打实的流水席。整艘船的存在就是为了提供二十四小时自助餐，但这里无人捧场。厨师们站在一旁，服务员们等待着客人的到来。一盘盘新的菜肴被端了出来，旧菜被撤走。那些没被吃完的食物，足够喂饱整个洛杉矶的人，但我想，被撤下的菜肴一定会被直接倒入大海。这是典型的卡利古拉式的奢侈浪费。当你知道你的厨师在等候着给你投喂美食的同时，几千个一模一样的火腿三明治已经被投入大海，那么你手中的那个尝起来一定更好吃。

　　我们的好运在三十一号船上失灵了。我们一穿过铺着红地毯的坡道，来到船头，我就知道，我们遇到麻烦了。到处都是雇佣兵。他们没有当值，正在四处闲逛、聊天、吃饭、玩手机。更多的人对我们皱起眉头，投来质疑的目光。

　　小笛举手投足间透露出紧张。我看得出，她也觉得问题不小。我还来不及说"糟了，小笛，我想我们误打误撞地来到了卡利古拉的水上营房，我们死定了"，她就加快了脚步。毫无疑问，她是觉得后退和虚张声势地前进一样危险。

　　但她错了。

　　船尾甲板上正在举行一场独眼巨人对凡人的排球比赛，我们就这样闯了进去。在一个沙坑里，六个穿着泳裤的多毛独眼巨人和六个穿着战斗裤的同样多毛的凡人之间的战斗正如火如荼地进行着。场地旁边有很多已经下班的雇佣兵，有的在烤架上烤着牛排，有的在说笑、磨刀，互相攀比文身。

　　烤炉旁有一个身材是常人两倍宽的男人，他梳着平头，胸前有"母亲"字样的文身。他发现了我们，然后愣住了。"嘿！"

　　排球比赛停了下来。甲板上的每个人都转过身来怒视着我们。

　　小笛摘下了她的头盔，说道："阿波罗，支援我！"

　　我很害怕她像梅格那样冲过去战斗。如果是那样，支援她就意味着我会被大汗淋漓的退伍军人干掉，这可不在我的愿望清单上。

　　小笛开始歌唱。

我不知道哪一个更让我吃惊：小笛优美的嗓音，还是她唱的曲子。

我立刻听出来了：那是乔·沃尔什①的《幻觉生活》。我对二十世纪八十年代的记忆有些模糊，但是我记得那首歌——那是一九八一年，音乐录影带刚开始流行。哦，我为金发女郎乐队②和加油合唱团③制作的音乐录影带多棒啊！我们用了好多的发胶和豹纹弹力纤维布料！

一群雇佣兵困惑地沉默着，聆听着。他们现在应该动手吗？他们应该等我们唱完吗？有人在排球比赛中为你歌唱乔·沃尔什的歌曲，这可不是天天都能见到的事情。我敢肯定这些雇佣军并不清楚如何礼貌地对待这件事。

唱了几句之后，小笛用锐利的目光看了我一眼，像是在说："帮帮忙？"

啊，她是想让我用音乐支援她。

我松了一口气，拿出尤克里里，和着她的歌声演奏起来。说实话，小笛的声音不需要伴奏。她充满激情，清晰地唱出了那些歌词。这与魅惑魔法无关，完全是一场激动人心的表演。

她穿过人群，歌唱着她自己的"幻觉生活"。她与歌曲融为一体。她为歌词注入了痛苦和悲伤，把沃尔什原本活泼的曲调变成了忧郁的告白。她述说着自己的际遇：冲破困惑的高墙，忍受大自然给她的小小意外，消除那些对她的身份妄下结论的恶意。

她没有改变歌词，然而，我在她唱的每一句歌词中都能感受到她的故事：她被著名电影明星父亲忽视时的挣扎；发现自己是阿芙洛狄忒的女儿时，她的百感交集；最令人伤感的是，她意识到她生命中所谓的真爱——伊阿宋——并不是她想与之共度人生的对象。我无法理解全部的故事，但她声音的力量是不可否认的。我的尤克里里回应着她。我的和弦变得更加有共鸣。我的即兴重复弹奏变得更加深情。我演奏的每一个音符都是对小笛的同情之声，我自己的音乐技巧放大了她的音乐技巧。

雇佣兵开始变得注意力不集中。一些人坐下来，双手抱着头。一些人凝视着

---

① 乔·沃尔什（1947— ），老鹰乐队吉他手。

② 金发女郎乐队成立于1974年，其作品极具旋律感，音乐节拍鲜明，具有典型的朋克风格。

③ 活跃于二十世纪七八十年代的一支女子朋克乐队。

空气，任凭他们的牛排在烤架上逐渐烧焦。

当我们穿过船尾甲板时，谁也没有拦住我们。没有人跟着我们走过过道，也没有人关心我们的目标——三十二号游艇。小笛唱完歌，重重地倒在她旁边的墙上。我们已经走过了一半的游艇。她双眼通红，表情受情绪的影响，显得十分空洞。

"小笛？"我惊讶地盯着她，"你是怎么——"

"现在去找鞋子，"她嗓音嘶哑，"其他的等会儿再说。"

接着，她跌跌撞撞地向前走去。

28
阿波罗，乔装打扮
作为阿波罗，扮成……
算了，太难受了

我们没有看到任何雇佣军追捕我们的迹象。他们怎么可能过来呢？刚刚听过那样的表演之后，即使是身经百战的战士也无法起身追捕吧。我想象着他们在彼此的臂弯里哭泣，抑或在游艇里翻箱倒柜地寻找多余的纸巾的样子。

我们沿着卡利古拉的超级舰队来到了三十三号游艇。我们偷偷摸摸地前进，但主要还是仰仗船员们对我们的漠不关心。卡利古拉总是在他的奴仆心中激起恐惧，但这并不等同于忠诚。没人问过我们任何问题。

在四十号游艇上，小笛倒下了。我冲过去帮忙，但她把我推开了。

"我没事。"她低声说。

"你有事，"我说，"你很可能有脑震荡，刚刚又施展了强大的音乐魔法。你需要休息一会儿。"

"我们没有时间了。"

我完全清楚这一点。我们过来的方向，港口上空，仍能听见零星的枪声。斯特里克斯刺耳的尖叫声划破夜空。我们的朋友们还在为我们争取时间，我们一刻都不能耽搁。

今夜还是新月夜。在遥远的北方，无论卡利古拉对朱庇特营有怎样的计划，灾难注定要发生。我只希望雷奥已经联系到了罗马半神们，希望他们可以抵御任何邪恶势力的侵犯。爱莫能助是一种可怕的感觉。我十分焦虑，一秒钟都不想浪费。

"就算是这样，"我对小笛说，"我也不能让你死在我身边，陷入昏迷也不行，所以你必须休息一下，坐一会儿。这里太危险了，我们走。"

小笛太虚弱了，没什么力气反抗。以她目前的状况，我想，她连用魅惑魔法摆脱一张违章停车的罚单的力气都没有。我把她扛进了四十号游艇，这里是卡利古拉的"衣柜"。

我们经过一个又一个房间，房间里堆满了衣服——西装、长袍、盔甲、连衣裙（不奇怪），还有各种各样的角色扮演服装，从海盗到太阳神，再到大熊猫（同样不奇怪）。

就算是可怜自己，我也很想打扮成太阳神。我不想花时间去涂金色的油漆。为什么凡人总是认为我是金色的？我是说，我可以是金色的，但太过闪亮的颜色会减损我的惊人美貌。更正：我以前的惊人美貌。

终于，我们找到了一间摆放着一张沙发的更衣室。我移开了一堆晚礼服，然后让小笛坐下。我拿出一块被压碎的神食，命令她吃了下去。（我的天，我可以在必要的时候变得专横起来。至少，我还没有丧失这种神圣的力量。）

小笛小口吃着她的神食，我则幽怨地盯着满货架的高级定制服装。"为什么鞋子不能在这里？毕竟，这可是他的衣柜船！"

"拜托，阿波罗。"小笛在沙发垫子上挪了挪位置，皱着眉头，"必须要用一整艘豪华游艇单独存放鞋子，地球人都知道。"

"你是在开玩笑吗？我没听出来。"

她拿起了一件斯特拉·麦卡特尼①的连衣裙——那是一件可爱的低胸猩红色丝绸连衣裙。"不错。"她拔出刀子，咬紧牙关，从正面划开了礼服。

"感觉很好。"她说道。

对我来说，这种行为毫无意义。毁坏卡利古拉的东西是无法伤害到他的，他

---

① 斯特拉·麦卡特尼（1971— ），英国时装设计师。其设计的时装穿着舒适，具有现代风格。

什么都有。这似乎也没有让小笛更开心。吃过了神食，她的脸色好多了。她的眼神也不再因为疼痛而显得呆滞，但是她的表情仍然很激动，就像她母亲每次听到有人称赞斯嘉丽·约翰逊①的美貌时一样。(提示：永远不要在阿芙洛狄忒面前提起斯嘉丽·约翰逊。)

"你给雇佣兵唱的那首歌，"我鼓起勇气说道，"是《幻觉生活》。"

小笛的眼角收紧了，好像她已经预知到了这场对话的到来，但她太累了，没有力气转移话题。"那是一段很久远的记忆了。就在我爸爸演艺事业第一次获得重大突破的时候，他在车里放了那首歌。那时，我们正开车赶往我们的新家，就是马里布的那座房子。他给我唱了歌。我们都很开心。我应该是……我记不清了，还在上幼儿园？"

"但是你唱歌的样子，就像是在讲述你自己的故事，讲述你和伊阿宋分手的原因。"

她端详着她的刀。刀刃上仍旧一片空白，看不见任何影像。

"我试过了，"她喃喃地说，"在与盖娅的战争结束后，我告诉自己，一切会很完美。有一段时间，也许有几个月吧，我以为一切就是这样。伊阿宋很棒。他是我最亲密的朋友，甚至比安娜贝丝还要更亲密。但是……"她摊开双手，"我本以为找到了的东西，我命中注定的幸福，其实并没有在那里……"

我点点头："你们的感情是在危机中催生出来的。一旦危机结束，浪漫的感觉就很难持续。"

"不仅仅是这样。"

"一个世纪前，我和大公夫人塔季扬娜·尼古拉耶芙娜②在一起过。"我回忆道，"在俄国革命期间，我们之间的关系很好。她压力很大，又处于恐惧之中，所以真的很需要我。然后，危机过去了，我们之间的火花也就不存在了。等等，实际上，原因可能是她和她的家人被杀了，但还是——"

"是我的原因。"

---

① 斯嘉丽·约翰逊（1984— ），美国女演员、歌手，代表作有《戴珍珠耳环的少女》《攻壳机动队》等。

② 俄罗斯帝国末代沙皇尼古拉二世的次女。

我的思绪已经飘到了冬宫①，想起了一九一七年刺鼻的硝烟和刺骨的寒冷。现在我的思绪又回到了当下。"你的原因？这是什么意思？你是说你意识到你并不爱伊阿宋？那不是任何人的错？"

她做了个鬼脸，好像我还没明白她的意思……或许她自己也不确定。

"我知道这不是任何人的错，"她说，"我确实爱他。但是……就像我告诉你的，是赫拉把我们凑成一对的——一个掌管婚姻的女神，促成了一对幸福的情侣。我发现，我刚和伊阿宋开始约会的那几个月的记忆，全是一场幻觉。当我发现这一切的时候，我还没来得及理解，阿芙洛狄忒就宣布她（掌管爱情的女神）是我的妈妈。"

她沮丧地摇摇头。"阿芙洛狄忒逼迫我思考，我是……我需要……"她叹了口气，"看我，施展魅惑魔法时能出口成章，现在却连话都说不清楚。阿芙洛狄忒希望她的女儿们完全不在意爱情。"

我想起阿芙洛狄忒曾多次和我闹翻。我很容易陷入浪漫的恋情。阿芙洛狄忒为了捉弄我，总是喜欢把悲剧性的爱人送到我面前。"是的。你母亲对浪漫恋情是有很明确的理解。"

"所以，如果把这些因素抽离，"小笛说，"你会发现，这一切只是：婚姻女神撮合了我和一个很好的男孩，爱情女神又促使我成为一个'完美'的浪漫女人或是别的什么——"

"你是在想，如果没有这些压力，你是谁？"

她凝视着红色晚礼服的"残骸"。"从切罗基人的传统来讲，你的血统继承自你的母亲。她是属于哪个部落的，你就是属于哪个部落的。父亲那边的血统并不作数。"她发出脆弱的笑声，"所以，严格来说，我不算切罗基人。我不属于七大家族中的任何一员，因为我妈妈是希腊女神。"

"嗯。"

"那么，我是说，我还可以从这个角度找寻自己吗？过去的几个月里，我一直想更深入地了解我的血统。我用起了我爷爷的吹筒箭，和我爸爸讨论家族历史，想让他忘掉其他的烦心事。但是如果我根本不是别人告诉我的那样呢？我必

---

① 冬宫坐落在圣彼得堡宫殿广场上，原为俄罗斯帝国沙皇的皇宫。

须弄清楚我是谁。"

"那你得出什么结论了吗？"

她理了理耳朵后面的头发："仍在努力。"

我很欣赏这个答案。我也是这样，仍在努力。这个过程很痛苦。

乔·沃尔什那首歌中的一句歌词在我脑海中回荡。"大自然爱她的小惊喜。"我说。

小笛哼了一声："可不是吗？"

我盯着一排排卡利古拉的服装——从婚礼礼服到名牌套装，再到角斗士盔甲。

"据我观察，"我说，"你们人类不仅是你们历史的总和。你可以自主选择接纳多少祖先留下的意志。你可以不顾家庭和社会给你们施加的期望。你不能做的，也不应该做的，是试图做一个不同于你自己的人——小笛。"

她苦笑了一下："很好。我喜欢。你确定你不是智慧之神吗？"

"我申请过这份工作，"我说，"但是他们把这差事给了别人。好像是给了发明橄榄的那个人。"我翻了翻白眼。

小笛大笑起来。她的笑容像一阵强风，终于把加利福尼亚的野火浓烟都吹散了。我咧嘴一笑作为回应。我上一次和一个平等的人、一个朋友、一个志同道合的同志进行如此积极的交流是什么时候？我记不起来了。

"好吧，聪明的家伙。"小笛挣扎着站了起来，"我们该动身了。还有好多艘游艇要走呢。"

四十一号游艇：内衣部门。我就不给你们介绍那些多余的细节了。

四十二号游艇：一艘普通的超级游艇，有几位船员没有理我们，两个雇佣兵被小笛用魅惑魔法迷惑跳下了船，还有一个双头人被我射中后粉身碎骨（纯属运气）。

"他为什么要在装衣服的船和装鞋子的船之间放一艘普通的船？"小笛问道，"真是错误的安排。"

她听起来非常平静，我的神经却开始紧张起来。我感觉自己正在分裂成碎片，我过去经常这样做，当时几十个希腊城市都在祈祷我可以在不同的地方同时展现自己的光辉。这些城市没有把神圣节日的日期协调好，真是惹人厌。

我们穿过左舷，突然，我瞥见了天空中的动静——一个苍白的影子滑翔而过，身形很大，绝不是海鸥。当我想再仔细看时，它就不见了。

"好像有人跟踪我们。"我说，"是我们的朋友克莱斯特。"小笛扫视了一下夜空，说："我们该怎么办？""我提议，我们什么都不做。"我说，"如果他想攻击我们或拉响警报，他早就这么做了。"

对于有一个大耳朵跟踪者这件事，小笛看起来不太高兴，但我们还是决定继续前进。

我们终于到达了朱莉娅·德鲁茜拉四十三号游艇，传说中的鞋子之船。

这一次，多亏了阿马克斯和他的手下们透露出的消息，我们预料到，可怕的潘岱人蛙蛙，一定会带着其他的潘岱人守卫前来抓捕我们。我们必须做好充分的准备。

一踏上前甲板，我就拿出了尤克里里。小笛非常平静地说："哇，我希望没有人偷听到我们的秘密！"

瞬间，四个潘岱人跑了过来——两个从左舷方向过来，另外两个从右舷方向过来。他们为了率先冲到我们面前，跌成了一团。

我一看到他们耳朵中白色的绒毛，就用最大的音量弹奏了一个 C 小调第六和弦，对于听力如此敏锐的生物来说，那感觉一定就像用通电的电线掏耳朵一样难受。

潘岱人尖叫着跪倒在地，小笛趁机解除了他们的武装，并用捆扎带把他们绑了起来。他们刚被绑好，我就停止了那番折磨人的尤克里里攻击。

"你们谁叫蛙蛙？"我问道。

最左边的潘岱人咆哮道："是谁想要知道，先报上名来。"

"你好，蛙蛙，"我说，"我们在寻找皇帝的魔法鞋子。你知道吗？就是那双可以让他在烈焰迷宫中自由穿行的鞋子。你只要告诉我们这双鞋藏在了船上的什么地方，就可以为大家节省很多时间。"

他挣扎着大喊："你休想！"

"或者，"我说，"我可以让我的朋友小笛去搜，而我会留在这里，用走调的尤克里里为你唱歌。你知道小蒂姆[①]的《踮起脚穿过郁金香》这首歌吗？"

[①] 小蒂姆原名为赫伯特·考里，1996年9月，他在尤克里里音乐节上表演时突发心脏病，11月30日，他在明尼阿波利斯表演时再次心脏病发作，一小时后去世。

蛙蛙吓得直发抖。"二层甲板，左舷，第三扇门！"他语无伦次地说，"拜托，别唱小蒂姆的歌！别唱小蒂姆的歌！"

"祝您度过愉快的夜晚。"我说。

说罢，我们便不再打扰那些潘岱人，跑去找那双鞋子了。

29
马就是马
当然,当然没有人可以——
快跑!他不会放过你!

一座装满鞋子的水上宅邸。赫尔墨斯一定会觉得身在天堂。

请注意,他不是什么正式的鞋神,但作为旅行者的守护神,他是我们奥林匹斯天神中跟鞋子关联最多的角色了。赫尔墨斯收藏的乔丹系列球鞋简直无与伦比。他的鞋柜里摆满了有翅膀的凉鞋、成排的漆皮鞋、好几个架子的蓝色麂皮鞋,还有很多旱冰鞋,我真是不想多提了。我到现在还会做有关他的噩梦,梦见他穿着运动短裤和条纹高筒袜,留着长发,在奥林匹斯山上溜冰,用他的随身听播放唐娜·萨默①的音乐。

小笛和我走向左舷的第二层甲板。我们经过了一段有照明的展示平台,上面摆放着名牌高跟鞋。有一条走廊从地面到天花板都安装了架子,上面摆满了红色的皮靴。还有一个房间,除了足球鞋防滑钉之外什么都没有,个中原因我实在无法理解。

---

① 唐娜·萨默(1948—2012),美国歌手,曾在德国、奥地利等国发展事业,被誉为"迪斯科女王"。

蛙蛙告诉我们的那个房间中的收藏品，看似是质量大于数量的。

它就像一间漂亮的公寓，从窗户可以俯瞰大海，这样一来，皇帝的宝贝鞋子都可以有很好的视野。在房间的中央，有一对舒适的沙发。面向沙发的位置摆放着一张咖啡桌，桌上放着各种进口的瓶装水，以免卡利古拉在换完左脚的鞋，准备换右脚的鞋时觉得口渴。

至于鞋子本身，是沿着墙纵向排列的……

"哇。"小笛说。

我认为她总结得相当好：一排排的"哇"。

一个基座上放着一双赫菲斯托斯的战靴——那是一个巨大的精巧装备，鞋尖和鞋跟处都有铆钉，内部配有锁子甲袜，连鞋带都是小型青铜自动蛇，以防被未经授权的人随意穿走。

另一个基座上放着一个透明的亚克力盒子，盒子里有一双带翅膀的凉鞋，正四处飞舞，试图逃脱。

"这是我们要找的鞋吗？"小笛问道，"我们可以直接飞越迷宫。"

这个想法很吸引人，但我摇了摇头。"有翅膀的鞋很难处理。如果它们被施了魔法，我们穿上这种鞋后就会被带去错误的地方——"

"哦，是啊，"小笛说，"波西跟我说过，有那么一双鞋几乎……呃，没事。"

我们检查了其他基座，全是独一无二的珍贵鞋子：镶有钻石的厚底靴，用现已灭绝的渡渡鸟皮制成的礼服鞋（真野蛮），有一九八七年洛杉矶湖人队所有球员签名的名牌球鞋。

其他的鞋子有魔法力量，并被贴上了这样的标签：一双由许普诺斯[1]编织的拖鞋，能够给人美好的梦境和优质的睡眠；一双由我的老朋友——舞蹈缪斯女神忒耳西科瑞[2]制作的舞鞋，这么多年来，我也只见过几双，阿斯泰尔[3]和罗杰

---

[1] 详见书末《阿波罗话语指南》的"许普诺斯"词条。
[2] 详见书末《阿波罗话语指南》的"忒耳西科瑞"词条。
[3] 弗雷德·阿斯泰尔（1899—1987），美国电影演员、舞蹈家、舞台剧演员。代表作有《阿斯泰尔与罗杰斯：舞动节拍》《狗王擒贼王》等。阿斯泰尔和罗杰斯是著名的银幕搭档。

斯①各有一双，巴雷什尼科夫②也有一双。然后是一双波塞冬的旧休闲鞋，它可以让人享受到海滩边的完美天气、丰厚的渔产、宜人的海浪和美好的日光浴。对我来说，这双休闲鞋相当不错。

"在那里。"小笛指着随便丢在房间角落里的一双旧皮凉鞋，"我们可不可以这样假设——最不可能的那双鞋往往是最可能的那双？"

我不喜欢这个假设。我更喜欢这样：最有可能受欢迎、最有可能出色、最有可能有才华的那个人，其实就是最受欢迎、最出色、最有才华的那个人。我更喜欢这样的逻辑，因为我就是这样的人。不过，在这种情况下，我认为小笛可能是对的。

我跪到了凉鞋旁边："这是卡利古行军靴，是罗马军团穿的鞋。"

我用手指钩住了鞋带，把鞋提了起来。鞋子没什么特别的——只由皮革鞋底和绑带构成。因为年代久远，这双鞋已经被穿得发软，颜色发暗。它看起来好像历经了多次行军，但是在几个世纪以来，一直仔细地上油保养，被精心保存了下来。

"卡利古行军靴，"小笛说，"听起来和卡利古拉这个名字有关。"

"正是，"我说，"这就是成人样式的小靴子，盖乌斯·朱利乌斯·恺撒·奥古斯都·日耳曼尼库斯童年时的绰号就是由此而来。"

小笛皱起了鼻子："你能感觉到它有任何魔法吗？"

"嗯，这鞋中的能量不是很明显。"我说。

它没有勾起我对臭脚丫子的回忆，我也没有想要穿上它的欲望，但是我认为它就是我们要找的鞋子。这鞋跟卡利古拉同名，拥有他的力量。

"嗯。我想，既然你能和一支箭交流，那么你也一定可以读懂一双鞋吧？"

"这是天赋。"我附和道。

她跪在我旁边，拿起了一只鞋。"我穿不合适，太大了。看起来和你的脚差不多大。"

---

① 金吉·罗杰斯（1911—1995），美国演员，代表作有《阿斯泰尔与罗杰斯：舞动节拍》《开罗紫玫瑰》等。

② 巴雷什尼科夫（1948— ），美籍芭蕾舞蹈家、编剧、制片，代表作有《天鹅湖》《吉色勒》《不解风情》等。

"你是在暗示我,我的脚很大吗?"

她的笑容一闪而逝:"这鞋看起来跟羞耻鞋一样不舒服,那是一种可怕的白色护士鞋,我们以前在阿芙洛狄忒的小屋里穿过。如果你做了错事,你就得穿上它,以示惩罚。"

"听起来像是阿芙洛狄忒的风格。"

"我把它们扔掉了,"她说,"但是这双……我想只要你不介意穿卡利古拉穿过的鞋的话——"

"危险!"一个声音在我们身后喊道。

偷偷跟在别人后面并大喊"危险",会让人在同一时间起跳,旋转,然后一屁股摔倒在地,小笛和我就是这样。

克莱斯特站在门口。他的白色皮毛打结了,湿淋淋的,就像刚飞过了卡利古拉的游泳池。他那各有八个指头的手紧紧抓着门框的两边。他的胸口起伏着,黑色西装被撕成了碎片。

他气喘吁吁地说:"斯特里克斯。"

我的心脏仿佛直接跳到了我的鼻腔里。"它们在跟踪你吗?"

他摇摇头,耳朵像受惊的乌贼一样呼扇着。"我想我避开了它们,但是——"

"你为什么在这里?"小笛把手伸向她的匕首,问道。

克莱斯特的眼中,恐慌和渴望交织着。

他指着我的尤克里里问道:"你能告诉我怎么弹吗?"

"我……可以,"我说,"不过考虑到你手的大小,吉他可能更适合你。"

"那个和弦,"他说,"那个让蛙蛙尖叫起来的和弦,我想学。"

我慢慢站起来,以免再次吓到他。"学习C小调第六和弦是一项重大的责任,但是,没问题,我可以教给你。"

"还有你,"他看着小笛,"你唱歌的窍门,能教给我吗?"

小笛的手从剑柄上垂了下来。"我……我想我可以试试,但是……"

"我们现在必须离开这里!"克莱斯特说,"他们已经抓住了你们的朋友!"

"什么?"小笛站了起来,"你确定吗?"

"那个可怕的女孩和那个闪电男孩。我确定。"

我咽下了我的绝望。克莱斯特对梅格和伊阿宋的描述无比准确。"在哪里?"

我问,"是谁抓了他们?"

"他,"克莱斯特说,"皇帝。他的人很快就到了。我们必须赶紧飞走!成为这个世界上的音乐家!"

如果是另一种情况,我会考虑这个很好的建议,但现在不行,因为我的朋友们被俘了。我把皇帝的行军靴包好,塞进了我的箭袋底部。"你能带我们去见我们的朋友吗?"

"不行!"克莱斯特号啕大哭,"你们会死的!女巫她——"

为什么克莱斯特没有听到敌人在他身后偷偷靠近?我不知道。也许是因为伊阿宋的闪电让他的双耳仍旧嗡嗡作响。也许他太紧张了,太专注于我们而没有保护好自己。

不管是为什么,克莱斯特向前倒了下去,脸直接撞到了装有带翅膀凉鞋的那个盒子。他瘫倒在地毯上,重获自由的飞鞋不断地踢他。他的背上印着马蹄形状的两个深深的踢痕。

门口站着一匹雄壮的白色骏马,他的头几乎快要碰到门框的顶部了。刹那间,我意识到为什么皇帝的游艇有如此高的天花板、如此宽阔的走廊和门框了:是为这匹马设计的。

"英西塔土斯。"我说。

他用其他的马不可能拥有的目光紧紧地盯着我,他那棕色的硕大瞳孔闪烁着邪恶。

"阿波罗?"

小笛看上去很震惊。任何人在一艘装着鞋的游艇上偶遇一匹会说话的马,都会是这种反应吧。

她开口说道:"这是什么?"

英西塔土斯冲了过来。他径直踩碎了咖啡桌,用头把小笛顶到了墙上。随着一阵可怕的嘎吱声,小笛瘫倒在地毯上。

我向她冲了过去,但英西塔土斯一下甩开我,让我跌进了旁边的沙发里。

"好吧,现在……"英西塔土斯打量着房间里各种设施的损耗情况——基座翻倒在地,咖啡桌被毁,进口矿泉水的瓶子破裂,水渗入地毯。克莱斯特在地板上呻吟,飞鞋还在不停地踢着他。小笛一动不动,血从她的鼻子里流了出来。我坐在沙发上，抚着受伤的肋骨。

"很抱歉打断了你们的入侵行动，"他说，"我得赶紧把这个女孩打晕，你知道的，我可不喜欢魅惑魔法。"

我躲在疯狂马克洛军备用品店的垃圾桶后面时，曾听到一模一样的声音——低沉的，厌世的，带着几分恼火，仿佛已经看尽了人类所能做出的一切蠢事。

我惊恐地盯着小笛。她好像没有呼吸了。我想起了女先知的话……尤其是以字母 D 开头的那个可怕的词语。

"你……你杀了她。"我结巴了。

"我有吗？"英西塔土斯用鼻子碰了碰小笛的前胸，"不，还没有，但很快她就会死了。现在跟我来吧。皇帝想见你。"

30
我永远不会离开你
爱会让我们在一起
其实胶水也可以

我有几个魔力马好朋友。

阿里翁是我的表弟,他是世界上跑得最快的马,但他很少来参加家庭聚餐。著名的有翼飞马珀伽索斯也是我的表亲,但关系比较远,因为他的母亲是一个蛇发女妖。我不知道那是怎么回事。当然,我最喜欢的马还是太阳马——不过,谢天谢地,他们都不会说话。

然而,英西塔土斯?

我不太喜欢他。

他是一只美丽的动物——又高大又壮硕,他的皮毛像被太阳照射的云朵一样闪闪发光。如丝般的白色尾巴在他身后来回摆动,像是在威慑苍蝇、半神或其他害虫,让他们不敢靠近。他既不戴马具也没有马鞍,但他蹄子上的马蹄铁闪着金灿灿的光芒。

他的威严让我十分烦躁。他慵懒的声音让我觉得自己渺小、无足轻重。我最讨厌的是他的眼神。他的眼神里闪烁着一匹马不该有的睿智和冷酷。

"上来吧,"他说,"我的男孩在等着呢。"

"你的男孩？"

他露出大理石般洁白的牙齿："你知道我指的是谁，大卡，卡利古拉，要把你当早餐的新太阳神。"

我深深地陷入沙发的靠垫当中，心脏怦怦直跳。我已经见识了英西塔土斯移动的速度有多快。跟他单打独斗，我没有半点胜出的机会。我还来不及射出一支箭、弹奏出一个音符，他就能一蹄子踢到我的脸上。

这本是一个展现天神之力的绝佳时机，如此我就可以把这匹马扔到窗外去。唉，但是我并没有感觉到体内有这样的能量。

我也指望不上任何支援。小笛呻吟着，手指抽搐着，看上去没有完全清醒。克莱斯特呜咽着，试图蜷缩成一团，以躲避飞鞋的攻击。

我从沙发上站起来，握紧拳头，强迫自己迎上英西塔土斯的目光。

"我仍然是天神阿波罗，"我警告道，"我已经迎战了两个皇帝，也打败了两个皇帝。别来挑战我，英西塔土斯。"

英西塔土斯哼了一声："随便你怎么说，莱斯特。你越来越虚弱了。我们一直在关注你。你几乎没剩下什么神力了。别再拖延时间了。"

"你能怎样强迫我跟你走呢？"我追问道，"你不能把我抓起来，扔到你的背上吧。你没有手！没有对向拇指①！那是你的致命缺陷！"

"是啊，没错，但我可以一蹄子踢到你的脸上。或者……"

英西塔土斯嘶吼了一声——这声音就像主人在叫他们的狗。

蛙蛙和他的两个警卫冲进房间。"神驹大人，属下在。"

那匹马对我咧嘴一笑："我有仆人，所以不需要对向拇指。没错，他们没什么用，我还得亲自帮他们咬断他们自己的捆扎带，放他们自由——"

"神驹大人，"蛙蛙抗议道，"是尤克里里的关系！我们不能——"

"把他们搬上来，"英西塔土斯命令道，"在你们惹毛我之前。"

蛙蛙和他的助手们把小笛扔到马背上。他们让我爬到她身后，然后又一次捆住了我的手——至少这次，我的双手被绑在了身体前面，这样我可以更好地保持

---

① 人类和一些灵长类动物的拇指与其他四指可以对合，这是区别于其他哺乳类动物的重要特性。

平衡。

最后，他们把克莱斯特拉了起来。他们把那双有暴力倾向的飞鞋放回盒子里，绑住克莱斯特的手，让他走在前面，我们这悲惨的一行人则跟在他的身后。我们走向甲板，经过每一个门框时我都要压低身子。我们就这样沿着来时的路，跨越了由超级游艇组成的水上桥梁。

英西塔土斯迈着轻松的步伐小跑着。每当我们遇到雇佣兵或船员的时候，他们都会跪下并低头行礼。我想相信他们这样做是出于对我的敬畏，但我想他们怕的是那匹马，如果他们没有表现出应有的尊重，那匹马会痛殴他们。

克莱斯特摔了一跤。一个潘岱人把他拖了起来，推着他往前走。小笛一直从马背上往下滑，我尽了最大的努力才没让她掉下去。

她低声说着："呃……呼……"

她可能在说"谢谢"或者"放开我"，也可能说的是"为什么我的嘴里面有马蹄铁的味道"。

她的匕首——克陶普垂斯——就在我触手可及的地方。我盯着剑柄，不知道自己能否快速地拔出匕首，给自己松绑，再把它扎进英西塔土斯的脖子。

"如果我是你，我不会这样做的。"英西塔土斯说。

我全身僵硬："什么？"

"用那把匕首。这是很不明智的招数。"

"你会读心术？"

英西塔土斯嗤之以鼻："我不需要读心术。如果别人骑在你的背上，你就知道你能从他们的肢体语言中得到多少信息了。"

"我……我没有这种经历。"

"好吧，我知道你在计划什么，所以不要这样做，不然我就不得不把你们甩下去。这样的话，你和你女朋友可能会死去。"

"她不是我的女朋友！"

"大卡会很恼火。他想让你以某种特定的方式死去。"

"啊。"此刻我只感觉我的胃就像刚刚受伤的肋骨一样，一片瘀青。像这样在船上骑马造成的晕眩，我真想知道是不是有一个特定的词可以形容。

"所以，你说卡利古拉会把我当作早餐——"

"哦，不是字面上的意思。"

"感谢诸神。"

"我的意思是女巫美狄亚会给你戴上镣铐，提取出你身上所有剩下的天神力量。然后，卡利古拉会吸收这些精华——你的，还有赫利俄斯的——如此他就可以成为新太阳神。"

"哦。"我感到头晕目眩。我想我的身体里还是有一些天神之力的——那些强大神力迸发出的微小火花，让我还能记得自己是谁，曾经做过什么。我不希望那些残余的神性也被夺走。想到这里，我的胃便开始翻江倒海。我希望小笛不会介意我吐到她身上。"英西塔土斯，你……你这匹马看起来是很通情达理的。你为什么要帮助卡利古拉这样反复无常、背信弃义的人？"

英西塔土斯抱怨道："反复无常吗？那男孩听我的话。他需要我。在别人看来，他很暴力，反复无常，这并不重要。我可以控制他，利用他来推进我的计划。我用筹码赌他能赢，这没有错。"

他似乎没有意识到"赌马"的讽刺意味，而且，听到英西塔土斯有他自己的计划，我十分惊讶。大多数马的计划相当简单：吃饭，跑步，吃饭，好好洗个澡，然后循环。

"卡利古拉知道你在利用他吗？"

"当然！"英西塔土斯说，"那孩子不傻。一旦他得到了他想要的，那么……我们就分道扬镳。我打算推翻人类，为马儿们建立一个由马组成的政府。"

"你……什么？"

"你难道认为马的自治政府会比奥林匹斯诸神统治的世界更荒唐吗？"

"我从来没有想过这个问题。"

"你不会这么想的，对吗？你，还有你那双足生物的傲慢。人类从未要求骑在你的背上，也不会让你帮他们拉车，你从未这样与人类共存过。啊，我在白费口舌。你活不了多久了，没有机会看到我们的革命。"

哦，读者，我无法向你表达我的恐惧，我并不是害怕马儿们的革命行动，而是害怕我的生命即将迎来终点。是的，我知道凡人会面临死亡，但对于天神来说，死亡是更加糟糕的事。几千年以来，我一直确信自己对死是免疫的，然后我突然发现——哈哈，并不是这样！我要被人吸光能量，而这个人竟听命于一匹马，一匹激进的、会说话的马。

我们沿着超级舰队一路前进,看到了越来越多的刚刚发生战斗的痕迹。二十号游艇看起来像是被闪电反复击中了很多次,它的上层结构只剩下一片烧焦的还冒着烟的废墟,焦黑的甲板上满是灭火器的泡沫。

十八号游艇已经被改造成了分诊中心。到处都有伤员瘫坐在地上,呻吟声四起。很多人受伤的部位都在膝盖或膝盖以下——正是梅格·麦卡弗里喜欢踢的地方。一群斯特里克斯在我们的头顶盘旋,发出饥饿的哀号。也许它们只是在执勤,但我却感觉它们是在等待,看看哪个伤员撑不过去。

十四号游艇遭遇了梅格·麦卡弗里的绝招的攻击。爬山虎吞没了整个游艇和大部分的船员,他们被厚厚的攀爬植物组成的网牢牢地困在了船上。一群园艺师正试图用剪刀和除草机解救出他们的同伴——毫无疑问,这群园艺师是奉命而来,来自十六号游艇上的花园。

看到朋友们已经走到了这一步,造成了这么大的破坏,我很受鼓舞。也许克莱斯特弄错了,他们并没有被抓住。即使被逼得走投无路,像伊阿宋和梅格这样有能耐的半神肯定也会设法逃脱吧。我只能这样指望了,因为我现在需要他们来救我。

如果他们不能呢?我绞尽脑汁,寻找着聪明的主意或者狡猾的计划,但我的思绪并没有开启赛跑模式,而是在气喘吁吁地慢跑。

我竭力总结出了总体计划的第一阶段:我不能死,我要逃脱束缚,救出我的朋友们。我还在努力思考着第二阶段——我该怎样逃出来?就在这时,我发现自己没时间了。英西塔土斯穿过朱莉娅·德鲁茜拉十二号游艇的甲板,穿过一组金色的大门,带着我们走下舷梯,进入船的内部,里面只有一个巨大的房间——卡利古拉的觐见大厅。

进入这个房间就像掉进了一只海怪的喉咙里。我确信这是刻意营造出的效果,皇帝想让你感到恐慌和无助。

房间似乎在说:"你已经被吞食了。现在你会被逐渐消化掉。"

这里没有窗户。五十英尺高的墙上装饰着华丽的壁画,描绘着战斗、火山爆发、风暴、狂野派对等场景——这些都是权力失控、边界被抹去、自然被颠覆的画面。

瓷砖铺成的地面也是类似的混乱画面——马赛克瓷砖错综复杂地排列，组成众神被各种怪物吞噬的噩梦般的景象。天花板被漆成黑色，悬挂着金色的烛台、装有骸骨的铁笼，还用细线悬挂着利剑，好像随时可以刺向下面任何一个人。

我斜靠在英西塔土斯的背上，试图找到平衡，但我做不到。我在整个房间里找不到一处安置我的目光。摇摇晃晃的游艇也没有起到任何积极效果。

王座两侧站着十二名潘岱族侍卫——六个在左舷，六个在右舷。他们手持金矛，从头到脚都穿戴着纯金链甲，耳朵上还戴着巨大的金属护甲，一旦护甲被击中，一定会引发他们的严重耳鸣。

在房间的另一端，船体渐渐收窄的位置，皇帝已经端坐于高台之上。他坐在那个角的中间，所有偏执的独裁者都喜欢这样。在他面前有两道旋风缠绕着什么东西，我不太明白——这是某种风暴精灵的表演艺术吗？

在皇帝的右手边，站着一个身着禁卫军指挥官的华丽服装的潘岱人——我猜他就是里维尔布，禁卫军指挥官。美狄亚站在皇帝的左边，她的眼睛闪烁着胜利的光芒。

皇帝本人的样貌跟我记忆中差不多，非常年轻、清爽、英俊，尽管他两只眼睛相距太远，耳朵太突出（与潘岱人比起来就不那么明显了），笑容中透露出淡漠。

他穿着白色休闲裤、白色帆船鞋、蓝白条纹衬衫、蓝色西装外套，还戴着船长帽。我突然想起，一九七五年，我犯了一个错误，赐福于船长与坦尼尔乐队[①]，让他们拥有了畅销单曲《爱会让我们永远在一起》。如果卡利古拉是船长，那么美狄亚就是坦尼尔，这在很多层面上都让我感觉大错特错。我拼命把这种想法从脑海中抹去。

我们的队伍逐渐接近王座，卡利古拉向前探了探身子，搓了搓手，好像晚餐的下一道菜刚刚被呈到他面前。

"时间刚刚好！"他说，"我刚刚和你的朋友们进行了非常愉快的对话。"

我的朋友们。

直到这一刻，我才明白那两道旋风里装的是什么。

---

① 船长与坦尼尔乐队是一支美国流行乐队，曲风是软摇滚，成员是一对夫妻。

其中一个装的是伊阿宋,另一个是梅格·麦卡弗里。两个人都无助地挣扎着。两个人都尖叫着,我却听不到声音。旋风牢笼里包裹着闪闪发光的弹片——那是仙铜和帝国黄金制成的弹片,这些弹片划破了他们的衣物和皮肤,对他们造成了很大的伤害。

卡利古拉站了起来,用棕色的眼睛平静地看着我。"英西塔土斯,这不会是那个人吧?"

"哥们儿,恐怕,这就是那个人。"英西塔土斯说,"这就是莱斯特·帕帕佐普洛斯,天神阿波罗的可悲躯壳。"

神驹前腿跪地,小笛和我滚落到地板上。

31
我会给你我的心
这只是一种比喻
把你的刀拿走

我能想到许多名字来称呼卡利古拉，但"哥们儿"不在其中。

在皇帝面前，英西塔土斯表现得就像在家里一样自在。他小跑着来到船的右舷，两个潘岱人开始刷他的皮毛，另一个潘岱人双腿跪地，用一个金色的桶给他燕麦，供他享用。

伊阿宋用力撞着包裹着弹片的风笼，试图挣脱。他痛苦地看了小笛一眼，大声喊了些什么，但是我一句都听不到。在另一个风笼里，梅格交叉着双臂，盘腿飘浮着。她一脸怒容，像一个生气的精灵，任凭弹片乱飞。

卡利古拉从高台上走了下来。他大步穿过两道旋风，脚步轻快，一身船长装扮，这无疑让他心情不错。他在我面前几英尺的地方驻足。他张开手掌，中间跳起了两枚金色的小物件——那是梅格·麦卡弗里的戒指。

"这位一定就是可爱的小笛吧。"他皱着眉头看着她，仿佛才刚刚看出来她几乎没有意识了，"她怎么会是这副样子？这样我还怎么嘲笑她？里维尔布！"

禁卫军指挥官打了个响指。两个禁卫军急忙上前，把小笛拉了起来。其中一个人拿着一个小瓶子在她的鼻子下挥舞了几下——可能是嗅盐，也可能是美狄亚提供的具有相同功能的魔法物质。

小笛的头猛地一抬。一阵战栗传遍了她的全身，接着，她推开了身边的潘岱人。

"我很好。"她眨了眨眼，观察着周围的环境。她看到伊阿宋和梅格被困于风笼之中，又看向卡利古拉。她挣扎着想拔出匕首，但她的手指似乎不听使唤。"我会除掉你。"

卡利古拉咯咯地笑了："那会很有趣，亲爱的。但我们还是先不要喊打喊杀的，好吗？今晚，我有其他的事情要做。"

他向我微笑："哦，莱斯特。宙斯给了我多么好的礼物啊！"他绕着我走了一圈，指尖沿着我的肩膀滑动，就像在检查灰尘。我想我本应该攻击他，但是卡利古拉周身散发出的冷静、自信、强大的气场，竟让我一时间愣住了。

"你的神性已经没有剩下多少了，是吗？"他说，"别担心。美狄亚会把你每一丝神力都榨干，那样我就可以帮你找宙斯报仇了。这对你来说也是个安慰。"

"我……我不想报仇。"

"别骗人了！会很棒的，等着瞧吧……嗯，实际上，那时你早就死了，所以你只能相信我。我会让你感到骄傲的。"

"恺撒，"美狄亚在高台边喊道，"也许，我们可以赶紧开始了？"

她虽尽力掩饰，但我听出了她声音中的力不从心。正如我在死亡停车场所见，虽然她极为强大，但也是有能力极限的。同时把梅格和伊阿宋困在两个风笼里一定消耗了她不小的力气。她没办法做到一边维持她的旋风牢笼，一边施展魔法剥夺我的神性。要是我能想出如何利用这个弱点就好了。

卡利古拉的脸上掠过一丝恼怒。"好的，好的，美狄亚，一会儿就开始。但在那之前，我得问候一下我忠诚的仆人……"他转向把我们从鞋子之船押送过来的那伙潘岱人，"你们谁是蛙蛙？"

蛙蛙鞠了一躬，他的耳朵在镶嵌着马赛克瓷砖的地面上展开。"我……我是，陛下。"

"你一直很努力地服侍我，对吗？"

"是的，陛下！"

"直到今天。"

潘岱人看起来像是想要吞下小蒂姆的尤克里里。"他们……他们戏弄我们，大人！用非常可怕的音乐戏弄我们！"

"我明白了，"卡利古拉说，"那么你打算如何补救呢？我怎么能确保你对我是忠诚的呢？"

"我……我以我的真心向您发誓，陛下！从现在到永远！我和我的手下们……"他用巨大的双手捂住嘴巴。

卡利古拉温和地笑了笑："哦，里维尔布！"

他的禁卫军指挥官走上前去："大人？"

"你听到蛙蛙的话了吗？"

"是的，大人，"里维尔布应声道，"您拥有他和他手下的真心。"

"那好吧。"卡利古拉摇了摇手指，示意他下去，"把他们押出去，让他们展示一下他们的真心。"

站在左舷的禁卫军上前抓住了蛙蛙和他的两个手下。

"不！"蛙蛙大叫道，"不，我……我不是那个意思！……"

他和他的手下手脚乱踢、哭闹喊叫，但一点儿用都没有。身着金色盔甲的潘岱人把他们拖了出去。

里维尔布指了指克莱斯特，他站在小笛身边，颤抖着，低声啜泣着。"怎么处理他，陛下？"

卡利古拉眯起眼睛："提醒我一下，他的皮毛为什么是白色的？"

"因为他还很年轻，陛下。"里维尔布的声音里没有一丝同情，"我们族人的皮毛颜色随着年龄增长会越来越深。"

"我明白了。"卡利古拉用手背抚摸着克莱斯特的脸，年轻的潘岱人顿时哭得更厉害了，"留他一命。他很有趣，而且看起来无害。现在，赶紧去吧，指挥官，去处置那些人。"

里维尔布鞠了一躬，跟在他手下的后面匆匆走了出去。

我的太阳穴怦怦直跳。我想让自己相信，事情没那么糟。一半的禁卫军和他们的指挥官刚刚离开房间。美狄亚控制着两个风笼，力不从心。我需要处理的只剩六个精英潘岱族战士，一匹杀手马，以及一位永生的君王了。现在正是使用巧妙计谋的最佳时机……如果我能想出这个计谋该多好。

卡利古拉走到我身边，像对待老朋友那样搂着我。"你看到了吧，阿波罗？

我既不疯狂，也不残忍。我只是希望人们遵守诺言。如果你以你的生命，你的真心，或者你的财富向我做出承诺……那你就应当信守诺言，不是吗？"

我的泪水涌了上来，连眼睛都不敢眨一下。

"比如说，你的朋友小笛。"卡利古拉继续说，"她想和她爸爸待在一起。她不喜欢他的事业。你猜怎么着？我就毁了他的事业！只要小笛像他们计划的那样，和她爸爸一起搬到俄克拉何马州，她就能得到她想要的！但是她感谢我了吗？不，她想要我的命。"

"我会除掉你的。"小笛说，她的声音听起来更淡定了一些，"我保证。"

"我说什么来着？"卡利古拉说，"一句感谢的话都没有。"

他拍拍我的前胸，我受伤的肋骨一阵剧痛。"伊阿宋呢？他想成为一名祭司什么的，为众神建造神庙。可以啊，我就是神。我对此没有意见！可是他却来到这里，用闪电摧毁了我的游艇。这是祭司该做的事情吗？我不这么认为。"

他漫步走向旋转的风笼。他的背部就这样暴露出来，但是小笛和我都没有去攻击他。即使是现在，回想起来，我也无法解释这是为什么。我感到如此无力，就好像身处几个世纪前就已经发生的幻象之中。我第一次感觉到，如果三巨头控制了所有的神谕，后果会是什么样。他们不仅能预见未来，还能塑造未来。他们的每一句话都将成为不可阻挡的命运。

"还有她。"卡利古拉盯着梅格·麦卡弗里，"她的父亲曾经发誓，事成之前，不眠不休，一定要让血生和银妻成功转世。你能相信吗？"

血生、银妻，这两个词让我神经一震。我有一种感觉，我应该知道它们是什么意思，应该知道它们和梅格在山坡上种下的七颗绿色种子之间有什么关系。和往常一样，当我试图从大脑深处挖掘信息时，我的人类大脑就开始尖叫抗议了。我几乎可以看到恼人的"文件未找到"的报错信息在我的眼前闪烁。

卡利古拉咧嘴一笑："嗯，我当然相信麦卡弗里博士的话！是我把他的据点夷为平地的。说实话，我觉得我很慷慨了，留了他们父女二人的活口，还让小梅格跟着尼禄过着美好的生活。如果她能信守对尼禄的承诺……"他不以为意地向梅格摇了摇手指。

房间右侧，英西塔土斯从装着燕麦的黄金桶里抬起头来，打了个嗝。"嘿，大卡，你说得很精彩，但我们不是应该先解决了风笼中的那两个人吗？这样美狄亚就可以把注意力转移到莱斯特身上。我真的很想见识一下，她如何吸收他的神力。"

"是的，请尽快下令吧。"美狄亚紧咬牙关附和道。

"不！"小笛喊道，"卡利古拉，放了我的朋友们。"

不幸的是，她的声音颤抖着，无法站起来。

卡利古拉咯咯笑着："亲爱的，美狄亚教过我如何抵御魅惑魔法。你得更厉害点才行，如果——"

"英西塔土斯，"小笛喊道，声音变得更大了，"去踢美狄亚的头。"

英西塔土斯张开鼻孔："我想我会去踢美狄亚的头。"

"不，你不会！"美狄亚尖叫着，开始施展魅惑魔法，"卡利古拉，让那个女孩安静！"

卡利古拉大步走向小笛："对不起，亲爱的。"

他反手打中小笛的嘴巴，用力非常猛，小笛转了一圈才倒在地上。

"哦，哦，哦！"英西塔土斯高兴地嘶叫着，"好样的！"

我崩溃了。

我从未感到如此愤怒。因受到尼俄柏家族①的侮辱而毁掉他们一族时，我不曾如此愤怒；在德尔斐的密室里与赫拉克勒斯战斗时，我也不曾如此愤怒；甚至在打倒了为我父亲打造闪电权杖的独眼巨人时，我都不曾如此愤怒。

我暗下决心，我决不允许小笛在今夜死去。我冲向卡利古拉，想用我的手搂住他的脖子。我想除掉他，哪怕只是为了抹去他脸上沾沾自喜的笑容。

我确信自己的天神力量会恢复。我会怀着正义的愤怒，把皇帝解决掉。

然而，卡利古拉都没正眼看我，就把我推倒在地。

"拜托，莱斯特，"他说，"你是在羞辱你自己。"小笛躺在地上，浑身发抖，一副很冷的样子。

克莱斯特蹲在旁边，试图捂住他的大耳朵，却徒劳无功。毫无疑问，他对当初的决定很后悔，他不该追随梦想，不该想着去学习音乐。

我盯着那两个风笼，盼望着伊阿宋和梅格能逃脱，但他们没能逃脱。奇怪的是，他们二人好像默默地达成了某种协议，已经交换了角色。

---

① 详见书末《阿波罗话语指南》的"尼俄柏家族"词条。

看到小笛遭到攻击，伊阿宋没有愤怒地做出回应，反而一动不动地飘浮着，双眼紧闭，面无表情。梅格抓着旋风牢笼的边缘，尖叫着，说着什么我听不到的话。她的衣服破烂不堪，她的脸上有十几处伤口，但她似乎并不在乎。她使出浑身解数，把一包包种子扔进旋风中，引得紫罗兰和水仙花在弹片之中盛放。

在皇帝的高台旁，美狄亚已经脸色苍白，浑身是汗。她刚刚防御过小笛的魅惑魔法，必定承受了很大的负担，但这并不足以让我松一口气。

里维尔布和他的禁卫军很快就会回来。

一个冰冷的想法充斥着我的脑海。

我觉得自己进退两难。皇帝需要我活着，至少目前来说是这样。这意味着我唯一的筹码是……

我思考的表情一定十分精彩，因为卡利古拉突然大笑起来。

"你的表情就像是有人踩了你最喜欢的竖琴！"他嘲讽我说，"你觉得你过得不好吗？我作为人质，在我叔叔提比略的宫殿里长大。你知道那个人有多邪恶吗？我每天醒来，都要做好随时被暗杀的准备，我的家人也一样。我成了一个完美的演员，无论提比略需要我做什么，我都会去做。我活了下来。但是你呢？你的生命自始至终都是金色的。你根本没有足够的韧性和毅力去过凡人的生活。"

他转向美狄亚："好吧，女巫！你可以把你的小搅拌器调成高功率模式了，处死那两个囚犯。然后，我们就可以处理阿波罗了。"

美狄亚笑了："乐意效劳。"

"等等！"我尖叫着，从箭袋里拔出一支箭。

皇帝剩下的禁卫军举起了长矛，但皇帝喊道："慢着！"

我没有拉弓。我没有攻击卡利古拉。相反，我把箭头向内转，把箭头压在我的胸口上。

卡利古拉的微笑消失了，他用不加掩饰的轻蔑神情审视着我："莱斯特……你在做什么？"

"让我的朋友们离开，"我说，"他们所有人。然后，我随你处置。"

皇帝的眼睛闪闪发光，就像斯特里克斯的眼睛一样。"如果我拒绝呢？"

我鼓起勇气，说出了一句威胁的话，一句我在过去四千多年从未想过的话："如果你拒绝，我会结束我自己的生命。"

32
不要逼我这么做
我疯了，我真的会下手，我要——
哦，这真的很痛

"哦，不，万万不可。"一个声音在我脑海里嗡嗡作响。

我那高尚的姿态瞬间瓦解，因为我意识到，我又把多多那圣箭错拿了出来。它在我手里剧烈地颤抖着，这无疑让我看起来比之前更加害怕。然而，我还是紧紧抓住了它。

卡利古拉眯起眼睛："你绝不会这么做的。你身体里没有自我牺牲的天性！"

"让他们走。"我把箭压在皮肤上，直到流出血来，"否则，你永远别想成为太阳神。"

圣箭愤怒地发出嗡嗡声："无赖，汝定当寻求其他谋杀武器行自杀之事，吾绝非杀人之物。"

"哦，美狄亚，"卡利古拉对着身后喊道，"如果他以这种方式自杀，你还能使用你的魔法吗？"

"你知道这行不通的，"她抱怨道，"那是一个很复杂的仪式！在我准备好之前，我们不能让他就这样自杀。"

"嗯，这有点讨厌。"卡利古拉叹了口气，"你看，阿波罗，你不能指望这件事有一个幸福的结局。我不是康茂德，我没在跟你玩游戏。乖一点儿，让美狄亚用正确的方式处置你。然后，我会让其他人死得毫无痛苦。我最多只能做到这些了。"

我想，如果卡利古拉是汽车销售的话，他的业务能力一定很糟糕。

小笛仍在我旁边的地板上发抖。她受到了重创，神经系统可能已经不堪重负了。克莱斯特把自己裹进了耳朵里。伊阿宋身处盘旋的弹片之中，继续闭眼沉思，但是我想，在这种情况下，他很难找到精神上的平静。

梅格在对我大喊大叫，手舞足蹈地比画着什么，可能是在跟我说，不要做傻事，把箭放下。这一次，我终于听不到她的命令了，但我却高兴不起来。

皇帝的禁卫军手握长矛，待在原地。英西塔土斯像在看电影一样，正对着他的燕麦大快朵颐。

"这是你最后一次机会。"卡利古拉说。

在我身后的某个地方，斜坡的顶部，一个声音传来："我的大人！"

卡利古拉看过去："什么事，法兰？我现在有点忙。"

"有……有消息，大人。"

"一会儿再说。"

"陛下，是关于北方进攻行动的情报。"

我感觉出现了一丝希望。对新罗马的攻击行动就在今晚。我没有潘岱人那么好的听力，但法兰语气中歇斯底里的紧迫感是错不了的。他给皇帝带来的不会是好消息。

卡利古拉的表情变了："这样的话，你过来吧。别碰到这个拿着箭的白痴。"

潘岱人法兰从我身边走过，对着皇帝耳语了几句。卡利古拉可能自诩为一个完美的演员，但这次，他没有很好地掩饰住自己的厌恶。

"真令人失望。"他把梅格的金戒指扔到一边，好像它们是不值钱的鹅卵石，"你的佩剑呢，法兰？"

"我……"法兰笨拙地摸索着他的剑，"给……给您，大人。"

卡利古拉仔细审视着这锯齿状的刀刃，把剑刺向了这个潘岱人，就这样把剑还给了他。法兰号叫着，身体土崩瓦解。

卡利古拉面向我说道："我们刚刚进行到哪儿了？"

"你在北方的进攻行动,"我说,"不太顺利吧?"

我用激将法刺激他是愚蠢的行为,但我控制不住自己。那一刻,我并不比梅格·麦卡弗里理智——我只是想伤害卡利古拉,让他拥有的一切粉碎成灰。

他没有理会我的问题:"有些事我必须亲自动手。这没什么大不了。本以为罗马半神的阵营会服从罗马皇帝的命令,但是……唉。"

"第十二军团向来会为明君提供支持,"我说,"也会帮忙罢黜昏君。"

卡利古拉的左眼抽动了一下:"哦,博斯特,你在哪里?"左边,一个正在刷马的潘岱族战士惊慌失措地扔掉了手中的刷子。"在,大人!"

"带上你的人,"卡利古拉说,"放出话去,我们立即分散编队向北航行。我们在旧金山湾区还有事情没有完成。"

"但是,陛下……"博斯特看着我,好像在判断我是否会构成威胁,他是否可以带着剩下的禁卫军离开皇帝。"是,陛下。"

剩下的潘岱人纷纷跟着离开了,没有一个仆人留下来帮英西塔土斯端他的黄金燕麦桶。

"嘿,大卡,"英西塔土斯说,"你是不是有点本末倒置了?在我们开战之前,你应该先处理好莱斯特的事。"

"哦,我会的,"卡利古拉回答道,"现在,莱斯特,我们都清楚,你不会——"

他以迅雷不及掩耳之势扑了过来,想要抓住箭。我早就预料到了。我很机智,抢先一步,把箭刺入了胸膛。哈!这次我给卡利古拉好好上了一课:千万不要低估我!

亲爱的读者,故意伤害自己需要消耗巨大的念力。不是那种正面的念力,而是需要那种愚蠢、鲁莽的精神力量。即使是为了救朋友,你也不应该尝试使用这种力量。

当我刺伤自己时,我对身体当下承受的巨大痛苦感到十分震惊。为什么自杀会这么痛?

我的骨髓变成了熔岩。我的肺里充满了湿热的沙子。鲜血浸湿了我的衬衫。我倒在地上,气喘吁吁,头晕目眩。整个世界围绕着我旋转,好像整个房间已经变成了一个巨大的旋风监狱。

"罪恶啊！"多多那圣箭的声音在我的脑海和胸膛中嗡嗡作响，"你居然将吾刺于此处！啊，邪恶丑陋的血肉！"

我脑海深处出现了一个念头：我才是那个垂死的人，它有什么资格抱怨？但我没有力气说出这句话。

卡利古拉向前冲去。他抓住箭杆，美狄亚大叫道："停下！"

她穿过房间，跪在我身边。

"直接拔出来可能会让他伤势更加严重。"她说。

"他已经拿箭捅进自己的胸口了，"卡利古拉说，"还有比这更糟的情况吗？"

"傻瓜。"她喃喃地说，我不确定她是在评价我还是卡利古拉，"我可不想让他失血过多。"她从腰带上取下一个黑色丝绸包，拿出一个带塞的玻璃瓶，又把包塞给卡利古拉，"拿着这个。"

她打开瓶子，把里面的东西倒在我的伤口上。

"好冷。"多多那圣箭抱怨道，"好冷。好冷。"

就我个人而言，我没感觉到冷。灼热的刺痛已经逐渐蔓延到我的全身。我很确定这不是好的信号。

英西塔土斯小跑过来："哇，他真的下手了。这可真是新鲜事。"

美狄亚检查了我的伤口，用古老的科尔钦语骂了句脏话。

"这个家伙连自杀都不会，"女巫抱怨道，"不知道是什么原因，看来他没刺穿自己的心脏。"

"此乃吾之功劳，女巫！"圣箭在我的胸腔里吟诵着，"汝以为吾愿陷入莱斯特恶心的心脏？吾已避之。"

我在心里暗自记下，要么，我得好好感谢圣箭一番，要么，我非亲手把它折断不可，具体怎么做，要按当时的情况来进行判断。

美狄亚手指着皇帝，厉声说道："把红色的小瓶递给我。"

卡利古拉皱起眉头，显然不习惯扮演外科护士的角色。

"我从不翻女人的钱包，尤其是女巫的。"

迄今为止，我想这是能证明他神志清醒的最确切的事了。

"如果你想成为太阳神，"美狄亚咆哮道，"就按我说的去做！"

卡利古拉找到了红色的小瓶。

美狄亚把瓶子里黏糊糊的东西涂到她的右手上,再用左手抓住多多那圣箭,然后猛地从我胸口把箭拔了出来。

我大叫一声,眼前一片漆黑。我的左胸肌感觉像是被钻头挖了出来。待我逐渐恢复视力的时候,我才发现我的箭伤已经被一种封蜡一样的红色物质堵了起来。疼痛仍然剧烈,让人难以忍受,但我至少可以再次呼吸了。

如果不是处于剧痛之中,我可能会露出胜利的微笑。美狄亚的医术正是我计划的一部分。她的医术几乎可以和我的儿子埃斯科拉庇俄斯相媲美,但是她对待病人的态度并不是那么好,而且她的治疗方法往往包括黑魔法、黑暗物质和小孩子的眼泪。

当然,我不曾妄想卡利古拉因此放我的朋友们离开,但我暗自希望美狄亚因为治疗我分心,失去对旋风牢笼的控制。事实也果真如此。

那个瞬间深深地印在了我的脑海中:英西塔土斯盯着我,口鼻上还沾着燕麦;女巫美狄亚检查着我的伤口,手上还有血和魔法药膏;卡利古拉站在我身边,他华丽的白色休闲裤和鞋子沾满了我的血;小笛和克莱斯特还在旁边的地板上,敌人们暂时忘记了他们的存在;就连梅格也被我的行动吓坏了,在她翻腾的监狱里愣住了。

那是在所有事情都被搞砸之前的最后一刻,是我们的大悲剧上演之前的最后一刻。当伊阿宋伸出他的手臂时,风之牢笼随之爆炸。

33
没有好消息等着你
我一开始就警告过你
读者，走开吧

一场龙卷风可以把你的一整天都毁掉。

当年在堪萨斯，宙斯发火的时候，我曾经见识过他造成的灾难性局面，所以我对眼前的一切并不惊讶。两簇裹挟着弹片的旋风像链锯一样，把朱莉娅·德鲁茜拉十二号切成了两半。

这种强度的大爆炸，理应我们所有人都没有活命的机会才对，对此我很确定，但是伊阿宋触发的爆炸造成的二维冲击波，分别向上、向下、向两侧冲去——炸毁了左舷、右舷的船壁，冲破黑色的天花板，金色的烛台和利剑像雨点般洒向我们，以千钧之势劈毁了马赛克地砖，直抵船身深处。游艇发出呜呜的声音——金属、木头和玻璃纤维像怪物嘴里的骨头一样纷纷断裂。

英西塔土斯和卡利古拉朝一个方向跑了过去，美狄亚朝另一个方向跑了过去，他们一点儿剐伤都没有。不幸的是，梅格·麦卡弗里当时在伊阿宋左边。当风笼爆炸时，她被炸飞到侧面，穿过了墙壁上的裂痕，消失在黑暗中。

我想尖叫，但发出的声音更像垂死的呜咽。爆炸声不断在我耳边响起，连我自己也无法听清自己的声音。

我几乎无法动弹,没办法追过去救我的朋友。我绝望地四处张望,目光停在了克莱斯特身上。

年轻的潘岱人眼睛睁得很大,看起来几乎可以和他的耳朵相匹配了。一把金色的剑从天花板上掉了下来,刺穿了他两腿之间的地砖。

"去救梅格,"我嗓音嘶哑,"无论你想学什么乐器,我都可以教你。"

我想,以我现在的状况,就连潘岱人也不可能听见我说话,但克莱斯特似乎听见了。他的表情从震惊变成坚定。他爬过倾斜的地板,张开耳朵,从裂缝中跳了出去。

地板上的裂缝开始变大。伊阿宋与我们各处一边,十英尺高的瀑布从左舷和右舷倾泻而下——黑暗的海水和漂浮着的船体残骸冲刷着马赛克地砖,涌入了房间中央越来越大的裂缝中。在下方,损坏的机械放出浓烟,海水越积越深,火焰也随之熄灭。在上方,破碎的天花板边缘,潘岱战士们出现了,他们尖叫着拔出武器。突然,天空亮了起来,一道道闪电把他们全部变成了一片尘埃。

伊阿宋从王座对面的烟雾中走了出来,手中拿着罗马短剑。

卡利古拉咆哮道:"你就是朱庇特营里那群孩子中的一员,对吗?"

"我是伊阿宋,"他说,"第十二军团前执政官,朱庇特之子,罗马之子,不过我隶属于两个营区。"

"都差不多。"卡利古拉说,"今晚我要你为朱庇特营的反叛行为负责,英西塔土斯!"

皇帝抓起一根横在地板上的金色长矛。他跳上英西塔土斯的背,冲向了船体裂缝。马纵身一跃,跳过了那道裂痕。为了不被马踩到,伊阿宋扑到一边。

这时,从我左边的某个地方传来一声愤怒的号叫。只见小笛已经站了起来。她肿胀的上唇在牙齿上方裂开,下巴歪斜,脸上受伤严重。

她向美狄亚冲了过去。美狄亚一转身,正好用鼻子迎上了小笛的拳头。女巫跌跌撞撞,手臂摇晃着,小笛顺势把她推入了裂缝中。在混合着燃料和海水的滚烫液体中,美狄亚消失了。

小笛对伊阿宋喊着什么,她可能是在说:"加油!"却只能发出一些低沉的喉音。

伊阿宋有点自顾不暇。他躲开了英西塔土斯的攻击,用剑挡住了卡利古拉的长矛，但他移动的速度很慢。我猜，他刚刚操纵狂风和闪电一定耗费了很大精力。

"离开这里！"他朝我们喊道，"快走！"

一支箭射中了他左边的大腿。伊阿宋哼了一声，跌跌撞撞地走了几步。尽管雷暴声势浩大，但在我们上方，越来越多的潘岱族禁卫军开始在此处集结。

卡利古拉再次发起冲锋。小笛大声警告。伊阿宋勉强躲开了他的攻击。伊阿宋在空中做了一个抓取的手势，一阵风把他拽到了空中。突然，他跨坐在一朵小型的积雨云上，云朵上有四条漏斗状的腿，云朵的"鬃毛"上，闪电噼啪作响——那是暴风雨，他的风精灵战马。

他骑着马与卡利古拉对峙，用短剑对抗长矛。又一支箭射中了伊阿宋的上臂。

"我跟你说过，这不是游戏！"卡利古拉喊道，"你没法儿活着离开这里。"

下面的一声爆炸令整条船为之震动。中间的裂缝把整个房间分隔得更远了。小笛打了个趔趄，这救了她一命，因为三支箭射中了她先前站立的地方。

不知怎的，小笛把我拉了起来。我紧握着多多那圣箭，但我已不记得是什么时候把它捡起来的了。我没有看到克莱斯特、梅格，以及美狄亚的任何踪迹。一支箭射穿了我的鞋尖。我的身体依然很痛，甚至不知道那支箭有没有刺穿我的脚。

小笛用力拉扯我的手臂，手指着伊阿宋，急切地说着什么，但我听不懂。我想帮助他，但是我又能做什么？我才刚刚用箭刺伤了自己的胸膛啊。我非常确定，如果我用力打一个喷嚏的话，就会破坏伤口上的红色胶状物，然后流血而死。我无法拉弓，甚至弹不了尤克里里。与此同时，越来越多的潘岱人出现在我们头顶上方的边缘处，急切地寻找机会，想一箭帮我完成自杀计划。

小笛也好不到哪里去。事实上，她能站起来就已经是一个奇迹了——当肾上腺素消退后，这种奇迹会回过头来害死你的。

无论如何，我们又怎能离开呢？

我惊恐地看着伊阿宋和卡利古拉战斗。伊阿宋四肢都伤势很重，但不知何故，他仍然高举着短剑。这个空间对两个骑着马的人来说，可谓十分拥挤，但他们却能绕着圈攻击对方。英西塔土斯用他金色的前蹄踢向暴风雨。暴风雨则以爆发的电流反击，烧焦了英西塔土斯侧面的白色皮毛。

正当前任执政官和皇帝从彼此身边冲过去时，伊阿宋的目光越过了被摧毁的王座室，与我的目光相遇。从他的表情中，我能清楚地看清他的计划。像我一样，他决心不许小笛在今夜死去。也不知为什么，他同时决定，我也必须活下去。

他又喊道："快走！一定要记得！"

我很迟钝，没有反应过来。伊阿宋的目光在我身上停留了几分之一秒，也许是为了确保我理解了他最后的叮嘱。那仿佛是一百万年前的早上发生的事了，在他帕萨迪纳的宿舍里，他从我口中要到了承诺。

伊阿宋转身的时候，卡利古拉也转过身来。他扔出了长矛，把矛头对准了伊阿宋的肩胛骨。小笛尖叫起来。伊阿宋僵住了，他的蓝眼睛因震惊而睁得非常大。

他倒向前方，双臂搂住了暴风雨的脖子。他的嘴唇动了动，好像在对暴风雨耳语。

"带他走！"我祈祷着，但是我知道，没有神明能听得到，"拜托，让暴风雨把他带到安全的地方！"

伊阿宋从马上摔了下来，面部朝下跌下了马背。长矛还在他的背上，他手中的古罗马短剑哐当一声掉到了地上。

英西塔土斯跑到坠落的半神身边。我们周围，仍旧箭如雨下。

卡利古拉在裂缝的那头凝视着我，向我投来阴沉的眼神，一脸怒容，那表情与我的父亲惩罚别人时露出的神情一模一样——你看看你害我做了什么事。

"我警告过你。"卡利古拉说。接着，他看了一眼上面的潘岱侍卫，说："留阿波罗的活口。他没有威胁，但是要杀了那个女孩。"

小笛号叫着，愤怒得发抖。我站在她面前，等待着死亡，冷冷地想着第一支箭会射向哪里。我眼睁睁地看着卡利古拉拔出他的长矛，再次挥向伊阿宋的背部。我们的朋友活下来的最后一丝希望，破灭了。

正当潘岱侍卫拉弓瞄准之时，空气中突然充满了噼啪作响的臭氧味。风在我们周围盘旋。突然，小笛和我飞到了暴风雨背后，被带离了燃烧着的朱莉娅·德鲁茜拉十二号的躯壳——风精灵在履行伊阿宋最后的请求：让我们安全离开，不管我们是否愿意。

我绝望地抽泣着，暴风雨飞过了圣巴巴拉港口。一波波爆炸声仍在我们身后隆隆作响。

34
"冲浪事故"——
我对"史上最糟糕夜晚"的
新的委婉说法

在接下来的几个小时里,我丧失了所有思考能力。

我不记得暴风雨是怎样把我们扔到沙滩上的。我回想起了几个瞬间,小笛对我大喊大叫,坐在海浪中颤抖、啜泣,却流不出眼泪,无力地抓起被海水浸湿的沙子,再把它扔向大海。有几次,我想拿神食和神饮给她,却都被她一把推开。

我还记得自己慢慢地在细长的沙滩上踱步,光着脚,我的衬衫被海浪打湿了,十分冰冷。治疗伤口的黏合剂还塞在我的胸口,伤口会不时渗出一点儿鲜血。

我们已经离开圣巴巴拉了。这里没有港口,没有超级游艇,只有在我们面前无限延伸的黑色太平洋。我们身后,黑暗的岩石绝壁隐约可见。一道"之"字形的木制楼梯通向绝壁顶部,一幢房屋透出点点灯火。

梅格·麦卡弗里也在那里。等等,梅格什么时候到这里的?她全身湿透,衣服被撕碎,脸和胳膊满是割伤和瘀青。她坐在小笛旁边,吃着神食。我想一定是我给她的神食不够好吧。潘岱人克莱斯特蹲在离绝壁底部有一段距离的地方,如饥似渴地看着我,好像在等待他的第一堂音乐课。潘岱人一定是完成了我交代的事。不知用什么方法,他找到了梅格,把她从海里拉了上来,然后把她带到了这里……虽然我不知道这是哪儿。

我记得最清楚的是,小笛一直说着"他没死"。

她刚能开口说话,就一遍一遍地说着这句话。神食和神饮缓和了她嘴唇边的伤势,让她的嘴唇消肿了一些,但她看上去还是很糟糕,上唇需要缝针,而且肯定会留下疤痕。她的下巴、两颊和下唇的茄紫色瘀青连成了一片。我猜她一定会收到一份金额巨大的牙医账单。尽管如此,她还是坚定地说着那句话:"他没死。"

梅格抓住她的肩膀:"也许吧。我们会搞清楚的。你需要的是休息和治疗。"

我用怀疑的眼神盯着我年轻的主人。"也许?梅格,你没看到发生了什么!他……伊阿宋他……长矛——"

梅格瞪了我一眼。她没有说出"闭嘴"两个字,但我清楚地听到了这个命令。她的金戒指在手上闪闪发光,但我不知道她是如何找回的。也许就像许多魔法武器一样,丢失之后,它们会自动回到主人身边。尼禄把如此黏人的礼物送给了他的养女,这倒是很像他的作风。

"暴风雨会找到伊阿宋的,"梅格说,"我们必须等下去。"

暴风雨……没错。风精灵把小笛和我带到这里后,我隐约记得,小笛开始不断地"麻烦"他,用含混不清的语言和手势命令他回到游艇上,把伊阿宋带回来。暴风雨像带电的水龙一样冲过了海面。

现在,我凝视着地平线,思考着自己是否有勇气重拾希望,期待好消息的出现。

我对这艘船的记忆逐渐恢复,拼凑成一幅壁画,画的内容比卡利古拉那个房间的墙上的一切都更可怕。

皇帝已警告过我:"这不是游戏。"他确实不是康茂德。尽管卡利古拉热爱戏剧,但他不屑于用令人眼花缭乱的特效、鸵鸟、篮球、赛车和喧闹的音乐搞砸一场处决。卡利古拉从不假装杀戮。他就是杀戮者。

"他没死。"小笛重复着她的咒语,好像是在对我们和她自己施展魅惑魔法,"他经历了太多,不能就这样死去。"

我想相信她。

可悲的是,我曾目睹过成千上万人的死亡。其中,大部分人的死亡是没有意义的。大多数的死亡都是不合时宜、出乎意料、有失尊严，至少有点尴尬的。该死的人长命百岁，不该死的人却往往英年早逝。

为了拯救朋友，在与邪恶皇帝的战斗中死去……对于伊阿宋这样的英雄来说，这种结局似乎再合适不过了。他已经告诉了我那个厄立特利亚女先知说过的话，如果我没有坚持邀请他与我们同去……

"不要责怪自己，"自私版本的阿波罗说，"这是他的选择。"

"但这是我的任务啊！"有罪恶感的阿波罗说，"如果不是因为我，伊阿宋会很安全地待在他的宿舍里，为不起眼的小神设计新的神庙！小笛也不会受伤，她会和她的父亲一起为他们在俄克拉何马州的新生活做准备。"

自私版本的阿波罗对此无话可说，但也可能是自私地把话留给了自己。

我只能看着大海，等待着，怀抱着伊阿宋还活着的希望，期待他能平安地从黑暗中走出来。

终于，空气中开始出现臭氧的味道，闪电划过水面。暴风雨冲上海岸，一个黑色的影子像鞍子一样横在他的背上。

暴风雨跪了下来，把伊阿宋轻轻放在沙滩上。小笛大叫着跑到他身边。梅格紧随其后。世间最可怕的事情莫过于看到她们脸上的表情：从短暂地松了一口气到即刻垮了下来。

伊阿宋的皮肤呈现出空白羊皮纸一样的颜色，布满黏液、沙子和泡沫。海水虽然冲走了他校服衬衫上的血迹，却染成了参议员腰带一样的紫色。他的四肢都中了箭。他的右手还指着某处，好像还在告诉我们："快走！"他看起来似乎并不痛苦，也不害怕。他看上去很平静，好像是经过一天的劳累后刚刚睡着。我不想吵醒他。

小笛摇了摇他，抽泣道："伊阿宋！"她的声音在绝壁上回荡。

梅格的脸阴沉下来。她坐直身子，抬头看着我说："治好他。"

梅格的命令让我向前走去，跪在伊阿宋身边。我把手放在伊阿宋冰冷的额头上，这让本就显而易见的事实更加确定了。"梅格，我无法治愈死亡。我希望我可以。"

"总有办法的，"小笛说，"医师特效药，雷奥曾经用过的。"

我摇摇头。"雷奥在他死去的那一刻就已经准备好了医师特效药。"我温和地说道,"他是历经了千难万险才得到了配制药剂的原料。即使是这样,他也是在埃斯科拉庇俄斯的帮助下才死而复生的。这办法在伊阿宋身上行不通。我很抱歉,小笛,已经太迟了。"

"不会的,"她说,"不,切罗基人总是教我……"她颤抖着吸了一口气,说话会给她造成巨大的疼痛,而她似乎是在为迎接疼痛做准备,"那是他们最重要的传说之一。当人类第一次开始破坏自然时,动物们都认为人类是一个威胁。他们都发誓要反击。每种动物都有不同的反击方式,但是植物不同,他们善良而富有同情心。他们反其道而行之——每一种植物都找到了自己的方式来保护人类。所以,无论得了什么怪病,被下了毒,还是有了外伤,总有一种植物可以治愈。总有植物可以治愈,我们只需要知道是哪一种植物就可以了!"

我苦着脸说:"小笛,这个故事蕴含着深奥的智慧。我确实是天神,但不能给你一个让人死而复生的方法。如果这样的东西存在,哈迪斯决不会允许人们使用的。"

"那就用死亡之门!"她说,"美狄亚用死亡之门回到了人间!为什么伊阿宋不可以?总有办法利用生死循环中存在的漏洞的。帮帮我。"

她的魅惑魔法在我身上生效了,如同梅格的命令一样强大有力。我看着伊阿宋那平静的表情。

"小笛,"我说,"你和伊阿宋为关闭死亡之门战斗过,因为你们知道让死人回到活人的世界是不对的。伊阿宋有很多令人钦佩的特质,他绝不是个投机取巧的人。他会希望你为了带他回来大闹三界吗?"

她的眼睛中闪烁着愤怒的光:"你不在乎,因为你是天神。你解救神谕之后就会回到奥林匹斯山,所以这一切跟你又有什么关系呢?你利用我们得到你想要的,就像其他的神一样。"

"嘿,"梅格温柔而坚定地说,"别这么说。"

小笛将一只手按在伊阿宋的胸口上:"他是为什么而死?是阿波罗吗?还是一双鞋?"

我内心袭来一阵恐慌,差点挤爆了胸腔的止血塞。我把鞋子这件事完全忘记了。我一把拽下背上的箭袋,倒出了所有的箭。

卡利古拉的凉鞋卷成一团,滚落到了沙滩上。

"它还在这儿。"我把它捡了起来,双手不断颤抖着,"至少……至少我们还有它。"

小笛发出一声破碎的呜咽。她抚摸着伊阿宋的头发:"是啊,是啊,太好了。你现在可以去找你的先知了,害死伊阿宋的那个先知!"

身后,绝壁中间的位置,一个男人的声音响起:"小笛?"

暴风雨幻化成狂风暴雨,离开了这里。

穿着格子睡衣和白色T恤的特里斯坦·麦克林匆匆走下了绝壁上的楼梯。

我明白了。暴风雨把我们带到了麦克林位于马里布的房子附近。不知为何,他好像早知道要带我们来这儿。小笛的父亲一定是在绝壁顶上听到了她的哭声。

他朝我们跑来,脚上的人字拖拍打着脚掌,沙子沾到了他的裤腿上,衬衫在风中飘荡着。他乌黑蓬乱的头发盖住了他的眼睛,却没办法掩盖他惊慌的神色。

"小笛,我在等你!"他喊道,"我在阳台上——"

他呆住了,先是看到了他女儿那张伤痕累累的脸,然后又看到了躺在沙滩上的尸体。

"哦,不,不。"他冲向小笛,"这……这是……谁?"

在确认小笛没有生命危险后,他跪到伊阿宋身边,把手放在他的脖子上,开始检查他的脉搏。他把耳朵贴在伊阿宋的嘴上,检查他的呼吸。当然,他什么也没有感受到。

他沮丧地看着我们。他注意到克莱斯特蹲在附近,巨大的耳朵在周围摊开。他再三确认了几次,才相信了这个事实。

特里斯坦·麦克林想要辨认自己看到的到底是什么,试图用凡人的认知能力解读他所看到的景象,我几乎能看到薄雾在他周围盘旋。

"冲浪遇到意外了吗?"他猜测道,"哦,小笛,你知道那些岩石很危险的。你为什么不告诉我呢?怎么……算了,算了。"他颤抖着手,从睡裤口袋里掏出手机,拨打了911。

电话发出吱吱声和咻咻声。

"我的电话……我……我不明白。"

小笛哽咽着,把脸埋在父亲的胸口。

那一刻,特里斯坦·麦克林应该彻底崩溃了。他的生活已经分崩离析。他失去了整个职业生涯得到的一切。现在,他的女儿受伤了,女儿的前男友死了,而且就死在他已经被没收了的房产前的海滩上——当然,这足以让任何人崩溃。卡利古拉又可以彻夜狂欢,庆祝他的暴行了。

但是,人性中的坚韧再次让我大吃一惊。特里斯坦·麦克林的表情变得冷静,精神也集中起来。他一定已经发觉,他的女儿需要他,他不能沉溺于自怜的情绪中。他还有一个重要角色要扮演好:小笛的父亲。

"没事的,宝贝,"他抱着她的头说,"没事的,我们会……我们会解决这个问题的。我们会挺过去的。"

他转身,指着仍然低伏在绝壁附近的克莱斯特:"你。"

克莱斯特像猫一样向他发出咝咝声。

麦克林先生眨了眨眼,艰难地"重置"了一下他的大脑。

"我陪小笛待在这里。"他指着我说,"你,带其他人到房子里去。用厨房的座机,拨打911。告诉他们……"他看着伊阿宋浑身是伤的身体,"让他们马上过来。"

小笛抬起头,她的眼睛又肿又红。"还有,阿波罗,不要回来。听到了吗?走吧。"

"小笛,"她父亲说,"这不是他们的——"

"走!"她尖叫起来。

我们爬上摇摇晃晃的楼梯。我不知道哪种感觉更加沉重:我身体的疲惫,还是压在我胸口的悲伤和内疚。一路上,我还能听到在黑暗的绝壁上回荡着的小笛的啜泣声。

35
如果你给潘岱人一把尤克里里
他就会想要你给他上课
不！

事情简直越来越糟。

不知是什么诅咒在干扰着半神使用通信工具，梅格和我都无法用座机拨电话。

绝望中，我请求克莱斯特帮忙。在他手上，拨打电话功能又恢复正常了。我认为这是对我的公然侮辱。

我告诉他，拨打911。在他一再失败后，我才明白过来，他拨打的是罗马数字IX-I-I——我给他示范了正确的使用方法。

"是的，"他对接线员说，"海滩上有一个人死了。他需要帮助……地址？"

"黄金海十二号。"我说。

克莱斯特重复了一遍："没错……我是谁？"他发出咝咝声，吓得挂断了电话。

这似乎是在暗示我们，让我们离开。

痛苦一重又一重地加深：喜洋洋·海治那辆一九七九年的福特平托车仍然停在麦克林的家门前。由于没有更好的选择，我不得不开着它回到棕榈泉。我仍然感觉很糟糕，但是美狄亚在我胸口使用的神奇愈合药剂似乎在修补着我的身体，缓慢地，疼痛地，就像一群小恶魔拿着订书机在我的胸腔里跑来跑去。

梅格坐在副驾驶座上。车内弥漫着烟雾、汗水、潮湿的衣物和烧焦的苹果的味道。克莱斯特坐在后座上，拿着我战斗时用的尤克里里弹来弹去，尽管我还没有教过他任何和弦。正如我所料，尤克里里的指板对他的八指手来说实在太小了。每次他弹奏出错误的音符组合时（也就是他弹每一段时），他都会对着乐器发出咝咝的声音，好像他能胁迫乐器乖乖配合他演奏一样。

我迷迷糊糊地开着车。离马里布越远，这样的念头就越发强烈：不，这一切都没有发生。今天一定是个噩梦。伊阿宋没有死。小笛没有在沙滩上哭泣。我决不允许这样的事情发生。我是一个好人！

我无法说服自己。

更确切地说，我是这种人——只配半夜开着黄色的平托车，陪在一个脾气暴躁、衣衫褴褛的女孩和一个发出咝咝声、痴迷于尤克里里的潘岱人身边。

我甚至不知道我们为什么要回到棕榈泉。这有什么好处？没错，格洛弗和我们的其他朋友都在等着我们，但我们只能给他们带去不幸的消息和一双旧凉鞋。我们的目标在洛杉矶市区，那是烈焰迷宫的入口。为了让伊阿宋的牺牲有意义，我们应该直接驱车去找女先知，把她从监狱中解救出来。

啊，不过我这是开的什么玩笑？我伤势过重，什么也做不了。梅格也好不到哪里去。我最大的希望就是安全抵达棕榈泉，不要半路握着方向盘昏睡过去。安全抵达后，我就可以蜷缩在水池的底部，哭着入睡了。

梅格把脚放在仪表板上。她的眼镜裂成了两半，但她还是戴着，就像戴着歪歪扭扭的飞行员护目镜。

"给她点时间冷静，"她对我说，"她生气了。"

有那么一瞬，我想知道梅格是不是在用第三人称指代自己。那正是我需要的。然后，我意识到她指的是小笛。梅格正用她自己的方式安慰我。这一天，令人惊骇的事当真发生了不少！

"我知道。"我说。

"你都想自杀了。"她说。

"我……我以为这会分散美狄亚的注意力。我不该这样做。这都是我的错。"

"不是。我明白的。"

梅格·麦卡弗里原谅我了吗？我憋住了，没有哭出声来。

"伊阿宋做了一个选择，"她说，"和你一样。英雄必须时刻准备好牺牲自己。"

我感到不安……不仅是因为梅格刚刚说了很长一句话，还因为我不喜欢她对英雄主义的定义。我向来认为，所谓英雄就是站在游行花车上，向人群挥手，扔些糖果，沉浸于凡人的阿谀奉承中，但是自我牺牲？不，如果是我招募英雄的话，自我牺牲精神绝不会是宣传手册中的一大亮点。

另外，梅格好像也称我为英雄，把我和伊阿宋归为一类人。这当然不对。比起做英雄，我更适合做一位天神。我跟小笛说过有关死亡的真相，那并不是虚言。伊阿宋不会回来了。如果我死在地球上，我也不会重生。我从不曾像伊阿宋那样冷静地面对这个想法。我刺中了自己的胸膛，是因为我知道美狄亚会救我，只有这样，她才能在几分钟之后吸走我的神力。我就是这样一个懦夫。

梅格挑破了她手掌上的一个硬茧。"你说得对……一提到卡利古拉、尼禄，我就会非常愤怒，这都是有原因的。"

我看向她。她的表情紧绷，看起来全神贯注。很奇怪，她以一种超然的态度说出了皇帝的名字，就好像在检查玻璃墙另一边的致命病毒样本。

"你现在感觉如何？"我问。

梅格耸耸肩："和之前的感觉是否……我不知道。就像看到有人把植物的根砍断一样，很难熬。"

梅格杂乱无章的描述对我来说是有意义的，但这并不是我神志逐渐变得清醒的好迹象。我想到了我出生的岛——提洛岛。它漂浮在海面上，没有根，直到我的母亲勒托①在那里定居下来，生下了我和我的妹妹。

我很难想象我出生前世界的样子，也很难想象提洛岛是一个漂泊不定的地方。我的家因为我的存在才开始生根。我从未质疑过自己是谁，我的父母是谁，我来自哪里，但属于梅格的提洛岛却从未停止漂泊。她生气了，但我能为此怪罪她吗？

"你的家族有很长的历史，"我指出，"普莱姆纳乌斯家族给了你值得骄傲的

---

① 详见书末《阿波罗话语指南》的"勒托"词条。

血统，你父亲在厄萨勒斯做着很重要的工作。血生，银妻……虽然不知道你种下了什么种子，但可以肯定的是，卡利古拉非常惧怕它。"

梅格脸上有很多新的伤口，这让我无法判断她是不是皱着眉头。"如果我不能让这些种子发芽呢？"

我没有鲁莽地回答她，毕竟今晚我再也不能承受任何失败的念头了。

克莱斯特从座位间的空隙中探出头来："你现在可以教我弹 C 小调第六和弦了吗？"

我们在棕榈泉的重逢并不愉快。

值班的木精灵从我们的外表判断出，我们带来的是坏消息。现在是凌晨两点，蓄水池附近所有温室里的人都聚集过来，格洛弗、海治教练、美丽和小查克也过来了。

当约书亚树看到克莱斯特时，他皱起了眉头。"你为什么把这种生物带到我们中间来？"

"更重要的是，"格洛弗说，"小笛和伊阿宋在哪里？"

他看向我，镇定的神情像一座纸牌塔一样瞬间坍塌。"哦，不，不。"

我们给他们讲了那段故事。更确切地说，是我给他们讲的。梅格坐在水池边，忧郁地凝视着池水。克莱斯特爬进墙上的一个凹洞中，把耳朵像毯子一样裹在自己身上，用美丽抱小查克的姿势抱着我的尤克里里。

当我描述伊阿宋的最后一战时，我不禁哽咽了好几次。对我来说，他的死终于变得真实起来。我不再奢望这一切只是一个噩梦，也不再奢望自己能从中醒来。

我以为喜洋洋·海治会暴怒，并开始向所有人和所有东西挥舞手中的球棒，但是，像特里斯坦·麦克林一样，他的反应让我大吃一惊。半羊人变得沉着、平静，语气淡定得令人不安。

"我是那孩子的守护者，"他说，"我应该在他身边的。"

格洛弗试图安慰他，但海治举起了一只手。"别，别这样。"他对美丽说，"小笛需要我们。"

云精灵拂去了一滴眼泪。"是啊。当然了。"

芦荟牵着她的手。"我也要去吗？也许我能做些什么。"她怀疑地看着我，"你试过用芦荟治疗这个叫伊阿宋的男孩吗？"

"恐怕他已经死去了，"我说，"这已经不是芦荟能救得了的了。"

她面露怀疑的神色，但美丽捏了捏她的肩膀。"这里需要你，芦荟。你得治疗阿波罗和梅格。喜洋洋，把尿布袋拿来。我去车上等你。"

美丽抱着小查克飘浮到空中，离开了水池。

海治对我打了个响指，说："平托车钥匙。"

我把钥匙扔了过去："请不要做任何冲动的事情。卡利古拉是……你不能……"

海治用冰冷的眼神打断了我："我得照顾小笛，这是我的首要任务。冲动的事情就交给别人去做吧。"

我从他的声音中听出了苦涩的指责。从海治教练口中听到这番话，似乎非常不公平，但我却不忍心抗议。

海治一家走后，芦荟开始在梅格和我周围打转，忙着在我们的伤口上涂上黏性物质。她对我胸口的红色黏合剂啧啧称奇，然后用她头发上可爱的绿色尖刺取代了那些东西。

其他木精灵似乎不知该做什么或说什么。他们站在水池边，等待着，思考着。我想，作为植物，他们在长时间的沉默中也一定感到很舒服吧。

格洛弗·安德伍德重重地坐在了梅格身边，手指在牧笛的孔洞上动来动去。

"失去一个半神……"他摇摇头，"这对一个守护者来说，是最糟糕的事情。几年前，我以为我失去了塔莉亚·格雷斯……"他没有继续说下去，而是在绝望的重压下瘫倒在地，"哦，塔莉亚，如果她听到这个消息……"

我原本以为自己不可能更难过了，但一想到这一点，我就感觉有很多刀片在胸腔中打转。塔莉亚·格雷斯在印第安纳波利斯救了我的命。她在战斗时有多凌厉，谈起弟弟时就有多温柔。我觉得应该由我来告诉她这个消息，但另一方面，我又不想看到她听到这个消息时的样子。

我看了看周围沮丧的同伴们，想起了梦里女先知的话："对你来说，这似乎并不值得，连我都不确定这一切是否值得，但是你必须来。在他们沉浸在悲伤中的时候，你必须把他们团结在一起。"现在我明白了。我多希望我不明白啊。我自己都处于崩溃的边缘，又怎么能团结起水池边的所有木精灵呢？

尽管如此，我还是举起了我们从游艇上取回的那双古老的鞋。

"至少我们有这双鞋。伊阿宋为我们献出了生命，让我们有机会阻止卡利古拉的计划。明天，我会穿着这双鞋穿越烈焰迷宫。我会找到办法解救神谕，彻底熄灭赫利俄斯之火。"

我想，这一番鼓劲的讲话还不错，会让我的朋友们恢复信心，也更加安心，但我没有告诉他们如何实现这一切。我还一点儿头绪都没有。

梨果仙人掌竖起了尖刺，她做出这个动作运用了十分高超的技巧。

"但你现在太虚弱了，什么都做不了，而且，卡利古拉会知道你的计划的。这次他会准备好，等着你的到来。"

"她说得对。"克莱斯特在他的位置上说。

木精灵们对他皱起眉头。

"他为什么会在这里？"圆柱仙人掌问。

"音乐课。"我说。

木精灵们用困惑的目光看着我。

"说来话长，"我说，"在游艇上，克莱斯特冒着生命危险帮了我们。他救了梅格。我们可以信任他。"我看着年轻的潘岱人，希望我对他的评价没有错，"克莱斯特，你有什么情报可以告诉我们的吗？或许可以帮上忙。"

克莱斯特皱起了他毛茸茸的白鼻子（这一点儿也没有让他看起来更可爱，也没有让我想抱抱他）。"你们不能走市中心的大门，他们会等着伏击你们的。"

"我们当时过了你这一关啊。"梅格说。

克莱斯特巨大的耳朵的边缘变成了粉红色。"那不一样，"他喃喃地说，"我叔叔是在惩罚我。那是午餐轮班时间，从来没有人会在午餐轮班时间攻击大门。"

他看着我，好像我本就应该知道这些似的。"他们会派遣更多的战士，还会设置陷阱，那匹马甚至都可能在那里。他移动速度非常快，只要打一个电话，他就能马上到达那里。"

我记得在疯狂马克洛军备用品店时，英西塔土斯出现得有多快，也记得他在那艘装着鞋子的游艇上战斗时有多凶残。我并不想再次与他正面交战。

"还有别的路能进去吗？"我问，"有没有别的入口，相对不那么危险，还更靠近神谕被关押的地方？"

克莱斯特把他的尤克里里（我的尤克里里）抱得更紧了。他说："我知道一个，其他的我不知道。"

格洛弗歪着头："我不得不说，这太巧了吧。"

克莱斯特脸上的表情酸酸的："我喜欢探索未知的地方，其他人并不喜欢这样做。阿马克斯叔叔总说我是个空想家，但是只要你开始探索，就会发现一些新的东西。"

我不能否认他的话，但当我开始探索的时候，我总是能发现危险的东西。我猜明天大概也不会有什么不同。

"你能带我们去这个秘密入口吗？"我问。

克莱斯特点点头："如果成功进入了这个秘密入口，你就有机会完成这个任务。你可以溜进去，在警卫发现你之前找到神谕。然后，你就可以出来给我上音乐课了。"

木精灵们盯着我，表情一片茫然，毫无想要帮助的样子。他们好像在想：嘿，我们没法儿告诉你怎样去死。那是你自己的选择。

"那我们就这么办。"梅格为我做出了决定，"格洛弗，你要一起吗？"

格洛弗叹了口气："当然，但首先，你们俩需要休息。"

"还有疗伤。"芦荟补充道。

"还有玉米饼吗？"我问道，"当早餐？"

在这一点上，我们达成了共识。

所以，怀着对玉米饼的期待——还有对烈焰迷宫的致命之旅的期待——我蜷缩在睡袋里，昏睡了过去。

36
挂留四度和弦
你正在弹奏那种和弦
突然——

我醒来时浑身都是黏黏的,鼻孔里又插着芦荟的尖刺。

好消息是,我的肋骨不再像充斥着岩浆般烧灼,胸口的伤也已经痊愈,只有箭刺中的部分留下了一道皱皱的疤痕。我以前从未有过伤疤。我希望我能把它看作荣誉的象征,然而,我却很害怕它,每当我低头看到它的时候,我就会想起我一生中最糟糕的夜晚。

至少我睡得很沉,一夜无梦。芦荟是好东西。

太阳已在正上方闪耀。除了我和在洞里打鼾的克莱斯特,水池空无一人。他像抱着玩具熊那样抱着他的尤克里里。大概几个小时前,有人在我的睡袋旁边放了一盘早餐玉米饼和一大杯碳酸饮料。食物已经凉了一些,苏打水里的冰已经融化了,但我不在乎。我大吃大喝了一番。我很感激萨尔萨辣酱,它遮盖住了我鼻腔里残留的游艇燃烧的气味。

我抹去了身上的胶状物,在水池里洗了个澡,然后穿上了一套新的马克洛牌迷彩服——颜色类型是"北极白",可能是因为在莫哈维沙漠里有这样的需求吧。

我扛着我的箭袋和弓,把卡利古拉的鞋子系在腰带上。我考虑过从克莱斯特手里拿走我的尤克里里,但最终还是决定把琴暂时留给他,因为我不想被他咬掉手。

终于,我爬了起来,走进了棕榈泉炙热的空气中。

从太阳在天空中的位置来看,现在是下午三点左右。我很纳闷儿为什么梅格会让我睡到这么晚。我扫视了一下山坡,没有看到任何人。瞬间,我产生了一个让我内疚的想法:可能是梅格和格洛弗没能叫醒我,所以他们已经出发去处理迷宫的事了。

等他们回来的时候,我可以这样说:"该死!对不起,伙计们!我本来都准备好了!"

我知道这不可能,卡利古拉的鞋就挂在我的腰带上。他们不会不带着鞋就离开的。我想他们也不会忘记带上克莱斯特,因为他是唯一一个知道迷宫秘密入口的人。

我发现了一丝动静——两个影子在最近的温室后面移动。我走近了,听到有人在认真交谈:是梅格和约书亚树。

我不知道我是应该默默离开,不理他们,还是应该冲过去,朝梅格大喊:"现在不是和你的丝兰①男朋友谈情说爱的时候!"

我发现他们在讨论气候和植物生长季节的问题,真让人无话可说。我走了过去,发现他们正在研究从石质土中长出的七棵小树苗……就在梅格昨天播种的地方。

约书亚树立即发现了我。很明显,白色迷彩服的伪装作用生效了。

"好吧,他还活着。"他听起来并不兴奋,"我们刚才在讨论这几个新生的小家伙。"

每棵树苗都有三英尺高,树枝是白色的,叶子是菱形的,呈淡绿色,看起来十分精致,但不太适合应对沙漠中的高温天气。

"这是白蜡树。"我目瞪口呆地说。

我对白蜡树很了解……嗯,起码,我对白蜡树的了解要远超其他树木。很久以前,我被人们称作"阿波罗·梅里埃",意为"来自白蜡树林的阿波罗",因为

---

① 约书亚树是百合科丝兰属植物。

我拥有一片神圣的树林……哦,那片树林是在哪里来着?那时候,我有太多用来度假的地产,没办法全都记清楚。

我的思绪开始变得混乱起来。梅里埃①这个词除了指代白蜡树,还有别的意思,它具有特殊的意义。就连我也可以感觉得到,尽管这些树苗的种植条件很不理想,却还是散发着力量和能量。它们一夜之间就长成了健康的树苗。真想知道它们明天又会变成什么样子。

梅里埃……我反复思考着这个词。卡利古拉说的是什么?血生,银妻?

梅格皱起眉头。她今天早上看起来好多了。她穿回了她那件红绿灯颜色的衣服。这件衣服还能被修补完整并清洗干净,简直是个奇迹。(我想,可能是木精灵帮的忙,他们对布料很了解。)她的猫眼眼镜已经用蓝色电工胶带粘了起来,手臂和脸上的伤疤已经褪成淡淡的白色条纹,很像划过天空的流星的轨迹。

"我还是不明白,"她说,"白蜡树不能在沙漠里生长啊,为什么爸爸要用白蜡树做实验呢?"

"梅里埃。"我说。

约书亚树的眼睛闪闪发光:"我也是这么想的。"

"什么?"梅格问道。

"我想,"我说,"你父亲不仅仅是在研究一种新的可以抵御极端天气的植物,他是在重新创造……或者更确切地说,他想让一种古老的木精灵重生。"

是我的错觉吗?我好像感觉到这些小树在沙沙作响。我抑制住了后退和逃跑的冲动。我提醒自己,他们只是树苗,是善良、无害的植物宝宝,无意谋杀我。

约书亚树跪下来。他穿着卡其色的狩猎服装,一头乱蓬蓬的灰绿色头发,看上去像一个野生动物专家,仿佛正准备向电视观众展示某一品种的危险毒蝎子,然而他只是摸了摸最近的树苗的树枝,然后又迅速把手拿开。

"这可能吗?"他沉思着,"他们还没有意识,但我感觉到的力量……"

梅格交叉双臂,噘起了嘴。"好吧,如果我早知道他们是重要的白蜡树,我就不会把他们种在这里了。又没人跟我说。"

约书亚树给了她一个干巴巴的微笑。"梅格·麦卡弗里,如果这些是梅里埃,

---

① 详见书末《阿波罗话语指南》的"梅里埃"词条。

那即使在这种恶劣的气候下，她们也会生存下来。她们是最早的木精灵——当时，被谋杀的乌拉诺斯①的鲜血洒在了盖娅的土地上，木精灵七姐妹就此诞生。她们与复仇三女神在同一时代被创造出来，也拥有同样强大的力量。"

我打了个寒战。我并不喜欢复仇三女神。她们丑陋，脾气暴躁，没有音乐品位。"血生，"我说，"卡利古拉是这样称呼他们的。还有，银妻。"

"嗯。"约书亚树点点头，"据传说，梅里埃与生活在白银时代的人类结婚，生下了青铜时代的人。谁人无过呢？"

我端详着树苗。它们看起来不太像青铜时代人类的母亲，也不像复仇女神。

"就算麦卡弗里博士技术高明，"我说，"就算他有得墨忒耳的祝福……让如此强大的生物转世重生，这有可能吗？"

约书亚树若有所思地摇晃着身体。"谁能说得准呢？普莱姆纳乌斯家族几千年来一直在追求这个目标。没有更合适的人选了。麦卡弗里博士完善了种子，再由他的女儿把它们种下。"

梅格脸红了："我一点儿都不知道。这好像很奇怪。"

约书亚树注视着那些幼小的白蜡树。"我们必须静观其变。想象一下，七位原始的木精灵，掌握着巨大的力量，致力于保护大自然，要把任何威胁她们的人全部毁灭。"作为一种会开花的植物，他的表情变得异常好战，"卡利古拉当然会认为这是一个重大的威胁。"

我无从辩驳。这样的威胁，足以让他烧毁植物学家的房子，把他和他的女儿直接送入尼禄的怀抱吗？可能吧。

约书亚树站了起来："好吧，我必须休眠了。即使是我，白天精力消耗也很快。我们会留意这七个新朋友。祝你们任务顺利！"

说罢，他变幻成了一朵兰花。

梅格看起来很不满，可能是因为我打断了他们关于气候问题的浪漫谈话吧。

"白蜡树，"她抱怨道，"我居然把它们种在沙漠里了？"

"你把它们种在了需要的地方，"我说，"如果这些真的是梅里埃，"我惊讶地摇摇头，"它们回应了你，梅格。你把一种已经消失了几千年的生命力量带回了

---

① 详见书末《阿波罗话语指南》的"乌拉诺斯"词条。

这个世界,这真令人惊叹!"

她看了看我:"你在取笑我吗?"

"不是,"我向她保证,"你是你母亲的孩子,梅格·麦卡弗里。你真令人刮目相看。"

"哼。"

我理解她的怀疑态度。

很少有人会用"令人刮目相看"来形容得墨忒耳。这位女神经常被人嘲笑,被人说不够有趣、不够强大。就像植物一样,得墨忒耳行动缓慢,十分安静。她创造的事物,往往要发展几个世纪,但是,等到这些东西开花结果时,往往会产生无与伦比的东西,比如梅格·麦卡弗里。

"去叫醒克莱斯特,"梅格对我说,"我在路上等你们。格洛弗给我们找了辆车。"

格洛弗在寻找豪华汽车方面几乎和小笛一样出色。他给我们找到了一辆红色的梅赛德斯休旅车。对这种车型,我一般都不会抱怨——我和梅格从印第安纳波利斯开车去特罗弗尼乌斯岩洞时,开的就是这种车,这种巧合倒是挺烦人的。

我想告诉你,我是个相信坏兆头的人,但是既然我是掌管预言的天神……

至少格洛弗同意开车。风向已经转向南方,莫洛戈山谷弥漫着野火产生的烟雾,交通堵塞情况比平时更加严重。在红色的天空中,午后的太阳看起来像一只邪恶的眼睛。

我担心卡利古拉如果成了新的太阳神,那么太阳的样子将永远这样充满敌意。不行,我不能这样想。

如果太阳战车归卡利古拉所有,那么我很难想象,他会做什么可怕的事情来装饰他的新坐骑:音序器①,底盘灯,趴地跳跳车②的喇叭里播放的那种音乐……有些事情是不能容忍的。

我和克莱斯特坐在后座上,我想要尽力教会他基本的尤克里里和弦。他的手很大,却学得很快,但是他越来越不想学基本和弦了,而是想学更多带有异国情

---

① 一种音乐处理设备,具有丰富的编辑和存储功能。
② 一种改装汽车,可以在道路上"自由舞蹈",曾是美国的一种时尚文化。

调的和弦组合。

"再教我下挂留四度和弦①。"他说,"我喜欢那个。"

他当然喜欢这个最难分辨的和弦。

"我们应该给你买一把大吉他,"我再次怂恿他说,"或者找一把鲁特琴也可以。"

"你弹尤克里里,"他说,"我就弹尤克里里。"

为什么我总是吸引如此顽固的同伴?这是我迷人、随和的个性导致的结果吗?我不知道。

奇怪的是,当克莱斯特集中精神时,他的表情会让我想起梅格——一张如此年轻的脸,却挂着如此专注、严肃的神情,仿佛整个世界的命运就取决于是否可以正确地弹奏这个和弦,是否可以播种这一包种子,是否能够把一包腐烂的垃圾丢到街头混混的脸上。

我不知道为什么这种相似性会让我喜欢上克莱斯特,但是,我突然意识到从昨天起他失去了多少东西——他的工作,他的叔叔,他还差点失去生命。他真的是冒了很大的风险才选择跟随我们的。

"我之前没提过这件事:我对你的叔叔——阿马克斯的死感到很抱歉。"我大胆地说。

克莱斯特嗅了嗅尤克里里的品板:"你为什么会感到抱歉?"

我为什么会感到抱歉?

"呃……你知道,如果你杀了别人的亲戚,就算是出于礼貌,也得说这么一句。"

"我从来都不喜欢他,"克莱斯特说,"是我母亲送我到他那里的,说他会帮助我成为真正的潘岱战士。"他试图弹奏挂留四度和弦,却错弹成了减七和弦。看上去,他对自己很满意:"我不想成为一名战士。你是做什么工作的?"

"呃,我是音乐之神。"

"那我也要跟你一样,当音乐之神。"

---

① 挂留和弦一般指用二度音或者纯四度音代替原来的三度音排列组合成的和弦。这种和弦本身就可以形成某种艺术氛围。

梅格回头瞥了一眼，傻笑着。

我向克莱斯特露出一个鼓励的微笑。我只希望他以后不会像那些人一样想要吸收我的神力。想这样做的人，已经排成队了。"好吧，我们还是先学好这些和弦，好吗？"

我们沿着洛杉矶以北的路线，穿过圣贝纳迪诺，然后是帕萨迪纳。我凝视着一片小山丘。我们到那里参观过埃德加顿日间与寄宿学校。我不知道，当全体教职员工发现伊阿宋失踪了，发现他们的校车被征用并被遗弃在圣巴巴拉海滨时，会是什么反应。我想起了伊阿宋书桌上的神庙山的模型，以及他书架上的素描本。我似乎没办法履行我对他的承诺——把他的设计安全地带到两个营区了，因为我不知道自己还能活多久。一想到可能再一次让他失望，我便心如刀绞，这疼痛的感觉远比听到克莱斯特弹奏G小调第六和弦来得深刻。

终于，克莱斯特指引我们上了五号州际公路，往南开向市区。我们从水晶泉路出口下了公路，一头扎进格里菲斯公园，那里有蜿蜒的小路、起伏的高尔夫球场和茂密的桉树林。

"还要往前，"克莱斯特说，"右边第二个路口，上那座山。"

他指引我们来到砾石便道，这种路况并不适合梅赛德斯的休旅车。

"它就在那里。"克莱斯特指向树林深处，"我们得步行上去。"

格洛弗把车停在一簇兰花旁。据我所知，那应该是他的朋友。他看了看路标，那里有一个小标志，上面写着：老洛杉矶动物园。

"我知道这个地方。"格洛弗的山羊胡子抖动着，"我讨厌这个地方。你为什么带我们来这里？"

"我告诉过你们，"克莱斯特说，"这里是迷宫的入口。"

"但是……"格洛弗咽了一口唾沫，一方面，他很讨厌把动物关在笼子里这件事，另一方面，他又十分渴望摧毁烈焰迷宫，他显然是在权衡这两种感情孰强孰弱，"好吧。"

从各种迹象来看，梅格似乎心情不错。她呼吸着洛杉矶鲜有的新鲜空气。我们走上小路时，她甚至做了几个侧空翻。

我们爬到了山脊的顶端。山下是一个动物园的废墟，有着杂草丛生的人行道、摇摇欲坠的水泥墙、生锈的笼子和堆满垃圾的人造洞穴。

格洛弗拥抱着自己，尽管天气炎热，他还是颤抖了起来。"几十年前，人类在建造了新的动物园后便遗弃了这个地方。我仍然能感受到曾经被关在这里的动物们的悲伤之情。这太糟糕了。"

"在下面！"克莱斯特舒展耳朵，在废墟上方飞行，然后降落在一个很深的洞穴里。

由于没有会飞的耳朵，我们其他人不得不在地势错综复杂的地上摸索着前进。终于，我们来到了一个肮脏的水泥坑洞的底部，坑里堆满了落叶和垃圾。

"这是熊坑？"格洛弗的脸色变得苍白，"呃，可怜的熊。"

克莱斯特举起他的八指大手，放在这个坑的后墙上。他皱起眉头："不对啊。入口应该就在这里。"

我的士气降到了新的低点。"你是说你口中的秘密入口不见了？"

克莱斯特沮丧地发出咝咝声。"我不应该跟大嗓门提起这个地方的。阿马克斯一定是听到了我们的对话，不知用什么方法，把入口封起来了。"

我很想说，和一个叫"大嗓门"的人分享秘密，向来都不是一个好主意，但是我能看出，克莱斯特已经很难过了。

"现在怎么办？"梅格问道，"从市中心的出口进去？"

"那儿太危险了。"克莱斯特说，"一定有办法打开这个入口的！"

格洛弗非常紧张。我猜他的裤子里可能有只松鼠。他看起来很想放弃，然后尽快逃离这个动物园，但他没有，只是叹了口气。"你还记得预言里是怎么形容你的偶蹄向导的吗？"

"只有你能带领我们，"我回忆道，"不过你已经达成了目标，带我们到达棕榈泉了。"

格洛弗不情愿地拔出了牧笛："我想我的任务还没有结束。"

"你要演奏一首让入口打开的曲子？"我问道，"像海治在疯狂马克洛军备用品店里弹的那种吗？"

格洛弗点点头，说："我已经有一段时间没演奏了。上次，我打开了一条从中央公园到冥界的路。"

"帮我们打开通往迷宫的路就好，"我提出建议，"别打开通往冥界的路。"

他举起牧笛，快速地吹奏起匆促乐团①的歌曲《汤姆·索耶》。克莱斯特像是听入了迷，而梅格则捂住了耳朵。

水泥墙开始震动。墙体从中间裂开，露出一道陡峭而简陋的楼梯，楼梯一路向下，通入一片黑暗之中。

"太好了，"格洛弗抱怨道，"像讨厌动物园一样，我也讨厌地下世界。"

梅格召唤出她的双刀，走了进去。格洛弗深吸了一口气，跟了上去。

我对克莱斯特说道："你要跟我们一起进去吗？"

他摇摇头："我告诉过你，我不是战士。我会一边守着出口，一边练习我的和弦。"

"但我可能需要尤克——"

"我要练习和弦。"他固执地说道，然后便弹奏起挂留四度和弦来。

我跟着我的朋友们走进黑暗之中。和弦在我身后响起——这种紧张的背景音乐，往往出现在一场具有戏剧性的、令人毛骨悚然的战斗之前。

有时候我真的很讨厌挂留四度和弦。

---

① 匆促乐团（Rush）是加拿大的前卫摇滚团体。

37
想玩游戏吗？
很简单，你猜一猜
然后死去

迷宫的这一段没有电梯，没有来回游荡的公务员，也没有"转弯前请鸣笛"的警示标志。

我们到达了楼梯底部，发现地板上有一个垂直的竖井。作为一个半羊人，格洛弗轻而易举地爬了下去。他大声对我们说，下面没有怪物，也没有死掉的熊。接着，梅格在坑边种了一大片厚厚的紫藤，紫藤沿着深坑的侧边一直向下生长，不仅发出了宜人的香味，还能让我们抓着向下爬。

我们掉进了一个正方形的小房间。房间里有四条向外延伸的走廊，每面墙各有一条。空气又热又干，仿佛刚刚被赫利俄斯的烈焰席卷过一般。豆大的汗珠从我的皮肤上冒了出来。箭杆在我的箭袋里噼啪作响，羽毛也发出咝咝的声音。

格洛弗可怜巴巴地望着上面渗出的一丝阳光。

"我们会回到上层世界的。"我向他保证。

"我只是在想，小笛有没有收到我的留言。"

梅格透过她那副贴着蓝色胶带的眼镜看着他。"什么留言？"

"我去找那辆梅赛德斯的时候遇见了一位云精灵，"他说，好像在去借车的路上偶遇云精灵，是稀松平常的事，"我拜托她给美丽带了个口信，告诉了她我们在做什么——如果，你懂的，那位云精灵能安全到达那里的话。"

我迟疑了一下，想着格洛弗为什么不早点告诉我们。"你是希望小笛在这里和我们会合吗？"

他说："不完全是。"但他的表情却像是在说："是的，拜托了，众神，我们需要帮助。"他又说："我只是觉得她应该知道我们在做什么，以防万一……"但他的表情在说："万一我们化成灰，就再也听不到什么消息了。"

我不喜欢格洛弗的表情。

"该穿上那双鞋了。"梅格说。

我发现她正在看着我。"什么？"我问道。

"鞋子。"她指着挂在我腰带上的凉鞋。

"哦，对了。"我从腰带上拽下鞋子，"我想说，呃，你们没有人想试穿一下吗？"

"并不想。"梅格说。

格洛弗打了个寒战："施了魔法的鞋子带给过我非常不好的体验。"

对于要穿皇帝的鞋子这件事，我并不感到兴奋或激动。我很担心它把我变成一个渴望权力的疯子，而且，它跟我身上的这套北极白的迷彩服很不搭。尽管如此，我还是坐在地板上，系上了这双鞋的鞋带。我想，如果罗马帝国的战士当时有魔术贴鞋子，那么他们一定可以征服更广阔的土地。

我站起来，走了几步。凉鞋紧紧地缠着我的脚踝，两边的肉都陷了进去。往好的一面想，我并不比往常更叛逆，但愿我没有感染卡利古拉的脚气。

"好了，"我说，"鞋子啊，带我们去找厄立特利亚女先知吧！"

鞋子一点儿反应都没有。我把脚趾朝左边伸一伸，又向右边捅一捅，想着它是不是需要踹一脚才会启动。我检查了鞋底，想看看有没有按钮或者电池仓，但什么都没发现。

"我们现在该怎么办？"我对着空气提问。

房间被微弱的金光照亮了，好像有人打开了灯光的开关。

"伙计们。"格洛弗指着我们脚下粗糙的水泥地板，那里浮现出一个五英尺见方的微弱的金色暗影。如果这是一扇活板门，我们会直接掉进去。每一条走廊，都有一模一样的正方形，一个连接着一个，延伸到走廊深处。这些由方块组成的小径长度不等。一条只往走廊方向延伸了三格，另一条有五个方格长，还有一条有七个方格长，最后一条有六个方格长。

在我右边的墙上，出现了一句用古希腊语写的金色铭文：

屠蟒者，金红色，手持恐惧之箭。

"发生什么事了？"梅格问道，"那是什么意思？"

"你不会读古希腊文吗？"我问。

"你还分不清草莓和山药呢。"她反驳道，"上面写了什么？"

我翻译了铭文。

格洛弗抚摸着他的山羊胡子："这听起来是在说阿波罗……我是说，就是你，在你还是……天神的时候。"

我将伤心的情绪"咽下"："当然是阿波罗。我是说，是我。"

"所以说，迷宫是在欢迎你吗？"梅格问道。

如果是这样，那就太好了。我一直想为我在奥林匹斯的宫殿安装一个声控虚拟助理，但赫菲斯托斯没能搞定这项技术。有一次，他把助理命名为亚历克萨西丽星际电话。她对自己的名字的发音非常挑剔，一定要说得特别完美才行，同时她还有一个讨厌的习惯，就是常常把我的要求搞错。我说："亚历克萨西丽星际电话，请朝科林斯城发射一支瘟疫之箭，毁灭这座城市。"她会回答："我想你说的是，人们指责成排的大豆和玉米跳蚤。"

我在想，这个烈焰迷宫里是不是也安装了虚拟助手。如果真的有，可能也只会问我："想以什么温度出锅？"

"这是一个字谜，"我给出了自己的判断，"就像拼字游戏或者填字游戏。女先知想要引导我们找到她。"

梅格对不同的走廊皱起眉头："如果她想帮忙，为什么不能简单点，给我们指一个确定的方向呢？"

"赫罗菲勒就是这样的，"我说，"她只能以这种方式帮助我们。我想我们必须，呃，在正确的空格里填入正确的答案。"

格洛弗挠了挠头："有人有一支巨大的金笔吗？真希望波西在这里。"

"我想我们不需要那个东西，"我说，"我们只需要找到正确的方向，拼出我的名字。阿波罗——Apollo——六个字母。这些走廊中只有一条有六个方格。"

"你有没有把我们站的这一格算进去？"梅格问道。

"呃，没有。"我说，"那我们就假设，这一格是起点。"她的问题让我开始怀疑自己。

"如果答案是莱斯特呢？"她又问，"Lester，那也是六格。"

她的想法让我喉咙发痒。"你可以不要再问这些好问题了吗？我知道该怎么做！"

"如果答案是希腊语呢？"格洛弗补充道，"这个问题是用希腊语提出的。你的名字在希腊语里占几格？"

这个观点令人恼火，但也挺合理的。我的希腊文名字是 Απολλων。

"要占七个空格。"我说，"用英文转写过来是 Apollon，也是七个字母。"

"要不我们问一下多多那圣箭？"格洛弗提出了建议。

我胸前的伤疤像出了故障的电源插座一样开始让我的身体感到刺痛。"那样可能会违反规则。"

梅格哼了一声："你只是不想和圣箭说话而已。为什么不试试呢？"

我想反抗，但我想她一定会对我发出命令，所以我还是拔出了多多那圣箭。

"退后，无赖。"它发出警示的嗡嗡声，"汝今后万万不能将吾放在你令人厌恶的胸膛之中！也不能将吾放入你敌人的胸膛之中！"

"放松点，"我对它说，"我只是想寻求一点儿建议。"

"若是如此，开口便是——" 圣箭突然一动不动，"慢着。吾面前此物是填字游戏否？诚然，吾对填字游戏十分喜爱。"

"哦，开心。哦，幸福。"我转向我的朋友们，"圣箭很喜欢填字游戏。"

我向圣箭解释了我们的处境，它坚持要仔细看看地板上的方块和写在墙上的提示。仔细看……它有眼睛吗？我不知道。

圣箭若有所思，发出了嗡嗡声："吾以为答案应用英语通用语法表达。汝于现今最为常见之名当为最佳之选。"

"它说——"我叹了口气，"它说答案应该是英语。我希望它指的是现代英语，而不是它说的那种奇怪的莎士比亚时代的英语——"

"不奇怪。"圣箭反对道。

"我们没有足够的空间拼出'阿波罗当为最佳之选'。"

"哦,哈哈。如汝之肌肉一般无力的俏皮话。"

"感谢你参与游戏。"我把圣箭收进箭袋,"来吧,朋友们,选有六个正方形的走廊——Apollo。咱们走?"

"如果我们选错了呢?"格洛弗问道。

"嗯,"我说,"也许魔法凉鞋能帮得上忙。或许这双凉鞋只能引领我们来做填字游戏,再帮不上别的忙了。如果我们偏离了正确的道路,即使有女先知的帮忙,也只能让自己暴露在迷宫的烈火之中了——"

"那就糟糕了。"梅格补充道。

"我喜欢做游戏。"格洛弗说,"带路吧。"

"答案就是'阿波罗'。"我正式宣布。

我刚走到下一个方块上,一个巨大的大写字母"A"就出现在了我的脚下。

我想这是个好兆头。我再次向前迈了一步,字母"P"出现了。我的两个朋友紧紧跟在我身后。

最后,第六个方格出现在眼前,我们跳了过去,进入了一个和刚才一模一样的房间。向后看去,六个字母——A、P、O、L、L、O——在我们身后闪闪发光。在我们面前,又出现了三条走廊,分别通向左边、右边和前面,地面上还是金色的方块。

"这儿有一个线索。"梅格指向墙壁,"为什么这个提示是用英文写的?"

"我不知道。"我说。我大声读出了那些发光的词句:

新入口的传令官,遗失之年的开启者,杰纳斯[①],为双。

"哦,那个家伙。掌管门户的罗马天神。"格洛弗颤抖了一下,"我见过他。"他小心翼翼地环顾四周,"我希望他不要突然出现。他会喜欢这个地方的。"

[①] 详见书末《阿波罗话语指南》的"杰纳斯"词条。

梅格用手指划过金色的线条："这太简单了，不是吗？他的名字就在线索里。五个字母，J-A-N-U-S，所以，就是那个方向。"她指着右边的走廊，那是唯一一条有五个方格的走廊。

我看了看线索，又看了看方块。我开始感到不安，这种不安比炎热的空气更让人难受，但我不确定这是为什么。

我确信地说："答案不是'JANUS'。这次的谜语更像是一个填空题，你们不觉得吗？杰纳斯，为双，双什么？"

"面孔，"格洛弗说，"他有两张脸，但是我一张都不想再见到。"

我对着空荡荡的走廊大声宣布："正确答案是'面孔'（faces）。"

我没有收到任何回应，但是当我们沿着右边的走廊前进时，"faces"这个词出现了。令人安心的是，我们没有遇到泰坦巨神的火焰。

在下一个房间里，新的走廊再次通向三个不同的方向。这一次，墙上发光的线索再次变成了古希腊文。

我读着墙上的提示，不禁一阵激动。"我知道这个！这是巴克利德斯[①]的一首诗。"我翻译给我的两个朋友听：

然而，最崇高的神，使用闪电，威猛无比，他派遣许普诺斯和他的孪生兄弟从奥林匹斯出发去寻找无畏的战士萨尔珀冬[②]。

梅格和格洛弗茫然地盯着我。老实说，就因为我穿了卡利古拉的鞋子，我就必须做所有的事情吗？

"这一行跟原作不太一样，"我说，"我记得那个场景。萨尔珀冬死了，宙斯把他的遗体从战场上带走了，但是这里的措辞——"

"许普诺斯是睡眠之神，"格洛弗说，"那间小屋做出的牛奶和饼干很棒，但是他的孪生兄弟是谁？"

我的心怦怦直跳："这就是不对劲的地方。原作中并没有提到孪生兄弟的事，

---

① 希腊抒情诗人。
② 详见书末《阿波罗话语指南》的"萨尔珀冬"词条。

而是直接写出了那个人的名字——塔纳托斯① (Thanatos)。在英语中,这个词可以用'DEATH'——死亡——代替。"

我看了看三条走廊,没有一条可以填下"Thanatos"的,那需要八个格。一条走廊有十个格,另一条有四个,还有一条有五个——刚好能容纳"死亡"这个词。

"哦,不……"我靠在旁边的墙上,感觉到芦荟尖刺正顺着我的后背滑下来。"你为什么这么害怕?"梅格问,"到目前为止,你做得很好。"

"因为,梅格,"我说,"我们不只是在解谜。我们正在拼凑起一个由字谜组合起来的预言。到目前为止,预言的内容是:阿波罗面临死亡(APOLLO FACES DEATH)。"

---

① 塔纳托斯是希腊神话中的死神,是睡神许普诺斯的孪生兄弟。

38

我为自己吟诵！
阿波罗更酷
酷得多

我的猜测往往是对的，这真令人厌烦。当我们到达这条走廊的尽头，往后看，死亡（DEATH）这个词果然开始闪耀。我们来到了一个更大的圆形房间，这个房间有五条分支走廊，就像一个巨大机械手的五根手指。

我等待着新的线索出现在墙上。无论谜语是什么，我都急切地盼望着。我当然希望谜底是"逗你的"或者"但是可以战胜它"。

"怎么没有动静？"格洛弗问。

梅格歪着头说道："你们听。"

血液仿佛在我的耳中翻涌着。我终于听到了梅格所指的声音：一声来自远方的痛苦叫喊——那是一种低沉的喉音，更像是野兽发出的，而不是人类——还伴随着沉闷的火焰燃烧声，仿佛……哦，众神啊，仿佛有人或有什么东西被笼罩在泰坦巨神的高温炼狱中，就那样燃烧着，现在正慢慢死去。

"听起来像个怪物，"格洛弗如此判断，"我们要帮忙吗？"

"怎么帮？"梅格问。

她说到了点子上。这声音一遍遍回荡，在整个空间回响，即使我们不用回答谜语，能自由选择前进的方向，也根本无法分清这声音是从哪条走廊传出来的。

"我们必须继续前进，"我下了决心，"我想美狄亚一定安排了很多怪物在这下面把守。那声音就来自其中一头怪物。美狄亚一定不会在意怪物偶尔被烈火吞噬的。"

格洛弗皱起眉头："任凭它受尽折磨，感受痛苦……这么做……感觉不大好。"

"还有，"梅格补充道，"如果其中一头怪物触发了一场闪焰，闪焰朝我们这边蔓延过来的话怎么办？"

我盯着我的年轻主人说："你今天提出的阴暗问题可真是层出不穷。我们必须有信心。"

"对女先知有信心吗？"她问道，"还是对那双邪恶的鞋子有信心？"

我不知如何回答她。幸运的是，下一条线索终于来了，这拯救了我——三行金色的拉丁文。

"哦，拉丁文！"格洛弗说，"等一下，我能看懂的。"他眯起眼睛看着这几行字，然后叹了口气，"不，我不行。"

"说真的，你不会希腊语，也不会拉丁语。"我说，"你在半羊人学校都学了些什么？"

"你懂的……主要是学重要的东西，比如说，植物学。"

"没错，谢谢你。"梅格喃喃地说。

我为这两位教育程度较低的朋友翻译了这条线索：

现在我述说国王的潜逃。
最后一个统治罗马人民的帝王是一个不公正却十分强盛的统治者。

我点点头："这句话出自奥维德[①]。"

我的两个同伴看起来都对这句话没什么印象。

"所以答案是什么？"梅格问道，"最后一个罗马皇帝？"

---

① 奥维德是古罗马奥古斯都当政时期的重要诗人，代表作有《变形记》《爱的艺术》《恋歌》等。

"不，不是皇帝。"我说，"最开始，罗马由国王统治。然后，最后一任国王，也就是第七任国王被推翻了，罗马从此变成了罗马共和国[①]。"

我尝试着把思绪拉回罗马王政时代。我对这段时间的记忆有点模糊。我们所有天神，在那时还以希腊为基地。那时的罗马还是一潭死水。不过，最后一个国王……他勾起了一些并不美好的回忆。

梅格打断了我的遐想："强盛是什么意思？"

"就是强大的意思。"我说。

"听起来不太像，如果有人形容我强盛，我可能会打人的。"

"实际上，你使用武器就十分强盛。"

她打了我一拳。

"啊！"

"伙计们，"格洛弗说，"最后一个罗马国王叫什么名字？"

我想了想："塔……嗯……我刚刚想起来了，但是现在忘了。叫塔……什么的。"

"塔可[②]？"格洛弗充满希望地问道。

"一个罗马国王，怎么会和塔可一个名字？"

"我不知道。"格洛弗揉了揉肚子，"是因为我饿了吗？"

讨厌的半羊人。现在我满脑子都是塔可，但我随即想起了答案。"是塔奎尼[③]！拉丁语中是塔奎尼乌斯。"

"好吧，是哪条路？"梅格问。

我看了看这几条走廊。最左边的走廊——这个巨大机械手的拇指的位置——有十个方格，足够拼写出塔奎尼乌斯（Tarquinius）。中间的走廊有七个方格，能拼写出塔奎尼（Tarquin）。

"是这条。"我指着中间的走廊说。

"你怎么能确定？"格洛弗问道，"是因为圣箭告诉过我们，答案应该用英文

[①] 公元前510年，罗马人驱逐了暴君卢修斯·塔奎尼乌斯·苏培布斯，结束了罗马王政时代，建立了罗马共和国。

[②] 塔可一般指墨西哥卷饼。

[③] 详见书末《阿波罗话语指南》的"塔奎尼"词条。

拼写吗？"

"那是原因之一，"我表示认同，"还有，这些走廊看起来像五根手指。迷宫朝我竖中指，貌似十分合理。"我提高了声音，"难道还有别的答案吗？答案就是塔奎尼，我们该朝中指的方向走。我也爱你，亲爱的迷宫。"

我们走过了这条走廊。在我们身后，塔奎尼这个名字闪着金光。

这条走廊又通向一个方形的房间，这是我们迄今为止见过的最大的房间。墙壁和地板是用褐色的罗马式马赛克瓷砖铺成的，看起来很原始，尽管我相当肯定罗马人从未在洛杉矶大都会地区进行过殖民统治。

我感觉这里的空气更炎热、更干燥了。我甚至可以透过凉鞋的鞋底，感受到地面传来的温度。这个房间也有好的地方：它只为我们提供了三条可选的走廊，而不是五条。

格洛弗嗅了嗅空气："我不喜欢这个房间。我闻到了……怪物的味道。"

梅格握紧了她的弯刀："从哪个方向传来的？"

"嗯……每个方向都有。"

"哦，快看。"我试着让自己的声音听起来开心一些，"新的线索。"

我们走近旁边的马赛克墙壁，用英文书写的两行金色的字在瓷砖上闪耀着：

叶子，尸体的叶子，在我上方生长，在死亡上方生长，生长多年的根茎，高高的叶子——哦，于冬日寒而不冻，娇嫩的叶子。

也许我的大脑仍然停留在拉丁语和希腊语的逻辑中，所以我完全无法理解这个句子的意思，即使其中包含的英语单词都很简单。

"我喜欢这个提示，"梅格说，"这是关于叶子的。"

"是啊，有很多叶子。"我附和道，"但这不过是胡言乱语。"格洛弗像是被呛着了，说道："胡言乱语？你没认出来吗？"

"呃，我应该认出来吗？"

"你是诗歌之神啊。"

我觉得我的脸开始发烫了。

"我曾经是诗歌之神，但这并不意味着我是一部活的百科全书，记录着所有被创造出来的晦涩诗句——"

"晦涩？"格洛弗令人不安的尖锐声音在走廊中回荡，"这是沃尔特·惠特曼①的诗！出自《草叶集》。我记不清具体是出自哪首诗了，但是……"

"你读过诗吗？"梅格问道。

格洛弗舔了舔嘴唇："你懂的……大多是自然诗歌。惠特曼——对于人类来说，他对树木的描述很优美。"

"还有叶子，"梅格补充道，"和根茎。"

"没错。"

我想就"沃尔特·惠特曼是位被高估的诗人"这个论点对他们说教一番。这个人总是为自己吟诵，却不会赞美别人，比如，他就不会赞美我，但是我决定，还是先等一等再说。

"那你知道答案吗？"我问格洛弗，"这是一道填空题吗？还是多项选择题？判断题？"

格洛弗看着这几行字："我想……是的。诗的开头少了一个词。本来应该是坟墓的叶子……"

"坟墓的叶子？"梅格问道，"这说不通，但是后面的'尸体的叶子'也说不通……除非他说的是木精灵。"

"这叫意象，"我说，"显然，他描述的是一片死亡之地，但自然给它带来了勃勃生机——"

"哦，现在你又成了研究沃尔特·惠特曼的专家了。"格洛弗说。

"半羊人，不要考验我。等我再次成为天神的时候——"

"你们两个，都给我停下，"梅格命令道，"阿波罗，说出答案。"

"好吧。"我叹了口气，"迷宫，答案是坟墓（TOMB）。"

我们又一次成功地沿着中指方向前进了一步。我是说，中间的那条走廊。坟墓（TOMB）这个词开始在我们身后闪烁。

最后，我们来到了一个圆形的房间，这个房间更大，也更华丽。圆顶天花板上，蓝底银点的马赛克瓷砖拼成了一幅黄道十二宫图。六条新的走廊通向更深

---

① 沃尔特·惠特曼（1819—1892），美国著名诗人，代表作是《草叶集》。

处。地面中央有一座古老的喷泉，可惜已经干涸了。（如果能喝杯水就太好了。解读诗句和回答谜语真是令人口渴的工作。）

"房间越来越大了，"格洛弗说，"而且越来越精致。"

"也许这是好事，"我说，"也许这意味着我们离目标越来越近了。"

梅格注视着黄道十二宫图："你确定我们没有选错路线吗？到目前为止，字谜预言没有任何意义。阿波罗面临死亡塔奎尼坟墓，这是什么意思？"

"有些小词要自己填进去，"我说，"我想预言应该是：阿波罗将在塔奎尼坟墓里面临死亡。"我深吸了一口气。其实，我不喜欢这则预言。也许我们应该多填上几个小词，让预言变成：阿波罗将不会在塔奎尼坟墓里面临死亡。或者其他的也行。也许接下来谜语拼起来会是：授予他精美大奖。

"看。"梅格指着中央喷泉的边缘处，那里出现了下一条线索。是三行英文句子：

> 以阿波罗逝去的挚友命名，这朵花应于秋日种下。
> 将鳞茎埋进土壤，尖头朝上。用泥土深深掩埋，
> 用泉水彻底浇灌……将它移植。

我想要哭泣，但我忍住了。

刚刚，迷宫迫使我去读沃尔特·惠特曼的诗歌。现在，它又开始嘲笑我的过去。提起我的挚友雅辛托斯[①]以及他悲惨的死亡[②]，把他的故事简化成神谕中的寥寥数语……不，这太过分了。

我坐在喷泉边，双手撑着两颊。

"怎么了？"格洛弗紧张地问道。

梅格回答道："那几句话都是在说他以前的好朋友——风信子[③]。"

"是雅辛托斯。"我纠正道。

---

① 详见书末《阿波罗话语指南》的"雅辛托斯"词条。
② 雅辛托斯是阿波罗的好朋友，被阿波罗掷铁饼误伤致死。
③ 风信子（Hyacinth）的名字来源于雅辛托斯（Hyacinthus）。

我猛地站起来，内心的悲伤转为愤怒。我的朋友们退开了。我想我一定看起来像个疯子，而且我感觉自己确实快疯了。

"赫罗菲勒！"我对着黑暗大喊，"我以为我们是朋友！"

"呃，阿波罗，"梅格说，"我想她不是故意嘲弄你的，而且，答案是与风信子这种花有关的。我很确定，这几句话出自《农民年鉴》。"

"它们就算出自黄页电话本我也不在乎！"我吼叫着，"够了，够了。风信子！"我对着走廊大喊，"答案是风信子（HYACINTH）！你高兴了吗？"

梅格大叫："不！"

回想起来，她当时应该喊："阿波罗，停下！"如此一来，我就没有其他选择，只能服从她的命令，停下脚步。因此，接下来发生的一切都是梅格的错。

我朝着那条有八个方块的走廊冲了过去。

格洛弗和梅格追着我跑了过来，但当他们抓住我时，为时已晚。

我朝后面看了看，本以为能看到风信子（HYACINTH）一词。然而，只有六个方格亮了起来，闪耀着与改正笔的字迹相似的红色：

U
N
L
E
S
S

这个词是：除非（UNLESS）。

我们脚下，走廊的地板消失了，我们坠入了烈焰深渊。

39
崇高的牺牲
我会保护你远离火焰
哇，我是个好人

如果不是情况紧急，看到"除非"这两个字，我应该会很高兴。

阿波罗将在塔奎尼坟墓里面临死亡，除非……

哦，令人愉快的转折连词！这意味着可能有办法避免潜在的死亡，而我就是想要这样。

不幸的是，我正向烈焰深渊坠落，这浇熄了我刚刚重拾的希望。

在半空中，我还没来得及反应到底发生了什么，突然，我的身体往前一倾，停止了坠落。箭袋的带子勒紧了我的胸部。我的关节差点脱离左脚，被甩出去。

我在深渊的墙壁之间晃来晃去。下方大约二十英尺的位置，是一池烈焰。梅格拼命地抓住我的脚。在我上方，格洛弗一只手抓住我的箭袋，另一只手抓着一块小小的岩石平台。他踢掉鞋子，想用他的蹄子在墙上找到一个落脚点。

"干得漂亮，勇敢的半羊人！"我喊道，"快拉我们上去！"

格洛弗的眼睛突了出来，脸上淌着汗水。他发出了呜咽的声音，好像没有足够的力气把我们三个都从深渊里拉出来。

如果我幸存下来并再次成为天神，我必须得找偶蹄长老理事会谈一谈，请他们为半羊人学校新增一些体育课程。

我扒着墙壁，想要找到一个容易抓的栏杆或一个紧急出口，但我什么都没找到。

在我的下方，梅格对我喊道："真是的，阿波罗！除非你要移植风信子，才要用泉水彻底浇灌！答案是'除非'啊！"

"这我怎么会知道？"我抗议道。

"是你创造了风信子！"

呃。凡人的逻辑。天神会创造东西，这并不是说天神能充分了解他创造出来的东西。难道普罗米修斯就了解人类的一切吗？我向你保证，他做不到。我创造了风信子，难道我就应该知道如何种植和浇灌它吗？

"救命！"格洛弗尖叫道。

他的蹄子在细小的裂缝上滑动着。他的手指在颤抖，手臂在摇晃，仿佛承受着另外两个人的重量，这……好吧，他确实是承受着另外两个人的重量。

下方的滚滚热气让人难以思考。你是否曾经站在烧烤架旁，或是把脸凑近一个开着门的烤炉？只要把那种感觉增加一百倍就是我现在的感受了。我的双眼发干，嘴唇干裂。如果再吸入几口滚烫的空气，我很可能会失去知觉。

下方的火海似乎正扫过一块石制的地板。从这种高度掉下去应该不至于丧命，要是能想办法把火扑灭就好了……

多亏了我快要沸腾的大脑，我想到了一个主意——一个非常糟糕的主意。这火焰的能量之源是赫利俄斯。如果他还有一点点残存的意识，那么理论上来说，我可能可以和他交流。如果我直接接触火焰，也许我可以让他相信我们不是敌人，他应该放我们一马。在痛苦地死去之前，我可能有三纳秒①的时间来完成这个目标，而且，即使我死了，我的朋友们可能还有机会爬出去。毕竟，我是我们几个人中最重的，这身松垮的肉全是拜宙斯的残酷诅咒所赐。

糟糕，很糟糕的主意。如果不是想到了伊阿宋，以及他当时为了救我所做出的牺牲，我大概永远都没有勇气这样做。

"梅格，"我说，"你能自己抓住墙壁吗？"

---

① 时间单位。一纳秒等于一秒的十亿分之一。

"我看起来像蜘蛛侠吗？"她对我喊道。

很少有人把紧身衣穿得像蜘蛛侠一样好看。梅格显然不是他们中的一员。

"用你的刀！"我喊道。

她用一只手抓住我的脚踝，另一只手召唤出一把弯刀，然后朝墙壁刺去——一次，两次。刀刃是弯曲的，刺入墙壁并不容易。然而，在刺第三次的时候，刀尖深深地陷入了墙壁之中。她抓住刀柄，放开了我的脚踝，只用一把刀支撑着自己，让自己停在火焰上方。"现在怎么办？"

"别动！"

"我可以做到！"

"格洛弗！"我大叫起来，"你现在可以放手了，别担心。我有一个——"

格洛弗放开了我。

讲真，就算是我跟他说可以把我扔到火里的，但哪门子的守护者会二话不说地照做呢？我本以为要跟他争论一番，争论的时候我会向他保证，我有计划，可以保全他们和我自己。我本以为格洛弗和梅格（好吧，梅格可能不会这样）会抗议，说我不应该为了他们牺牲自己，说我不可能在火海中存活下来之类的话，但是，并没有。他不假思索地松开了我。

至少这样，我就没有时间反悔了。

我不能怀疑自己，折磨自己，想一些类似这样的问题：如果行不通怎么办？太阳烈焰虽然曾是我的第二天性，但是如果我没办法在其中存活怎么办？如果我们正在拼凑的这个美好的预言，并不意味着我今天不会死在这个可怕的燃烧的迷宫里怎么办？

我不记得自己是怎样撞到地面上的了。

我的灵魂似乎脱离了我的身体。我回到了几千年前的一个早晨，那是我成为太阳神的第一天。

一夜之间，赫利俄斯消失了。我不知道是怎样的祈祷最终打破了平衡，让我成了太阳神——把原本的泰坦巨神放逐到遗忘之地，又把我提拔到了他原来的位置，但我就在这里，在太阳宫殿之中。

我既害怕又紧张，推开了王座室的门。空气燃烧起来，强烈的光线让我无法直视前方。

赫利俄斯巨大的金色宝座空空如也。他的斗篷搭在王座的扶手上。他的头盔、鞭子和镀金的鞋子放在高台之上，正准备迎接它们的主人，但是泰坦神本人不见了。

我是天神，我告诉自己，我能做到。

我大步走向王座，祈祷着自己不要燃烧起来。如果我第一天上班就因为身上的长袍着火而尖叫着跑出宫殿，大家一定会永远嘲笑我的。

慢慢地，火焰在我面前退去。在意志力的驱使下，我的体形变大了，刚好可以穿戴起前任太阳神的头盔和斗篷。

不过，我没有尝试坐上王位。我有工作要做，时间紧迫。

我看了一眼鞭子。有些驯马师说，在一队新马面前，永远不要展示仁慈的一面。它们会认为你是弱者，但我决定不用鞭子。我开始以一个苛刻的监工的姿态迎接新的职业生涯。

我大步走进马厩。看到壮丽的太阳战车，我不禁热泪盈眶。四匹太阳马已经站在那里，它们的蹄子磨得锃亮，它们的鬃毛是飘荡着的火焰，它们的眼睛是熔融的金锭。

它们小心翼翼地看着我，仿佛在问："你是谁？"

"我是阿波罗，"我努力让自己听起来很自信，"我们将度过美好的一天！"

我跳上战车，然后就出发了。

我承认，这条学习曲线十分陡峭。准确地说，大约是四十五度角。在空中，我可能不小心绕了几个圈，无意中制造了一些新的冰川和沙漠，直到我找到了最佳的巡航高度。在这一天结束之际，这辆战车已经彻底属于我。马儿们让自己适应了我的意志与个性。我是阿波罗——太阳神。

我努力保持着这种自信的感觉，以及第一天就成功的喜悦。

我回过神来，发现自己身在坑底，蜷缩在火焰中。

"赫利俄斯，"我说，"是我。"

火焰在我周围盘旋，试图焚烧我的肉体，熔化我的灵魂。我能感觉到泰坦神的存在——苦涩、混沌、愤怒。他的鞭子似乎每秒钟都要鞭打我一千次。

"我不会被烧死的，"我说，"我是阿波罗。我是你合法的继承人。"

大火越烧越旺。赫利俄斯恨我……但是等等，不仅是这样。他讨厌待在这里，他痛恨这个迷宫，痛恨被半死不活地困在这里。

"我会放你离开。"我向他保证。

噪声在我耳边噼啪作响。我的耳中充斥着噼里啪啦的噪声，这也许是我的头发着火的声音，但我想我听见了火焰中微弱的呼唤："除掉她。"

除掉她……

美狄亚。

赫利俄斯的情感在我脑海中燃烧。我感觉到了他对他的女巫孙女的厌恶。美狄亚之前跟我说过，她需要竭力抑制赫利俄斯的怒火——看来她所言不虚。最重要的是，她是在竭力阻止赫利俄斯的怒火反噬她自己。她囚禁了他，捆绑住了他的意志，又把自己保护了起来，让自己能够抵御他的天神之火。没错，赫利俄斯不喜欢我，但是他更讨厌美狄亚的放肆。为了免受折磨，让自己解脱，他想要毁掉他的孙女。

我不止一次地想，为什么我们希腊众神从来没有创造出一个掌管家庭心理疗愈的天神？我们真的急需一位这样的天神。或许在我出生前我们曾经有过一位，但她辞职了。也可能是克洛诺斯把她吞到了肚子里。

我不再想这些事。我对火焰说："我会的。我会放你自由，但是你必须让我们通过。"

顷刻间，大火迅速散去，就像宇宙突然撕开了一条裂缝。

我开始大口呼吸。我的皮肤冒着蒸汽，极地白迷彩服被烤成了灰色，但我还活着。我身处的房间迅速冷却。我发现，火焰已经顺着房间延伸出来的一条走廊逐渐熄灭了。

"梅格！格洛弗！"我大叫道，"你们可以下来了——"

梅格掉到我身上。我感觉她快把我压扁了。

"嗷！"我尖叫起来，"不要这样！"

格洛弗有礼貌一点儿。他爬下墙，像山羊一样灵巧地落在地面上。他闻起来像被烧焦的羊毛毯子，脸也被严重烤伤。他的帽子掉进了火里，两只角露了出来，像微型火山一样冒着蒸汽。不知为何，梅格看起来并无大碍。在掉落前，她甚至还想办法把刀收了回来。她从装备腰带上拿下水壶，喝了水壶里一大半的水，又把剩下的递给了格洛弗。

"谢谢你。"我嘀咕道。

"你战胜了这炎热之气。"她说,"干得好。神圣力量终于爆发了。"

"呃……我想,这是因为赫利俄斯决定放我们一马。我们有多想让他离开这个迷宫,他自己就有多想离开。他想让我们消灭美狄亚。"

格洛弗吸了一口气:"所以说……她就在这里吗?她没死在那艘游艇上?"

"看起来是这样。"梅格眯起眼睛看着热气腾腾的走廊,"如果你又搞错了谜语的答案,赫利俄斯也会答应放过我们吗?"

"我——那不是我的错!"

"是你的错。"梅格说。

"确实是。"格洛弗附和道。

老实说,掉进火坑里的人是我,跟泰坦神讨论休战事宜的人是我,把大火从房间中赶走并解救了朋友们的人还是我,但是他们仍然不依不饶,指责我记不起《农民年鉴》中的几句操作指南。

"我们不能指望赫利俄斯对我们手下留情,"我说,"我们也不能指望赫罗菲勒不给我们出谜语。这是他们的天性。我们这次只是侥幸逃脱。"

格洛弗捂住了他的角:"那么,我们就不要浪费这次机会。"

"没错。"我提了提微微烤焦了的迷彩裤子,试图重新找回第一次和太阳马说话时的自信,"跟我来。一切都没问题!"

40
恭喜
你完成了字谜
你赢了……敌人

"没问题"的前提是：你喜欢岩浆、锁链和邪恶的魔法。

走廊直通神谕所在的房间，一方面，这太棒了！另一方面，情况其实并不乐观。房间有篮球场大小，是一个长方体。墙壁上排列着六个入口——每个入口都简简单单，由石砖砌成。每个入口处都有一个小平台，悬在熔岩池上方，我在幻境中曾见过这个场景。不过现在，我发现，那正在冒泡的闪闪发光的物质并不是熔岩。那是赫利俄斯的神圣之血——比熔岩更热，比火箭燃料更强大，只要溅到衣服上就完蛋了（根据个人经验，我是可以这样告诉你的）。我们已经到达了迷宫的正中心——赫利俄斯能量的储存箱。

池中漂浮着大块石板，每块大约五英尺见方，一排排、一行行地排列着，看起来没有任何规律。

"这是一个填字游戏。"格洛弗说。

当然，他说得没错。不幸的是，没有一块石板与我们所处的小平台连接，也没有一块石板能够通向房间的另一边。厄立特利亚女先知孤独地坐在她的石台上。她所处之地并不比单独监禁牢房好多少。她只有一张小床、一张桌子和一个马桶。（是的，即使是不朽的先知也需要上厕所。有些预言会出现在……算了，当我没说。）

看到赫罗菲勒的处境，我不禁心痛起来。她和我记忆中一模一样：一个年轻的女人，一头赤褐色的辫子，皮肤苍白，体格结实，那是她坚强的水精灵母亲和壮硕的牧羊人父亲给予她的。女先知的白色长袍沾着烟灰和煤渣。她专注地看着左边墙上的入口，似乎没有注意到我们。

"那就是她吗？"梅格低声问我。

"除非你还看到了别的先知。"我说。

"好吧，那你和她谈谈。"

我不知道自己为什么必须负责全部的工作，但我还是清了清嗓子，在沸腾的池子对面向她喊道："赫罗菲勒！"

女先知跳了起来。我这才注意到那条锁链——就像我在幻境中看到的那样，熔融的链环，束缚着她的手腕和脚踝，把她困在平台上。她最多只能从平台的一边移动到另一边。哦，这真是一种侮辱！

"阿波罗！"

我一直希望她看到我时整个人会高兴得容光焕发，但现实是，她看起来很震惊。

"我以为你会从另一个……"她的声音停了。她皱着眉头，十分专注，一句话脱口而出："七个字母，以 Y 结尾。"

"入口（DOORWAY）？"格洛弗猜测道。

池子上方，石板改变了队形，平铺开来。一块石板插入了我们所在平台的下方，还有六块石板依次排在它的后面，七块石板组成了一座石桥，通向房间内部。泛着金光的字母出现在石板上，从我们脚下的字母 Y 开始一一显现：DOORWAY(入口)。

赫罗菲勒兴奋地鼓起掌来，熔融的锁链叮当作响。"太好了！快点！"

我不知道一块漂浮在燃烧的池子中的石板是否能承受我的体重，所以没有立刻站上去，但梅格大步走了上去，所以格洛弗和我也连忙跟了上去。

"我无意冒犯，女士，"梅格对女先知喊道，"我们差点掉进了满是岩浆的火坑里。您可不可以造一座从这里直接连到那里的大桥，别再出新的谜题了？"

"我也希望可以这么做。"她说,"这是施加给我的诅咒!我只能这样说话,不然就要完全保持——"她仿佛哽住了,"由九个字母组成,第五个字母是D。"

"安静(QUIET)!"格洛弗喊道。

我们所处的石板轰隆隆地摇晃着。格洛弗挥舞着双臂,如果不是梅格抓住他,他可能就掉下去了。谢天谢地,梅格是个矮个子。他们的重心比较低。

"不是QUIET!"我大声喊道,"这不是我们的最终答案!这太蠢了,安静只有五个字母,而且一个字母D都没有。"我怒视着半羊人。

"对不起,"他喃喃地说,"我太激动了。"

梅格仔细研究着石板,她眼镜框中的莱茵石闪着红色的光芒。"是安宁(Quietude)吗?"她说,"那是八个字母。"

"首先,"我说,"我真没想到你能知道这个词。其次,你要注意上下文。完全保持安宁,这说不通。还有,字母D的位置不对。"

"那么答案是什么,聪明的天神?"她问道,"这次不许再搞错了。"

太不公平了!我绞尽脑汁,寻找安静的同义词,但什么都想不出来。我喜欢音乐和诗歌,保持安静实在不是我的作风。

"无声(SOUNDLESS),"我终于说了出来,"一定是这个词。"

石板给予我们奖励,九块石板组成了第二座桥,上面浮现出了无声(SOUNDLESS)这个单词。SOUNDLESS和DOORWAY有了共同的连接点——字母D。不幸的是,新组成的桥向侧面延伸,我们没能朝神谕更进一步。

"赫罗菲勒,"我喊道,"我能理解你的困难,但是你能想办法控制答案的长度吗?如果下一个谜语的答案又长又简单的话,就可以把我们带到你的平台上去了!"

"你知道我做不到的,阿波罗。"她紧握双手,"但是,拜托,如果你想阻止卡利古拉变成一个……"她再次把话咽了回去,"三个字母,中间的字母是O。"

"天神(GOD)。"我不高兴地说。

第三座桥形成了——三块石板,连接到无声(SOUNDLESS)的字母O上,这只让我们朝着目标前进了一块石板的距离。梅格、格洛弗和我一起挤在写着字母G的那块石板上。

房间里更热了。仿佛我们越靠近赫罗菲勒,赫利俄斯的神圣之血就变得越狂暴。格洛弗和梅格已经大汗淋漓，我自己的北极白迷彩服也湿透了。自从一九六九年滚石乐队首次在麦迪逊广场花园演出之后，我再也没有觉得大家抱在一起这样令人难受。（提示：虽然这听起来很诱人，但在米克·贾格尔和基思·理查兹①的返场演出中，千万不要把他们搂在怀里。他们很爱出汗。）

赫罗菲勒叹了口气："对不起，我的朋友们。我再试一次。有些时候，我希望预言是礼物，是我从不曾——"她的脸痛苦地皱了起来，"六个字母。最后一个字母是 D。"

格洛弗开始扭来扭去："等等，什么？字母 D 在后面呢。"

酷热的空气让我感觉自己的眼睛像烤肉串中的洋葱，但我还是努力检视着目前排出来的横排和竖列。

"也许，"我说，"这个新线索的谜底是一个竖向排列的单词，在无声（SOUNDLESS）中的 D 字母那里出现分支。"

赫罗菲勒的眼睛闪烁着鼓励的光芒。

梅格擦了擦额头上的汗水："那我们猜出天神（GOD）有什么用？它又不通向任何地方。"

"哦，不，"格洛弗哀号道，"难道我们还在组成新的预言？入口、无声、天神，这是什么意思？"

"我……我不知道。"我坦白道，我脑袋里的脑细胞像鸡汤面一样，已经快要沸腾了，"我们再多猜几个词吧。赫罗菲勒说她希望预言是一份礼物，是她不曾……什么？"

"得到（GOTTEN）说不通。"梅格嘀咕道。

"收到（RECEIVED）。"格洛弗提出建议，"不对，字母太多了。"

"也许是个隐喻，"我说，"一份她不曾打开（OPENED）的礼物？"

格洛弗吸了口气："这是我们的最终答案吗？"

他和梅格都低头看着燃烧的池水，然后回头看着我。他们对我的能力的信任并不令人感动。

"是的，"我下了决定，"赫罗菲勒，答案是打开（OPENED）。"

---

① 米克·贾格尔和基思·理查兹都是滚石乐队的成员。

赫罗菲勒松了一口气,一座新的桥从无声(SOUNDLESS)的字母 D 的位置延伸出来,带着我们穿过湖面。我们一起挤在写着字母 O 的石板上,离女先知所在的平台只有五英尺的距离。

"我们要跳吗?"梅格问道。

赫罗菲勒尖叫起来,随即用手捂住嘴。

"我想,跳下去是不明智的。"我说,"我们必须完成这个谜语。赫罗菲勒,能不能出一题,谜底的词比较短,能帮助我们通向前方的?"

女先知手指蜷曲,然后小心翼翼地说:"短词,横排,字母 Y 开头。短词,竖排,附件或旁边。"

"双重谜语!"我看着我的朋友们说,"我想我们寻找的答案是,哟(YO)——横排,一旁(BY)——竖排。这样,我们应该就可以到达平台了。"

格洛弗凝视着石板的侧面,沸腾的池水冒出白色的蒸汽。"我现在可不想失败。'哟'这个词能算答案吗?"

"我没有看拼字游戏规则书,"我承认道,"但我想答案就是这个。"

我很高兴这不是拼字游戏,因为雅典娜每次都会赢,她的词汇量多得吓人。有一次,她在三倍加分题上用了远轴(ABAXIAL)这种词,宙斯盛怒之下用闪电劈断了帕纳萨斯山的山顶。

"这就是我们的答案,先知。"我说。"'哟'和'一旁'。"

另外两块石板卡在了一起,连接起了我们所在的石桥和赫罗菲勒所在的平台。我们跑了过去。赫罗菲勒高兴地鼓掌哭泣。她伸出双臂准备拥抱我,却又想起她被炽热的锁链束缚着。

梅格回头看着我们身后的答案之路。"好吧,如果预言到此结束,那这意味着什么?入口、无声、天神、打开、哟、一旁?"

赫罗菲勒想要说些什么,却又缄口不言。她满怀希望地看着我。

"我们再自己加几个小词吧。"我大胆地说,"结合迷宫的第一部分,我们得到的预言是:阿波罗在塔奎尼之墓面临死亡,除非……呃,入口……通向?"我看向赫罗菲勒,她点头以示鼓励,"通向无声之神的入口……嗯,我不知道那是谁。除非通向无声之神的入口被打开……"

"你没有用'哟'。"格洛弗说。

"我想我们可以无视'哟',因为那是一个双重字谜。"格洛弗捋了捋他已被烧焦的山羊胡子,"这就是我不玩拼字游戏的原因。还有,我总是想吃掉游戏道具。"

我问赫罗菲勒:"所以,阿波罗,也就是我——在塔奎尼之墓面临死亡,除非通向无声之神的入口被打开……被谁打开?梅格说得对,预言还不完整,还需要更多的词。"

在我左边的某个地方,一个熟悉的声音响起:"不一定。"

女巫美狄亚站在左边墙中间的一个平台上。她看上去很有活力,仿佛见到我们非常高兴。在她身后,两个潘岱禁卫军抓着一个囚犯。囚犯被铁链捆绑住,身上有毒打的痕迹——那是我们的朋友克莱斯特。

"你们好啊,"美狄亚笑了,"你们看,预言并不一定要有一个结尾,反正,你们现在都要死了!"

41
梅格唱歌，结束了
大家都回家吧
我们都完蛋了

梅格先发制人。

她的动作迅速而又明确。她斩断了束缚着女先知的锁链，然后怒视着美狄亚，好像在说："哈哈！我释放了神谕！"

锁链从赫罗菲勒的手腕和脚踝上掉了下来，上面都是可怕的圆环状的烧灼痕迹。赫罗菲勒踉跄着后退，双手抓紧胸口。她看起来既震惊又恐惧，一点儿感激之色都没有。"梅格·麦卡弗里，不要！你不应该——"

无论她给出怎样的线索，是横排的还是竖排的，都已经无关紧要了。链条和脚镣啪的一声合在一起，完好如初。接着，它们像响尾蛇一样竖了起来，朝我冲过来，而非赫罗菲勒。它们缠绕到了我的手腕和脚踝上。刚接触的时候，我甚至觉得凉爽宜人，但接着，我就发现疼痛是如此强烈。我尖叫起来。

梅格又一次猛砍熔融的链条，但这次，链条弹开了她的刀。每一次击打都让链条越收越紧，我也被越拉越低，很快，我就不得不蹲下了。我用尽所有力气与它做着斗争，但我很快意识到这不是个明智的做法，因为我的力气微不足道。拽镣铐就像把手腕压在烧红的煎锅上，我痛得几乎晕厥过去。那种味道……哦，上天，我不喜欢这种味道。只有让这些镣铐任性妄为，想带我去哪里就去哪里，我才能把疼痛控制在一个勉强可以忍受的程度。

美狄亚笑了。看到我扭曲的样子，她显然很享受。"干得好，梅格·麦卡弗里！我本打算自己把阿波罗锁起来，但你帮我省了一个咒语。"

我跪了下来："梅格、格洛弗——把女先知带走。别管我。"

我又一次选择勇敢、自我牺牲，希望你们能够记清楚这是第几次。

唉，我的建议是徒劳的。美狄亚打了个响指。石板在池子的表面移动，切断了女先知所在的平台与出口的连接。

女巫身后，两个守卫把克莱斯特推倒在地。他背靠墙跌落下来。他虽然双手戴着镣铐，但仍然固执地握着我在战斗时用的尤克里里。潘岱人的左眼肿得睁都睁不开，嘴唇开裂，右手的两根手指弯曲成奇怪的角度。他撞上了我的目光，表情充满了羞愧。我想安慰他，跟他说，你没有失败。我们不应该让你独自一人为我们站岗放哨。即使断了两根手指，你仍能施展出了不起的演奏技法。

我几乎无法理清思路，更不用说安慰这位跟我学习音乐的年轻人了。

两个禁卫军张开他们巨大的耳朵。他们穿过房间，让炽热的上升气流把他们带到我们所在的平台附近的两块石板上。为了不让我们愚蠢地跳过去，他们拔出自己的坎达剑，等待着。

"你杀死了提姆布雷。"其中一个潘岱人发出咝咝声。

"你杀死了匹克。"另一个潘岱人说。

美狄亚咯咯地笑了起来。"你看，阿波罗，我挑选了几个积极性很高的志愿者！其余的人也都吵着要陪我到这里来，但是——"

"外面还有更多人？"梅格问。

我不知道她这样问是觉得这个情况对我们有帮助（太棒了，现在可以少应对几个！），还是觉得这种状况很令人沮丧（糟了，一会儿还要对付更多人！）。

"当然了，亲爱的。"美狄亚说，"即使你愚蠢地以为可以通过我们这一关，也没有任何意义。更何况夫拉特尔和分贝是不会让这种情况发生的。嗯？小伙子们？"

"我是夫拉特尔。"夫拉特尔说。

"我是分贝。"分贝说，"我们现在可以动手了吗？"

"还不行，"美狄亚说，"我需要阿波罗。至于你们其他人，老实点。如果你们出手阻止，我会让夫拉特尔和分贝除掉你们。那样的话，你们的血液可能会掉进池水当中，这会破坏池水的纯度。"她摊开双手，"你们知道的，池水不能有杂质，我只需要阿波罗的神力作为这个食谱的原料。"

我不喜欢她以这种方式谈论我，好像我已经死了似的——仿佛我只是一种原料，不比蛤蟆的眼睛或者檫木更重要。

"我不会让你得逞的。"我咆哮着说。

"哦，莱斯特，"她说，"我会得到我想要的。"

链条进一步收紧，迫使我四肢着地。我不明白赫罗菲勒是怎么能长时间忍受这种痛苦的。话说回来，她可以永生，而我不行。

"开始吧。"美狄亚喊道。

她开始吟唱。

池中闪着纯白色的光，房间内的颜色开始变得暗淡。我觉得仿佛有边缘锋利的小石子在我的皮肤下移动，正在将我重新排列成一个新的谜语，然而这谜语的答案不是阿波罗。我尖叫起来，语无伦次地说着什么。我很想求她饶我一命，但幸运的是，我还有一点儿残存的尊严，无法将那样的话语说出口。

痛苦让我意识恍惚。我用眼角余光看到，我的朋友们正在后退。我的身体有了裂缝，裂缝中迸发出了蒸汽和火焰。他们吓坏了。

我无法责怪他们。他们又能做什么呢？在这一刻，我的身体比马克洛店里的家庭装手雷更容易爆炸，而且我这个"包装盒"还没有防撞设计。

"梅格，"格洛弗边说边摸索着他的牧笛，"我要吹奏一首自然之歌，看看我能不能打断那个咒语，或许还能召唤一些帮手。"

梅格握紧了双刀："这么热？还在地下？"

"我们只能依靠大自然了！"他说，"掩护我！"

他开始吹奏。梅格以防备的姿势站直了，高举双刀。就连赫罗菲勒也决定出手帮忙。她挥舞着拳头，准备给潘岱人看看女先知在厄立特利亚是如何对付恶棍的。

潘岱人好像不知道如何反应。他们一听到牧笛的声音便皱起眉头，让耳朵像头巾一样裹住他们的头，但他们没有出手攻击。毕竟美狄亚警告过，让他们不要出手。格洛弗奏出的音乐不停颤抖着,但他们似乎不确定这是否构成了攻击行为。

与此同时,我正忙着不让自己被压榨得什么都不剩。出于本能,我的每一丝意志力都在奋力让我的身体保持完整。我曾是阿波罗,不是吗?我……我很美丽,人们爱我,世界需要我!

美狄亚的吟唱影响了我的决心。她那古老的科尔钦语歌词,慢慢地潜入了我的脑海。谁需要曾经的天神?谁在乎阿波罗?卡利古拉更有趣!他更适合这个现代世界。他很合适。我不合适。为什么我不干脆放弃?那样,我就可以归于平静了。

身体产生疼痛是一件有趣的事。你会不断以为已经达到极限,不可能产生更大的痛苦了,但你会发现,痛苦会一直不断加深,极限之后还有极限。我皮肤下的石子不断切割、移动、撕扯。像太阳耀斑一样的火焰在我可怜的躯体上燃烧着,直直地烧穿了马克洛店里廉价的极地白迷彩服。我已记不起自己是谁,也不知道为什么要努力求生了。为了平息这种痛苦,我非常想放弃挣扎。

格洛弗随即找到了节奏。他演奏出的音符更加自信和热烈,节奏也更加平稳。他演奏了一首激烈的、绝望的吉格舞曲——在古希腊的草原上,半羊人会在春天用牧笛吹奏这种曲子。这种曲子能够让木精灵们现身,半羊人会与他们一起在野花丛中起舞。

这首歌出现在这个烈焰滚滚的拼字游戏地牢里,显得非常不合时宜。没有自然精灵能听到这首歌曲,没有木精灵现身与我们共舞,但是,音乐减轻了我的痛苦,也缓和了炽热的温度,就像把一条冷毛巾贴在了我发烫的额头上。

美狄亚的吟唱变得迟疑起来。她怒视着格洛弗:"真的吗?你是要自己闭嘴,还是要我出手帮你闭嘴?"

格洛弗的演奏更加激昂了——对大自然的痛苦呼唤在房间里回荡,音浪涌入一条条走廊,让其仿佛成了管风琴的一根根音管,回音不断。

梅格突然加入进来,用单调的声音唱着,歌词完全不知所云。"嘿,大自然怎么样?我们热爱植物。下来吧,木精灵们,然后,呃,长大……消灭这个女巫什么的。"

赫罗菲勒曾经拥有非常动听的嗓音,毕竟她生来就吟唱预言。她表情复杂地看着梅格,幸亏她如圣人般克制,没有一拳打到梅格的脸上。

美狄亚叹了口气:"好吧,请停下来。梅格,对不起,但我肯定,只要我向尼禄解释清楚你唱歌有多难听,他会原谅我把你杀了的。夫拉特尔,分贝——让他们安静。"

克莱斯特在女巫身后惊恐地咯咯叫了起来。尽管他的手被捆住了,两根手指也骨折了,但他还是笨拙地摸索着尤克里里。

与此同时,夫拉特尔和分贝高兴地笑了。"现在我们可以报仇了!"

他们竖起耳朵,举起剑,向平台跳去。

梅格可以用她信任的双刀打败他们吗?

我不知道。

突然,梅格做了一件令人十分吃惊的事,跟她突然唱起歌来一样令人吃惊。也许,看着可怜的克莱斯特,她是觉得今天潘岱人的血已经流得够多了。也许她还在想,她的愤怒是不是真的寄托在了错误的人身上,还有她到底应该花精力去恨谁。不管她在想什么,反正,她把双刀变回了戒指的形态。她从腰带上抓起一个小包,然后撕开了它。她往潘岱人冲来的方向撒了一把种子。

眼看凭空冒出了植物,夫拉特尔和分贝尖叫着转向,但他们的身体还是被一大团茂密的绿色豚草覆盖住了。夫拉特尔一头撞到了附近的墙壁上,开始猛烈地打喷嚏,豚草像苍蝇纸粘苍蝇一样把他牢牢地困在原地。分贝坠落到梅格的脚边,豚草在他身上不断生长,最后,他居然看起来更像是一丛灌木而不是一个潘岱人了——我是说他看起来像一簇经常打喷嚏的灌木。

美狄亚脸色苍白。"你知道吗?我跟卡利古拉说过,龙牙战士才是更好的禁卫军人选,但是,不,不,不,他坚持要雇用潘岱人。"她厌恶地摇摇头,"对不起,小伙子们。我给过你们机会。"

她打了个响指。一个风精灵苏醒过来,盘旋着从池子中拉出一道夹杂着灰烬的龙卷风。旋风朝着夫拉特尔飞去,把尖叫着的他从墙上扯了下来,接着毫不客气地把他扔了下去。随后,旋风掠过平台,在我朋友们的脚边划过,把边打喷嚏边大喊大叫的分贝推下了平台。

"那么,现在,"美狄亚说,"看看这样能不能让你们保持安静……"

风精灵冲了过来,缠住了梅格和格洛弗,把他们从平台上抬了起来。

我大叫着，想要拼命挣脱锁链。我以为美狄亚会把我的朋友扔进池子，但他们只是悬在半空中。格洛弗仍在吹奏他的笛子，尽管没有声音能穿过风墙。梅格皱着眉头大喊，好像在说："又是这招？你在开玩笑吗？"

风精灵没有抓走赫罗菲勒。我想，美狄亚应该是认为她构不成威胁。赫罗菲勒走到我身边，拳头仍然紧握着。对此我很感激，但我想一个会拳击的女先知是斗不过美狄亚的魔法的。

"好吧！"美狄亚说，眼里闪烁着胜利的光芒，"我重新开始。一边控制风精灵一边吟唱咒语不是件容易的事，所以，请乖一点儿，否则我可能会分心，把梅格和格洛弗扔进池子里。我们刚才进行到哪儿了？"

42
你想要预言？
我会给你一些废话
吃掉我的胡言乱语！

"抵抗！"赫罗菲勒跪在我身边,"阿波罗,你必须抵抗！"

我痛得说不出话来。若非如此,我一定会对她说:"抵抗。天哪,谢谢你睿智的建议！你一定是神谕祭司之类的人物吧！"

知足吧,至少她没有让我在石板上拼出抵抗(RESIST)这个词。

汗水从我的脸上流下来。我的身体发出咝咝声。我曾是天神时,身体也会发出这种声音,但现在的感觉完全不一样,糟透了。

女巫继续吟唱着。我知道她一定耗尽了全力,但这次我不知道该如何利用这一点。我被束缚着。我不能再次使用"往胸前刺箭"的把戏了,即使我这样做了,美狄亚的魔法也应该准备得差不多了,她完全可以顺势让我死掉。我的神力会慢慢渗入池中。

我不会像格洛弗一样吹牧笛。我也不能像梅格那样仰仗豚草的功效。我没有伊阿宋的力量,所以不能突破旋风牢笼,救下我的朋友。

抵抗……用什么抵抗呢?

我的意识开始涣散。我试图在脑海里反复播放我出生时的记忆(是的,我可以记起那么久远的事)。我从母亲的子宫里跳出来,开始唱歌,跳舞,优美的声音充斥着整个世界。我记得我第一次进入德尔斐的深渊,与我的敌人皮同奋力搏斗的场景。我对他缠绕着我不朽身体的感觉记忆犹新。

其他的记忆则更加危险,我记得我骑着太阳战车穿过天空,但我不是我自己……我是太阳泰坦神赫利俄斯,骑在我的马背上挥舞着我的烈焰之鞭。我看到自己被漆成金色,头上戴着一顶光芒王冠,穿过一群人类信徒——但我是卡利古拉,新太阳神。

我是谁?

我试着回忆我母亲勒托的脸,但我想不起来。我的父亲宙斯和他那骇人的神色,也只是一个模糊的影像。我的妹妹——当然,我永远不会忘记我的双胞胎妹妹!但就连她的容貌也在我的脑海里模糊起来。她有一双银色的眼睛,她身上有金银花的味道。还有什么?我慌了。我记不起她的名字。我记不起自己的名字。

我在石头地面上张开手指。手指冒着烟,我的身体好像变成了一个个像素块,与潘岱人的身体瓦解前一样。

赫罗菲勒在我耳边说:"坚持住!会有人来救我们!"我不知道她为何如此确定,即使她是一位神谕祭司。谁会来救我?谁能来救我!

"你取代了我的位置,"她说,"你要利用!"

我愤怒而沮丧地吼叫。她为什么开始胡说八道了?她为什么不能回去打哑谜呢?

我该如何利用她的位置?用她的锁链?我不是先知,我现在甚至不是天神。我是……莱斯特?人好了。这个名字我还记得。

我凝视着一排排石板,现在它们都是空白的,好像在等待新的挑战。预言还不完整。也许我能找到完成它的方法……事情会有转机吗?

我必须找到。伊阿宋献出了他的生命,所以我才能走到这一步。我的朋友们为了这个任务冒了这么大的险,我不能就此放弃。为了解救神谕,为了将赫利俄斯从烈焰迷宫中解放出来……我必须给已经开始的一切画上句号。

美狄亚的吟唱嗡嗡作响,配合着我脉搏的节奏,掌控着我的思想。我必须像格洛弗吹奏乐曲那样,打破她的控制。

"你取代了我的位置。"赫罗菲勒说。

我是阿波罗，预言之神。现在，轮到我为自己的命运预言了。

我强迫自己专注于石板之上。我额头上的静脉像鞭炮一样在我的皮肤下爆开。我结结巴巴地说："金……金上铜①。"

石板开始移动，每个石板上写着一个字，三块石板在房间的左上角排成一排：金上铜。

"是的！"女先知说，"是的，完全正确！继续！"

付出努力的过程十分痛苦。铁链很烫，一直把我往下拖。我痛苦地呜咽着："东遇西②。"

又有三块石板排成一排，移到了第一排石板下面的位置，上面印着我刚刚说过的话。

更多的词句从我的口中涌出：

军团复

亮深处

一对百

不言败

古语说

根基破

这些话是什么意思？我不知道。

随着越来越多的石板移动到相应的位置，新的石板从池中冒了出来，看来要书写更多的词。房间里发出隆隆的声音。池子的左侧现在被八排三个一组的石板所覆盖，就像是池子的盖子被拉开了一半。空气中的热度降低了。我的镣铐也冷却了。美狄亚吟诵的声音开始颤抖。她放松了对我意识的控制。

"这是什么？"女巫低声怒斥道，"我们已经快完成了，不能前功尽弃！如果你不配合，我就毁掉你的朋友——"

---

① 此处英文原文为"BRONZE UPON GOLD"。

② 此处英文原文为"East meets west"。

克莱斯特在她身后用尤克里里弹奏了一个挂留四度和弦。美狄亚吓得差点跳进池子之中，显然她已经完全忘记克莱斯特了。

"你也来？"她对他大喊，"让我完成我的工作！"

赫罗菲勒在我耳边低语："快点！"

我明白她的意思。克莱斯特想通过分散美狄亚的注意力来为我争取时间。他固执地继续弹奏他的（我的）尤克里里——他弹的基本都是我教他的最刺耳的和弦，还有一些他肯定是现场编出来的。与此同时，梅格和格洛弗在旋风牢笼中旋转着，他们试图挣脱，却力不从心。美狄亚只需用手指轻轻一弹，他们的结局就会和夫拉特尔、分贝一样。

要我重新发出声音，比把太阳战车拖出泥沼还要困难（不要深究这个问题，说来话长）。

不知怎的，我嗓音嘶哑地说出了下一句话："毁暴君。"又有三块石板排列起来，这次是在房间的右上角。

"助羽翼。"我继续说。

天哪，我想，我简直在胡言乱语！但是石板继续循着我的声音排列起来，比亚历克萨西丽星际电话的表现出色得多。

金山下
生骏马

石板继续排列着，形成了一系列三个一组的石板。池子被遮住，只能从房间中央的细缝才看得见里面。

美狄亚试图无视潘岱人。她继续吟诵，但克莱斯特立即用一个降A小调增五和弦打断了她的注意力。

女巫尖叫道："够了，潘岱人！"她从衣服的褶层里抽出一把匕首。

"阿波罗，不要停下来。"赫罗菲勒警告道，"你不能——"

美狄亚用匕首挥向克莱斯特，打断了他演奏的不和谐的小夜曲。

我惊恐地抽泣着，但莫名挤出了更多的话语。"听号鸣，"我哑着嗓子，声音小得几乎听不见了，"弄赤潮——"

"停下来！"美狄亚对我喊道，"风精灵，把犯人扔到——"

克莱斯特又弹了一个更加难听的和弦。

"啊！"女巫转身再次把匕首挥向克莱斯特。

"陌门廊。"我抽泣着说。

克莱斯特又弹奏了一个挂留四度和弦，美狄亚又一次把匕首挥向他。

"复荣光！"我大喊。最后一块石板移动了——第二列诗句拼凑完整，石板从房间的远端一直排列到我们所在的平台的边缘。

我能感知到预言已经完成，这感觉就像在漫长的潜泳之后露头呼吸一样畅快。赫利俄斯的烈焰，现在只能在房间中央的缝隙中才能看到。它已经冷却，变成寻常的红色火焰，并不比寻常的五级警报火灾严重。

"太好了！"赫罗菲勒说。

美狄亚转过身，咆哮着。克莱斯特在她身后侧身倒下。他呻吟着把尤克里里压在他受伤的肚子下。

"哦，干得好，阿波罗，"美狄亚冷笑道，"这个潘岱人为你而死，死得一文不值。我的魔法已经可以生效了。我现在只需要用传统的方法。"她举起匕首，"至于你的朋友……"

她打了个响指说道："风精灵，除掉他们！"

43
最喜欢的章节
一个人彻底离开
糟透了

接着,她死了。

温柔的读者,我不会说谎。写出这个故事时,大部分时间我都很痛苦,但刚刚那一行字,带给我的只有纯粹的快乐。哦,美狄亚脸上的表情!

我应该倒带一下。

我应该解释一下,我们最需要的命运大逆转是怎样发生的。

美狄亚身体僵直,双眼圆睁,跪倒在地。匕首哐当一声从她的手中掉落。她脸朝下栽了下去,刚刚赶到的人——小笛——出现在她身后。小笛穿着皮衣,嘴唇上的伤口刚刚缝合,脸上仍然伤痕累累,但表情无比坚定。她的发梢被烧焦了,一层薄薄的灰烬覆盖了她的手臂。她的匕首——克陶普垂斯——在美狄亚的背上。

小笛身后站着一群少女战士,一共七人。起初,我以为是阿耳忒弥斯的狩猎队又来救我了,但这些战士都拿着蜂蜜颜色的木制盾牌和长矛。

旋风在我身后逐渐散开,梅格和格洛弗坠落到地面上。绑着我的熔融的锁链成了灰烬。我险些摔倒,但赫罗菲勒抓住了我。

美狄亚的双手抽动着。她把脸转向一边，张开嘴，但一个字都说不出来。

小笛跪在美狄亚旁边。

"你插别人背后一刀，现在还给你。"小笛亲吻了美狄亚的脸颊，"我本想拜托你向伊阿宋问好，但他会在极乐世界，而你……不会。"

女巫不再动弹。

小笛在牛仔裤上擦了擦她的匕首。她的嘴肿了，还缝了针，因此她的笑容与其说友好，不如说可怕。

"嗨，伙计们。"

我发出一声心碎的呜咽，这可能不是小笛期待的回应。不知怎的，我站了起来。我根本不在意脚踝的灼痛，径直从她身边跑过，来到克莱斯特倒下的地方。

我虚弱地笑着说："哦，我勇敢的朋友。"我的眼睛被泪水刺痛，只要我移动一下，我的每寸肌肤就会爆发出钻心刺骨的疼痛，但我不在乎。

克莱斯特毛茸茸的脸显得十分震惊。血溅到了他雪白的皮毛上。

他紧握着尤克里里，仿佛这是唯一能让他在人间继续存活的东西。

"你救了我们，"我哽咽着说，"你……你给我们争取到了足够的时间。我会想办法治好你。"

他紧紧盯着我，低声说道："音乐。天神。"

我紧张地笑了："是的，我年轻的朋友。你是音乐之神！我……我会把所有的和弦都教给你。我们会跟九位缪斯女神①一起举行一场音乐会，如……如果我回到奥林匹斯……"

我的声音颤抖着。

克莱斯特听不见了。他的眼神变得呆滞。他瘫软下来，身体向内塌陷、瓦解，直到尤克里里端立在一堆尘土之上——就像一个小小的、悲伤的纪念碑，以此纪念我的多次失败。

我不知道我在那里跪了多久，失魂落魄，浑身发抖。哭起来很痛，但我却止不住地抽泣着。

小笛蹲到我身边。她的脸上充满了同情之色。我想，在她美丽多彩的眼睛后

---

① 详见书末《阿波罗话语指南》的"九位缪斯女神"词条。

面的某个地方,她在想:又有一个生命为你逝去,莱斯特。又有人死去,而你无法挽回。

她没有这么说。她把刀收了起来。"我们等一下再哀悼吧,"她说,"我们的任务还没有完成。"

我们的任务。尽管发生了那么多事,尽管伊阿宋……她还是选择帮助我们,所以我现在不能崩溃,至少,不能比现在更崩溃。

我捡起了尤克里里。我正要对克莱斯特化成的那堆灰烬承诺些什么,接着,我想起了违背诺言的后果。我答应了这个年轻的潘岱人,只要是他想学的乐器,我都会教他,但现在他死了,尽管房间里灼热无比,我还是感觉到了冥河女神斯提克斯①冰冷的目光。

我倚着小笛,她扶着我穿过房间,回到平台上,梅格、格洛弗和赫罗菲勒在那里等着。

七名女战士站在旁边,仿佛在等待命令。

她们的盔甲也跟盾牌一样,是用蜂蜜色的木料巧妙制成的。这些女人很有气势,每人都有大概七英尺高。她们的脸像她们的盔甲一样光洁、美丽。她们的头发颜色不一——白色、金色、黄色和浅棕色,像瀑布一样编织在一起,垂在背上。叶绿素的颜色渲染着她们的眼睛和她们强壮四肢中的血管。

她们是木精灵,但我从来没见过她们。

"你们是梅里埃。"我说。

她们怀着浓厚的兴趣打量我,这令我很不安,好像她们无论是跟我打架,与我共舞,还是把我扔到火坑里,都会一样高兴。

最左边的那个开口了:"我们是梅里埃。你是梅格吗?"

我眨了眨眼。我感觉她们在寻找一个肯定的答案。尽管我很困惑,但是对于我不是梅格这一点,我还是很确信的。

"嘿,伙计们,"小笛指着梅格插话道,"这是梅格·麦卡弗里。"

梅里埃开始跑步前行,膝盖抬得很高。她们排成一排,在梅格面前围成一个半圆形,好像军乐团在进行队形转换。她们停下来,用长矛撞击盾牌,然后低下

---

① 详见书末《阿波罗话语指南》的"斯提克斯"词条。

头,以示尊敬。

"向梅格致敬!"她们喊道,"创造者之女!"

格洛弗和赫罗菲勒慢慢走进角落,好像想躲到女先知的厕所后面。

梅格端详着七个木精灵。我年轻的主人被旋风吹乱了头发。她眼镜上的绝缘胶带不见了,所以她看起来像是戴了两个镶嵌了莱茵石的单只镜片。她的衣服又一次变成了一堆烧焦的碎布——在我看来,这才是梅格该有的样子。

她开始调用她的好口才,说道:"嘿。"

小笛的嘴角微微向上翘:"我在迷宫入口遇到了她们。她们想冲进来找你。她们说,听到了你的歌声。"

"我的歌声?"梅格问道。

"是音乐!"格洛弗尖叫道,"真的有用吗?"

"我们听到了大自然的召唤!"领头的木精灵喊道。

这句话对凡人来说有不同的意义,但我觉得不提也罢。①

"我们听到了旷野之神的笛声!"另一个木精灵说,"我想,那就是你,半羊人。向半羊人致敬!"

"向半羊人致敬!"其他木精灵也附和道。

"呃,是啊,"格洛弗虚弱地说,"也向你们致敬。"

"但最主要的是,"第三个木精灵说,"我们听到了创造者的女儿梅格的哭喊声。致敬!"

"致敬!"其他人附和道。

这致敬的呼喊声真是不少。

梅格眯起眼睛:"你们口中的创造者,是我的植物学家父亲,还是我的母亲得墨忒耳?"

木精灵开始低声讨论。

终于,领头的木精灵开口了:"这是个好问题。我们指的是麦卡弗里,伟大的木精灵培育者。现在,我们发现你还是得墨忒耳的女儿。你是两个创造者的女儿,受到了双重祝福!我等任您差遣!"

---

① "大自然的召唤"的英文为"call of nature",有"急着去上厕所"的意思。

梅格挖了挖她的鼻子："任我差遣，是吗？"她看着我，好像在问："你为什么不能像她们这样，做一个酷酷的仆人？"

"那么，你们是怎么找到我们的？"

"我们有很多种力量！"其中一位木精灵喊道，"大地母亲之精血形成了我们！"

"生命的原始力量流经我们的血脉！"另一位木精灵说。

"我们在宙斯还是婴儿的时候就开始照料他了！"一位木精灵说，"我们孕育了一个人类种族——好战的青铜时代的人类！"

"我们是梅里埃！"一位木精灵说。

"我们是强大的白蜡！"一位木精灵喊道。

剩下的两个木精灵已经没什么可说的了，她们只好喃喃地说："白蜡。是的。我们是白蜡。"

小笛插嘴道："海治教练从云精灵那里得到了格洛弗捎的口信，然后我就来找你们了，但是我不知道这个秘密入口在哪里，所以我又去了洛杉矶市区。"

"你自己吗？"格洛弗问。

小笛的眼神暗淡下来。我知道，她前来的首要目的是报复美狄亚，其次才是帮助我们。对她来说，活着出来的优先级只能排到第三。

"不管怎样，"她继续说道，"我在市区遇到了这几位女士，然后就结盟了。"

格洛弗深吸了一口气："但是克莱斯特说过，他们在大门口会设置一个死亡陷阱！戒备森严。"

"本来是的……"小笛指着木精灵们说，"但现在不是这样了。"

木精灵们看起来对自己很满意。

"白蜡是很强大的。"一个木精灵说。

其他木精灵也低声表示同意。

赫罗菲勒不再躲藏，从厕所后面走了出来。"但是地下的烈火，你们是怎么……"

"哈！"一位木精灵喊道，"泰坦神的火焰是无法摧毁我们的！"她举起了她的盾牌。盾牌的一角被熏黑了，但是灰已经开始掉落，露出了里面崭新的、没有瑕疵的木料。

从梅格的神色来看，我知道她的大脑正在超速运转。这让我很紧张。

"那么……你们现在任凭我差遣吗？"她问道。

木精灵们又开始一起敲打她们的盾牌。

"我们会服从梅格的命令！"领头的木精灵说。

"比如说，如果我让你们去给我买些玉米饼——"

"我们会问你要买多少！"另一位木精灵喊道，"还有你喜欢什么辣度的酱汁！"

梅格点点头："太酷了。首先，可以请你们护送我们安全离开迷宫吗？"

"遵命！"领头的木精灵说。

"等等，"小笛说，"那个怎么办？"

她指着石板，那些我说出的胡言乱语在石板上闪闪发光。

当我戴着镣铐跪倒在地的时候，实在无心欣赏这些排列起来的石板：

金上铜　　毁暴君

东遇西　　助羽翼

军团复　　金山下

亮深处　　生骏马

一对百　　听号鸣

不言败　　弄赤潮

古语说　　陌门廊

根基破　　复荣光

"这是什么意思？"格洛弗看着我，好像我会知道似的。

我的心因疲惫和悲伤而抽痛着。当克莱斯特吸引美狄亚的注意力时，当小笛赶来救我和朋友们时，我却在滔滔不绝地胡说八道：整整两栏文字，中间是火焰的留白。这些字甚至没有用特别的字体。

"这意味着阿波罗成功了，"女先知骄傲地说，"他完成了预言！"

我摇摇头："我没有完成预言。阿波罗在塔奎尼之墓面临死亡，除非通向无声之神的入口被打开……加上这些话呢？"

小笛扫了一眼石板上的文字："这么多字。我们要记下来吗？"

女先知露出意味深长的微笑："你是说……你看不到吗？就在那里。"

格洛弗眯起眼睛看着金色的文字："看什么？"

"哦。"梅格点点头，"那好吧。"

七位木精灵都好奇地向她靠过来。

"这是什么意思，伟大创造者的女儿？"领头的木精灵问。

"这是一首藏头诗，"梅格说，"看。"

她慢跑到房间的左上角。她沿着每一行的第一个字母走，然后跳过中间的空白处，又沿着另一栏诗的第一个字母走，同时大声拼出了这些字母："B–E–L–L–O–N–A–S D–A–U–G–H–T–E–R，柏洛娜①之女。"②

"哇。"小笛惊讶地摇摇头，"我还是不知道这个预言是什么意思，有关塔奎尼和无声之神的那些，但显然，你需要柏洛娜的女儿的帮助，她是朱庇特营的高级执政官——蕾娜·拉米雷兹－阿雷拉诺。"

---

① 详见书末《阿波罗话语指南》的"柏洛娜"词条。
② 为便于理解，列出预言的英文原文：
  BRONZE UPON GOLD   DESTROY THE TYRANT
  EAST MEETS WEST   AID THE WINGED
  LEGIONS ARE REDEEMED UNDER GOLDEN HILLS
  LIGHT THE DEPTHS   GREAT STALLION'S FOAL
  ONE AGAINST MANY   HARKEN THE TRUMPETS
  NEVER SPIRIT DEFEATED   TURN RED TIDES
  ANCIENT WORDS SPOKEN ENTER STRANGER'S HOME
  SHAKING OLD FOUNDATIONS REGAIN LOST GLORY

44
木精灵？
这句话从马儿嘴里脱口而出
再见，马先生

"向梅格致敬！"领头的木精灵喊道，"向解答谜语之人致敬！"

"致敬！"其他木精灵附和道。接着，她们跪了下来，用长矛敲打盾牌，并主动提出去找玉米饼。

梅格是否值得这般欢呼，我可以就此论证一番。如果我没有被锁在滚烫的镣铐之中，没有差点被魔法折磨而死，我是可以解开这个谜题的。我很确定，这多亏了之前我给梅格解释过什么是藏头诗，要不然她肯定不会知道。

现在，我们面临着更严峻的问题。房间摇晃起来。灰尘开始从天花板上掉落。几块石板掉了下来，坠入池子中。

"我们必须赶紧离开这里，"赫罗菲勒说，"预言完成了，我自由了。这个房间将不复存在。"

"我喜欢离开这个决定！"格洛弗赞成道。

我也喜欢这个决定，但是有一个承诺我仍然要遵守，不管冥河女神多讨厌我。

我跪在平台的边缘，凝视着炽热的池子。

"呃，阿波罗？"梅格问。

"我们要把他拉走吗？"一位木精灵问道。

"我们要把他推下去吗？"另一位木精灵问道。

梅格没有回答她们，也许她在考虑哪个提议更好。我试着把注意力集中在下面的火焰上。

"赫利俄斯，"我低声说道，"你的监禁结束了，美狄亚死了。"

池子翻腾闪烁。我感受到了泰坦神朦胧的怒意。如今他自由了，他有理由把他的力量顺着这一道道走廊释放出去，把这片乡间的土地变成一片荒原，而且他的神力之泉中混进了杂质，他对此好像不太满意。

"你有权愤怒。"我说，"但我记得你——你的伟大，你的温暖。我记得你与众神、凡人之间的友谊。我永远无法成为像你一样伟大的太阳神，但是我每天都在努力纪念你——铭记你最好的品质。"

池子翻腾得更猛烈了。

我告诉自己，我只是在和一个朋友说话。这跟劝说一枚洲际弹道导弹，让它不要发射出去完全是两码事。

"我会保持隐忍，"我对他说，"我将重获太阳战车。只要我还驾着太阳战车一天，你就不会被忘记。我会坚定而诚恳地坚守住你曾经驾车走过的路，但是你比任何人都清楚，太阳的火焰不应出现在这片土地之上。它不是为了毁灭这片土地而存在，而是为了温暖它！卡利古拉和美狄亚把你变成了武器，不要让他们得逞！你要做的就是休息。回到混沌的天空，我的老朋友。请归于平静吧。"

池子进入了白热状态。我确信，我的脸部皮肤快要被烧着了。

然后，炽热的天神力量之池像充满了翻飞的飞蛾一样颤动着，闪烁着——血池随即消失了，热量消散了，石板分解成灰尘，雨点般落进了空空如也的凹陷处。我手臂上可怕的烧伤消退了，裂开的皮肤自行愈合了，疼痛也减轻到了可以忍受的程度——只是被折磨了几个小时，却让我瘫倒在石头地面上，冷得浑身发抖。

"你做到了！"格洛弗大喊。他看了看木精灵，又看了看梅格，惊讶地笑了，"你能感觉到吗？热浪、干旱、野火……它们都消失了！"

"的确是这样，"领头的木精灵说，"梅格虚弱的仆人拯救了大自然！向梅格致敬！"

"致敬！"其他木精灵附和道。

我甚至没有力气抗议。

房间隆隆作响，声音更大了。一条大裂缝从天花板中间蜿蜒而下。

"我们赶紧离开这里。"梅格转向木精灵，"去帮阿波罗。"

"梅格已经发话了！"领头的木精灵说。

两个木精灵把我抬了起来。为了维持尊严，我努力想用自己的双脚支撑自己，但这就像在湿通心粉上滑旱冰。

"你们知道怎么去那里吗？"格洛弗问木精灵。

"我们现在知道了。"一位木精灵说，"这是回归自然最快的方式，我们总是可以找到这种路径。"

如果把"救命，我快要死了"这类事情划分成一到十的等级，离开迷宫的难度就是十级，但是因为在这一周里，我做的其他事情的难度都是十五级，所以这应该算小菜一碟。我们周围的走廊的屋顶坍塌了，地板也崩裂了。怪物开始攻击我们，但它们都被七位兴奋的木精灵消灭了，她们一边消灭还一边喊着："致敬！"

最后，我们到达了一个狭窄的竖井，它倾斜着向上延伸，阳光透过入口照射进来。

"这不是我们进来的地方。"格洛弗担心地说。

"已经够近了，"领头的木精灵说，"我们来带路！"

没有人反驳她。七位木精灵举起盾牌，排成一列，开始沿着竖井前进。小笛和赫罗菲勒紧随其后，接着是梅格和格洛弗，我在最后。我已经恢复了足够的体力，可以自己攀爬，只不过还在气喘吁吁地流泪。

当我爬出去，再次沐浴在阳光下时，他们已经准备列队作战了。

我们回到了熊坑的位置，但我不知道竖井为何通向这里。梅里埃在走廊入口围成了一堵"防护墙"，其余的人站在她们身后，也都拔出了武器。在我们上方，水泥坑的边缘处，十几个潘岱人已经搭好了箭。白色战马英西塔士斯站在他们中间。

他看到了我，甩了甩他美丽的鬃毛。"他在那里，美狄亚没搞定，是吗？"

"美狄亚死了，"我说，"如果你现在不逃跑，你就是下一个。"

英西塔土斯闷声笑道："反正我也不喜欢那个女巫。至于投降……莱斯特，你有没有照镜子看看你自己？你遍体鳞伤，有什么资格出言威胁？我们已经占据了高地。你已经见识过潘岱人射箭的速度了。我不知道你那些穿着木制盔甲的漂亮盟友是谁，但这不重要。安静地过来吧。大卡正向北航行，去对付你在海湾地区的那些朋友们了，但是我们很快就能赶上舰队。他为你准备了各种各样的特别款待。"

小笛龇着牙低吼。我想赫罗菲勒放在小笛肩膀上的手是唯一能阻止阿芙洛狄忒的女儿独自向敌人发起进攻的东西。

梅格的弯刀在午后的阳光下闪闪发光。"嘿，白蜡女士们，"她说，"你们能多快到达那里？"

领头的木精灵瞥了一眼："足够快，梅格。"

"酷。"梅格说。她对着战马和他的部队大声喊道："这是你们投降的最后机会！"

英西塔土斯叹了口气："好吧。"

"好，你投降了？"梅格问道。

"不，我的意思是，我们会除掉你们的。潘岱——"

"木精灵，攻击！"梅格喊道。

"木精灵？"英西塔土斯怀疑地问。

这是他说出的最后一句话。

梅里埃从水泥坑中跳了出来，仿佛只是跨过了一个普通的门槛。十几个潘岱弓箭手——他们号称西方出手最快的战士——一支箭都来不及射出，就全部被白蜡制成的矛刺中，化成灰烬。

英西塔土斯惊慌地嘶叫着。梅里埃把他团团包围。他那金色的蹄子踢来踢去，虽然他的力量十分强大，但完全不是原始木精灵的对手。战马腿一弯，倒了下来，长矛从七个不同的方向同时对准了他的身体，她们除掉了战马。

木精灵们转过身看着梅格。

"任务完成了！"领头的木精灵说，"梅格，您现在想吃玉米饼吗？"

我旁边的小笛看起来有点想吐，好像复仇对她已经失去了一部分吸引力。"我还以为我的声音已经够强大了呢。"

格洛弗表示同意："我从来没有做过关于树的噩梦，从今以后，可能会开始做了。"

梅格看上去也不是很自在，好像刚刚意识到自己得到了怎样强大的力量。看到她这样，我不禁松了一口气。这代表着梅格还是一个好人。当好人得到权力时，他们通常会感到不安，而不是开心或者扬扬得意。这就是为什么很少有好人能够掌控权力。

"我们离开这里吧。"她说道。

"哦，梅格，我们离开这里后，要去哪里？"领头的木精灵问道。

"回家，"梅格说，"回棕榈泉。"

她说出这几句话时，声音里没有一丝苦涩。回家，回棕榈泉。她需要回去，就像木精灵一样，回去寻找自己的根。

45
沙漠之花盛开
晚霞使空气变得香甜
游戏表演时间到了！

小笛没有与我们同行。

她说她必须回到马里布的家，这样才不会让她父亲和海治一家担心。他们明天晚上将一起前往俄克拉何马州。她还有最后的事情需要安排。她的语气很沉重，所以我想她口中最后的事情是伊阿宋的后事。

"明天下午见。"她拿出一张折起来的蒲公英黄的纸条递给我，那是三巨头公司的驱逐通知。背面写着位于圣莫尼卡的一个地址。"我们会让你们顺利上路的。"

我不知道她这话是什么意思，但她没有解释就向附近高尔夫球场的停车场走去。毫无疑问，她又借了一辆贝德罗西安的车。

我们坐着红色的梅赛德斯回到了棕榈泉，由赫罗菲勒开车。谁能想到，古代神谕祭司还会开车呢？梅格坐在她旁边，格洛弗和我坐在后面。我一路都悲伤地盯着我的座位，克莱斯特几个小时前还坐在这里，期待着学习和弦，成为音乐之神。

我可能哭了。

七个梅里埃像特工一样跟在我们的车旁边，即使我们把一辆接一辆的车甩在后面，她们也能毫不费力地跟上。

我们取得了胜利，但我们一行人仍旧闷闷不乐。没有人发起什么妙趣横生的对话。赫罗菲勒试图打破僵局："我用我的小眼睛看到——"

我们异口同声地说："不要。"

此后，我们便默默地前行。

外面的温度至少降低了十五度。水汽蒸腾，像一件巨大的湿湿的罩衫一样盖住了洛杉矶盆地，吸收了所有干热的空气和浓烟。当我们到达圣贝纳迪诺时，乌云已经遮盖了山顶，雨幕落在被火熏黑的焦渴的山丘之上。

当我们走过山口，看到山下绵绵不绝的棕榈泉，格洛弗高兴得哭了。沙漠中长满了野花——金盏花、蒲公英和报春花，这些花儿都在落下的雨水中闪闪发光，空气凉爽而甜蜜。

几十位木精灵在水池外的山顶上等着我们。芦荟忙着处理我们的伤口。梨果仙人掌皱起眉头，问我们为什么又把衣服弄破了。宝山仙人掌高兴地和我跳起了探戈舞，但是，穿着卡利古拉的凉鞋并不适合跳这么花哨的舞。至于其余的人，他们绕着梅里埃围成了一大圈，以敬畏的眼神呆呆地望着她们。

约书亚树紧紧地拥抱着梅格，这让她尖叫出来。"你做到了！"他说，"大火熄灭了！"

"你不必这么惊讶吧。"梅格咕哝着说。

"还有她们……"他面向梅里埃，"我……我今天早些时候看到她们冒了出来。她们说听到了一首歌，要循声而去。那是你吗？"

"是的。"梅格看着约书亚树，他正张着嘴，紧盯着白蜡精灵，这让她不太高兴，"她们是我的新部下。"

"我们是梅里埃！"领头的木精灵跪在梅格面前附和道，"请给予我们指引，梅格！我们应该在哪里扎根？"

"扎根？"梅格问，"但是我以为——"

"我们可以扎根在你把我们种下的那个山坡上，伟大的梅格，"领头的木精灵说，"但是如果你希望我们在别处扎根，你必须迅速做出决定！我们很快就会长得又大又壮，到时候就无法移植了！"

我的脑海中突然浮现出这样一幅画面：我们买了一辆皮卡，在里面装满泥土，然后种下七棵白蜡，一路北上去往旧金山。我喜欢这个点子，但不幸的是，我知道这是行不通的。公路旅行时带着树上路，这种做法确实不太行。

梅格挠了挠耳朵："如果你们留在这里……你们会没事吗？我是说，这里可是沙漠啊。"

"我们会没事的。"领头的木精灵说。

"不过，多一些树荫和水源的确会更理想。"一位木精灵说。

约书亚树清了清嗓子，拘谨地用手拢了拢他蓬乱的头发。"嗯，如果你们留下，我们会倍感荣幸。在这里，大自然的力量已经很强大了，如果梅里埃再加入我们——"

"是啊，"梨果仙人掌附和道，"这样的话，就再也没人敢打扰我们了。我们可以平静地生长了！"

芦荟怀疑地盯着梅里埃。我猜，她对不需要治疗的生命体都不太信任。"你们有多远的活动范围？你们能够保护多大的领土？"

梅里埃中的一位笑了："我们今天去了洛杉矶！这并不困难。如果我们扎根在这里，我们可以保护五百公里以内的所有土地！"

宝山仙人掌抚摸着她的黑发："那可以覆盖到阿根廷吗？"

"不行，"格洛弗说，"但差不多可以覆盖整个南加州。"他转向梅格，"你觉得怎么样？"

梅格太累了，像小树苗一样摇晃着。我还以为她会咕哝一句典型的梅格式的"不知道"，然后就会昏睡过去，但她没有，而是向梅里埃打了个手势。

"过来。"

我们都跟着她，来到了水池的边缘。梅格指着阴凉的水井，井中央是深蓝色的池水。

"水池周围如何？"她问道，"树荫。水源。我想……我想我爸爸会喜欢的。"

"创造者的女儿决定了！"一位梅里埃大叫道。

"两位创造者的女儿！"另一位梅里埃说。

"双倍的赐福！"

"睿智的解谜者！"

"梅格！"

剩下的两位梅里埃没什么可补充的，所以她们只是嘀咕着"是的，梅格，是的"。

木精灵们喃喃地说着什么，点了点头。虽然这里是他们享用玉米饼的地方，但没有人因此抱怨什么。

"一片神圣的白蜡林，"我说，"很久以前，我也曾拥有过这样一片树林。梅格，这很完美。"

我看向一直默默站在后面的女先知。被长时间囚禁之后又被这么多人围在中间，她明显吓坏了。

"赫罗菲勒，"我说，"这片小树林会得到周全的保护。在这里，没有人会威胁到你，就连卡利古拉也不行。我不会告诉你该做什么，选择权在你，但是请你考虑一下，把这里当成你的新家，好吗？"

赫罗菲勒用双臂环抱住自己。在午后的阳光下，她赤褐色的头发与沙漠中的山丘有着相同的颜色。我不禁猜测，她是否在思考这里的山丘与她出生的地方——那个位于厄立特利亚的山洞有什么不一样的地方。

"我在这里会很快乐。"她说，"我有一个初步想法——这只是一个想法——我听说人们在帕萨迪纳制作了很多游戏节目，我有几个游戏节目的创意。"

仙人掌十分兴奋："亲爱的，不如把这件事定下来吧？加入我们吧！"

把这件事"定"下来，仙人掌提出这个建议真是毫不违和。①

芦荟点点头："我们很荣幸让一位神谕祭司加入我们！如果有人快要感冒了，你可以提醒大家！"

"我们会张开双臂欢迎你。"约书亚树附和道，"当然，那些胳膊上长着尖刺的木精灵就别这样做了，他们只对你招招手就好了。"

赫罗菲勒微笑着说："真好，我……"她有点哽咽，仿佛又要开启一个新的预言，把我们都弄得手忙脚乱。

"好吧！"我说，"没必要感谢我们！就这样决定了！"

就这样，棕榈泉多了一位神谕祭司，而世界上的其他地方也不会被新的日间游戏节目——例如先知之轮和神谕猜猜猜之类的——折磨了，这是双赢局面。

---

① 此处"定"的英文单词为"pin"，有"钉"的意思。

那天傍晚，我们在山坡下搭建了一个新营地，晚餐吃了外卖（我点了绿辣椒玉米饼，谢谢你的关心），并向芦荟保证，我们身上的黏液已经足够厚了。梅里埃挖出了她们自己的树苗，并把它们移植到水池边，我想这就是木精灵式的"自己动手，丰衣足食"吧。

日落时，她们的领袖来到梅格面前，深深地鞠了一躬。"我们现在即将沉睡，但只要您召唤，我们就一定会回应您——前提是我们能及时赶到！我们将以梅格的名义保护这片土地！"

"谢谢。"梅格说。她的回答一如既往地"富有诗意"。

梅里埃消失在七棵白蜡树中，在水池周围形成了一个美丽的圆环，树枝闪烁着柔和的光。其他木精灵穿过山坡。浓烟已经消散，他们享受着凉爽的空气，欣赏着夜空中的繁星，带着女先知参观她的新家。

"这里有石头。"他们对她说，"这里有更多的石头。"

格洛弗坐在梅格和我旁边，心满意足地叹了口气。

半羊人已穿戴一新：一顶绿色的帽子，一件新的扎染衬衫，一条干净的牛仔裤，一双新的适合羊蹄的新运动鞋，肩上还挎着一个背包。看到他一副要去旅行的样子，我的心沉了下去，但我并不惊讶。

"要去什么地方？"我问。

他咧嘴一笑："回混血营。"

"现在就走？"梅格追问。

他摊开双手："我在这里已经待了很多年了。多亏了你们，我的工作终于完成了！我的意思是，我知道你们还有很长的路要走，解救神谕祭司什么的，但……"

他很有礼貌，没有说完他想说的话——但是请不要让我和你们一起继续这趟遥远的旅程了。

"你应该回家去，这是你应得的。"我伤感地说，心里想着自己也能回家该有多好，"但是你不休息一晚吗？"

格洛弗的眼神里出现了一丝恍惚。"我必须回去。虽然半羊人不是木精灵，但我们也有根。混血营就是我的根。我离开太久了。我希望茱妮弗没有给自己找一只别的山羊……"

我回想起营地里的木精灵茱妮弗，她一直十分担心这个不在身边的男朋友。

"她上哪儿去找比你更优秀的半羊人呢？"我说，"谢谢你，格洛弗·安德伍德。如果没有你和沃尔特·惠特曼，我们不可能成功。"

他笑了，但他的表情立刻变得阴郁。"我只是感到抱歉，对伊阿宋和……"

他的目光落在我腿上的尤克里里上。自从我们回来后，我就再没有让它离开过我的视线，尽管我没有心思去调弦，更不用说演奏它了。

"是啊，"我表示同意，"对摇钱树和其他所有寻找烈焰迷宫时丧生的人，在火灾、干旱中牺牲的人，我都感到很抱歉。"

哇，有那么一秒钟，我感觉还不错。格洛弗真的知道如何破坏气氛。

他的山羊胡子抖动着。"我相信你们会到达朱庇特营的，"他说，"我从未去过那里，也没有见过蕾娜，但我听说她是个好人。我的朋友——独眼巨人泰森也在那里。代我向他问好。"

我想象着北方现在是怎样的景象。我们在卡利古拉的游艇上已经得知，他在新月夜的攻击行动并没有得逞，但除此之外，我们不知道朱庇特营还发生了什么，也不知道雷奥·瓦尔迪兹是在那里还是已经飞回了印第安纳波利斯。我们只知道卡利古拉已经折损了女巫和战马两名大将，他正向海湾地区航行，准备亲自对付朱庇特营。我们必须先到达那里。

"我们会没事的，"我试图说服自己，"我们已经从三巨头手中救出了三个神谕祭司。现在，除了德尔斐本身，只剩下一个预言来源了：《西卜林书》……或者更确切地说，那是鹰身女妖艾拉试图从记忆中重构的内容。"

格洛弗皱起眉头："是啊，艾拉，泰森的女朋友。"

他的语气很困惑，好像独眼巨人找一个鹰身女妖当女朋友是没什么道理的事，更不用说她还有过目不忘的能力，但也正因如此，她成了我们与几个世纪前被烧毁的预言书之间唯一的联系。

我们的大多数经历都不合常理，但我曾是奥林匹斯天神，我对不合常理的事情已习以为常。

"谢谢你，格洛弗。"梅格给了半羊人一个拥抱，吻了吻他的脸颊，毫无疑问，她从没对我表现出这种感激之情。

"当然，"格洛弗说，"谢谢你，梅格。你……"他咽了一口唾沫，"你是个很好的朋友。我喜欢和你一起讨论植物的话题。"

"我也在场啊。"我说。

格洛弗不好意思地笑了。他站起来，咔嗒一声扣上了背包的胸带。"大家睡个好觉，祝你们好运。我有种感觉，我们会重逢，等到……嗯。"

等到我回归神界，重获我的永生王座之时？

在我们都以某种悲惨的方式死于三巨头之手时？

我不确定这一切是否会变成现实，但是在格洛弗离开后，我觉得我的胸口空了一片，就好像我之前用多多那圣箭戳出的洞越来越深，越来越大了。我解开卡利古拉的凉鞋，把它扔到一边。

我悲伤地睡去，做起了悲伤的梦。

我梦见自己躺在冰冷黑暗的谷底，上方飘浮着一个穿黑色丝绸长袍的女人——她是冥河女神斯提克斯，冥界之水的化身。

"你再次违背了诺言。"她咝咝地说。

我的喉咙里发出一声呜咽。我不需要她的提醒。

"伊阿宋死了，"她继续说道，"年轻的潘岱人也死了。"

他叫克莱斯特，我想尖叫，他有名字！

"你现在是否觉得以冥界之水为名轻率地起誓十分愚蠢？"

斯提克斯说："会有更多的人死去。我的愤怒不会放过任何一个接近你的人，直到你悔过自新。享受你作为凡人的时光吧，阿波罗！"

水开始流入我的肺部，好像我的身体才刚刚想起它需要氧气。

我气喘吁吁地醒来。

我看着沙漠上空，现在已是破晓时分。我紧紧地抱着我的尤克里里，它在我的前臂上留下了压痕，胸口也出现了瘀青。梅格的睡袋是空的，我正准备去找她，就看见她走下山坡，向我走来，眼中闪烁着奇怪、兴奋的光芒。

"阿波罗，起床，"她说，"你必须看看这个！"

46
二等奖：听着邦乔维①的卡带
开始公路旅行
一等奖：请不要多问

麦卡弗里的豪宅重生了。

或者应该说，重新长了出来。

一夜之间，沙漠中的阔叶树以令人难以置信的速度发芽生长，长出了横梁和地板，构成了几层楼高的高脚屋。厚重的藤蔓从石头废墟中出现，编织成墙壁和天花板，却留出了窗户和天窗。窗外有紫藤搭成的遮阴的雨棚。

这个新房子最大的不同是，最大的房间在水池周围，那是一个马蹄形房间，为白蜡留下了一片开放的天空。

"我们希望你喜欢，"芦荟说着，开始带我们参观，"这是我们大家一起商量的结果，我们至少要做到这样。"

室内凉爽舒适，每个房间都有喷泉和流水，那是树木的导管运输上来的地下泉水。盛开的仙人掌花和约书亚树装饰着房内的空间。巨大的树枝组成了一个个家具，就连麦卡弗里博士的旧办公桌也经过了精心的改造。

---

① 美国硬摇滚乐队，在上世纪80年代获得了巨大的成功。

梅格抽噎着,疯狂地眨着眼睛。

"哦,亲爱的,"芦荟说,"我希望你不要反感这栋房子!"

"不,这个地方太棒了。"梅格无视木精灵身上的众多尖刺,一头扑到了芦荟的怀里。

"哇。"我说(梅格的诗歌天赋一定传染到我身上了),"完成这栋房子需要多少大自然精灵?"

芦荟谦虚地耸耸肩:"莫哈维沙漠的每个木精灵都帮了忙。你救了我们所有人!你让梅里埃重生了。"

她在梅格的脸上落下一记轻吻。"你父亲会很骄傲的。你已经完成了他的工作。"

梅格眨着眼睛,忍住眼泪:"我只是希望……"

她不需要说完这句话。我们都知道,有许多生命,我们是没有办法拯救的。

"你会留下来吗?"芦荟问道,"厄萨勒斯是你的家。"

梅格凝视着远处的沙漠。我真害怕她答应,如果那样,她对我的最后命令会是让我自己继续完成任务,而且这次她会是认真的。她有什么理由不这么做呢?她找到了自己的家。她的朋友在这里,那七个非常强大的木精灵每天早上还会为她欢呼,给她带来玉米饼。她可以成为南加州的保护者,远离尼禄的控制。她可能会找到平静。

几个星期前,我梦想着摆脱梅格,但现在我发觉,我已无法接受和她分开。是的,我希望她幸福,不过,我知道她还有很多事情要做——首先就是再次面对尼禄,通过正面对抗打败"野兽",只有这样,她才能真正摆脱她人生中那可怕的章节。

哦,我也需要梅格的帮助。你可以说我自私自利,但我无法想象没有她我会变成什么样。

梅格紧握着芦荟的手:"也许未来我会回到这里。我希望有一天我可以留在这里,但是现在……我们有必须要去的地方。"

格洛弗很慷慨,把他从不知什么地方借来的梅赛德斯留给了我们。

赫罗菲勒正和木精灵们一起规划着什么。他们想在厄萨勒斯后面找一间卧室,把地板改造成巨大的填字游戏板。我们上前与他们道别,随后便驱车前往圣莫尼卡,寻找小笛给我的那个地址。我一直透过后视镜观察着,不知道高速公路巡警会不会把我们当成偷车贼,然后把我们拦下来,如果这样,这一周就真的有一个"完美结局"了。

我们花了很长的时间才找到正确的地址:圣莫尼卡海滨附近的一个小型私人机场。

保安什么都没问就让我们进了大门,就好像他一直等着两个少年开着一辆可能是被盗的红色梅赛德斯前来一样。我们直接把车开到了停机坪上。

一辆闪闪发光的白色飞机停在航站楼附近,旁边停着的是海治教练的黄色平托车。我不禁毛骨悚然,心想我们是否被困在了《神谕错不了!》的一集节目中!一等奖:一架飞机。二等奖……不,我无法接受这个念头。

海治教练正在平托车的引擎盖上给小查克换尿布。为了分散小查克的注意力,他让小查克抱着一枚手榴弹(应该只是一个手榴弹的空壳子,应该是这样吧)。美丽站在他旁边看着他。

她看到了我们,挥了挥手,给我们投来一个悲伤的微笑。她指着飞机,小笛正站在最后一级台阶上与飞行员交谈。

小笛手里拿着一个又大又平的东西——那是一块展板。她腋下还夹着几本书。在她的右侧,靠近飞机尾部的地方,行李舱的门开着。地勤人员小心翼翼地用黄铜固定装置捆住了一个大木箱,那是一副棺材。

梅格和我走上前去。机长握了握小笛的手,满脸同情。"目前一切正常,小笛女士。在我们的乘客上机前,我们会登机做飞行前的检查工作。"

他快速地向我们点点头,然后爬进了飞机。

小笛穿着褪色的牛仔裤和绿色迷彩背心。她把头发剪得更短了——可能是因为很多头发已经被烧焦了——这个造型让她看起来活像塔莉亚·格雷斯。灰色的柏油路倒映在她多彩的眼睛中,我觉得她很有可能会被误认为雅典娜的后代。

她拿着的展示板,当然就是伊阿宋设计的朱庇特营中的神庙山。她腋下夹着伊阿宋的两本素描本。

我只感觉一颗滚珠卡在了喉咙里。"啊。"

"就是这样,"她说,"学校让我清理他的东西。"我接过了设计图,就像接过一名牺牲的士兵身上折起的旗帜那样。梅格把素描本塞进背包。

"你要去俄克拉何马州了吗？"我用下巴指着飞机问道。

小笛笑了。"嗯，是的，但是我们会开车出发。我爸爸租了一辆越野车，他在 DK 甜甜圈店等着我和海治。"她的笑容中流露出悲伤，"我们搬来的时候，他第一次带我去吃早餐的地方就是那里。"

"开车？"梅格问道，"但是——"

"这架飞机是给你们准备的，"小笛说，"还有……伊阿宋。我和爸爸谈过送伊阿宋回家的事，我是说……他在海湾地区的那个家待的时间最长，你们可以护送他回到那里……爸爸也觉得还是你们搭飞机比较好。我们很乐意开车过去。"

我看了看神庙山的立体布景——所有的小塑料方块都被伊阿宋仔细地贴上了标签。我一眼就看到了"阿波罗"的标签。我仿佛能听到伊阿宋的声音，他正呼唤着我的名字，请求我帮他一个忙：无论发生什么，当你回到奥林匹斯，当你再次成为天神时，记住，记住作为人类是怎样生活的。

我想，这便是人类生活的一部分吧。站在停机坪上，看着凡人们把我的朋友——一位英雄的遗体装进货舱，心里清楚地知道他再也不会回来了。向一个为我们付出了一切的悲痛的年轻女人道别，并且清楚地知道，你永远无法报答她的恩情，也永远无法补偿她失去的一切。

"小笛，我……"我像女先知一样哽住了。

"没事，"她说，"安全到达朱庇特营。让他们给伊阿宋办一场他应得的罗马式葬礼。阻止卡利古拉。"

正如我所料，她的话并不刻薄。

这些话甚至毫无生气，就像棕榈泉的空气那样，不是对人的审判，只是本身就炽热无比。

梅格瞥了一眼货舱里的棺材，看起来，要和死去的同伴一起上飞机让她感到不安。我不能责怪她。我从来没有邀请过哈迪斯和我一起去晒太阳。将冥界和人间混为一谈是一种坏兆头。

"不管怎样，"梅格嘀咕道，"谢谢你。"

小笛把年轻的女孩搂进怀里，亲吻了她的额头。"别客气。如果你以后到了塔勒阔，来看看我，好吗？"

我想起了每年向我祈祷的数百万年轻人,他们分散在世界各地的小城,祈祷可以离开家乡,来到洛杉矶,实现他们的远大梦想。现在,小笛却走上了另一条路——离开她父亲前半生的迷人生活和电影中的浮华世界,回到俄克拉何马州的小镇塔勒阔。她看起来很平静,好像确信她自己的厄萨勒斯就在那里。

美丽和海治教练走了过来,小查克仍然高兴地在教练的怀里嚼着他的手榴弹。

"嘿,"教练说,"前方路途遥远,你准备好了吗,小笛?"

半羊人的表情冷酷而坚定。他看了看货舱里的棺材,然后迅速把目光聚焦在停机坪上。

"差不多了,"小笛说道,"你确定这辆平托车能开这么远的路吗?"

"当然!"海治说,"只是,呃,你知道,要盯着点,万一越野车坏了,你们会需要我的帮助的。"

美丽翻着白眼:"我和查克跟着越野车走。"

教练咕哝道:"没问题。这样我就有时间听我的音乐了。我把邦乔维的所有作品都录在卡带上了!"

我对他鼓励地笑了笑,但我暗自决定,如果我能再见到哈迪斯的话,一定要给他一个体罚领域的新建议:平托,公路旅行,录音带上的邦乔维。

梅格拍了拍小查克的鼻子,他咯咯地笑了起来,还吐出了手榴弹碎片。"你们在俄克拉何马州打算做什么?"她问道。

"当然是当教练啦!"教练说,"俄克拉何马州有几个很棒的大学运动队,而且,我听说那里的大自然力量非常强大,是抚养孩子的好地方。"

"云精灵总能找到工作的。"美丽说,"所有人都需要云。"

梅格凝视着天空,也许是在想这些云中有多少是拿着最低工资的云精灵,然后,她的嘴突然张开了。"呃,伙计们?"

她指向北方。

一个闪闪发光的东西从一片片白云中浮现出来。有那么一瞬间,我以为是一架小飞机正准备着陆。接着,它开始拍打翅膀。

地勤人员匆忙行动起来,只见雷奥·瓦尔迪兹骑着青铜巨龙范斯塔降落了。

工作人员挥舞着他们的橙色手电筒,把范斯塔带到我们要乘坐的飞机旁。没有人觉得这有什么不寻常的。一名机组人员冲雷奥大喊，问他是否需要燃料。

雷奥咧嘴一笑："不需要，但是如果你能给我兄弟洗个澡，涂点蜡，或许再给它找点塔巴斯科酱，那就太好了。"

范斯塔咆哮着表示同意。

雷奥·瓦尔迪兹爬下龙背，向我们小跑过来。不管他经历了什么样的冒险，他似乎永远都是一头黑色卷发，脸上挂着顽皮的微笑，小精灵般的身体完好无损。他穿着一件紫色T恤，上面是一行拉丁文：我的同伴去了新罗马，我却只有这件糟糕的T恤。

"派对现在可以开始了！"他宣布，"我的朋友们！"

我不知道该说什么。雷奥走过来，一一拥抱我们，但我们都呆呆地站在原地。

"伙计，你们怎么了？"他问道，"有人用闪光弹袭击你们了吗？我从新罗马得到了好消息和坏消息，但是首先……"他扫视着我们的脸，表情开始垮下来，"伊阿宋在哪里？"

47
飞行饮料
包括天神的眼泪
请准备零钱

小笛崩溃了。她伏在雷奥身上，啜泣着讲述这个故事。他受到了重创，红着眼睛，抱住她的背，把脸埋在她的颈间。

地勤人员没有打扰我们。海治一家回到了平托车上，教练紧紧地抱着美丽和他们的孩子。每个人都应当如此对待家人，因为悲剧随时会降临到任何人身上。

梅格和我站在一旁，伊阿宋的立体设计图仍在我的臂弯里微微颤动。

在飞机旁边，范斯塔抬起头，发出低沉尖厉的声音，然后向天空喷射出一束火焰。地勤人员冲洗它的翅膀时，它看起来有点紧张。我想，普通的私人飞机应该不会经常从鼻孔里喷出火来，或者……也不会有鼻孔。

我们周围的空气似乎在结晶，形成脆弱的情感碎片，无论我们转向哪一个方向，这些碎片都会割伤我们。

雷奥看起来像是遭遇了连番打击（我知道，因为我见过他遭遇连番打击的样子）。他擦掉了脸上的泪水，盯着货舱，然后又看向了我手中的立体设计图。

"我都没……我都没来得及跟他告别。"他低声说道。

小笛摇摇头："我也没有。一切发生得太快了。他就——"

"他做了他一直想做的事，"雷奥说，"他扭转了败局。"

小笛颤抖着吸了一口气："你呢？你有什么新消息？"

"新消息？"雷奥强忍着眼泪，"发生了这种事情，谁会关心我的消息？"

"喂！"小笛捶了一下他的手臂，"阿波罗告诉过我你在做什么。朱庇特营发生了什么？"

雷奥用手指轻敲着他的大腿，好像在用莫尔斯电码同时破译两个对话。"我们阻止了这次攻击，算是吧，但是损失惨重，这是坏消息。很多好人……"他瞥了一眼货舱，"嗯，弗兰克没事，蕾娜、黑兹尔……这是好消息……"他哆嗦了一下，"诸神啊，我现在甚至不能思考，这正常吗？就像，已经忘记如何思考了。"

至少以我的经验来看，我可以向他保证，这是正常的。

机长走下飞机的舷梯："对不起，小笛小姐，我们在排队等候起飞。如果不想错过起飞的时间——"

"好的，"小笛说，"阿波罗和梅格，你们走吧。我和教练、美丽在一起不会有事的，雷奥——"

"哦，你可不能丢下我，"雷奥说，"你刚刚赢得了一个由一条青铜巨龙护送你到俄克拉何马州的机会。"

"雷奥——"

"我们不要争论这个，"他坚持道，"再说，回印第安纳波利斯本来也顺路吧？"

小笛的微笑像雾一样微弱："你要在印第安纳波利斯定居，而我要待在塔勒阔。我们真要天南海北了，是吧？"

雷奥转向我们："去吧，你们几个。带着……带着伊阿宋回家，好好待他。朱庇特营在等着你们。"

我透过飞机的窗户最后看了一眼小笛、雷奥、教练和美丽，他们挤在停机坪上，带着他们的青铜巨龙和黄色平托车，正计划着向东的旅程。

与此同时，我们乘坐私人喷气式飞机沿着跑道滑行，在轰隆隆的声音中飞向天空——前往朱庇特营，与贝娄娜的女儿蕾娜会合。

我不知道如何找到塔奎尼之墓，也不知道无声之神究竟是谁。我不知道如何阻止卡利古拉攻击已经受创的罗马营地。但是，即使有这么多烦心事，也比不上我们已经遭遇的这些悲剧——这么多的生命被摧毁。一位英雄的棺材在货舱里嘎嘎作响。三个皇帝都还活着，准备对我关心的每个人和每件事做出更大的破坏。

我发觉自己在哭泣。

太荒谬了。天神是不会哭泣的。我看着旁边座位上伊阿宋的立体设计图，只能想到，他永远也见不到自己精心标记的设计图开始施工的那一天了。我握着尤克里里，想象着克莱斯特用断掉的手指弹奏最后一个和弦的样子。

"嘿。"坐在我前面的梅格转过身。尽管梅格戴着她惯常戴的猫眼眼镜，穿着学龄前配色的服装（不知怎的，她的衣服又被耐心的木精灵用魔法修补好了），但她今天看起来更成熟，也更自信了。"我们会让一切回归正轨的。"

我痛苦地摇摇头："这到底意味着什么？卡利古拉正挥军北上。尼禄也还在行动。我们与三个皇帝碰过面，却没有击败任何一个。还有巨蟒——"

她拍了一下我的鼻子，比她逗弄小查克的力道大多了。

"嗷！"

"现在可以集中注意力了吗？"

"我……是的。"

"那就听着：**三者皆已知，活至台伯渡，那时阿波罗方可尽情捷舞。**印第安纳的预言是这么说的，对吗？我们到了那里，一切就清楚了。你会打败三巨头的。"

我眨了眨眼："这是命令吗？"

"这是一个承诺。"

我真希望她没说过这句话。我几乎可以听到冥河女神在笑，她的声音在冰冷的货舱里回荡，朱庇特的儿子现在就躺在棺材里。

这个念头让我很生气。梅格说得对，我会打败皇帝，我会把德尔斐从巨蟒手中救出来。我不会让那些牺牲的人白白牺牲。

也许这次冒险已在挂留四度和弦处终止，但我们还有很多事情要做。

从现在开始，我将不再是莱斯特。我将不再只是一个旁观者。

我会是阿波罗。

我会记得。

阿波罗话语指南

阿尔戈二号：赫菲斯托斯在混血营小屋中建造的三列桨座战船，可将七子预言中提到的半神带到希腊。

阿耳忒弥斯：希腊神话中的狩猎女神和月亮女神，宙斯和勒托的女儿，阿波罗的孪生妹妹。

阿瑞斯：希腊神话中的战神，宙斯和赫拉的儿子，雅典娜同父异母的兄弟。

埃德塞尔：福特公司在1958年至1960年间生产的一款汽车，这款车的市场表现非常糟糕。

埃德西亚：罗马神话中的宴会女神。

埃涅阿斯：特洛伊王子，被视为罗马人的祖先。维吉尔的史诗《埃涅阿斯纪》中的英雄。

埃斯科拉庇俄斯：医药之神，阿波罗的儿子。他的神庙是古希腊的治疗中心。

爱彼特：石南属植物，开白色或粉红色的花，结红色或橙色的浆果。

奥林匹斯山：十二位奥林匹斯天神的家。

柏洛娜：罗马神话中的战争女神，朱庇特和朱诺的女儿。

半羊人：希腊神话中的森林之神，半人半羊。

本塔纳：位于阿根廷布宜诺斯艾利斯的表演和活动场地。

彼得堡计划：弗吉尼亚大会战中，一场旨在对抗南方军队的爆炸袭击。

波塞冬：希腊神话中的海神，泰坦神克洛诺斯和瑞亚之子，宙斯和哈迪斯的兄弟。

布里托玛耳提斯：希腊神话中的狩猎女神和网之女神，她的神兽是狮鹫。

达佛涅：一位美丽的水泽女神，引起阿波罗的注意后，为了躲避他，她变成了一棵月桂树。

代达洛斯：一位高明的工匠，他在克里特岛建造了迷宫，里面饲养着米诺陶（半人半牛的怪物）。

得墨忒耳：希腊神话中的农业女神，泰坦瑞亚和克洛诺斯的女儿。

德尔斐神谕：代表阿波罗发布预言的人。

狄奥尼索斯：希腊神话中的美酒与狂欢之神，宙斯的儿子。

帝国黄金：一种可以对怪物造成致命伤害的稀有金属，供奉在万神殿，皇帝们对它的存在严格保密。

第一公民：早期的罗马皇帝会使用这个头衔。

独眼巨人：原始巨人种族的一支，每个巨人的额头中间都有一只眼睛。

俄耳托波利斯：普莱姆纳乌斯唯一幸存的孩子。得墨忒耳曾伪装成一位老妇人照顾他，让他活了下来。

厄立特利亚女先知：在爱奥尼亚的厄立特利亚负责传达阿波罗神谕的女先知。

厄律曼托斯大野猪：一头巨大的野猪，曾让厄律曼托斯岛上的人感到恐惧，直到赫拉克勒斯将它制伏，那是他十二项功绩中的第三项。

厄萨勒斯：在古希腊语中是常青的意思。

恩克拉多斯：巨人，盖娅和乌拉诺斯的儿子，在巨人战争期间，他是雅典娜女神的主要对手。

恩浦萨：长着翅膀的吸血怪物，女神赫卡忒的女儿。

方阵战术：将全副武装的部队排出密集阵型的战术。

腓力二世：公元前359年至公元前336年担任古希腊马其顿国王，亚历山大大帝的父亲。

费罗尼娅：罗马神话中的荒野女神，与生育、健康、富饶息息相关。

伏尔甘：罗马神话中的火神，掌管火山和铁艺，其希腊形态是赫菲斯托斯。

盖娅：希腊神话中的大地女神，乌拉诺斯的妻子，泰坦、巨人和其他怪物的母亲。

古罗马短剑：古罗马步兵的主要武器。

哈德良：古罗马第十四任皇帝，统治时间为公元117年至138年，在不列颠岛北部建造了横贯东西的"哈德良长墙"，并因此闻名于世。

哈迪斯：希腊神话中的死亡与财富之神，冥界的统治者。

赫尔墨斯：希腊神话中的旅行之神，能引导死者的灵魂，也是沟通之神。

赫菲斯托斯：希腊神话中的火神，掌管火山、手工艺和铁艺，宙斯和赫拉的儿子，与阿芙洛狄忒成婚，其罗马形态为伏尔甘。

赫卡柏：特洛伊女王，特洛伊战争期间统治者普里阿摩斯国王的妻子。

赫卡忒：魔法与十字路口的女神。

赫拉：希腊神话中的婚姻女神，宙斯的妻子和妹妹，阿波罗的继母。

赫拉克勒斯：宙斯和阿尔克墨涅的儿子，天生神力。

赫利俄斯：泰坦太阳神，泰坦神海伯利安和泰坦女神忒伊亚之子。

赫罗菲勒：水精灵的女儿，拥有美妙的歌声。阿波罗赐予了她预言的天赋，使她成为厄立特利亚的女先知。

赫斯提亚：希腊神话中的炉灶与家庭女神。

混血营：希腊半神的训练基地，位于纽约长岛。

极乐世界：英雄被天神们赋予永生的权利后，会被送往这里。

杰纳斯：罗马天神，掌管开始、开口、门口、大门、通道、时间和结束，有两张脸。

金羊毛：人们梦寐以求的金毛有翼公羊的羊毛，它被埃厄忒斯国王保存在科尔基斯，并由一条龙看守，直到伊阿宋和阿尔戈英雄们将其夺回。

禁卫军：罗马帝国军队中的一支精锐部队。

九位缪斯女神：希腊神话中保护艺术创作和自由表达的女神，宙斯和谟涅摩叙涅的女儿。孩童时期，她们曾受到阿波罗的教导。她们的名字分别是克里奥、欧忒耳珀、墨尔波墨涅、忒耳西科瑞、埃拉托、波利姆尼亚、乌兰尼亚、卡利俄佩、塔利亚。

卡利古：罗马行军靴。

卡利古拉：罗马第三位皇帝——盖乌斯·朱利乌斯·恺撒·奥古斯都·日耳曼尼库斯的绰号。他统治的四年间（公元37年至41年），因为残忍和嗜杀，他变得臭名昭著，最终被自己的禁卫军刺杀。

卡斯托与保禄赛神庙：为纪念朱庇特和勒达的双胞胎半神孩子而建的一座古老寺庙，位于罗马广场，由在雷吉鲁斯湖战役中取得胜利的罗马将军奥卢斯·波斯图米乌斯建成。

康茂德：罗马皇帝马可·奥勒留的儿子，公元177年至192年在位。他十六岁时成为共治皇帝，十八岁时其父去世，正式成为皇帝。他为人狂妄自大且十分腐败。他认为自己是新的赫拉克勒斯，喜欢在罗马斗兽场与角斗士战斗。

科墨珀勒亚：希腊神话中的暴风雨女神，波塞冬的女儿。

克劳狄乌斯：罗马帝国的皇帝，公元41年至54年在位，其王位承袭于他的侄子卡利古拉。

克陶普垂斯：一把匕首的名字，曾经属于特洛伊的海伦，在希腊语中是"镜子"的意思。

勒托：希腊神话中的保育女神，与宙斯结合诞下阿耳忒弥斯和阿波罗。

卢克雷齐亚·波吉亚：15、16世纪意大利的一位美丽的贵妇，据说她风流放荡，参与了许多政治阴谋。

马可·奥勒留：罗马皇帝，在位时间为公元161年至180年。康茂德的父亲，"五贤帝"中的最后一位。

玛尔斯：罗马神话中的战神，其希腊形态为阿瑞斯。

梅费提斯：掌管土地中刺鼻气体的女神，在沼泽和火山地带受到崇拜。

梅里埃：希腊神话中的白蜡树精灵，盖娅所生。她们曾在克里特岛抚育宙斯长大。

美狄亚：希腊女巫，科尔基斯国王埃厄忒斯的女儿，泰坦太阳神赫利俄斯的孙女，英雄伊阿宋的前妻，她帮助他获得了金羊毛。

米诺陶：克里特岛国王米诺斯的儿子，半人半牛。他被关在迷宫里，在那里，他杀死了许多人。他最终被忒修斯击败。

冥河：冥界与人类世界之间的界河。

冥界：逝去之人的王国，灵魂的永生之所，受哈迪斯统治。

冥铁：一种稀有的魔法金属，能够杀死怪物。

魔幻迷宫：最初由工匠代达洛斯在克里特岛建造的地下迷宫，用于囚禁米诺陶。

木精灵：他们的形态通常与一种植物有关，大部分是女性。

内韦厄斯·苏特力俄斯·马克洛：在提比略和卡利古拉皇帝麾下服役，公元31年至38年间任禁卫军长官。

尼奥斯·赫利俄斯：罗马皇帝卡利古拉曾使用的头衔，在希腊语中是"新太阳"的意思。

尼俄柏家族：因为尼俄柏吹嘘自己的后代比勒托的后代多，其整个家族被阿波罗和阿耳忒弥斯毁灭。

尼禄：古罗马皇帝，在位时间是公元54年至68年。他处死了他的母亲和第一任妻子。许多人认为他对毁灭罗马的大火负有责任，但他不这么认为。他在清理出来的土地上建造了一座奢华的新宫殿，高昂的建筑费用迫使他提高税收，这让他失去了民众的支持。

农神节：纪念罗马神萨图恩（希腊形态为克洛诺斯）的古老罗马节日，每年十二月举行。

女先知：女性预言家。

欧忒耳珀：希腊神话中的抒情诗女神，九位缪斯女神之一，宙斯和谟涅摩叙涅的女儿。

帕拉蒂尼山：罗马神话中的七座山中最著名的一座。它被认为是古罗马最令人向往的地区之一，是贵族和皇帝的住所。

潘岱族：有着巨大耳朵、八根手指和八根脚趾的雄性族群，身体上长满了毛，随着年龄的增长，毛会由白色渐渐变成黑色。

潘神：希腊神话中的荒野之神，赫尔墨斯之子。

庞贝古城：一座罗马城市，于公元79年维苏威火山爆发时被火山灰掩埋。

皮同：由盖娅指定的守护德尔斐神谕的巨兽。

普莱姆纳乌斯：俄耳托波利斯之父。

日耳曼尼库斯：罗马皇帝提比略的养子，罗马帝国的一位杰出将军，因在日耳曼尼亚战役中的英勇表现闻名。他是卡利古拉的父亲。

萨尔珀冬：宙斯的儿子，利西亚王子，特洛伊战争的英雄。

塞莫皮莱：希腊北部靠近入海的山口，曾发生过多次战役，其中最著名的战役是公元前480年至公元前479年间波斯人和希腊人之间的战斗。

三巨头：三方政治联盟。

三刃匕首：古希腊的妇女们热衷佩带的一种武器。

神食：天神的食物，可以赋予食用者永生的能力，半神可以小剂量食用来治疗伤势。

手里剑：忍者飞镖，可以当作匕首使用或用来分散敌人的注意力。

斯巴达人：斯巴达是古希腊的一个具有军事统治地位的城邦，斯巴达人指斯巴达的公民。

斯特里克斯：一种长相酷似猫头鹰的巨大吸血鸟，是不祥之兆。

斯提克斯：泰坦海神俄刻阿诺斯的长女，冥界最重要的河流的女神，仇恨女神。冥河以她的名字命名。

死亡之门：位于塔塔勒斯，门的两侧分别是凡间和冥界。

锁镰：一种日本传统武器，是一种挂在链条上的镰刀。

塔奎尼：公元前534年至公元前509年间统治罗马，是罗马第七任也是最后一任国王。在一次民众起义后，罗马共和国成立。

台伯河：意大利第三长的河流，罗马城就是沿着台伯河建造的。

泰坦神：强大的希腊神族，盖娅和乌拉诺斯的后裔，在黄金时代掌权，后来，年轻的神族奥林匹斯天神推翻了他们的统治。

特罗弗尼乌斯：阿波罗的半神儿子，德尔斐阿波罗神庙的设计者，黑暗神谕之灵。

特罗弗尼乌斯神谕：一个希腊人，死后成为神谕祭司，居于特罗弗尼乌斯岩洞，常常恐吓那些寻找他的人。

特洛伊：位于现代土耳其境内的一座前罗马城市，特洛伊战争遗址。

特洛伊的海伦：宙斯和勒达的女儿，被认为是世界上最美丽的女人。她曾为特洛伊王子帕里斯离开丈夫墨涅拉俄斯，由此引发了特洛伊战争。

忒耳西科瑞：希腊神话中的舞蹈女神，九位缪斯女神之一。

提洛岛：希腊岛屿，位于米科诺斯岛附近的爱琴海海域，是阿波罗的出生地。

维苏威火山：意大利那不勒斯湾附近的一座火山，曾于公元79年喷发，将罗马城市庞贝埋在了火山灰下。

乌拉诺斯：在希腊神话中是天空的化身，盖娅的丈夫，泰坦之父。

无头族：没有头的人组成的部落，他们的头长在胸腔处。

仙铜：一种强大的魔法金属，用于制造希腊众神及其半神后代使用的武器。

许普诺斯：希腊神话中的睡眠之神。

雅典娜：希腊神话中的智慧女神。

雅辛托斯：古希腊英雄，因为阿波罗展示铁饼技能，他被误伤而不幸身亡。

亚历山大大帝：公元前336年至公元前323年古希腊马其顿王国的国王。他统一了希腊城邦并征服了波斯。

医师特效药：埃斯科拉庇俄斯发明的一种合剂，可以使人起死回生。

英西塔土斯：罗马皇帝卡利古拉最钟爱的一匹马。

鹰身女妖：一种有翅膀的雌性生物，擅长抢夺东西。

芝加哥黑袜队：指美国职业棒球大联盟芝加哥白袜队的八名成员，他们被指控故意在1919年的世界职业棒球大赛中输给辛辛那提红人队，以换取金钱。

中继站：半神、无害的怪物和阿耳忒弥斯猎人的避难所，位于印第安纳州印第安纳波利斯联合车站上方。

宙斯：希腊神话中的天空之神和众神之王，其罗马形态是朱庇特。

朱庇特：罗马神话中的天空之神，天神之王，其希腊形态是宙斯。

朱庇特营：罗马半神的训练基地，位于加利福尼亚州的奥克兰山和伯克利山之间。

诸神的藏书架

THE TRIALS OF APOLLO
阿波罗的试炼 系列

"波西·杰克逊系列"续曲
奇幻大师雷克·莱尔顿
再度"叛逆"改编希腊神话!

宏大! 魔幻! 曲折! 震撼!
从完美天神到平凡人类,看阿波罗如何拯救失灵神谕!

诸神的藏书架

PERCY JACKSON

波西·杰克逊 系列

热切邀请你进入波西·杰克逊的世界。
这就开始与魔兽奋战吧,一刻也不要停下!

商人之神赫尔墨斯的书店

系列/类型	书名	定价
波西·杰克逊系列 希腊神话 少年冒险版	波西·杰克逊与神火之盗	48.00
	波西·杰克逊与魔兽之海	48.00
	波西·杰克逊与巨神之咒	48.00
	波西·杰克逊与迷宫之战	48.00
	波西·杰克逊与最终之神	48.00
波西·杰克逊 奥林匹斯英雄系列	失落的英雄	55.00
	海神之子	55.00
	雅典娜之印	55.00
	决战冥王圣殿	55.00
	奥林匹斯之血	55.00
阿波罗的试炼系列	神谕隐踪	55.00
	预言暗影	55.00
	烈焰迷宫	65.00
北欧诸神系列	夏日之剑	55.00
	雷神之锤	55.00
	洛基之船	55.00